绿满花开

陈学知 ⊙ 著

中国出版集团　现代出版社

图书在版编目（CIP）数据

绿满花开 / 陈学知著. -- 北京：现代出版社，2023.11
ISBN 978-7-5231-0632-7

Ⅰ.①绿… Ⅱ.①陈… Ⅲ.①长篇小说－中国－当代 Ⅳ.①I247.5

中国国家版本馆CIP数据核字(2023)第211163号

著　　者	陈学知
责任编辑	杨学庆

出 版 人	乔先彪
出版发行	现代出版社
地　　址	北京市安定门外安华里504号
邮政编码	100011
电　　话	(010) 64267325
传　　真	(010) 64245264
网　　址	www.1980xd.com
印　　刷	北京建宏印刷有限公司
开　　本	710mm×1000mm　1/16
印　　张	16.25
字　　数	300千字
版　　次	2023年11月第1版　2023年11月第1次印刷
书　　号	ISBN 978-7-5231-0632-7
定　　价	86.00元

版权所有，翻印必究；未经许可，不得转载

目录
Contents

第一章 …………… 001	第二十八章 …………… 136
第二章 …………… 006	第二十九章 …………… 140
第三章 …………… 012	第三十章 …………… 143
第四章 …………… 017	第三十一章 …………… 147
第五章 …………… 020	第三十二章 …………… 149
第六章 …………… 024	第三十三章 …………… 153
第七章 …………… 027	第三十四章 …………… 157
第八章 …………… 034	第三十五章 …………… 161
第九章 …………… 039	第三十六章 …………… 166
第十章 …………… 043	第三十七章 …………… 170
第十一章 …………… 046	第三十八章 …………… 176
第十二章 …………… 055	第三十九章 …………… 184
第十三章 …………… 059	第四十章 …………… 189
第十四章 …………… 063	第四十一章 …………… 194
第十五章 …………… 075	第四十二章 …………… 199
第十六章 …………… 080	第四十三章 …………… 202
第十七章 …………… 087	第四十四章 …………… 206
第十八章 …………… 092	第四十五章 …………… 212
第十九章 …………… 096	第四十六章 …………… 215
第二十章 …………… 099	第四十七章 …………… 221
第二十一章 …………… 104	第四十八章 …………… 225
第二十二章 …………… 108	第四十九章 …………… 229
第二十三章 …………… 115	第五十章 …………… 237
第二十四章 …………… 119	第五十一章 …………… 242
第二十五章 …………… 122	第五十二章 …………… 246
第二十六章 …………… 126	第五十三章 …………… 250
第二十七章 …………… 131	

第一章

单位派我到丹子山村去开展乡村振兴工作,为期四年。

从明天起,有一千多个夜晚我不能在余刚那坚实而又温暖的怀里撒娇,甜睡;有一千多个夜晚我要躺在丹子山村深处,数夜晚的星星。

对于这翻天覆地的变化,余刚无法接受,坚决不让我去乡村工作,说农村的生活和城里的生活有很大的差别,说乡村振兴工作比单位上的工作复杂得多、艰难得多,说与农民打交道不像写公文那么简单,说我一个生长在城里的娇小姐是吃不了那苦的。我没有回应他,自顾自地在手机上看乡村振兴的工作内容。他见我视他的话为耳旁风,便生气了,一把抢过我的手机摔在沙发上,大声地冲我叫道:"你不能去乡下工作!我不同意,我坚决不同意!"

我说:"不去不行。"

他说:"有什么不行的?大不了不要这工作。"

我说:"你说得轻巧,不要工作我吃什么?"

他说:"难道就饿死你了!"嚷后,他又将我搂入怀里,百般哄劝着我。我依偎在他的怀里,像猫似的发出呜呜的声音,说:"这是单位的安排,我能不服从吗?"

他紧紧地搂着我,不停地说:"我不让你去,坚决不让你去。我余刚不会让自己的女人去受那些苦。兰木,我的女人,我的心肝宝贝,你知道吗,我一天看不见你就会失魂落魄。"

余刚的话像热浪一样冲击着我的心门,像春风一样撩拨着我的心扉。

这夜,我依偎在他的怀里睡得很甜很香。

他——我的男人余刚——真的做好了养我的准备,早早地起了床,说要更加努力地挣钱。我含着泪钩着他的脖子,猛烈地一遍又一遍地吻他的脸,吻他的唇,然后久久地依偎在他的怀里不想离开。

他说:"宝贝,你什么也别想,什么也别做,从今天起你好好享受悠闲,我养得起你。家务活儿你想做就做,不想做就等我回来做。"

我笑了,仰起脸说:"好,从今天起我彻底变成一个'寄生虫'。"

他深情地吻着我说:"我愿意,我喜欢。"

余刚的爱我照单收了，但是我不可能轻易失去工作。工作是我体现人生价值的筹码。驻村有什么害怕的，不就是换一个环境工作吗？那么多驻村干部都不怕，我的男同学胡荣在梁山驻村都没叫一声苦，我的女同学丹兰在偏远的乡村驻村也没有畏惧过。我怕什么？我畏惧什么？我有什么理由退缩？毛老人家不是说"乌蒙磅礴走泥丸"吗？

伟人和先辈们爬雪山过草地，而我走的是新时代下的乡村公路。这算什么苦？这算什么难？虽然有一小点苦，有一小点难，但与二万五千里长征比起来又算得了什么呢？

社会的"大我"有这样先锋的思想，肉体的"小我"还是恐惧驻村的种种困难。

这时的我有些像个哲学家了，深刻地体会到人生虽然会有很多不愿意，但最终总有一种东西会驱使你去服从。

我，兰木，鼓起勇气把困难赶跑，把情绪抛开，轰燃油门出发了。

丹子山村是我们这个县最偏远、最穷困的一个村，离城七十多千米，我开了一个多小时的车才到。

丹子山村拥有列入第一批国家级非物质文化遗产的徐氏泥彩塑。徐氏泥彩塑产生于清末民初，经过几代传承逐渐形成了独有的艺术风格和技艺特点。题材上以宗教、历史故事等为主；表现对象以人物为主，其他动物、植物、建筑、用品等作为装饰；表现手法主要以圆雕、浮雕、单尊、群像等形式来反映；形式上主要有小型与大中型两种；人物造型特点是以传统的中国绘画为基础，衣纹服饰讲究的是"曹衣出水、吴带当风"，人物形象气韵生动、超凡脱俗，透出古风雅韵；上彩主要采用民间传统"大装大染""九追九攒"之法，色彩艳丽，雍容华贵；工艺上采用传统技法，黄泥、黏土就地取材，通过按、压、抠、捏、刮、刻、拍、削、切、抿等手法成型。它具有中华民族文化创造力的典型性和代表性，世代传承，具有鲜明特色，在当地有较大影响力。

我对泥彩塑很感兴趣，它的价值拨动了我的心弦，我将会把它首先列入丹子山村的开发项目，让它闪光发扬。

现在，我要做的第一件事是组织村民召开乡村振兴工作动员会。会上我说："乡亲们，我叫兰木，是来丹子山村开展乡村振兴工作的。乡村振兴工作的目标就是促使农村强，促使农业强，促使农村美，促使农民富。简单地说就是要提高丹子山村村民的生活水平。今天我在这里明确地对大家表个态，我兰木作为丹子山村的驻村第一书记，会按照'产业兴旺、生态宜居、乡风文明、治理有效以及生活富裕'的总体要求尽我所能开展乡村振兴工作，也就是说我会想尽一切办法发展丹子山村的产业，让丹子山村变得美丽而又富饶，让丹子山村的村民过上富裕而又美好的幸福生活。"

我讲得绘声绘色，其结果是村民们在下面笑，在下面议论，声音比我还大。我知道他们在议论什么，在笑什么。他们见我这么年轻，又是一个女的，根本不相信我吃得了驻村工作的苦，根本不相信我会为他们做事，根本不相信我能把丹子山村变富变美。

我心里的劲儿被赌起来了，我大声地说道："村民朋友们，请你们相信我，我一定会带领大家走向幸福而又美丽的康庄大道。"

地老鼠白我一眼说："高调，高调，城里的美女，你是专门来我们丹子山村唱高调的吗？"

张麻子说："城里的美女，你别把牛皮吹到天上去了。"

野棉花端起吴主任的茶杯咕嘟咕嘟地喝下几口水后，斜乜着我说："嘴巴两块皮，说话不费力。"

二表嫂说："说起容易做起难。"

大汤圆说："城里的美女，这可不像你们城里人打麻将唱歌那么容易啊。"

四婆扁扁她那苍老的嘴说："哼！嫩水水的一个女娃子怎么带领我们走向幸福而又美丽的康庄大道哇？"

吴芳小声地哼一声。

吴主任看着野棉花直走神。

米冬瓜递一支烟给张麻子说："信她的，她这么娇嫩的一个人谈情说爱还差不多。"

牵牛花瞪着米冬瓜说："从你的嘴里说出来就没有一句好话，真是狗嘴里吐不出象牙来。"

胡豆花撞大汤圆一下说："这个城里的美女是不是在写小说编剧本啊？"

罗滔的妻子象牙红说："可能是。我们家罗滔说城里的女人最爱幻想。"

野棉花说："罗滔当园林工当得好，看城里人也是火眼金睛。"

地老鼠说："这个女人看来不是一个省油的灯，你们看吧，她不把丹子山村搞得一团糟才怪了。我今天给你们这些女人家说各人看管好各人的男人。哦，特别是大汤圆要提高警惕，把你的女人艾草藏好，别让她见她，我跟你们说只要她见到她，就准没有好事，我把话先说到这里。"

徐师傅正在抽旱烟，实在有些听不惯地老鼠的话，便从嘴里拿出旱烟管，说："别把人说得这么坏，看人看事不要有偏见。"

周幺爸也敲敲他的拐杖，极为不满地看着地老鼠说："你们一个二个的话莫那么多。"

牵牛花说："我觉得这个美女书记完全有可能带领我们走向幸福而又美丽的康庄大道。"

蒋大妈点点头说:"我觉得也有可能。"

胖大妈说:"就是,完全有可能。"

水青姐说:"看样子她就是一个实实在在干工作的人。"

二牛附和道:"我也这么认为。"

麻狗点点头说:"我和你们的看法一样,她完全有可能带领我们走向幸福而又美丽的康庄大道。"

二表嫂哼一声说:"吹牛吧,你们吹吧,你们都跟着吹牛吧。"

吕三娃子懒懒地移动一下身子说:"简直是吹牛不打稿子。"

二牛白吕三娃子一眼说:"像你这样的人吹牛都懒得吹。"

吕三娃子想骂人,但见胡豆花在面前,就把到嘴边的脏话又收了回去。

胡豆花正在穿针做十字绣,她把口里的线头吐在地上,撞一下麻狗说:"你说是不是白雪公主来管山大王?"

会场里立刻像洪水掀开闸门一样,大家哄堂大笑。

我的脸红了,就像被丢进柴火里一样。

二牛突然站起身大吼一声说:"别笑别笑!笑个什么嘛?!有什么好笑的嘛?!"

大家愣愣地看着他。

麻狗笑道:"二牛说他昨晚做了一个梦,梦见仙女下凡……"

二牛打断麻狗的话,笑着说道:"你昨晚还不是也做了一个梦,梦见玉皇大帝派观世音菩萨来我们丹子山村了。"

会场上又是一阵哄笑。

空气中流动着不堪入耳的怪话:"二牛做梦了,麻狗也做梦了,哈哈!一个梦见观世音菩萨,一个梦见仙女下凡。这个村的单身汉都怕在做梦、做白日梦。什么仙女?只怕是个妖女!一来就把二牛和麻狗迷住了!二牛,麻狗,小心得菜花癫!"

我感觉天像一张大网一样罩下来了。

我感觉四周都有麻雀在叽叽喳喳地叫个不停。

我的头有些晕,目有些眩。

笑声还没有停止,野棉花又揶揄道:"二牛,你继续做梦吧。也许,你二牛明天就会住进楼房,后天就能讨上婆娘。哈哈!笑死老娘了!"说着在二牛背上一拍,"做你的白日梦吧。"

二牛被弄得满脸通红,不敢再看我,往地上看,好像地上有块胶把他的眼睛粘住了一样。

乖乖,开门见山,给我来了个下马威,让我碰得鼻青脸肿。

我像进入了深冬季节,心被冰冻住了。

我又像进入了迷宫，找不到方向，找不到出路。

四周没有光亮，我看不见鲜花，也听不见鸟鸣，我完全像一个掉进深沟里的人，软软的，没有一点信心和力量。

我哭着给单位领导打电话，说我实在没有能力做好这乡村振兴工作，叫他另外安排人。单位领导严厉地批评了我一顿，说工作中哪会不遇到困难，一遇到困难就打退堂鼓那是绝对不行的，还叫我一定坚持，说年轻人就是要好好锻炼锻炼，并命令我好好干，而且必须干好。

领导就是领导，几句话就把我镇住了，我没有哭的理由了，也没有不做好工作的借口了。我必须端正态度，迎难而上，领导指向哪我就奔向哪。我要听党的话，听领导的话，因为我要靠工作挣工资，我要靠工资吃饭，我要靠工资穿衣，我要靠工资养父母养儿子。

我欲哭无泪。

我郁闷，我不想吃饭，我不想开灯，我仰躺在床上，全身懒懒的，任凭丹子山村的夜晚野蛮而又悄无声息地拥抱着我。

我无可奈何地看着夜晚的黑色，感受着陌生的气息，品尝着无边无际的寂静，吞咽着工作中的酸苦麻辣。

万物睡去了，我却醒着。

我的心成了大海，潮起潮涌。村民的不信任，地老鼠的白眼，野棉花的斜睨，胡豆花的讥讽。一双双冷漠的眼，一张张冰冻三尺的脸，一句句疑问尖刻的话语，反复在我的脑海里出现，敲击着我的心门，嘲弄着我的灵魂。我感到很累很累，不想再想，我摇了摇头，大叫一声。我的大叫不但没有赶走那些东西，反而变本加厉，特别是那些尖酸刻薄的话语，音量的分贝又提高了几万倍："你嫩水水的一个女娃娃怎么带领我们走向幸福而又美丽的康庄大道哇？""哼！嘴巴两块皮说话不费力。""小女子，说起容易做起难。这可不像你们城里人打麻将唱歌那么容易。""城里人就是爱吹牛……""你说是不是白雪公主来管山大王？哈哈！""你二牛明天就能住进楼房，后天就能讨上婆娘。哈哈！做你的白日梦吧！"

远处有狗的狂吠声，夜色更加浓了一些。

苦和难更加凶猛地冲击着我的心扉，野蛮地打开我的泪泉。我的泪水喷薄而出，哗哗啦啦冲洗着一地尘埃。

第二章

电话响了好几次，大概到第十次我才克制住自己的情绪接听。电话是我朋友亚兰打来的，一接通，她就说："天哪天哪，你终于接电话了，你到哪个国家去了？QQ也不上，微信也不回，语音也不接，按键喊话你不理，短信发了无数条，你一条也不回。千呼万唤不出来，什么意思啊你？"

我含着泪说："亲，我这里信号不好。"

我亲爱的朋友亚兰叫起来了："我的天哪，你在哪个偏远落后的部落里啊？我的亲，你回到哪个原始时代了？你不会在玩穿越时空吧？"

我压去沉重，装出轻松地说："我在深山峡谷里呢。"

亚兰说："不会吧。是在荒山野岭吧？是哪个山大王把你抢去的？"

我没有接话，我的心情与她的心情不合拍，不对景，无法融合。

亚兰见我不说话，便在电话里"哎哎"地叫道："哎哎，你怎么不说话？你怎么了？"

我强忍着泪说："没事。"

亚兰说："你的声音怎么这么沉闷？发生了什么事你快告诉我，亲爱的。"

我一接上她的电话就告诉自己不要哭，不要哭，但是我最终成了一汪泪泉。

我的泪水像破碗里的汤一样流淌了出来，我说："我在丹子山村驻村，开展乡村振兴工作。"

亚兰说："天哪天哪，你那样一个娇小姐去驻村，不可能吧？"

我把咸咸的泪水吸进口里吞下说："真的。我们单位就只有我年轻，这些工作不派年轻职工，难道派老职工呀？"

亚兰说："不是说姜是老的辣吗？老职工有什么去不得的？我如果是个领导就专门派老职工去。老职工人老骨头绵，工作经验也丰富。"

我流了一阵泪，心里好受些了，便开口对她说："那你快点当领导，我好在你手下幸福幸福。"

亚兰笑道："我才不想当官，让我的儿子当去吧。"说后我们大笑了一阵。笑后她说："你怎么不开流量？"

我说："你给我报电话费呀？"

她说:"我给你报电话费,你老公不吃醋呀?"

我说:"你怎么这样假?你现在也变得假起来了哈。"

她说:"打住打住,电话费算什么,我马上给你充几百块。"

我说:"跟你开玩笑的。我虽然没有你富,但流量还是用得起。关键是我现在没有时间,事情多得很,哪有时间耍手机啊。乖乖,我的生活全部乱套了。唉,不说了,说点轻松的事。你这几天在干吗?"

亚兰说:"没有新鲜的事。唉,想找个情人又没有合适的。"

我说:"你先要把位定好,是要情还是要钱?"

她说:"两者都要。"

我说:"你别吃着碗里又看着锅里,心别太花了,你的老公那么优秀。"

她说:"跟你开玩笑的,如今哪去找懂情懂爱的男人啊,我才不会去自找痛苦,我才不会去自寻烦恼。唉,我还是一心一意地修我的长城吧,我输钱不输情。"

我说:"你除了打麻将还是打麻将。这段时间手气如何?"

她叹口气说:"唉,孔夫子搬家——净是书(输),我跟你说我简直是冬瓜皮做衣领——霉登顶了!"

我说:"你歇一段时间吧。"

她说:"我也想不打了,但是别人一邀我又去了,就像有个魔鬼在暗中指使一样。"

我说:"你们打麻将的人都是这样,输了总想赢回来,赢了总想再多赢一些。唉,真是人为财死,鸟为食……"

她打断我的话,把话题转开说道:"亲,几个朋友邀我一起到海南去玩,你去不去?"

我叫起来了,说:"亲,你别对我说旅游的事好不好,你这个人真是可恶得很,惹得我的心里痒痒的。"

亚兰说:"谁又没有把你的手脚捆着。"

我说:"哥,我的亲哥,我没有你那么自由,没有你那么清闲,我手里的工作一大堆呢。"

亚兰说:"我们下周三去,你偷着跑,或者请几天病假。"

我说:"亲,你别给我出馊主意,随时有人来督察,我敢吗?"

亚兰说:"那我也不去,等你放假的时候再去。"

我说:"你去吧,别等我,放假说不定我也要加班呢。"

亚兰叫起来了,说:"你那是什么鬼工作啊?是机器也需要加油嘛。"

我想起了领导的话,我说:"你别起消极因素,我要百炼成钢。"

亚兰揶揄道:"呵,事隔三日当刮目相看。进步了!大大地进步了!好了，我不当你的绊脚石了，奔你的前程去吧，将来升官发财了我这个朋友也好沾沾光。"

我说："亲，你别嘲讽我了，我已经够恼火的了。"

静默了一阵，她说："玩笑归玩笑，你一个人在那里要照顾好自己，处处留心一些。"

我的心里涌起一股热浪，我说："谢谢亲爱的！谢谢！"

正说到这里，我突然听到我的住房后响起一阵啪啪的声响，像是有人在追打着什么。一阵啪啪的声响后有个男人得意地说了一句什么，随后响起朝远处拖东西的声音。

亚兰听我久久不说话，便急切地问道："亲，怎么了？"

我不能把刚才发生的事告诉她，便说："口渴喝了几口水。"

她说："工作开展得如何？"

我不能把我遇到的困难告诉她，便说："还好。"

她叹口气说："祝你忙得开心。"接着她又说起生二胎的事，问我们是怎么计划的，还说他们夫妻已经商量好了，马上要。我心里想，今天她怎么了？总是哪壶不开提哪壶。明明知道我这种情况无法生二胎，她偏偏提，偏偏问，故意让我气，故意让我难受。我正想发作几句，她却又说："今晚我们定下来，我如果生个儿子，你如果生个女儿，我们就成为亲家。"

我恨恨地说："我要生就再生个儿子，把你们家的女儿都娶过来。"

亚兰心里有些不快了，她说："你怎么知道我二胎又是一个女儿呢？"

我突然意识到自己的话有些过了，忙把话题转开，说："你那位最近在干什么？"

亚兰懒懒地说："在开发乡村旅游。"我想细问，但被她打断了思路，她说，"哎，你那位怎么舍得你去驻村？他把你宠得像个皇后似的。"

我说："他就是不让我来驻村呢，我是偷着跑来的，说不定他会追来呢。"

正说着，村委会的坝子里突然响起说话声，是他，是他借辆车追来了。我的心怦怦地欢跳起来，细胞也活了许多。我慌忙挂断电话，跑了出去。我们站在村委会的坝子里，站在丹子山村的夜色中，划破黑暗，打破寂静，久久地拥抱着，激烈地亲吻着，就像隔了几个世纪没有相见的恋人一样。

正如我所料，余刚不是来看我的，而是要我回去。

我说："不回去。"

他发火了，他说："你成心气我是不是？说得好好的，等我一出门你就开车跑了。你把我放在眼里没有？乡村的生活你适应得了吗？乡村振兴工作不像你玩微信那么好玩，有操不完的心，有做不完的工作，责任也大，做不好会被免职，自己受处分不说还要连累领导。你看你住在一个什么地方！啊？"

这个房间紧挨着村委会办公室,大概有二十平方米,泥土地面,后面是山坡,很潮湿,有很大一股霉味,徐书记怕我嗅不惯这味道,还特意派二牛去买了几根藏香点在屋里。

余刚像放连环炮似的,有的是说服我的理由,他说:"这里哪是你住的地方!我无论如何也不能让你住在这种地方。听我的话,回去。"说着他拉起我就走。

我倔强地把他的手摔开了,我说:"这是工作。"

他说:"工作有什么了不起?那么多人没有工作不照样活?再说你男人我能挣钱,养得起你。"

我说:"我相信你养得起我,但是我不要你养,因为我有手有脚。再说你现在说得好,我如果真的把工作辞了,全靠你挣钱来养活,你脾气一来我就得吃你的受气饭。还有万一你变心了那我就是人财两空,惨不忍睹!这个世界上的事情谁说得清楚呢?到时,我靠什么过日子?"

余刚气得指着我说不出话来:"你,你……"

我说:"你别生气,我说的是实话,话丑理端,这个世界上的事谁也说不清楚,有许多两口子本来过得好好的,但说分手就分手了……"

余刚突然大声地叫了起来:"你!你对我不信任!你太不信任我了!你太伤我的心了!结婚八九年了,我把你当块宝,你在我的心里比我的生命还重要,我把心都掏给你了,可你原来还这么不信任我!"泪水像雨点一样,大颗大颗地从他的眼里滚出来,滴落在我的心里,触碰着我的心。

我伤了他。

我错了。

男人的心是刚强的,同时也是脆弱的。

男人也同女人一样容不得自己所爱的人不信任。

我温情脉脉地扑进他的怀里,抚慰着他,很快他那英俊的脸上就有了笑容。

我们在刚刚铺好的床上,在丹子山村的深处笑闹,激动,缠绵。然后又谈到正题,他帮我收东西,我躺在床上看着他不动。他说:"我的懒猫,我的乖乖,我亲爱的老婆,快起来,我们回家吧。"

我说:"不嘛,老公。"明显的撒娇和任性。

他又有些生气了,说:"我的宝贝,我的天仙,你听我一句话嘛,这乡村振兴工作的苦你吃不了。"

我说:"我又不是没有吃过苦。"

他说:"你嫁给我之后,我哪里让你吃过一点点苦?你自己摸着良心说说,我哪里让你吃过一点苦……"

我说:"你让我吃过苦,而且是人间最痛的痛、最苦的苦。"

他停下给我收拾东西的动作,扭过头来疑惑地看着我。

我说:"我没有诬蔑你,我没有说半句假话,生孩子不是人间最痛的痛、最苦的苦吗?老公,我是能吃苦的人,许多人都怕阵痛的折磨而去做剖腹产,而我呢?你老婆我为了孩子的健康一点也不怕痛,痛得死去活来我也没有畏惧过。你可是亲眼见过的,你说你的老婆我勇敢不勇敢嘛?"

余刚,我的男人俯身吻了我后,又紧紧地、久久地拥抱着我。

我趁机又说:"老公,我知道你心疼我,但是你要尊重我的选择,我是一个人格独立的人,你就依了我吧,让我服从领导的安排。领导安排我来开展乡村振兴工作,说不定是让我来锻炼几年回去好提拔我呢。四年时间转眼就过去了。再说又不是十万八千里,星期天或进城开会我都会回来的。"

余刚仍然有千万个不愿意,仍然有千万个不放心,但是我的坚持最终让他妥协了。在我的面前他总是妥协,只有妥协。

我想送余刚走,他却不想走,想陪我,想照顾我。他赖在床上抱着我久久不松手。他说:"我不想走。"

我说:"我知道。我也不想让你走。"

他说:"假话。"

我更紧地偎入他的怀里,恨不得钻进他的体内。

他抚摸着我说:"我不放心你,真的不放心你。"

我说:"没事,我这么大个人了,会照顾好自己。只是家里的老人和孩子就拜托你了。"

他说:"辛苦我倒不怕,就怕你一人在这人生地不熟的地方吃苦受委屈。"说着,他的泪水都快出来了。

我说:"老公,你真是我的好老公!"

我们又拥抱又亲吻。亲热一大阵后,他说:"我明天去提辆车。"

我说:"你进货要用钱,别去买,把车开回去吧。"

他说:"你呢?没有车你多不方便。"

我说:"也是,这里没通车,到县上或镇上开会没车不行,下村入户走访没车不行,每天到村主任家吃饭没车不行,这个村很大,村委会到村主任家步行要花三十几分钟。"

他说:"就是嘛,没车你去走吗,累死你。"

我说:"家里只有几万元。"

他说:"按揭。"

我说:"房子也按揭,车也按揭,我们真是有车有房的乞丐。"

他抓住机会说:"那你回去,回去就省得再买车。"

我说:"你又来了。你以为我想来驻村呀。"

他说:"别生气,别生气,我不惹你了。我惹不起,我躲。"

我说:"我找亚兰借点钱吧。"

他说:"算了算了,别去开那个口。这事不用你发愁,也不用你操心,等我这笔生意下来,或许就能还清房贷和车贷了。"

理想很丰满,现实很骨感,如今的生意不是那么好做。这样的话他说过很多次,是专门用来宽我心的。我说:"你快回去吧,儿子等你回去辅导作业呢。"

余刚终于上车了,我站在村委会门口,目送着他。车子很快被夜色所吞没,车轮亲吻乡村公路的声音也很快消逝在茫茫的夜色之中。我的心里突然空空落落的,有一种说不出的难受。

分离的痛苦像紧身衣一样紧裹着我,泪水再次让我的世界下起了雨。

山村的夜晚好静好静,除了守夜狗的警觉声,除了山坡上的某一棵树上偶尔发出一两声鸟儿的梦呓声外,没有别的声音。我好像在穿越时空隧道,仿佛回到了一个远古时代。天很高,没有星星也没有月亮。活了三十多岁,我从来没有见过这么无边无际的黑,从来没有感受过这么幽深的寂静。我有些害怕,慌忙从里面锁了村委会的门,快步往我的住房走去。走到街沿上,我一抬头猛然看见围墙外面飘过两个黑影,我大叫一声跑进房间,将门反锁后,又将盆和凳子全部搬在门后。

我这颗女孩儿的心承受不了这样的惊吓,几乎快要跳出来了。

这夜,我躺在丹子山村夜晚的深处,没睡着,一分钟也没睡着。那两个黑影引诱着我,让我分析,让我猜测。他们是鬼还是人?他们想干什么?他们会不会破墙而入?如果他们进来了我怎么办?我的天哪!我的妈呀!这是个什么鬼地方啊?

这两个黑影带着几分神秘和恐怖经常出现在我房屋的后坡上,鬼魂似的挥之不去。不只我看见,丹子山村的人在月夜里也能看见。有一种说法是鬼,而且是男鬼,因为个子有那么高。人们说有可能是后坡上埋着的几个死男人,见我的颜值这么高,夜里就再也睡不着觉。另一种说法是丹子山村的单身男人夜里睡不着,想吃锅巴就围着锅边转。

放下这两个神秘的黑影说说工作吧。我是靠工作吃饭的人,别无选择,必须好好工作。我现在的工作不是坐在办公室里面对着公文,而是脚踩着泥土,头顶着天,面对着几千张陌生的面孔。我的世界大了,我的工作范围大了,我的肉身却小了,头却大了,有那么多那么多的事情需要我去处理,需要我去完成。

第三章

　　我的乡村振兴工作还没有展开,却先救了一个女人的命。
　　那天夜里,黑夜掩埋着整个世界,大炸雷发出狂怒的声音,撕扯着夜晚,威逼着天河打开闸门,威逼着狂风发作。
　　顷刻,四处响起洪水的咆哮声。
　　天要塌了。
　　牵牛花被雷雨惊醒,突然想到养猪场,忙推醒米冬瓜。
　　牵牛花拉开堂屋门,一个大炸雷叭啦啦炸开了,一道令人恐惧的闪电直朝她袭来,吓得她直往后退。牵牛花吓怕了,走到床边,撒娇般拉着米冬瓜说:"老公,我怕,你与我一起去嘛。"
　　米冬瓜气恼地推开牵牛花,骂道:"作死呀,半夜三更的吵得人不得安宁!"
　　牵牛花叹口气,拉开堂屋里的灯,找手电筒和雨伞。婆婆被惊醒了,睡眼蒙眬地问:"深更半夜在堂屋里翻什么?"
　　牵牛花说:"找电筒找雨伞去养猪场。"
　　牵牛花以为婆婆会关心她,叫她路上小心点,但是牵牛花等来的是婆婆的鼾声。
　　牵牛花的心里滴滴答答地下着雨,冰冷冰冷的。
　　牵牛花鼓起勇气冲进深夜,穿梭在暴风雨中,娇小玲珑的身躯与夜色较量,与电闪雷鸣抗衡,与狂风暴雨搏击。
　　养猪场在半坡上,走水泥路需要八九分钟,走小路只需要三四分钟。牵牛花想尽快到养猪场,选择的是小路。这条小路像是山湾里的枝蔓,鸡肠子似的,是印象中的小路。退耕还林后,三台土以上的土地全部种上了树,二台土由于较多的人走向城市,自然也被丢荒,所以这条路根本没人走,没人走的路自然不是一条路,上面杂草丛生,与山杆形成一色,与山沟连成一体,没有一点路的影子,只能凭感觉。
　　牵牛花凭着感觉,借助着手电筒的亮光,在狂风暴雨的袭击和阻碍下,像个醉汉似的,一步一个趔趄,十分艰难地行走着,雨伞在狂风暴雨中颤抖着，摇摆着，倾斜着，翻卷着，发出无助的凄鸣声。

大炸雷一个接一个，闪电一道接一道，几乎想把人的魂魄吓脱。暴雨瀑布似的压下来，似乎想把一切都毁灭掉。狂风猛烈地刮着，似乎想把山杆上的树连根拔掉，似乎想把渺小的弱女子牵牛花抬到天上去。

牵牛花吓得真想往回跑，但是半途而废不是她的性格。她咬着牙，鼓起勇气，低着头朝前走着，她不敢抬头朝四周看，她怕看见鬼影子。

牵牛花像走沼泽地似的艰难，长长的野草玩笑似的把她绊倒一次又一次。有一次她刚爬起来，脚一滑又摔进了路边的土沟里，土沟里的积水把她的衣服和裤子打得透湿。她站起身，浑身滴着水，像水秧鸡似的。

她摔了不知多少次跤，才终于走到养猪场。刚站在养猪场门口，一只躲在猪棚里避雨的獐子嗖地一下蹿了出来，吓得牵牛花差点停止心跳。惊魂未定，一只野猫又从猪棚顶上跳下来，吓得牵牛花大叫一声。

牵牛花把伞撑在猪圈门口，查看漏雨情况。守门的狼狗甩着尾巴跟她打招呼，被狂风暴雨和闪电雷鸣吓呆了的猪们，见到女主人就像见到了救星一样，全都发出嗡嗡的叫声。

猪圈里到处都在漏雨，堆积饲料的地方也在漏，棚子上像有无数根水管。牵牛花打电话叫米冬瓜拿篷布来，但电话打爆了米冬瓜都没接。牵牛花只好自己又冒着狂风暴雨，顶着电闪雷鸣回去将篷布扛来，用篷布将几百袋饲料遮盖起来。牵牛花盖好饲料，借着猪场里的光亮，像只猫似的爬到房顶上去捡漏，狂风将她的湿头发吹拂起来，将她的湿衣服鼓胀起来。暴雨笼罩着她，使她透不过气，使她睁不开眼。

捡完漏，从棚顶上下来，脚一滑，她像个冬瓜一样滚了下来，一阵翻滚后她什么也不知道了。十几分钟后她才苏醒过来，艰难地站起身，觉得浑身疼痛难忍，她想回去，刚走一步头突然晕得厉害，忙靠在猪圈上。过了两分钟她觉得好了一些，才慢慢走出养猪场。

天河的闸门还没有关，暴雨肆意地下着，猛烈地与狂风搏击着，交织着。狂风一点也不示弱，怒吼着，撕扯着雨柱，掀翻着瓦片，折断着树枝。大炸雷发挥着威力，狂怒地发出震耳欲聋的巨响，似乎想击碎整个世界。闪电妖魔似的划出一道道刺眼的光，划破黑夜，像是在狂傲地告诉人们，她的光是世界上最强烈的光，她的光是世界上最具有威力和最具有破坏力的光。洪水怒不可遏，发出吼叫声，朝山坡下奔赴，跌落。

牵牛花刚准备回去，突然听见养猪场后面轰隆一声，山杆塌方了，一些泥土和沙石纷纷滚进猪场后面的排水沟里，堵住了洪水的去路，顿时洪水灌进了猪场。猪和狼狗惊叫着，慌乱地跳起来。牵牛花慌忙给米冬瓜和米白打电话，两个人都没有接，像死了一样。给胡豆花打，胡豆花的手机关机。牵牛花急得快要哭了，怎么办？自己一人就是长出三头六臂也无法疏通这条排水沟。一道闪电划破黑暗，照亮了山湾，也照亮了她的脸，她突然看见了山坡上的柏树。她的心里一亮，给山林打电话。电话通了，响起了那个令她心颤的声音。她的心怦怦地跳着，突然觉得没有任何理由可以在深更半夜把他叫出来。这么想着，手指划拉一下，便挂断了电话。

深夜里，暴雨中，一个弱女子突然焕发出强大的力量与洪水抗击。她挽起裤子，跳进洪水沟里，拼命铲着水沟里的泥土和沙石。

天恶作剧似的倾倒着雨水，四面洪水如涛，养猪场后面的排水沟里的洪水已经淹没到她的膝盖了，无法阻挡地直朝养猪场里奔腾。恐怖袭击着她，几百头猪和她很快就会被洪水淹没，很快就会被洪水冲到汪洋大海中去。她仿佛已经听到了一阵阵哀乐，泪水和汗水混合着雨水从她那年轻的脸上往下淌，往下淌。

就在这危急之时，无数道手电筒的光亮突然由远而近，像太阳一样照亮了整个山湾，像太阳一样照亮了整个猪场，像太阳一样照亮了整个世界。山林带领七十多岁的周幺爸、六十多岁的蒋大妈和胖大妈、五十多岁的胡豆花和二表嫂、四十多岁的野棉花，扛着锄头和铲铲，浩浩荡荡地来了。

牵牛花的心里涌起一股清泉，又翻腾着一波又一波热浪，泪水顺着她的脸颊往下流淌。

狂风暴雨算什么，洪水算什么！有山林帮助她，有乡亲们帮助她，现在的她什么也不怕了。

山林看着她，心像被针刺着似的疼痛起来，他想把她那湿漉漉的娇小身躯拉进怀里，用他的体温烘干她滴水的秀发和衣服，用他的舌尖轻轻地舔舔她脸上正冒着血珠的伤口。可是洪水越来越凶、越来越猛地往猪圈里奔腾。他痛苦地吸了一口气，努力克制着心中的冲动，跳下水沟，带领大家，奋力铲着水沟里的泥土和沙石。周幺爸、蒋大妈和胖大妈与年龄抗争着，像年轻人似的奋力将水沟里的泥土和沙石往外铲。牵牛花一边铲着水沟里的泥土，一边说："周幺爸、蒋大妈、胖大妈、野棉花、二表嫂、胡豆花，真不好意思，深更半夜把你们叫起来。"

周幺爸将半铲泥土费力地甩出排水沟，然后喘着粗气说："反正夜里睡不着。我老是老，但也能起一点作用。"

山林将一大铲泥沙甩出沟外，说："我本来不想惊动周幺爸的，谁知从他门口经过时，他却像神仙似的突然出现了。"

大家笑起来。笑声蔑视着闪电，淹没了狂风暴雨。

周幺爸说："湾里没有年轻人，有个风吹草动就得我们这些老把子出面。常言说一个鸡公二两力嘛。"

牵牛花将一块石头甩出沟外,关心地说:"蒋大妈、周幺爸、胖大妈,你们慢点,少撮点,千万别扭着筋闪着腰。"

周幺爸费力地铲半铲子泥沙,用力甩出沟外,然后直起身,叉着腰,喘着粗气说:"牵牛花,你放心吧,我们这把老骨头还经得住整。"

二表嫂笑道:"牵牛花,你别担心周幺爸,他这把老骨头还有劲得很呢。"

一阵哈哈大笑后,周幺爸说:"二表嫂,湾里没有年轻人你就拿我开玩笑。"

胡豆花笑笑,说:"山林和吕三娃子不是年轻人呀?别以为你就是这个湾里的宝。"

野棉花哼一声,说:"胡豆花你别打山林的主意,人家山林是快递小哥,天天在城里奔跑,过年才回来,像道光一样闪那么一下就会走。这次他的父亲病了他才回来待两三天,他父亲的病一好他就会走,像个影子似的谁也抓不住。胡豆花,吕三娃子倒是一个长远之计,你就死死把他拴住吧,他虽然好吃懒做,倒也是一个爷们儿。"

胡豆花白野棉花一眼说:"别急得让我说出你和吴主任的事来。"

野棉花忙说:"我不急你了。我惹不起你,我躲。"

胡豆花便阴转晴地笑道:"山林,你别走了,你走了我们就不知道年轻男人像什么样子了。"

大家又是一阵大笑。

野棉花哼一声,小声地骂道:"骚婆娘。骚得很样!"

蒋大妈笑道:"胡豆花,你男人才死多久啊,你就这样,不怕人笑话?"

胡豆花说:"死了的人好过,活着的人难熬呀。寂寞的心,寂寞的我,寂寞的床啊。"

蒋大妈忍不住朝胡豆花泼了一捧洪水,笑着说道:"我看你想男人想疯了。湾里不是还有米冬瓜吗?"

胡豆花说:"米冬瓜是牵牛花的,再说他一天有几个时候在家,天天都进城去看漂亮娘们儿。"

经过一个多小时的忙碌,水沟通了,洪水欢快地朝远处奔腾而去,灌进猪场里的洪水红着脸往回撤退。

等大家在水管前洗完脚手,牵牛花请大家一起去吃夜宵。大家都不愿意麻烦牵牛花,婉言谢绝。但牵牛花觉得劳累大家这么久不请大家吃点夜宵心里过不去,强拉硬推地把大家往家里请。大家见牵牛花这么热情,不好再拒绝。山林走在后面,大声对走在人群中的牵牛花说:"牵牛花,我明天一大早要走,就不去你家了。"

牵牛花站在路边等山林走过来,说:"走,一起去吃点东西,忙了大半夜也饿了。"说后叫野棉花先把大家领回去,她在地里掰几个苞谷回去煮给大家吃。

苞谷地里的苞谷秆很厉害地摇摆起来,一阵清脆的撕裂声响彻于耳。山林一边帮着牵牛花掰苞谷,一边问:"你脸上的伤是他打的吗?"

牵牛花说:"不是,是从猪圈棚上摔下来挂伤的。"

山林说:"这样的雷雨夜上房顶去捡漏,你不要命了呀?!"

牵牛花说:"猪棚漏得那么凶,不捡漏,雨会把猪灌死的。"

山林说:"灌死就灌死,猪重要还是人重要?你到底要什么时候才学会爱惜自己的身体?"

牵牛花说:"一点小伤,没事。"

山林说:"把我的心都痛木了,你还说一点小伤没事。"

牵牛花的心里暖暖的,涌起一波波热浪,闪现出一道道春天的光芒。

风还在刮着,雨还在下着,一道闪电划破夜空,强光刺得山林和牵牛花闭上了眼。一个大炸雷随着又一道闪电发出毁灭世界的巨响,从高空跌落下来,袭击着牵牛花。说时迟那时快,山林一个猛子扑过去,用身子严严实实地盖着牵牛花的身子,挡住雷击的危险。

两人站起身,默默地对望着,久久地对望着。

雨倾情地下着,雷电的大型音乐会还在继续。

山林说:"我们如果不是表兄妹该有多好。"

牵牛花说:"山林哥,我现在已经有孩子了……"

山林的心被刺伤了、被刺痛了,他痛苦地打断牵牛花的话说:"放心,你放心,请你放心,我不会打扰你的生活。"说罢转身消失在雷雨中。

牵牛花目送着山林,心里涌起一阵阵难以言说的疼痛。

牵牛花流了一阵泪,然后抱着沉甸甸的苞谷回家去煮夜宵。

把夜宵弄给大家吃后,时间已经是深夜四点过,她筋疲力尽,倒在床上浑身像散了架似的。

第四章

牵牛花与山林正在风吹大坡上看玉兔,米冬瓜叫她煮早饭的声音突然像雷声一样把她从梦中惊醒。

牵牛花说:"叫米白煮一顿吧,我凌晨四点过才睡。"

米冬瓜推着她,怒不可遏地吼叫道:"你半夜三更出去偷野男人还有脸!"

牵牛花被激怒了,翻身坐起,抓起一个枕头朝米冬瓜砸去说:"你还有没有点良心?!"

米冬瓜一巴掌朝牵牛花打去说:"你们在苞谷地里的事,你以为我不知道!"

牵牛花叫道:"你乱说会烂舌根!"

米母听见米冬瓜和牵牛花吵起来了,便跑来把门打得山响。牵牛花打开门,哭着说:"妈,你评评理,你进来评评理。"

米母黑着脸说:"常言说无风不起浪,无水不行船。"

牵牛花满心的委屈无处诉说,只有将一肚子的泪水往肚里咽。她扑在床上捂着嘴哭了一个多小时,然后起身进厨房。大家都吃过早饭了,锅里剩的几个汤圆还冒着热气,牵牛花拿起碗准备去舀,锅铲还没伸进锅里,叭的一声,米白将一瓢潲水倒了进去。米白的行为,米冬瓜是亲眼看见的,婆婆也是亲眼看见的,但是他们没有说米白半句。泪水从牵牛花的眼里奔涌了出来,米冬瓜视而不见,转身走出厨房。

猫蹲在灶台上看看这个又看看那个,狗蹲在厨房中间,默默地望着伤心落泪的牵牛花。一团黑灰从屋檐上掉下来,落进锅里,染黑了锅里的汤圆。一只耗子从灶背后的柴堆里钻出来,从牵牛花的脚背上跳过去,拼命往睡屋里跑。猫跳下灶台,风一样地追过去。

牵牛花流着泪把锅洗了,到水缸里去舀水,习惯性地将左手放在水缸上的水桶上,不料一条菜花蛇从水桶里钻了出来,牵牛花吓得大叫一声,跌坐在地上。米冬瓜就在她的身旁,没有扶她起来,也没有安慰她一句。一股愤怒灌注在牵牛花的心里,她跳起身冲着米冬瓜叫道:"你到底还是不是我的男人?"说后拿起锄头,追打着那条菜花蛇。蛇摇摆着身子很快钻进了竹林,转眼就不见了。牵牛花将锄头恶狠狠地砸进竹林里。

牵牛花觉得时间已经不早了，几百头猪等着她去喂，如果煮稀饭吃，一个人的饭不知要煮多久，索性煮两个鸡蛋吃了算了。但柜子里一个鸡蛋也没有了，昨晚煮夜宵时柜里明明还剩了十多个鸡蛋，怎么现在一个也没有了呢？是不是米白早晨煮了放错地方了？她问米白，第一声米白没有回答她，第二声米白也没有回答她，第三声米白恶狠狠地回答她道："我知道放到哪去了？怪得很，我又不是管家婆！"

牵牛花将一口气咽下，又问婆婆，第一声婆婆拉着一张脸，白她一眼，第二声婆婆气呼呼地说道："你还好意思问我！一大筐鸡蛋都被你煮给别人吃完了。这个家怎么出了你这么个败家子婆娘！"

牵牛花说："妈，话不能这么说。昨晚如果不是乡亲们来帮忙，我们家的几百头猪早就冲到大河里喂乌龟去了……"

米冬瓜说："你以为你有功劳得很！你破坏了我的计划，断了我们家的财路！你知不知道哇龟儿子瓜婆娘！

牵牛花气得都快要晕过去了，她冲着米冬瓜哭闹道："米冬瓜，你到底还有没有一点良心?！我深更半夜，顶着狂风暴雨到养猪场去，上坡摔倒无数次，上猪圈棚捡漏摔下来，差点摔死了你知不知道？猪场后的水沟被堵了，不是我……"她刹住了话题。

米冬瓜脸上露着恶意的讥笑追问道："不是什么？说呀！往下说，怎么不说了呢？"

米冬瓜的样子气得牵牛花真想吐他两口唾沫，再朝他的下身踢两脚。牵牛花擦了一下眼泪，说："我累了大半夜，全身伤痕累累，我没有功劳也有苦劳嘛。"

米冬瓜吐一口痰在地上，将一只在他脚边觅食的母鸡踢了一丈多远，说："你活该！那是你龟儿子婆娘自找的！"

怒火从牵牛花的心中燃烧起来，她抓起磨子上的笤箕就朝米冬瓜砸去。米冬瓜手一扬，将砸过来的笤箕挡开了。

米白倚靠在阶沿的柱子上玩手机，这时抬起头来看牵牛花一眼说："我们家怎么养了一只母老虎？"说后又对正捉着母鸡摸蛋的米母说，"奶奶你管管吧，简直要吵死人了。"

米母将手里的母鸡朝地上一丢，对牵牛花吼道："你太不像话了！动不动就动手打男人，你打人打顺手了是不是？他是你打的吗？我血淋淋地把他屙出来，一把屎一把尿地把他拉扯大，从来都舍不得动他一根手指头，你倒好，说打就打！你要打就打我。打呀！打呀！"婆婆跪在她的面前，拉起她的手打她的脸打她的头。牵牛花吓傻了，跪在婆婆面前大哭起来。

米冬瓜吐一口唾沫，恶狠狠地说："龟儿子死婆娘！堰塘没有盖盖，去死吧！"

牵牛花的心被一把尖刀深深地刺痛了，她浑身痉挛地抽搐了一下，脸被无法言说的痛苦扭曲了。一股刚强从痛处升起，她站起身，擦干眼泪，昂着头，说："你就这么希望我死吗？但是我告诉你，我会好好活下去的！"

天晴了，太阳出来了。牵牛花对米冬瓜说："一些饲料被漏雨淋湿了，需要搬出来晒一晒。"

米冬瓜说："我没空，要进城去。"

牵牛花说："那你叫米白与我一起去晒。"

米冬瓜说："你自己没有长嘴巴呀。"

牵牛花说："你明明知道我安排不动她。"

米冬瓜恨她一眼，拿起车钥匙就往外走。牵牛花在屋里站了一阵，气鼓鼓地走出去叫米白与她一起去晒饲料。米白在手机上看电视剧看得哈哈大笑，根本不理她。

婆婆嘟着嘴从她的身边走过去，穿过院坝，到甘家院子打麻将去了。米冬瓜轰燃油门，进城坐茶楼去了。

牵牛花坐在猪场里哭了一阵，然后起身将猪喂了。饲料是公司配的，只需要撒在猪槽里就是。喂完猪她也懒得晒饲料，既然大家都不管，那这些饲料烂掉也好，生霉也罢，她也不管了，这个家又不是她一个人的。她气呼呼地走到猪场外的一棵柳树下，呆站了一阵，然后掏出手机与胡豆花在微信上聊起来。

太阳的红脸从东边的天空露出来，闪着耀眼的光芒，从对面的山坡慢慢扫过来。阳雀在山湾里叫一阵停一阵，斑鸠躲在刺笆林里有一声无一声地叫着，董鸡在稻田里与青蛙比音量，知了在柳树上破着嗓子嘶哑地叫着。小鸟在天上飞一阵，又停在树枝上叫一阵，声音的分贝比不过阳雀，比不过斑鸠，比不过董鸡，比不过知了，但是音质特别好听，特别能进入人心。蝴蝶围着猪棚边的南瓜花和丝瓜花飞来飞去，不知到底该恋哪一朵。蜜蜂采了丝瓜花粉，又采南瓜花粉，忙得不亦乐乎。

牵牛花和胡豆花聊得正起劲，山林的电话来了，问她昨晚淋了雨有没有事，如果不舒服就去拿点药吃。

牵牛花仰头看了看天，强忍着泪水说："我这个人命贱，没事。"

山林说："昨晚累了一夜，为什么不好好休息休息？"

泪水在牵牛花的眼里直打转。

山林说："别什么都一个人揽着，你是一个女人。"

牵牛花忍不住了，对着电话"哇"的一声哭了出来，哭了个酣畅淋漓。

第五章

与山林倾诉后牵牛花的心情好多了,她突然感到饿了,爬上苹果树摘了三个雀鸟啄过的苹果,坐在苹果树上,摇晃着双脚啃吃着,吃得甜甜香香的。三个苹果吃完,她连连打了几个饱嗝。

填饱肚子,她坐在苹果树上,看着山湾出了一阵神,然后想进城一趟。她跳下苹果树,把一只藏在黄荆子笼里吃草的野兔吓得钻了出来,兔子箭一样地射进了长满杂草的地里,把一只正在芭茅里下蛋的野鸡吓得飞下山杆,拼命乱窜。

牵牛花哼着歌曲,顺着山杆走过去,发现周幺爸的水牛甩着尾巴在黄泥土里啃草,一只野兔蹲在不远处,好奇地看着水牛。两只黑腹野鸡在水牛身旁觅食。三只白鹤站在牛脚边,伸着长长的脖颈张望着。一只小喜鹊站在水牛的背上唱歌。

牵牛花不想惊动它们,停住歌声,悄悄顺着山杆走下去。山杆上的丝茅草铺天盖地,足有两尺多高,多数已经长出了像狗尾巴一样的花穗。丝茅草中间偶尔挤出一些别的杂草和一些长长的刺篱笆,刺篱笆霸道地开出许多白色的小花,散发出奇异的香味。蒲公英毫不示弱,长出长长的花茎,支撑着花蕾,有的开出像向日葵一样的花朵,有的结出绒绒的、圆圆的白色小花球。粉红色的月季花到处都是她们的灿烂,到处都是她们的芬芳。牵牛花特别喜欢月季花,跑过去拉着月季花贪婪地嗅了一阵,然后摘了几朵,哼着小曲从二表嫂的苞谷地里穿过。

二表嫂正在地里掰嫩苞谷,见牵牛花过来就说:"牵牛花,你来得正好,快把这地里的瓜瓜摘些去喂猪。"

牵牛花说:"你留着吃吧。"

二表嫂说:"这么多,胀死我也吃不完。"

牵牛花说:"那你摘些去卖吧。"

二表嫂说:"我这个老婆子有多大的力气?我顶了天背四五十斤,背出湾去赶车,来回两趟,你说除了来去的车费还剩几个钱?我还不如落个清闲。"

牵牛花说:"我们的猪都是喂饲料,你叫野棉花摘回去喂吧。"

二表嫂撇撇嘴说:"给她。哼!她把猪喂肥了舍得喊我去喝一口汤吗?给她,我还不如等它烂在地里当肥料。"

牵牛花把月季花插在苞谷秆上,说:"那我回去拿背篓。"

二表嫂说:"我这里有。"说着往背篓里摘菜瓜瓜和南瓜。摘了两大背篓,牵牛花背一背篓,她背一背篓,两人一前一后往猪场走去。

牵牛花刚放下背篓不到两分钟,周幺爸就在他们家的自留地里喊牵牛花去割红苕藤。

牵牛花接完周幺爸的电话,对二表嫂说:"其实你们都可以喂一两头猪。"

二表嫂说:"喂什么喂,难得麻烦。我喂了一辈子的猪,累够了,不想再喂了。我现在一个月有一千多块钱的养老保险金,够用了。明年我也打算不再做包产地了,做一两分自留地,种点小菜,种点葱葱蒜苗什么的就行了。"

牵牛花说:"你们也可以像野棉花那样,买些饲料,搭些粮食喂。"

二表嫂说:"我们湾里除了野棉花喂了两头猪,其他都没有喂。自从前年没有喂猪起,家里就少了许多事,清闲多了。每天可以打打小麻将,可以这里走走、那里看看,还可以与大家聊聊天、吹吹牛什么的。"

牵牛花叹口气说:"那大家就只有吃饲料猪肉了。"

二表嫂扯下一根丝茅草摆动着说:"牵牛花,你多在野棉花那里订些肉,到时匀一二十斤给我。"

牵牛花为难地说:"你知道她只喂了两头猪,她说城里的妹妹要半边,蒋大妈要半边,胡豆花说要二十斤,她自己肯定要留半边,我可能只有小半边。"

二表嫂极不高兴地说:"蒋大妈要那么多干什么?"

"说给城里的儿子拿去……"

二表嫂急怒攻心地说:"本湾的人都不先满足了,给城里人拿去,城里人又不是大妈生的!"

牵牛花摘一朵小花玩着,不说话。

一只麻雀从树上飞下来,停在她们的脚前,表演似的跳了几跳,又展示起她的飞翔能力,张开翅膀嗖地一下飞到猪棚上去,机警地张望一阵,然后飞到树林里,与一群同伙叽叽喳喳地说个不停。

沉默一阵,牵牛花说:"你去给野棉花说说,叫她给你计划一二十斤。"

二表嫂说:"这段时间我和她有些不和。你和她好,你叫她给你多计划二十斤,到时我每斤多给你一块钱。"

牵牛花说:"这不是钱不钱的问题。"

一只蝴蝶飞过来,恋牵牛花手上的花,围着牵牛花飞来飞去。

牵牛花费了很大的劲才把话题从猪肉身上转移开,又费了很大的力,才把二表嫂脸上的笑容说出来。

气氛终于和谐起来。

二表嫂看着牵牛花脸上的伤问:"痛吗?"

牵牛花说:"有点点。没关系,过两天就好了。"

二表嫂叹口气说:"深更半夜,打那么大的雷,下那么大的雨,刮那么大的风,你一人出来,他们娘儿母子睡在床上倒安逸。牵牛花,不是我说你,你这个人太老实、太本分了。这猪场又不是你一个人的,这个湾里的人都看不惯他们那副财大气粗的样子。说实话,昨晚大家都是看在你的面上,才冒着雨顶着风踩着洪水来帮忙的。人心都是肉长的,大家都很心疼你,你在他们这个家里过的是什么日子啊?婆婆对你不好,米白不把你当长辈,你虽然是后娘,但你对她那么好,把她当亲生女儿一样,大家都是看在眼里的,可是她从来都没有叫过你一声妈。"

牵牛花说:"她不叫也无所谓,我不稀罕。"

二表嫂左右看看,见没人,便说:"依我说你干脆与米冬瓜拜拜算了。"

牵牛花说:"如果不是有童童,我早和他拜拜了。"

二表嫂说:"另外找一个男人一样对童童好。"

牵牛花说:"再好也不如亲生爸爸好。"

二表嫂叹口气说:"当初你真该嫁给山林。"

牵牛花说:"我们是表兄妹。"

二表嫂说:"很多表兄妹都成了夫妻。"

牵牛花说:"那是不懂科学,不为后代负责。"

二表嫂说:"你懂科学,你为后代负责,但你不为自己负责。你看你现在过的是什么日子?依我说你就与米冬瓜离了和山林过,山林现在还没结婚,明显是在等你,你现在还有机会。"

牵牛花说:"说点别的吧。"

二表嫂说:"好好好,我们说别的。"

于是两人天南地北地聊起来。

牵牛花与二表嫂聊了一阵,心情好了一些,突然觉得那些淋湿了的饲料烂了可惜,就把上街的事放在了一边,开始晒起饲料来。二表嫂见牵牛花扛得吃力,便起身去帮忙。二表嫂一边帮着牵牛花把饲料抬到太阳坝里,一边悄悄地对牵牛花说:"昨天夜里野棉花跑到你们睡屋里去……你搬苞谷回来,她才出来,她的脸红红的,头发乱蓬蓬的。"

牵牛花仰头去看天上的太阳,眼睛顿时被刺得痛痛的、花花的。

陈家院子的鸡公叫了,甘家院子的鸡公也叫了,堰塘里的鸭子不知被什么惊吓着了,也一齐大声地叫了起来。

二表嫂看了一眼牵牛花的脸色，想说几句安慰的话。不料牵牛花却笑道："野棉花已经对我说了，她是去喊米冬瓜起来帮着煮夜宵。"

二表嫂哼一声说："你信她的鬼话。你们家的米冬瓜也不是个省油的灯，听说他和那个卖保险的杨什么来着？哦，杨柳，也有一腿。大家都知道，就你不知道。你一天在家里累死累活的，可他把钱拿出去乱搞。"

牵牛花不搬饲料了，站着对二表嫂说："不麻烦你了二表嫂，我明天再晒，你快回去推苞谷馍馍吧。"说罢在养猪场侧面的丝瓜架上摘了几根嫩丝瓜给二表嫂。

等二表嫂走后，牵牛花拖起水管将所有的饲料淋了个透湿，然后将水管开得大大的，对准猪圈猛冲。她希望把猪棚冲垮，把所有的猪都冲到大河里去，气死米冬瓜。

第六章

牵牛花生平第一次做这样的事，她有些怕，跑到娘家去住了一夜，第二天上午十点过才回来，她料定米冬瓜这时已经到城里的茶楼喝茶打麻将去了。等他晚上回来，气或许就消了一大半，到那时她就对他说她忙着回娘家，忘了关水管。他如果还冒火，她就说她牵牛花也不是好惹的，她还有一肚子的火要发呢，还有一肚子的委屈要诉呢。就是摆明了也不怕，谁叫他米冬瓜这样对不起她，这样伤她的心。她牵牛花哪一点比不过那个杨什么柳，不就是太阳晒得多比她黑些吗！不就是活路做得多手比她粗些吗！除此而外，没有哪一点比不过她。至于野棉花就更不消说了，她比她漂亮，比她能干，比她年轻，就只是没有她骚。

牵牛花怀着复杂的心情走进湾里，穿过甘家院子，顺着乡村公路朝湾顶自己的院子、自己的家走去。路过荷塘，她没有心思赏荷花；路过稻田，她没有心思听蛙鸣，她埋着头懒洋洋地迈着脚步，走进自家院子的竹林里，她停住了脚步，思忖着该怎么应对婆婆和米白。反正就一口咬定自己忘了关水龙头，她们如果不信，她也不怕，索性闹翻，不就是放水淹了猪场吗。难道他们会把她杀了不成，再说也是事出有因，逼急了她就实话实说，看谁对谁错！

唉，自己也是，不该那么冲动，应该冷静一些，冲动真是魔鬼。牵牛花抽了几片竹芯，摘了几片竹叶，扯烂撕碎后抛在地上，然后定了定心，启动脚步，穿过竹林，走进院坝。不料米冬瓜的黑色轿车却像一个妖怪一样卧在院坝里，诡异地看着她。她的心紧缩了，米冬瓜没有进城，在等她回来算账，看来一场恶战是不可避免的了。狂风会来，暴雨会来，雷公火爆电闪雷鸣都会比前天夜里更凶更猛。一家人可能会把她嚼起吃了，她是个罪人，是死路一条，今天必死无疑，她浑身吓得直打哆嗦。就在这时，她听见房背后有一群人在说话，她跑过去窥视，见米冬瓜、母亲和米白陪着村上和镇上的领导，一大路人顺着猪场的路走了下来。天哪，他们把领导都请来了，看来是要定她的死罪。牵牛花觉得自己要晕倒了，慌忙倚在坚硬的水泥墙壁上。她的心跳得越来越厉害，她使劲按住胸口，不让那颗心跳出来。人们的说话声越来越近，越来越近。她觉得一张张脸朝她扑压过来，一张张嘴逼近她的脸，唾沫星子飞溅着，像暴雨一样浇打着她，像洪水一样淹没着她。

她晕倒了。

她苏醒过来的时候，见米冬瓜和野棉花在她的床前悄悄地说着什么。野棉花眼尖，见牵牛花醒了，忙惊喜地扑过去握着牵牛花的手激动地说："醒了！你终于醒过来了！你把我们都吓死了！"

牵牛花扭过脸去，面朝着墙壁说："死了才好呢。"她本来还想说我把位置让出来，你好天天和米冬瓜上床，但是她忍住了。

野棉花尴尬地站了一阵，便出去了。

牵牛花以为米冬瓜会暴跳如雷，结果他却意外地对她好起来，温情脉脉地看着她，关心地问她好些没有，牵牛花没有回答。米冬瓜坐在床边，拉着她的手说："好好的怎么就昏倒了呢？昨晚你到哪去了？怎么不给我说一声？连电话都不给我打一个。"

牵牛花说："说不说有什么关系呢？难道你还会把我放在心上？"

米冬瓜揉搓着牵牛花的手说："别脾气这么大，别一点不知道好歹，人家野棉花把你当亲妹妹，又给你掐人中，又给你熬姜汤……"

牵牛花转过脸来，愤怒地瞪着米冬瓜说："别提她！别在我的面前一口一个野棉花！"

米冬瓜辩解道："人家对你那么好。"

牵牛花说："猫哭耗子假慈悲！她巴不得我死呢！你也巴不得我死！杨柳也巴不得我死！你们都巴不得我死！"泪水顺着她的脸颊往下流淌，像是从崖壁上流泻下来的瀑布。

米冬瓜笑着俯身去吻她的脸，她扭过脸去，躲开了。米冬瓜笑着将她的脸扳过来，用温热的嘴唇压住了她的嘴唇。一股酥麻陶醉了她的身心，她的心暖了，她的头脑里已经没有了清醒的意识，只有幸福的感觉。二表嫂对她说的话已经是上个世纪的事了。

米冬瓜说："我是你的男人，永远都是。你不要去听信那些谣言。别人看着我们家有钱，眼红，巴不得我们家闹得天翻地覆呢。"说罢又亲了亲牵牛花。

牵牛花一把将米冬瓜拉倒在床上，像只小猫一样温柔地依偎在他的怀里说："你怎么不骂我？"

米冬瓜说："我骂你干什么？傻婆娘，你那是将功补过呢。"牵牛花支起身，疑惑不解地看着米冬瓜。米冬瓜便一一地给她解说，说他请镇上的领导看了洪灾情况，拍了图片，估计会给他们家一大笔救灾款。牵牛花看着米冬瓜那笑歪了的脸说："别高兴得太早，万一得不到呢？"

米冬瓜说:"应该没问题,建养猪场时,几百万的扶持项目经费我米冬瓜都拿到手了,还怕这笔救灾款得不到?"

牵牛花说:"几百万在哪里?你怎么从来没有对我说过,你用到哪去了?"

米冬瓜说:"我怕你女人家嘴巴不稳,说出去让湾里人嫉妒,让湾里人眼红。你问我用到哪里去了,我也不知道用到哪里去了,几百万转眼就不见了,就好像在做梦一样,就好像从来没有过一样。钱真他妈的像魔鬼,一溜就不见了。修猪场,给公司押金,请人吃饭,进高档会所,给人回扣,还有……哎呀,不给你说那么多了。你只知道你在屋头累,就不知道你男人我在外面应酬有多苦有多难。你以为钱那么好到手。"

牵牛花亲他一口,又紧紧地搂抱着他说:"我也没有说你在外面不难。"

两人在床上疯狂一阵,然后起床到堂屋里。牵牛花捧两捧花生放在桌上,又给米冬瓜倒一杯人参枸杞红枣酒,体贴地说:"想不到现在做事这么难。"

米冬瓜剥几管花生在嘴里,嚼后吞下,一仰脖子将一杯殷红的酒喝下去说:"你以为满世界都是阳光灿烂,你以为钱到手那么容易?老实告诉你,天上不会掉馅饼,世界上没有那么多的好事。"

牵牛花听着米冬瓜的话,心里涌起一阵怜爱,又满满地给他倒上一杯。

米冬瓜说:"你也喝一口吧。"

牵牛花摇摇头说:"烧喉咙,我喝不来。"

米冬瓜说:"剥花生吃吧。"

牵牛花说:"生花生满口钻,我不喜欢吃。"

牵牛花不喝酒也不吃花生,只是满含爱意地看着米冬瓜一把一把地吃花生,一杯一杯地喝养身酒。

米冬瓜将第八杯酒灌下后,悄悄地对牵牛花说:"报洪灾的事不要对任何人说。湾里人问起,你就说是镇上领导来检查工作。我跟你说,如果你前天晚上不那么认真,让洪水把猪棚冲垮,我们的救灾款可能还要多得多。好在你聪明,知道将功补过。"

牵牛花的脸红了一下说:"我不明白,水管里是清水,怎么满猪场都是洪水了呢?"

米冬瓜看看外面,得意地说:"办法都是人想出来的,我把你们掏通的水沟又堵了起来。让坡上流下来的洪水全部灌进猪圈里。嘿嘿,你说你老公我英不英明嘛。这些年你老公我在外面混还是学了些招数,你只知道我天天在城里坐茶楼,不知道我长了多少见识。"

正说着,野棉花哭着跑来说:"米冬瓜,我们家的猪死了一头。"

第七章

米冬瓜说:"别哭了,死一头猪又不是死一个人。"

野棉花擤一把鼻子,又擦一把眼泪说:"当然咯,又不是你们家的猪死了。如果是你们家的猪死了,你会说得这么轻松吗?想起真让人寒心!"

米冬瓜说:"来喝酒吃花生。别哭了,有什么大不了的事,不就是一头猪吗,我赔你就是。"

野棉花破涕为笑,挨着米冬瓜亲热地坐着。米冬瓜看一眼牵牛花,忙把野棉花的身子推了一下,野棉花不理睬,仍然紧挨着米冬瓜,剥着花生,喝着酒。牵牛花站起身,把桌上的花生一粒不剩地收了,又把酒瓶一阵旋风似的卷进了睡屋。

米冬瓜追进屋去,抢夺着酒瓶说:"你给我留一点面子行不行?"

牵牛花说:"看着肉麻!叫她滚开!"

米冬瓜说:"你小声点,我在和她说正事。"

牵牛花的泪水涌出来了,冲着米冬瓜说:"你别把我当傻子!你们没有那种事,她会对你那么亲热吗?还有,你凭什么赔她一头活猪!"

米冬瓜说:"我现在对你说不清。但是你要相信我,我一切都是为了这个家。"

牵牛花把酒瓶摔在地上,哭闹道:"你说的是鬼话!全是鬼话!我不要听!"

野棉花难堪地站在门口对米冬瓜说:"米冬瓜,算了吧,我不为难你了。"说罢转身往外走。米冬瓜追出去,牵牛花扑在床上号啕大哭。正哭得一塌糊涂,米母和米白回来了。

米白说:"又发生海湾战争了吗?"

米母嘀咕道:"一天都在号,一个家拿给你都要号败了。"

牵牛花跑出来,一把鼻涕一把泪地把事情经过说了。母亲一听米冬瓜要赔野棉花一头猪,顿时气得脸色发紫,说:"这个家里光出败家子。"说后就像一个将军一样摆开阵式,很有战略地指挥牵牛花到猪场去守住每一头猪,她带领米白去找野棉花。

牵牛花听从米母的指挥，朝养猪场飞快地跑去，跑得像兔子一样快，生怕晚了他们家的猪就被米冬瓜牵到野棉花家里去了。正跑着，山杆里边一个声音突然传了出来。牵牛花吓得停住脚步，环顾四周。四处静静的，只有树和草，没有人影。是鬼吗？牵牛花吓得迈不动步，也说不出话。这时声音又响了起来，有些熟悉，牵牛花终于辨别出是周幺爸的声音。但是他人呢？她看了半天也没有看见他，四处是茂密的树，四处是茂密的草。好半天，周幺爸才从柏树林里冒出来。牵牛花捂着胸口说："周幺爸你把我的魂都吓脱了。"

周幺爸弓着背慢慢走过来说："你胆子那么大，我会把你吓着？"

牵牛花说："人吓人吓死人。你在林子里面干什么？"

周幺爸说："看看哪里是我的风水宝地。"

牵牛花浑身一冷，这才想起柏树林里是坟地。都说这个地方有风水，公公是葬在这里的，蒋大妈的福地也是看在这里的。牵牛花说："周幺爸，您老人家长命百岁，别说那些不吉利的话。"

周幺爸说："人活一百岁也是要走这一条路的，我早点把它看好。我就挨着你的公公，过两天我就去找阴阳先生来看。"

牵牛花忙说："你别靠得太近，我妈要与父亲合葬。"

周幺爸呵呵地笑着说："你们放心吧，我还没有老糊涂呢。"说后问牵牛花到哪去。

牵牛花说："我去给猪加饲料。"

周幺爸看看周围没有其他人，便说："米白在吸毒，你知道不？"

牵牛花瞪圆双眼说："不可能吧。"

周幺爸说："湾里的人都知道，没有那事就更好，你们多注意注意她。不是我多嘴，你们不该给她买车，不该让她任意花钱，应该找个人把她嫁出去。"

话说米母和米白到野棉花家，见米冬瓜正在猪圈里和野棉花抬死猪，就把他们堵在猪圈里，一人一耳光，打后骂米冬瓜："糊涂虫！败家子！"骂后指着野棉花的鼻子质问道，"你为什么要我们家赔你一头活猪？你家的猪是吃了二表嫂田里的稗子死的。你烧香庙门都没有找着。"

野棉花说："不是我要你们赔我一头活猪，是你的儿子自己说要赔我一头活猪。"

母亲一瓢潲水朝野棉花泼去说："不要脸的骚货！你要找也找别人嘛，这个湾里有周幺爸。如果周幺爸人老了，你就把吴主任关在你家里天天……"

这时周幺爸、蒋大妈和二表嫂都来了，见米母这么骂，都忍不住笑了起来。野棉花正气得不得了，一抬头瞥见二表嫂在笑，便翻出猪圈，冲过去抓住二表嫂的头发就扭打起来。

蒋大妈说:"野棉花疯了。"

周幺爸急忙跑去拉,但人老体衰,拉了半天也没有拉开。蒋大妈急得挥着她那干枯的手,命令米冬瓜赶快去拉开野棉花。

米冬瓜上前拉的不是野棉花,而是二表嫂,他把二表嫂的手拉着,让野棉花打。大家都看出来了,急忙上前去拉住野棉花。米母趁机推了野棉花几把,骂道:"你个疯婆娘!你简直疯了!"

野棉花理着散乱的头发,吐着口里的血说:"二表嫂是你把我的猪毒死的!我要你赔!"

二表嫂从米冬瓜手里挣脱出来,倾斜着身子对野棉花泼闹道:"我把稗子倒在田坎上,是你自己占小便宜背回去的,喂死了活该!"

野棉花说:"老婆娘,你田里打了药,为什么不跟我说?这不怪你怪谁?你是有意毒死我的猪!我就是该怪你该要你赔!你不赔不得行!"

二表嫂说:"我给我田里的秧苗治虫,我会打起锣鼓给你说?笑话,你算哪把夜壶?"

周幺爸劝道:"少说一句,少说一句,大家都少说一句。"

蒋大妈附和道:"就是就是,别闹了,乡里乡亲的,抬头不见低头见。别再闹了,再闹把山神爷爷要吵醒了。"

黄昏时,米冬瓜追到菜园地里,一边帮母亲摘辣椒,一边告诉了母亲换死猪的缘由。米母"哦"了一声说:"既然事情是这样,那就依你说的办吧。"米冬瓜跳出菜园地,吹起口哨。母亲同意了,他明天就照计划行事,至于牵牛花同不同意他根本不在乎,在这个家里她一人翻不了船。他们这个家,他是舵,母亲是帆。

晚饭时米冬瓜和米母有说有笑。牵牛花提醒米母说:"换猪的事坚决不能同意。"

米母像没有听见似的,继续吃饭。米冬瓜瞪一眼牵牛花说:"吃饭嘴巴都堵不住呀?不该你管的事就不要管。"米冬瓜正说着,见周幺爸一人端着饭碗蹲在他们家的阶沿上吃,忙招呼他过来。周幺爸不来,牵牛花见此就拿了两个盐蛋,装了一大碗煮花生准备给周幺爸端去。

母亲说:"你男人还要下酒呢。"

牵牛花说:"拿少了不像话。"

母亲说:"没有见过你这种人,什么时候都恨不得把家里所有的东西都拿给别人。"

牵牛花正要冒火,米冬瓜推她一下说:"快给周幺爸拿去。"

牵牛花给周幺爸送了盐蛋和煮花生回来,见米白拿着车钥匙往外走,便问道:"你又要到哪去?"

米白没有好气地说:"你管我到哪去?我爱到哪去就到哪去,你管得着吗?"

牵牛花说:"米白,你这么大个人了,有些事情自己要把握好。晚上不出去吧。"

米白根本不听牵牛花的,提起包包就往自己的车子走去。

晚饭前,牵牛花在灶屋里把周幺爸的话转告了米母和米冬瓜,但米母和米冬瓜根本不相信,说那是造谣。

牵牛花拉了拉米冬瓜的手,示意他阻拦。米冬瓜不理她,坐在桌边抽他的烟,吐他的烟雾。她又祈求似的看着米母,米母折转身进了灶屋。牵牛花无可奈何地看着米白上了车。

走了就走了吧,走了这夜也不会发生战争。但米白又突然推开车门,下车回来问米冬瓜要两千块钱。米冬瓜毫不犹豫地掏出钱包,正从皮包里抽钱,牵牛花突然一把抢过钱包说:"你要害死她呀!不能再拿钱给她了!"

米冬瓜气恼地说:"给我,把钱包给我!再不给我我就冒火了啊!"

牵牛花紧握着皮包不给。

米母说:"这个家简直乱套了,到底是谁在当家啊?我活了一辈子也没见过哪个女人抢过男人的钱包。"

这时站在一边的米白突然冲过去,一下将牵牛花推在墙角里,压着牵牛花的身子,抢夺牵牛花手上的钱包。牵牛花见钱包要被米白抢去了,急忙扔给米冬瓜。米白没有抢着钱包,气急败坏,一脚朝牵牛花踢去,踢得牵牛花"哎哟"一声软了下去。

米母和米冬瓜目睹着这个场面,没有说米白半句。牵牛花的心里像灌进了硫酸一样难受,泪水山洪暴发般地流淌着。

米白胜利了,拿上两千块钱开车走了。

米冬瓜把钱包往桌上一摔说:"我一点权利都没有了?给女儿一点钱你都不准。这钱是你挣来的吗?"

牵牛花没有力气与他争吵,她费力地站起身,忍着腿上的疼痛慢慢朝床上走去。米冬瓜看着她的后背恶狠狠地骂道:"看看你这副鬼样子老子就难受!猪场如果不需要人手,老子早就把你一脚踢出去了!世界上再也找不出你这样的女人!我告诉你想借刀杀人你打错了算盘!你污蔑米白吸毒以为我们会信,我们还不知道你肚子里装的是什么!你那点鬼把戏老子一眼就看穿了。她在吸毒,她还杀了人呢!我不知道你到底安的什么心?!当初你发誓说要把她当亲生女儿带。结果呢?钱不给她用不说,还恨不得把她往死里整。我算是把你看透了!这样的日子我简直没法过了,滚回娘家去!"

牵牛花的泪水已经灌满了耳朵,已经浸湿了一大团枕头。猫蹲在梳妆台上萎靡不振地看着被痛苦撕扯着的牵牛花。狗受了打击似的慢慢走进来，坐在睡屋中间，默默地望着床上的女主人。

米母在堂屋里火上浇油地嘀咕道："种错庄稼一季，讨错婆娘一辈子。你这辈子最倒霉的就是娶了这个女人。你再不拿出点王法出来，我看你以后的日子怎么过？！"

在米母的教唆下，米冬瓜不停地骂着牵牛花，骂了大半夜，骂得牵牛花泪流成河。

第二天早晨五点过，天还没有亮，湾里的人一个也没起来，米冬瓜就神神秘秘地把野棉花的死猪换了过来。牵牛花起床的时候，米母和米冬瓜都不在家，米白一夜没有回来，米母又打麻将去了。

牵牛花端着一盆衣服到堰塘里去洗，正洗着，野棉花风风火火地飘来了，手里拿着两个烧苞谷。她一见牵牛花那双哭得红肿的眼睛就叫了起来："哟，我的天哪，牵牛花，是不是米冬瓜欺负了你？这个王八蛋，他答应过我要对你好……"突然发现自己说漏了嘴，忙住了口，环顾着，好像是在寻找补过的话题。

堰塘里的水很深，清幽幽的，自然生长的鱼儿在里面自由自在地游动着，青蛙在堰塘边发出嘶哑的叫声，周幺爸的水牛在堰塘一边的角落里滚澡，一条水蛇醒醒地出现在堰塘中央，吓得青蛙不敢再叫，吓得鱼儿慌忙逃避，吓得水牛直打响鼻。堰坎边的柳树经受过无数次暴风雨的摧残，显得无精打采的。

野棉花把烧苞谷递给站在水里的牵牛花，牵牛花埋头洗衣服不接。野棉花气恼地一把将牵牛花从水里拉出来，硬将烧苞谷塞进她的手里。

顿时，温温暖暖的烧苞谷驱散了牵牛花心中的仇怨。

两人坐在柳树下一边啃烧苞谷一边摆谈。

野棉花听了牵牛花的诉说后，对牵牛花道："他们都不管，你管什么管？管一肚子的气来怄。她这种白眼狼让她吸死算了！你还管她？你这样为她好，有谁说你是对的？不但不说你对，反而还说你后娘不拿钱给她用。唉，我看你这日子什么时候是个头啊。"

牵牛花说："我现在后悔极了，我真恨自己！我真是太傻了。从现在起我如果再管这个家里的事，我就不是人。"

两人将烧苞谷啃完，话也聊得差不多了，野棉花洗了手，哼着歌儿回去了。牵牛花又继续洗衣服，发现脏衣服里有两条米冬瓜的内裤，提起就摔进堰塘里。两条内裤慢悠悠地向堰塘中间漂去，但一会儿又漂了回来，故意和牵牛花作对似的。牵牛花抓起来，抹上肥皂搓洗起来，污黑的肥皂泡沫弄了她一手，她心里突然升起一股厌恶，再次想起二表嫂对她说的话，一扬手，将米冬瓜的两条内裤摔进堰坎外边的稻田里。稻田里的稻谷已经怀胎，谷穗过不了几天就会抽出来。鸭子在怀胎的稻田里觅食，弄得整个稻田动荡不安。

米冬瓜用野棉花那条死猪换了四千多元。猪场里的每一头猪都是参了保的，不贵，六元钱一头。死一头小猪保险公司赔五六百，死一头架子猪保险公司赔一千三四。野棉花的死猪是头架子猪。

死猪的头数报了保险公司后，保险公司就委派当地兽防站的人去验证，去拍照。头天拍了照取了证，保险公司赔了他们一千四百块钱。第二天米冬瓜用急得要哭的声音向保险公司报告又死了一头，兽防站的人验证拍照后，保险公司又赔了他们一千四百块。兽防站的人见米冬瓜家一天一头死猪，开始聪明起来，将猪耳朵割下后，叫米冬瓜马上拉到坡上去埋了。米冬瓜一人包里塞一百块钱，点着头说马上马上。说后拿上锄头，扛着死猪往坡上走。第三天又报告死了一头，说他们的猪可能是染上瘟疫了。兽防站有一个人发现死猪耳朵是用线连起的，正想说什么，米冬瓜忙递一支软中华给他，然后再塞两百块钱在他的包里。那人的嘴就被堵住了，不再说什么。

米冬瓜用这些伎俩又获得了一千四百块。

两个月后，米冬瓜将一批肥猪卖了，又买了一批小猪。小猪刚进圈，跑保险的杨柳就到了。

牵牛花冷嘲地对杨柳说道："你的鼻子真灵呢。"

杨柳笑笑，毫不掩饰地说："不是鼻子灵，是耳朵灵。米哥的电话一来，我就立马开车来了。"

牵牛花的怒气找不到出口，一棒朝蜷缩在磨盘上的猫打去说："瘟猫！你这个不要脸的瘟猫！"

杨柳轻蔑地笑笑，蛇妖一样飘到米冬瓜身边，肉麻地叫道："米哥，我来了。"

米冬瓜满面笑容，像迎接贵客一样迎接着杨柳。叫她坐在他用牵牛花的衣服擦了几遍的沙发上，然后捧出核桃和花生放在杨柳面前说："吃吧，这些都是绿色食品，没有打药，都是留着自家人吃的。"然后又叫牵牛花给杨柳冲杯蜂糖水，说那蜂糖是自家养的蜂酿的蜜，采的是春天的菜花粉，没有掺一点假，甜得很纯得很。

牵牛花白他一眼，转身进房间里去了。

米冬瓜也不再喊她，过了一会儿，走进屋里去拿钱包。

牵牛花问："买多少头？"

米冬瓜说："有多少头就买多少头。"

牵牛花说："不会多买吧？"

米冬瓜猥亵地笑笑说："你说对了，我就是要多给她一些钱。人家值。"

牵牛花正在叠内衣,听米冬瓜这么一说,气愤地把手里的内衣朝米冬瓜的头上摔去。

米冬瓜取下头上的内衣,摔在地上咬牙切齿地说:"空了老子再收拾你!"

牵牛花昂着头说:"我等着呢。奉陪到底!"

米冬瓜突然被惹笑了。

牵牛花说:"笑什么笑?"

米冬瓜将手伸进牵牛花的怀里,牵牛花扭着身子躲避着。米冬瓜一下把她按在床上说:"你躲得了吗?"

正在这时,杨柳的声音从堂屋里传了进来:"米哥,你快点出来,我还有事呢。"

米冬瓜放开牵牛花,下床去理了理头发,整了整衣服,又对着穿衣镜审视了一番,然后朝外面走去,朝杨柳走去。走到门口,回过头来对牵牛花说:"你到店子上去割两斤新鲜肉回来,人家大老远来,也该留人家吃一顿饭。"牵牛花高高兴兴地买肉去了。回来,家里一个人也没有,她以为姓杨的女人跟着米冬瓜到猪场去了。她把肉放进灶屋,准备拿筲箕去摘菜,突然觉得穿高跟鞋到地里去摘菜不方便,便进房间去换平底鞋,一推门,只见两个白生生的活物在床上疯狂地舞动着。牵牛花愣在门口,脑里出现了很长一段时间的空白。米冬瓜赤身裸体地跳下床来,抱住牵牛花,叫杨柳快走。牵牛花哭叫着要去抓那个女人的脸,但是米冬瓜像个铁箍一样死死地箍着她。等杨柳开车走了,米冬瓜就跪在牵牛花的面前认错。说自己该死!说自己对不起牵牛花!叫牵牛花惩罚他。

牵牛花没有眼泪。

夜幕降临的时候,她默默地走出屋子,走向堰塘,想结束痛苦,告别凌辱。

第八章

牵牛花没有想到，人的命像一根长长的线，扭来拐去，还打着无数个结，想要了断，也不是一件容易的事。

牵牛花在展翅向水里飞扑的时候，被我突然发现了。

这不知是她的幸运，还是她的不幸。也许是她在这个世界上的苦难还没有受够，也许是她的人生节目还没有上演完。当堰塘的上空划过一道弧线的时候，我感到月亮特别明朗，把周围的一切都照得眉眼清晰，都照得轮廓分明。

月亮像是故意让我看见牵牛花落水的凄美。

月亮像是故意引发我灵魂深处的善良。

月亮像是故意激发我骨子里的勇气。

月亮像是故意让我展示我的水性和力量。

月光，柔美的月亮把我幻化成了一个勇者！

说时迟，那时快，我停止一切思绪，纵身跳进了堰塘里，与柔软得没法说的水展开长达十几分钟的搏斗，争抢着牵牛花的生命。这是我学会游泳后的第一次精彩表演。在水里救人不是件容易的事，我用力地将牵牛花托出水面，牵牛花却与我背道而驰，把我往水的深处拖。我想要个支撑点，但我悬空而挂，水用它那无限的柔软对付着我。我想借助一种力量，但这是水的世界，我一抓一个空，一抓一个空。这时，我特别特别想余刚，想我的男人。如果他在我的身边就好了，如果他能像火箭一样飞来就好了。余刚，我的男人，他在水里是自如的，像海狮一样。

我和他是在水里相识的，也是在水里相爱的。大学毕业那年，我想彻底地轻松一下，想彻底地放飞一次。于是我买上机票，直飞泰国的普吉岛。一到普吉岛我的活泼就回归了，我的心儿就长上了翅膀，连灵魂都飞翔了起来。就那么一瞬间，我就爱上了普吉岛。普吉岛是印度洋上的一座大岛，距曼谷八百六十七千米。有各种各样的海洋生物，有中葡建筑风格的古镇，有美丽的海岸，有森林覆盖的山坡，被誉为"安达曼海的明珠"。

我选择了一家酒店住下。计划先缓解一下疲劳，修复一下体力，然后再报团出海，就在这个计划中我遇见了余刚。那是一天午休后，我突然想游泳。这个酒店很大，游泳池有三个。我见那两个游泳池里人多，便朝人少的游泳池走去。我这个人不太喜欢人多，喜欢独处。同学说我很自我、很清高，老一辈的人说我是个怪人。不管别人怎么说我，我还是我，我还是改变不了这种习惯。

我游了几圈，越来越觉得池子像天空像海洋，任意让我放飞，任意让我游来游去。我的心和身因畅游无阻而特别爽快，就好像这个游泳池是专门为我修的。我的心里涌起阵阵欢快，抬头看了看，池子里其他人已经走了，只剩我一个人，原来这自在是因为这池子里只有我一个人，一个人独占一个游泳池真好。我正这么沾沾自喜地想着，一个小伙子突然跳了下来，我的心里涌起一股不快的感觉。但这不是华清池，我也不是杨贵妃，我没有任何理由和权力赶他走，我没有任何理由霸占这个游泳池。我提醒自己，这个游泳池是公用的，公用的东西只好与人共享。这么想着，我就又像一条鱼一样自由自在地在池子里游起来。但当我见他也像一条鱼一样在池子里游着时，心里就嘀咕起来，甚至觉得他有些厚颜无耻，他干吗不到那两个池子里去呢？一个男人和一个女人在一个池子里游来游去算什么呢？不知道的人还以为我和他是朋友关系呢，那不急得我潮红脸蛋？我才不想让人误会，我还是赶快撤退吧，我逃也似的往岸边游去。他的声音却意外地跟了来："不游了？"我装没听见，让他的声音沉在了池子里。上岸时不知什么原因，我回过头去看了他一眼，只看了他一眼，觉得他一点也不特别。

蓝天白云啊，海风海鸥啊，我以为他会像无数个男生一样与我擦肩而过，才不呢，这才仅仅是一个剧情的序幕，这才仅仅是一个浪漫故事的开始。

故事开了头就有发展。

那天傍晚，我踩着泰国的土地，拥抱着温暖而又潮湿的空气，与一路游客到海边观潮。到了海边，我就不是一个成年人了，我完完全全回到了童年，一个劲地与潮水追逐笑闹，潮水退时我追过去，潮水朝我涌来时，我惊叫着逃跑，但最终没有逃脱潮水的热烈。浪花朝我涌来，激烈地拥抱我一下，强烈地亲吻我一下，又飞快地退去，像个搞恶作剧的大师，撩拨着我的身心，惹得我激情翻涌，兴趣倍增，难以控制。我不过瘾似的，定一下神，又热血沸腾地朝海水追去，似乎想追到海洋的中间，水的深处。潮水知我情懂我意似的，又欢笑着一浪接着一浪地朝我飞扑而来，给予我满足，给予我刺激。在我尽情尽兴地与海水狂欢时，突然撞到了一个什么物体。我回过头去，啊，天哪，那不是一个物体，而是一个人，一个男人，一个很英俊的年轻男人，一个似曾相识的年轻男人。但我想不起是在哪里见过他，也不想去探究，现在的我对于男人根本没有那兴趣，根本没有那心思。说实话，我已经被海水冲昏了头脑,不,不是被冲昏,而是被迷醉了。是的,我是被海水迷醉了,被它的宽广,被它的碧蓝,被它的活力彻底地征服了、彻底地迷住了。我爱上了大海,我爱上了潮水。

以前是幻想,现在是真实的拥有。

那个男人,那个似曾相识的男人一直跟随着我,但我没有理睬他。此时此刻的我,心里眼里只有大海,只有无边无际的大海,只有潮起潮涌,只有欢笑不止的浪花,只有一阵接一阵的涛声。

此时此刻的我,完完全全被海洋童化了,什么烦恼啦、什么前途啦……一切的一切都统统靠边站。

我要让大海浸润我的身心,见证我的放飞!

我要让大海激发我的热血,见证我的自我!

我在普吉岛玩了四天,然后飞到曼谷,认真地了解了当地的文化,认真地观赏了人妖。然后我下海了,深入海水的底部,品尝海水的味道。我在海水里尽情地游着泳。蓝蓝的海水让我完全忘却了自己是一个长有四肢的人,蓝蓝的海水让我完完全全成了一个一直生活在海洋里的生物。

我的水性让许多游客佩服,让海洋保安无事可做。

在我尽兴地游玩时,不期而遇地碰到了另一个海洋生物——那个似曾相识的人。当我游累了,拉着安全绳直立时,他说:"游泳技术不错呢。"

我的眼光驻留在他的脸上,再次点击我记忆的鼠标,搜索数据。也许是海水给予了我灵性,很快我就在脑海里搜索出来了,他……他不就是那个在酒店的游泳池里陪我双游的男生吗?真是阴魂不散!

我说:"你是间谍吗?"

他靠近我一些说:"我有必要跟踪你吗?"

我抹一下脸上的水说:"是巧合?"

他说:"也许是……"

我追问:"也许什么?"

他笑笑说:"也许是我们有着共同的爱好。"

我心里冷笑一声说:"共同的爱好?我还不知道你是南极的人还是北极的人呢。"

他的目光定格在我的脸上说:"我们是中国人你不否认吧?"

一个浪潮推过来,将我掩盖了。我与海水融为一体,没有机会点头或摇头。他却自以为是地又问道:"我们是四川人你不否认吧?"

又一个浪潮击打着我,溅起一朵又一朵美丽的浪花,海水直往我的脸上飞扑,一部分海水还拼命地往我的嘴里钻,争风吃醋似的不让我与他对话。

他拨开浪花,直直地又笑着对我说道:"我们是遂宁人对吧。"

不等我回答，他又自我介绍道："我叫余刚。"

一个大浪冲过来，几乎要把我推进他的怀里。我忙拉着安全绳大笑道："你别再说，再说我们就是一个小区的人了。"

他见我笑了，脸上的阳光就更灿烂了。我不想让这阳光的温度增高，变成烧人的火焰，忙撤离了现场。

浪花啊，海鸥啊，我以为这人会像路边的一颗石子，会在我的不在意中消失。但是才不呢。第二年夏季的一个傍晚，我和他在小郊河不期而遇，而且是以一种特别的方式。那天，我与朋友亚兰在小郊河游泳不到半小时，亚兰突然说她腿抽筋，话音刚落，她就像泰坦尼克号中的女主角一样沉了下去，我慌忙进行施救，但是我体力不支。因为那段时间我减肥，把自己身上的肌肉减去了十多斤，体力也随着减去了不少。我觉得我就要和亚兰去见龙王爷了，就在这绝望的时候，两个如海狮一样健壮的男生一个猛子扎进水里，极速进行施救，其中一个就是我在泰国认识的那个男人，就是几乎被我忘得一干二净的那个男人。老天，我做梦也没有想到他还会在我面临危险的时候出现，我做梦也没有想到他还会在我的生命中注入鲜活的色彩。是的，是他给我的生命注入了鲜活的色彩，是他把我从龙王爷的手里抢夺了回来。他，余刚，把我托出水面，护送上岸，见我人很清醒，便又一个猛子扎入水里去帮他的朋友救我的朋友亚兰。他那一个猛子如箭，如鹰，放射出极大的魅力，产生了极大的磁场。那一刻我怦然心动了，那一刻他进入了我的生命，那一刻他深入了我的骨髓。

他帮他的朋友把亚兰救上来后，我已经穿好了衣服。在他的朋友对亚兰进行人工呼吸时，他跑过来极关心地问道："没事吧？"

我笑着说："还好。"

他见我笑了，他也笑了，笑后他说："我们今天算是英雄救美。"

我像喝了好几杯烈酒，血液极度沸腾，心被热力冲击着，怦怦地跳得十分厉害。同时我的脸被热力烘烤着，热辣辣的，满心觉得世界开满了春花，写满了情诗。

我被姗姗来迟的爱情弄醉了。

姗姗来迟的爱情把我活脱脱地变成了一个傻子。

我傻傻地对他一笑后，便晕晕乎乎地朝我的朋友亚兰跑去，他也跟了来。我的朋友亚兰也没有多大的事，只是比我多喝了几口河水。我要上前去拥抱亚兰，他却拉住我说："你没看见已经有人抚慰她，给她压惊了吗？"

他说得一点没错，那个男人给亚兰披上衣服，并扶着她上了车。

这算什么事啊？我叫起来了，这算是英雄救美吗？这简直是乘人之危。余刚见我这样便笑道："你不会去把她拉下车来吧？"

我瞪他一眼，转身就朝亚兰跑去。但车已经启动了，我"11路车"追不上四个轮胎的车，我追了几步只好站住。

我又有点晕了，不知发生了什么事。

余刚上前扶着我上了他的车。

这时日光已经退下，夜晚开始上演璀璨的剧幕，路旁的灯光和天上的星光组成了一个梦幻世界。

我成了童话世界中的灰姑娘。

我飘飞在云端中，迷醉在夜晚深处。我把朋友忘了，我把世界忘了，我把我自己也忘了。我不知道余刚要把我带到哪里去。

不用过多讲述，我和余刚相爱了，成了相守的伴侣，我的朋友亚兰成了我男人余刚的朋友张明的女人。张明在搞农业发展，开发了一百多亩水果基地，人们都不叫他张明，叫他张总。

言归正传，我和余刚的故事就讲到这里，现在说说我救牵牛花的事吧。

上次救人我体力不行，这次我的力气很充沛。驻村不只是让我的生活发生了翻天覆地的变化，也让我的体质发生了前所未有的变化，我突然长得如树干一样结实，体力也神奇般地多了起来。无可非议，这得益于天天跑田坎路的历练，这得益于日晒雨淋的磨砺。

我幻想我的男人余刚来协助我，那完全是出于心理上的依赖。当我明白此时此刻只能依靠自己时，我的力量和智慧就应有地发挥了出来。我一边用力与水的柔度较量，一边用清醒的头脑辨别河水流动的方向，将自己的身子移到下游一点的地方，紧紧地攥住牵牛花，用力往水面浮。就在这时我突然被牵牛花抱住了，但我一点也不慌张，用力挣脱出牵牛花的手，然后游到牵牛花的后面，用左手伸过她的左臂腋窝猛然抓住她的右手，以仰泳姿势将她拖出水面，像纤夫拉船一样地将她拉上了岸，成功地将她救了起来，弥补了我上次救人失败的亏欠。

我把牵牛花送回家，调解了矛盾，并对米冬瓜进行了一番劝说。米冬瓜极为反感我，他说："美女书记，你别在这里白费口舌了，你该干什么干什么去。牵牛花是我的女人，是我宝贝女儿的妈妈，难道我会对她不好？以后我会对她好的，相信我。"边说边把我往屋外推。

米冬瓜的母亲不满地看着我。

米冬瓜的女儿童童依偎在牵牛花的怀里也看着我。

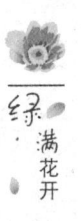

第九章

米白吸毒的事我不能不管，但管起来是一件十分累人十分头疼的事。米白不承认她在吸毒，找到了证人也一口咬定没有吸毒，米冬瓜和他的母亲也一口否认米白在吸毒。尽管米白在网上借了高利贷，在亲戚朋友那里借了许多钱，他们还是不承认。吸毒是一件可怕的事，吸毒是一件败家丢人的事。最先牵牛花说米白在吸毒，米冬瓜和他的母亲都不信，后来见要账的人越来越多，数目越来越大，他们才恍然大悟，但是他们只是关着门教育米白，从不对外人透露一点点，如果有人提起，他们就会翻脸不认人。在这种情况下他们怎么可能配合我把米白送进戒毒所呢？这致使我的工作难度大大地增加，我只好到禁毒缉毒所去找禁毒缉毒大队长。禁毒缉毒大队长叫宇凡，是个女将，人们说她是一个铁骨铮铮的女汉子，说她比穆桂英还穆桂英，她的荣誉获了一大堆，还立了一次三等功。我也不管她是铁骨铮铮的女汉子，还是穆桂英，我只管她配合我尽快把米白的毒戒了。米白才二十多岁，她的人生才进入初春阶段，她的路还长。我希望她尽快戒掉毒瘾，健康地步入人生，开出艳丽的花朵，展现出她应有的芳香，释放出她应有的色彩，绽放出她应有的光芒。

禁毒缉毒大队长就是禁毒缉毒大队长，没要几个回合就把米冬瓜和米冬瓜母亲的思想工作做通了，没要几个回合就把米白弄进了戒毒所。

把米白送进戒毒所后，我就正式开始上演我的乡村振兴工作剧目。我必须把自己的情商和智商以及全部的力气都使用出来，还要附带上所有的时间和所有的精力。很长一段时间我都没有睡好觉，不是想丈夫，而是考虑如何做好乡村振兴工作。我苦思冥想，想得很累很苦，苦和累与别人没关系，大家看的是结果、是成效，所以我要让自己的苦和累开出花、结上果。我首先自己掏腰包请徐书记、吴主任和吴文书到龙安街的伙食团去饱口福。丹子山村离县城很远，离隆安镇比较近，只有十二三千米，附近几个村的人买东买西都直奔这里。隆安镇街不大，几分钟就能走通头。每三天一逢场，逢场天聚得快也散得快，早晨八九点整条街上都拥满了人，就像蜂巢里的蜂一样，闹嚷嚷的，热闹非凡。但不到十一点，人们就像暴雨后的洪水一样慢慢退去，到十二点整条街就像被洪水冲洗过的大坝一样，静悄悄的，无一点声息，空空荡荡的，没有一个村民。

伙食团从外面看去像一个无人居住的木棚，陈旧不堪，会唤起人久远的记忆，会让人想起远古时代的落后与贫穷。里面也很简陋，也写满了远古时代的落后与贫穷，但很有生气，老板家的人围着灶台忙得团团转，锅里的菜炒得吱吱作响，菜板上的香肠腊肉散发出奇异的香味。几间土屋里和后院里已经坐满了人，都是下村开展乡村振兴工作的人员，队伍之庞大。

我要了一间土屋，我不是单单为吃饭而吃饭，我是来笼络人心拉关系的，是来为工作铺路搭桥的。这顿饭我基本没有动筷子，主要在说话在敬酒，我的工作需要面前这几位大神支持。胡豆花说白雪公主来管山大王是有道理的，白雪公主怎么管得了山大王呢？但为了做好工作，我必须挑战自己，必须超越自己，必须运用智慧大动脑筋。我一杯又一杯地敬他们的酒，我从未这样给人敬过酒，我不会喝酒，但今天我要雄起来，让酒发挥最大的效力，为我开辟一条大道。我敬了他们一杯又一杯后说："徐书记、吴主任、吴文书，我初来乍到，乡村振兴工作你们要多指导多支持，一定要帮我撑起。"

徐书记红着脸，用手捂着酒杯说："酒不倒了。今天这顿饭我请客，为你接风，我私人掏腰包，不用公家出。"

我摆着手说："不用不用，先说好了的我请，算是我的拜师宴。吃顿便饭，怠慢了哈。以后有机会进城我再请你们进高档酒楼。"

徐书记咧嘴笑着说："哪里哪里，美女书记客气了，你说到哪里去了？你是上面派来的领导。"

我说："什么领导不领导的，我是来给丹子山村当公仆的，来帮丹子山村铺致富路、搭幸福桥的。我首先在这里表态说明，我会尽我所能做好乡村振兴工作。"

徐书记说："乡村振兴工作也是我们的工作，重中之重的工作，我们在你的领导下一定抓好这项工作。"

吴主任仰头喝下一杯酒说："这酒不错，味道不错，的确不错。野棉花家的酒也有这么好的味道……"

文书吴芳撞吴主任一下，说："哥，你才喝就醉了呀。"

吴主任明白了堂妹的提醒，忙转过话题说："美女书记，今天不好意思，实在不好意思让你来破费……嗯，工作吗，没问题，一回生二回熟，老百姓不了解你不信任你没关系，慢慢来嘛。他们没文化，大老粗，话说得不好听你别往心里去。这几天经过我的火眼金睛观察，我发现你其实是一个外柔内刚的女人，你比……比一般的男同志都会做工作。我一眼就看出你是一个识时务的、一眼就看出你是一个会做工作的人。一……一切困难在你的面前都会迎刃而解。"他打了一个酒嗝，接着又说道，"你一来丹子山村，天都格外明朗起来了，鸟的叫声也特别响亮，那几个单身汉都突然变得格外勤快起来了，特别是二牛和麻狗。吕三娃子虽然要迟缓一些，但我相信不久的将来也会被你改变。我说的是真话，不信你问徐书记。"

文书吴芳给徐书记和吴主任满上，又给自己满上，说："美女书记，吴主任说得对，你一来就让我们眼前一亮，你一来二牛和麻狗几个单身汉就不那么懒眉懒眼了，天刚麻麻亮就到地里干活去了。"

吴主任醉意浓浓地接上吴文书的话说："对，有什么使唤他们，他们就跑得屁颠屁颠的，有时嘴里还像树上的鸟儿一样唱歌。他们，他们就像老牛见了嫩草一样……哎哟……"

徐书记在桌子下重重地踢了吴主任一脚，然后朝我笑笑，不好意思地对我说道："他喝多了。"

我笑笑，举起酒杯说："乡村振兴工作就有劳大家了。"

徐书记说："美女书记你放心吧，我当了几十年的书记了，工作上从来不会拉稀摆带，凡是上面布置的工作我都会精益求精地把它做好。"

吴主任一仰脖子又将一杯酒灌下，然后红着脸、红着眼睛看着我说："美女书记你放心，我们一定跟着你好好干，一定把乡村振兴工作干得有声又有色。"

吴文书说："美女书记，有什么工作你尽管安排就是，我们一定做好，一定给你撑起。"

这是我想要达到的目的，这是我想要的效果。

中国的酒文化博大精深，中国的酒文化强大得无与伦比。口感颇好的桂花酒，魔法般地驱除了我与丹子山村村委会班子成员的陌生感，缩短了城里人和乡下人的距离，铲除了男女之间的界线，解除了丹子山村村委会班子成员对我的轻视。瞬间，我们成了朋友，成了哥们儿，他们开始尊重我，与我说些肺腑之言。我抓住机会抢占主导地位，了解村里的情况，安排乡村振兴工作。

这段时间我的工作进行得很顺利，乡村振兴干部公示栏、党务村务公示栏、乡村振兴的政策与目的、丹子山村乡村振兴的实施方案都一一上墙。

我几乎是在跟自己较劲，与时间赛跑，把节假日全部用在工作上。我不相信我不如男人，我不相信我做不好乡村振兴工作。我快马加鞭，我马不停蹄，将农家书屋的管理工作进一步更新，将村委会坝子进行扩建，将坏了的体育设施全部更新，将九处社道路全部扩建，将十一千米的断头路全部接通。

在我的奋进努力下，丹子山村的村民不再走烂泥路，天天可以学习文化知识，天天傍晚可以在村委会坝子里跳广场舞，天天可以在体育器材上锻炼身体。他们不再公开嘲笑我，但也不见他们赞赏我。我知道我的工作还做得不够好，离他们的要求还很远很远，离乡村振兴工作的要求还很远很远，我知道，要让他们拍手称快，要让乡村振兴工作出成效，达到建设新农村的目的，我还需要加倍努力，我还需要付出许多许多精力，流出许多许多的汗。

我望着满坡的柏树在心里对自己说："加油！"一步一步地朝前迈进，一步一步地靠拢丹子山村的村民，一步一步地实现乡村振兴的梦想。

但实现乡村振兴的梦想，靠拢丹子山村的村民不是一句话两句话的事，村民不听空话套话，他们讲实际讲实惠，他们要的是看得见摸得着的东西。深知这点后，我就不对他们说大话说空话，我用实际行动，他们需要我帮他们做什么我就帮他们做什么。他们有什么困难，我能解决的，一定帮他们解决，尽我所能。

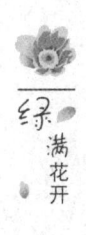

第十章

丹子山村因地势原因，一社、四社、五社一到夏天就面临着吃水难的问题。这是一个非常大的问题，鱼儿离不了水，人畜、庄稼禾苗哪样又离得开水呢？都离不开水。水是生存之本、生命之源，缺水的问题我必须马上解决。我连续几天一趟又一趟地跑去找镇上领导商量，找县上水务部门反映情况，争取"人畜饮水工程"项目资金。

把经费争取到后，就请专家勘测，请民工打井，修蓄水池。几个月后一社、四社、五社的吃水用水问题——得以解决。这是一个亮点工作。

工作有了起色，我就越干越有劲。我顺着乡村振兴工作的路子，唱着青春的赞歌，舞动着有力的胳膊，奋力前行，施展出浑身的解数给村民解决一个又一个困难。七社有一位八十多岁的老人，一级残障，生活完全不能自理，老伴上月离世，家境十分贫寒，厨房紧挨着隔壁的厕所和猪圈，中间留着很大的缝隙，一不小心，人就有可能掉进厕所里。夏天蚊子、蛆满屋爬行，臭气熏天，惨不忍睹。这哪里是人居住的地方？这简直比地狱还地狱。我的心被一双无形的手攥痛攥紧了，决定不再让老人住在这个地方，哪怕再住一天也不行。当场我就给有关部门和养老院联系，第二天就把这位可怜的老人送进了养老院。老人用他那干枯的手拉着我说："好人，好人啦！恩人，恩人啦！"

这段时间我飞翔在蓝天下，穿梭在白云间，很有成就感。

常言说赠人玫瑰，手留余香，这话一点也不错。帮助别人，自己真的能得到很大的快乐，有时我完全忘却了自己是在完成工作任务，而是在为自己这颗柔软善良的心做事。我仿佛在绘画，努力调色，尽力把一张张脸变成笑脸，尽力使一幅幅画面变得更亮、变得更美、变得更有色彩。

功夫不负苦心人，我终于赢得了一片片笑声。

有天，二牛在人堆里憨憨地笑着说："我说她是仙女嘛，你们还不信。我的梦一点没错，准得很，灵得很。你看她给我们解决了这么多问题，做了这么多好事。"

麻狗从一边跳过来，与二牛比高低似的说："我的梦比你的梦准，美女书记就是玉皇大帝派来的神仙。不信，你们慢慢看吧，现在太阳才刚刚露出笑脸，好事还在后头呢。"

牵牛花接着说道："对对对，美女书记是实实在在要我们富起来。"

蒋大妈说："猴儿猴儿，一个二个猴儿都会讨好卖乖。"

胖大妈说："美女书记，你给他们发朵大红花。"

胡豆花说："美女书记，二牛和麻狗最想要的是女人，而不是大红花。"

大家哈哈大笑起来。二牛脸红了，麻狗一脚朝胡豆花家的狗踢去，那狗叫着朝前一蹿，吓得一群鸡叫着飞扑起来，一只鸡从桌上飞扑过来，径直朝胡豆花飞去。胡豆花叫嚷着，将脸一偏，一掌将那只鸡推开，那只鸡就像导弹一样从她的耳旁飞驰而过。

大家又是一阵哈哈大笑。

胡豆花骂麻狗道："不得好死，下辈子也是孤身一人，下辈子也是断尾巴一个。"

麻狗回骂胡豆花道："你又不是王母娘娘，说不定我明年就能讨个婆娘。"

二表嫂从鼻孔里哼一声道："做白日梦吧？"

野棉花嘲讽道："麻狗明年春天会在乡村公路上遇着花仙子。"

胡豆花冷笑道："哼，花仙子？母狗都怕遇不到一条。"

大家又是一阵哈哈大笑。

麻狗被大家的嘲讽弄急了，便说："你们……你们这些该死的女人！我许愿明年春天出现一条大蟒蛇，缠死你们！我许愿明年春天从天上降下天蓬元帅，把你们搞死在地里……"

"这个二流子！"野棉花一把抓住麻狗，二表嫂和胡豆花笑着扑过去，将他按倒在地上，麻狗挣扎着，叫二牛和吕三娃子帮忙。吕三娃子要上前相助，胡豆花一个眼色打向他，他就住了手。二牛勇敢上前，结果也被按在了地上。围观的人们笑得前仰后合，牵牛花带着她的女儿童童早就退到了一边。

有了笑声的鼓励，我更加诚心地为村民们排忧解难。我见他们买东买西路途遥远，便帮大家在网上购物。一时，网购像一个火苗丢进柴堆里一样，点燃了女人们购物的热情。网购既方便又节约钱，我明白的道理，她们也跟着明白了。她们一明白，我就麻烦了。她们不分白天黑夜，也不管你空与不空，累与不累，一窝蜂似的挤进我的小屋，缠着我给她们买这买那。我突然烦乱极了，突然烦恼极了，但又不好发作。

我后悔不该让她们知道我会网购。

我把这事对我亲爱的男人余刚说了。

余刚说："你怎么这么笨？你难道就不可以叫她们自己买。"

我说："就只有你最聪明？你以为她们是城里人，样样都会呀。"

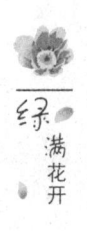

余刚说:"别低估了农村人,信息时代的农村人没有一个是笨的。城里人能学会的东西,农村人也能学会,不信你试试。"

我一拍脑门心里想,是呀是呀。我这个人在潜意识里也在鄙视农村人,也同样像他们不信任我一样不信任他们,也同样像他们瞧不起我一样瞧不起他们。我的思想怎么这么没有高度?余刚的话打开了我的经络,他说得对,在这个开放时代,在这个信息时代,任何一个地方的人都会变得聪明,都会变得无所不能,都会变成专家,丹子山村的人也不例外。果然我教了他们几次,他们就会网购了。野棉花、二牛、牵牛花、胡豆花、麻狗学得最快,于是我就让他们教其他的人。很快全村大多数人都学会了,就只有蒋大妈和一些年龄大的人没学会。不过,没关系,他们的儿孙会。

网购给丹子山村的人带来了极大的乐趣,见此我给村民们建了网站,让他们在网上推销农副产品。这样村民的视野广了,希望大了,获得的收入也增高了。

我的热心与付出让村民们很是感动,二牛常常在没有人的时候给我送来几个鸡蛋或几个苞谷什么的,憨憨的不说一句话,放在村委会的坝子里就走。麻狗有时也会在背筐里藏几个核桃或几把花生,瞅准机会从围墙外甩进来。两个男人像是在表演,像是在表达,又像是在竞争。有一天傍晚,我从吴主任家吃了晚饭回来,只见二牛躲在村委会外的一棵核桃树下,一见我回来就像松鼠一样蹿出来,放几个鸡蛋在我的面前就逃也似的跑了。我还没有反应过来,身后又叭的一声,几个野地瓜落在我的身后。我抬头张望,只见麻狗从村委会门口像蛇一样溜过去,还朝我笨拙地挥挥他那粗大的手。

我心里正疑惑,胖大妈端一碗苞谷馍馍,蒋大妈端一碗苞谷凉粉一前一后朝我走来。我说我已经吃过晚饭了。胖大妈说:"你尝尝,这苞谷馍馍又香又甜。"蒋大妈说:"这凉粉又麻又辣,我听说你喜欢吃凉粉,就特意为你送来。"

我的泪水出来了。

胖大妈和蒋大妈在我的屋里坐了许久,像母亲一样关心着我,叫我一个人在这里要小心,说后坡上闹鬼,晚上一定要把门关严,千万别出来,有人喊你也别出来。

两个老妈妈说了一遍又一遍,像我的亲妈一样千叮咛万嘱咐。

我很感动,感动得都想拥抱她们了。

第十一章

在我马不停蹄的努力下，丹子山村的乡村振兴工作进入了综合环境治理环节。

一切成果都不是那么容易就取得的，因为世界上有阳也有阴，天空中有白云也有乌云。

这天夜里，野棉花扭着她那好看的身段朝我走来了。她穿着超短裙，露着极美的双腿，她脖子上戴着黄金项链，耳朵上戴着黄金耳环。我看着她那散发着诱人魅力的双腿，禁不住赞美道："你真美，你不应该叫野棉花，你应该叫桃花或郁金香什么的，真的，你确实太美了，你应该是丹子山村的形象大使。"

野棉花撇撇嘴说："可不是。都怪吴主任，他说家花没有野花香，带野字的东西就是有味道。"

她说这话时低头看着地上，脸红红的，耳朵上的金耳环荡悠悠地闪着金光。

我听人说过她和吴主任的故事。我怕她不好意思，忙把目光移开，扭头去看四周，抬头去看天空。天上没有星星，但月亮很明很亮。

我知道野棉花今晚是无事不登三宝殿，我敢与丹子山村的山神爷打赌，今夜她肯定不是来找我闲聊的，肯定是有什么话要说。

我望着丹子山村的夜晚等待着，等了两三分钟她也没有开口，我感到有些尴尬，便没话找话说。我说："乡村的空气好，负氧离子含量高，天空随时都是碧蓝碧蓝的。"

我的话一点也不对她的思路，她没有接我半句话。

我知趣地住了嘴。静默了片刻，她突然问我道："晚上怕不？"

我不以为意地说："不怕，有什么可怕的。"

她说："你的胆子真大，全村人都怕了你却不怕。"

我的身上突然麻了几股，但我不能显露出来，我不能让任何一个丹子山村的村民知道我胆小，我不能让任何一个丹子山村的村民知道我怕鬼。我挺了挺胸，聊天似的问："以前这山上闹过鬼吗？"

她说："没有，从来都没有闹过。"

我说："那说明我这个人阴气太重了。"

她说："不是你阴气太重，而是你长得太好看了。"

我估计她要拉开序幕了。

她抬头看看天，又低头看看地，然后看着我说："妹妹，你真是一个能干人，比男人都能干，我们大家都夸你呢。我没有想到，村里人都没有想到，你一个城里的妹子还这么能干，给我们解决了那么多那么多的问题，还教会我们很多东西！你真是一个好人！你真是玉皇大帝派来的神仙，是救苦救难的观世音菩萨。你就像燕子一样，你一来，我们丹子山村的花就开了，草就绿了，太阳也就暖和起来了，风也就不那么冷人了。"

她说得绘声绘色，表情极为丰富。我在心里想她如果是一名演员，一定是块好料，演技绝对高超。

我一面这样想着，一面在心里嘀咕道：她到底要说什么啊？这个开场白也太长了。我有些不耐烦地打断她的话说："谢谢理解，谢谢支持，谢谢鼓励！我的工作还做得不够好。"

她亲热地拍我一下。她的手很重，把我的肩都拍痛了。我下意识地抽动了一下肩说："姐，有什么话你就直说吧。"

她望了一眼卧在夜色中的山坡，然后将话缓缓地倒了出来，她说："其实也没有什么，听说你们要搞什么环境治理？"

治理乡村环境是推进乡村振兴生态建设的重要内容，目的是建设优美的新农村，治理乡村环境直接关系到人民群众的获得感、幸福感、安全感，对实现乡村振兴、全面建成小康社会具有极其重要的意义。我们丹子山村把抓好生态绿化和综合环境治理提升工作列入了议事日程，针对综合环境治理工作，下午我们召开了村班子会议，对大力推进乡村环境治理、改善乡村人居环境、打造生态宜居等问题进行了研究和分析，发现丹子山村环境整治的突出问题很多，违章建筑、环境乱象、环境卫生等问题很突出，涉及的人很多，整治起来面临的阻力和困难也比较多，比较复杂，因此必须谨慎行事，再度研究出具体可行的实施方案，采取可行的措施。所以下午的会议内容暂不公开，我和徐书记再三要求大家保密，谁知保密性这么差，泄密概率这么高。我有些气恼，我说："这事还没有研究呢。"

她说："你哄得着我吗？我都听说了。"

我说："你听谁说的？"

她说："听……这个你别管，我反正知道了。我先给你说一声，我们家和我哥家的猪圈是不会拆的，你再整治也不要整治到我们的头上。你是个聪明人，我相信你不会，你的工作是要靠吴主任支持的。俗话说不看僧面也要看佛面嘛，妹子，我亲亲的妹子，你放我们一马，我们一辈子都记得你的好。"

我说："推进乡村环境治理，改善乡村人居环境，打造生态宜居环境是增强我们丹子山村村民的幸福感……"

她打断我的话说："你不能为了增强丹子山村村民的幸福感而拿我们开刀，你不能拆我们的猪圈，损害我们的利益！"

我说："你也是丹子山村的一员。"

野棉花说："对，我是丹子山村的一员，是你关照的对象。你应该让我们过得顺心如意，你应该让我们继续致富，不应该给我们添堵制造麻烦。我和哥的猪圈修了这么多年，都没有哪个干部叫我们拆！你倒好，你倒能，不要我们发展经济，要拆我们的猪圈。请你别打错了主意，美女书记，我把丑话说在前头，你整治别的人我没意见，如果你整治到我和我哥的头上，那我就会翻脸不认人！不管他是哪个，就是天王老子我都非找他拼命不可。"

我望着她那张喷射着导弹的嘴，禁不住打了几个寒战。

这个晚上我注定得不到清静，野棉花刚走，地老鼠就带着一群人涌了进来，像冲破了闸门的洪水一样，堵也堵不住。地老鼠说他家的猪圈只是在乡村公路边边上，不像野棉花兄妹两家侵占了大半边乡村公路，野棉花兄妹俩的猪圈该拆，他们的猪圈不该拆。

大家也你一言我一语地说他们的猪圈、鸡圈、鸭儿棚没有乱搭乱建，虽然在路边，但那也是在他们的屋基地里。

一拨又一拨的人穿行在丹子山村的暗夜里，拥挤在我的小屋内。无数张嘴对着我一张嘴，弄得我口干舌燥。我简直快昏厥了！我冲出包围圈，站在月亮普照的村委会坝子里，对着电话冲吴主任和吴文书发火，问他们是谁走漏了消息，问他们还有没有一点党性！我的声音大得划破了丹子山村的夜空，很有震慑力，吓得邻近洞里的老鼠都不敢出来，吓得村民们不敢再对我提出不合理的要求，都纷纷走出我的小屋，踩着月光回各自的家。

吴主任和吴文书谁也不承认自己走漏了消息，都发誓说自己半个字也没有对人说过。我也没有法，人家又没有拿保密费，追究又有什么意义呢？谁会承认呢？我真傻！我心里清楚，散会不到两分钟他们的亲人可能都知道了，不仅是在家的人，就是几千里几万里以外的丹子山村人都可能知道了，因为我已经接了几个电话。

我感到工作意外地难做，关系意外地复杂。

我叫苦！

我前行的路上不但曲折，而且还荆棘丛生。我如果披荆斩棘，其结果是刺肯定会深深地扎进我的肉体里。

难呀！坚持原则吧，与野棉花类似的人要找我拼命；照顾关系吧，那改善农村人居环境和建设生态宜居的美丽乡村又从何而谈呢?我是整治环境的第一责任人,在这种局面下,怎样才能做到真抓真管真干啊?

难,一个难字穿透了我的心扉,让我的肉体震颤!

我再次感到我这颗血肉之心很苦很累,很累很苦!

如果这时有谁能帮助我,我会立刻叫他亲爹,我会立刻叫她亲娘!

可是没有人帮助我。

我又有些哲人的意识了,我再次觉得人最终只有自己帮助自己,自己靠自己。这是人类的悲剧意识,也是人的自强不息。我抖抖身子,鼓鼓劲,大刀阔斧,迎难而上,与徐书记并肩前行,按照"一拆二改三清四化"和"六无一全"标准,重点治垃圾、治水、治厕、治房、治风,以创建美丽村庄和美丽庭院为抓手,大力推进丹子山村的人居环境整治提升。对摸排出来的空心房再度进行核实,制订详细拆除方案,组织力量迅速进行拆除;对影响村容村貌的违章建筑,如猪圈鸡圈鸭棚和一些断墙残垣全部进行拆除;对农户圈养的畜禽粪污进行无害化处理。另外发挥村保洁员的卫生劝导职能,促进村庄清洁由外而内发生根本性的改变。还有就是对村道进一步硬化、亮化、绿化、美化。经过这一整治,丹子山村突然变得像一个美丽动人的女人,每户人家都成为一景,一景又一景组成了丹子山村的亮丽画卷。

环境治理的成效出来了,野棉花也找我拼命来了,她将脏水泼在我的脸上,将所有难听的话都搬出来骂我。她的哥哥泼了我一瓢粪,还冲过来打我,那只手像熊掌那么大,一落在我的身上非打断我一根骨头不可。但是那只熊掌没有落下来,在半空中被二牛挡住了。为此野棉花的哥哥很不满意二牛,问二牛睡过我几次。二牛冒火了,二牛发怒了,像一头角斗中的水牛一样朝野棉花的哥哥擂过去。两人抱在一起,扭打起来。站在一边的麻狗也突然发起威来,与野棉花大闹起来,说野棉花不学好,说野棉花不讲道理,说野棉花不知道好坏,没有良心;说美女书记为我们丹子山村做了那么多的好事她一件都记不得。野棉花哪里容得麻狗这样说她,她跳起双脚,骂了麻狗祖宗八代,又骂麻狗的姐儿妹儿。

丹子山村要翻天了!

乡村公路翻着白眼,田土、山坡、禾苗、树木、野草都像吴主任的脸一样冷漠,都像吴主任一样不理我。我感到孤独,我感到无助。吴主任不和我说一句话,不服从我安排,处处与我唱反调,更要命的是不叫我到他家去吃饭。我狼狈不堪!我悲惨极了!我已经吃了好几天的方便面了!余刚要去教训野棉花的哥哥和吴主任,我不准,冤冤相报何时了,况且我还是个公职人员,况且我还是驻村第一书记,还要继续工作。

徐书记说向上面反映,我也没有同意。谁都有犯错误的时候,我不想整治谁，我不想在丹子山村树敌。我不想，真的不想。有句话不是说大事讲原则，小事讲风格吗。

徐书记说："那他长期这样不配合工作怎么办？"

我说："慢慢来。我给他做做思想工作，他会明白过来的。"

徐书记抽一阵烟，骂一阵吴主任，然后叫我到他家去吃饭。我果断地拒绝了，在这个时候我不能撤离，不能到任何一家去搭伙，更不能到徐书记家去，只要吴主任没有开口叫我另外找人家搭伙，我就不能另外找人家搭伙。我是丹子山村的驻村第一书记，要有肚量和理智，我不能制造敌我矛盾，不能与吴主任拉远距离，成为仇敌。

徐书记又说："那他长期不配合工作怎么办？"

我说："不会的，这几天他是在闹情绪。"

徐书记说："情绪归情绪，情绪怎么可能带到工作上来？再说他这种情绪也没有道理，他和野棉花是夫妻关系吗？龟儿子傻冒，简直是抓屎糊脸！他以为他光荣！等我完全熟悉了上岭村的情况，再好好收拾他。啥球子龟儿子人嘛？连一个女人都不如！"

我也觉得吴主任有问题，他和野棉花的关系是一个问题，他把小学还没有毕业的堂妹吴芳弄来当文书也是一个问题。吴主任原来是上岭村的主任，丹子山村与上岭村合并后，上岭村的书记年龄到点退居二线，上面考虑到徐书记不熟悉上岭村的情况，就委任吴继续担任主任一职。吴主任就以为徐书记离了他无法开展工作，就以为他是上岭村的一家之主，所以高高在上，有些头脑发昏。

吴主任好几天都没有到村委会来了。村班子是一个团体，如人体一样，离了左手不行，离了右手也不行。他不来有很多工作都无法开展，都无法研究。乡村振兴工作需要他配合完成。可是他连一个鬼影子都不出现，不来不说，连电话也不接，像一个故意躲藏起来让人着急的孩童。徐书记急得拍着办公桌大骂起来，说要去找镇党委撤他的职。但徐书记是一个刀子嘴豆腐心的人，只是嘴上这么说说而已。

我原打算等他来村委会时与他认真而又彻底地谈一次心，但是他几天都不来，我不能再等了，必须找上门去好好和他谈一谈。吴主任住在十一社，离村委会很远，我只有开车前往，车轮发出的声音穿透了山坡的宁静，刺痛了我柔弱的心脏。我感觉满世界都有呜呜的哭诉声，是女人的哭诉，传达出说不出口的苦与累。

我把车停在吴主任家的院坝里，但吴主任不在家，也不在田地里。有人说他刚才还在院子里。我明白他不想见我，躲起来了。八月的天气像锅里的蒸气一样炙烤着我，太阳像烈火一样穿透我的肌肤，烘烤着我的心房。我没有戴墨镜，也没有打太阳伞，让太阳尽情地暴晒。我以前是全副武装，只要有太阳，就必须打太阳伞，必须戴太阳镜。但一驻村我就改掉了这个习惯，太阳再大也不打伞，太阳再大也不戴太阳镜。我要像村民一样不怕太阳晒不怕烈日烤，只有这样才能靠近村民，只有这样才能与村民打成一片，只有这样才能融入他们，只有这样才不会被村民说城里的人硬是洋球得很，城里的女娃子硬是怕太阳晒得很。

我在吴主任的家门口等了许久也没有等到吴主任出现，我给他打电话他没有接，我给他发微信他也没有回。我围着院子顺着山杆找了一遍也没有看见他的影子。看来吴主任成妖钻进地缝、钻进竹筒里去了，我这个凡人是见不着他了。

到了中午，我的肚子三番五次地给我提意见，我只好垂头丧气地往村委会的小屋子走。我泡了一盒方便面快速地满足了我的胃，然后又驱车前往吴主任家。但这次又与上午一样，又是英雄白跑路，又是白分泌了一次汗液。但是为了工作我不怕烈日烘烤，不怕消耗体力，不怕消耗能量。第二天，我又去，但仍然扑了一个空。

这次我没有生气。

看来我成了一个久经沙场的将军。

看来我已经挑战了自己的耐性，练就了应对一切的本领。

但光有本领还不行，还要有智慧和谋略。第四次我改变了策略，我不开车，开车会发出声音，会给吴主任发出躲避我的信号。我走路去，路远我不怕，累我也不怕。第四次，也就是第三天早晨六点我就步行前往。我不再直接杀下去，我像个间谍似的隐藏在山杆上的柏树林里，站在制高点上侦查。大约六点半，吴主任担着箩筐从院子的竹林里冒了出来，我的眼前一亮，总算看见他的鬼影子了，我抓住机会像蛇妖一样溜下山坡，像跟踪仪一样追踪着他。他下田不到五分钟，我也挽起裤子一脚踏进了田里。我生长在城里，从来没有下过田，我怕泥田里的吸血虫。实话实说我是闭着双眼跳下去的。

田泥拥抱着我那白皙美丽的双腿，久久不撒手，致使我每迈一步都要使出吃奶的劲，我感觉自己就像在过二万五千里长征一样艰难。费了九牛二虎之力才走到吴主任的身旁，但吴主任不理我，连瞪我一眼都不愿意。我几次对他说话他都不理我，在场的其他人都看着我，我感到从来没有过的尴尬与难堪。

董鸡在稻田里叫着，阳雀和斑鸠也在坡上的树上放声地欢叫着，像是在嘲笑我。蝴蝶和蜻蜓在我的头上环绕，欺负我戏弄我似的！我心里的泪河在咆哮，在奔腾！我不再说话，低下头，淌着泪帮吴主任割谷子。本来我给丹子山村申请购买了两台联合收割机，联合收割机是一种多功能机器，很现代，它可以收割小麦，收割水稻，也可以收割玉米和油菜籽，它既有收割脱粒收集和风选的功能，也有将稻草切碎铺在地里和打包的功能，人根本不用下田出力。但吴主任这几天赌气，就不愿意使用我购买的联合收割机，他采用原来的半机械化，也就是人力割，机器打。

农活不难学会，就是苦就是累。我拿起刀子就学会了割稻谷，但没割几窝，我满身都是汗水，心也累得怦怦地乱跳起来，像是在反抗我对它的虐待，不到一个小时我的腰累痛了，腿也累酸了。我的手上腿上脸上，凡是裸露在外面的皮肤都被稻谷弄得又红又痒。吴主任的女人怜悯地把我往田坎上推，我说没事没事，能坚持。吴主任看我一眼，没好气地冲我说道："你上去！这不是你干的活！"我的心被一种柔软的东西触碰了一下，看来吴主任也不是铜墙铁壁，他是血肉之躯，也有一颗仁慈之心。我不说话，继续挥动着镰刀割稻谷，稻谷在我手里发出倾诉般的低语。

我割得正投入时，一只董鸡突然从我面前腾地飞起，我惊叫一声，跌坐在水田里，大家哈哈大笑起来。

我回去刚换了衣服，吴文书就敲着我的门说吴主任来电话叫我到他们家去吃饭。

看来我没有白受这场累，没有白受这场苦。

我开车前往吴主任家吃午饭，下车时，见吴主任在往晒席里倒谷子，我便学着他的样子用手把谷子里的草拢起来丢出晒席。他看我一眼，带着吼声说道："到竹林里躲阴去！"我没有去躲阴，也没有说话，继续帮他晒谷子。晒完谷子，他把扁担横在竹林里的地上，坐下抽烟。我坐在扁担的另一头，看着竹林外的世界说："你要理解我……"他扭过头来瞪着我，像周幺爸那头发怒时的水牛。他以为这样会吓破我的胆，但是我不怕，我直视着他说："你是村主任，应该站在一个高度上看问题……"

他大声地打断我的话说："我没有那么高的觉悟！没有那么高的境界！"

我说："你不是一般的村民，你是村主任。"

他说："你别在这里一口一个村主任！我听着就鬼火冒！你说我这个村主任占了什么便宜？得了什么好处？我这么累死累活为什么？图什么？你倒好，首先拿野棉花开刀！诚心让我难堪没面子！我没有想到你是这样一个人！"

我没有生气，心平气和地说："你是村班子领导，你应该讲原则，懂政策。推进'一拆二改三清四化'，建设生态宜居的美丽乡村是乡村振兴工作中的任务之一，镇上县上的乡村振兴工作会议你都是参加过的。你是个老干部，执行政策方面应该起带头作用。领导不能有私心，一有私心就难以服众。"

他将烟头摔出一丈多远，红着双眼瞪着我说："我算什么龟儿子领导嘛?！一个月一千多块钱，累死了工作也做不完，家里的事一点也做不成。现在在任何地方打工都能挣一千多块钱，就是女人打小工也是一天一百多块钱。你说我们这些村干部图什么？有啥图头？"

我有些生气了，想站起身，冲他说你愿干就干不愿干就拉倒！地球离了谁都会运转！但是我没有说。我知道这是我软弱的一面。

我继续耐心地给他讲政策，说道理，但是他的语气仍然没有变柔和，脸上仍然没有一点舒展。他瞪着双眼，绷着脸，就像我拆了他家屋顶挖了他家祖坟似的。

我感到丹子山村那肠子般的路在断裂，裂痕宽得让我无法逾越。

我感到面前有一堵厚厚的墙，不管我怎么用力都无法拆除。

我感到丹子山村的山坡都在诡异地看着我，都在藐视着我，都在嘲笑着我。

我无奈，我郁闷。

从来没有过的无奈与郁闷。

我无法摘除吴主任思想上的毒瘤，我只有求徐书记出面。姜还是老的辣，徐书记比我有方法，比我有能力，比我有魄力。他不去找他，而是打电话叫他到村委会来。他们在村委会办公室没谈几句，吴主任思想上的毒瘤就化成水，被徐书记的口水冲到汪洋大海里去了，随之而来的是畅快和舒展。吴主任不但回了村委会办公室上班，还亲自来给我道歉，他说："对不起，我头脑不清醒，认识不到位，多包涵多包涵。"

我见台阶就下，忙说："明白过来就好，认识到了就对。我这个人没有什么坏心眼，只是一心想把工作做好，你要多理解，多支持。"

我确实需要他支持，需要村民支持，但关系不到位就根本谈不上支持。说明白一点，关系搞不好就别想搞好工作。为了工作，我把先天赋予我的智慧和后天开发出来的智慧全部动用了起来，我挤出时间与吴主任沟通交流。与吴主任的关系融洽后，便花去我工资的三分之一在网上买了野棉花最喜欢的口红和裙子托吴主任送去。我的心思没有白费，第二天阿拉丁神灯就显灵了，野棉花终于推开窗子说亮话了。她说："妹子呀，我那猪圈占的是乡村公路，对你有什么影响？你何必那么认真？现在的事情有多少是按原则办事的？你何必拿我开刀？你睁只眼闭只眼不就过去了，活了几十岁我还从来没有见过你这么认死理、这么认真的人。"说到这里，她把手里的南瓜子塞在我的手里，然后又拖长声音，表情生动地说，"你这个样子不好，容易得罪人，为工作的事得罪人多不划算啊。妹子啊，人对了我才对你说这些。这是姐掏心窝子的话。"

我说："姐呀，你要理解我。这次对丹子山村人居环境进行整治，大大地改善了我们丹子山村每个村民的生活品质，大大地提高了我们丹子山村每个村民的幸福指数。丹子山村的村民都积极响应，都为建设美丽乡村、都为打造美丽家园而做出了贡献。"

野棉花笑起来了，说："妹子，你这张嘴啊，我真说不过你，你真是一块当领导的料，我算服你了。"

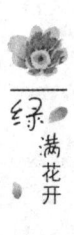

第十二章

我更瘦了，更黑了，也老了许多。村民们说："美女书记，你为了我们丹子山村都累瘦了。"我听了非常高兴，以前我练瑜伽，跑步，晚上不吃饭，那么煞费苦心地减肥都没有成功，现在减肥终于成功了。我在心里欢呼，我又有青春活力了，我又有青春时代的信心了，我又能和人比身材了，我又能穿好看的衣服和裙子了。

亲们，羡慕我吧？来听听我瘦身的秘诀吧。我的身材不只是累瘦的，而且是饿瘦的，我在吴主任家搭伙，一天五十块钱。乡村和城里的生活有很大的差别，乡村和城里的环境同样也有很大的差别。尽管吴主任一家人把我当城里人待，但是我还是吃不下。肚子常常饿得咕咕叫，恨不得一见食物就吃上几大碗，但一见筷子上和碗上的黑灰，我就一点胃口也没有了。更痛苦的是不能让人看出来，尽力装作不在乎的样子，尽力装作吃得很香很认真的样子。只有这样才能和村民缩短距离，才不让人说"你城里人假球得很"，才不让人说"城里的女娃子娇气得很"，才不让吴主任一家觉得我不好招待。每顿饭吴主任都说："多吃点，多吃点，在乡下工作这么苦，不多吃点身体会受不了。"

我说："我只有这么大的胃口，一直吃得少。"

吴主任的女人说："不合你的口味吧？"

我说："你煮的饭很香，香米煮饭就是香。你炒的菜也很好吃，柴火炒的菜就是好吃。"说着我大口大口地吃起来，正吃着，突然看见米饭里有一个小黑点，仔细一看，天哪，你知道那是一颗什么吗？那不是一颗黑珍珠，那是一颗老鼠粪！我哇的一声反起胃来。吴主任和他的女人问我怎么了，我说我的扁桃体发炎，被饭卡了一下。说着借故进灶屋去舀米汤，以迅雷不及掩耳之势将碗里的饭倒进潲水桶里。

这些我不敢对我亲爱的男人余刚说，如果对他说了他会心痛死的。他不愿意我驻村，以前不愿意，现在仍然不愿意，叫我找理由回单位。电话上这样说，他来丹子山村夜宿或我回去他还是这样说。说我在家有他爱着宠着，疼爱着，照顾着，呵护着。在离家很远的乡村我一人不但没有人照顾，而且还要处处去关照别人。叫我学学亚兰，说人家才会享受生活，说人家那才叫活人。

我心烦地打断他的话说："别总是这样婆婆妈妈的，亚兰的活法难道我还不清楚吗？你就知道亚兰的活法，不知道我的同学胡荣和丹兰这些为乡村振兴而尽心尽力的人的活法。"

我的男人余刚见我心烦就不再说什么。

我和朋友亚兰的联系极为密切，她喜欢卖萌，喜欢晒照片。我刷微信时也爱看她的朋友圈，看后说几句，或点赞。通话也很频繁，有时是微信语音，有时是微信视频，有时是按键说话。这天她告诉我她怀孕了，很得意很甜蜜的样子，气得我找借口挂断了她的电话。

晚上，余刚来电话时我就把这事告诉了他，亚兰是故意在我的面前显摆她的幸福。我的话还没有说完，我的男人余刚就抓住机会问我道："那我们呢？"

我说："等我回单位再说吧。"

余刚说："那可能要等到猴年马月。"

我见他生气了，忙把话题岔开，说我在乡村振兴工作中做出的成绩。我带着一种成就感，像给领导汇报一样，把完善基础设施建设的事，把环境治理的事一一告诉他。我满以为他会表扬我鼓励我，谁知他却说："你这些都是按部就班的事，小儿科而已。我觉得吧，女人还是最适合当妈妈和当妻子，不适合在事业上打拼。"

我亲爱的男人打击我。

他当头一盆冷水给我泼来，泼得我透不过气来。

顿时，我的成就感不知跑到沟壑里去了，还是飘到云端里去了，反正是一下子就不见了。

成功的火花被大雾包裹着，绽放不出来。

天上的星星不见了，月亮也不见了，太阳也离我远去。

我茫然。

我挂断余刚的电话，站在村委会门口，呆望着丹子山村的夜晚。月光下的乡村公路像蛇妖一样缠绕着丹子山村，层层叠叠的山坡剪影不理我似的静卧着。我睁大着双眼看着丹子山村的夜晚，企图透视和窥探出深藏着的秘密。

我说："兰木啊兰木！"

有生以来这是我最最掉价的时候。

我困惑，我迷茫。

我思索，我自省。

也许我真的是自以为是，也许我真的是视野不够宽，思路不够阔，步子不够大。难道我真的不如男人吗？为什么我不能把胆子放大些，把路子放宽些，把步子迈大些呢？这么想后我就给朋友亚兰打电话。朋友亚兰说她正在喝燕窝汤，我没有心情与她闲聊，开门见山，叫她把她的丈夫借给我用用。

亚兰在电话里叫起来了，她说："你说什么？"

我一字一句地重复道："把你的男人借给我用用。"

我要让余刚重新认识我，我要让余刚改变对我的说法，改变对我的看法，重新给我定位。

人这一辈子不为别的，就为争这一口气！

这时的我，觉得这个世界上没有什么不能实现的。航母卫星不都是人造的吗？只要敢想敢做，只要敢超越自己，敢挑战自己，就没有突破不了的事。

我在心里对余刚说："告诉你，我要开始一个大的行动，让丹子山村村民的脸舒展起来，焕发出灿烂的笑容，唱起致富的歌谣，谱写出长久富裕的诗篇。"

张总一到位，我和徐书记、吴主任就带领他翻山越岭，像勘测队一样围着丹子山村转了七八天，边看边分析，边看边规划。然后坐在风吹大坡上的黄葛树下，眺望着丹子山村，研究起来，我做记录。记录本来是文书吴芳的事，但是吴芳没有这能力，文字工作她一窍不通，所以丹子山村的文字材料全是驻村书记在做。这让以前的驻村书记累，也让现在的驻村书记我特别特别的累。但是我不能这样长期累下去，我必须尽快改变这一现象，等把产业发展规划完成后，我就会提出人才振兴的事，找个有能有才的人来当村文书。

徐书记首先发言道："要使我们丹子山村富裕起来，必须发展产业。"

吴主任说："发展什么产业？我们丹子山村能发展什么产业？"说完抽着烟紧盯着我的脸看，好像我的脸上写得有答案似的。

丹子山村的产业发展在我的心里已经形成了胚胎。这几天我频繁地与胡荣、丹兰和我的作家朋友美雅联系，胡荣和丹兰介绍了一些他们的经验，美雅把她在采风时所见到的一些先进村的经验一一告诉了我。有了经验，我就不迷茫了，我根据丹子山村的实际情况思考出了几个良策，供讨论和研究。我清了清嗓子，说："我来发表发表意见，供大家参考和研究……"

徐书记急忙叫吴芳做笔记，突然又想起吴芳没有这能力，苦笑一声，只好自己摸出手机进行录音。

我很清晰地展示着我的思路，我说："我的意思是以'产业为根，文化铸魂，乡旅兴村'的模式发展丹子山村。"

吴主任嘀咕道："高调，又唱高调。"

我没有理睬吴主任继续说道："我们丹子山村可以开发雷竹基地，也可以利用国家级非物质文化遗产徐氏泥彩塑建设泥彩塑体验馆，还可以种植水果玉米和时令蔬菜，打造农家乐和民宿……"

吴芳在手机上打牌，这时突然抬起头来诧异地看着我说："雷竹是什么东西？从来没有听说过。"

吴主任附和道："这些从来没有听说过的东西能搬进我们丹子山村吗？再说徐师傅的泥疙瘩有什么可以开发的。我建议美女书记还是说点实际的。"

徐书记皱皱眉头，大声地对吴主任和吴芳说："你们能不能让美女书记把话说完？"

吴主任说："说呀，继续说。"

吴芳说："嘴巴在她身上，谁能堵得住？"

我倒抽一口冷气继续说道："我的意思是让张总到我们丹子山村成立丹美丽景产联合作社，让村民以土地入股的形式加入合作社，实现村民变股民的历史性跨越，与此同时村民还可以在产联合作社打工，在家门口挣钱。"

徐书记点点头说："好，很好！张总，你发表发表意见。"

张总很欣赏地看我几眼说："美女书记的想法很不错，规划很切合实际。我考察了一下，丹子山村的土壤很适合种植，除了种植雷竹外，还可以种水果玉米和各种时令蔬菜。水果玉米周期短，可种两季。下半年用来种萝卜和白菜，萝卜周期也较短，也可种两季。"

徐书记说："刚才美女书记说建设泥彩塑体验馆，我觉得也是一个很好的举措。把首批国家级非物质文化遗产徐氏泥彩塑的价值开发出来、体现出来、运用出来，是一件很有价值的事。"

我说："对，徐书记说得对，把首批国家级非物质文化遗产徐氏泥彩塑弄成一个独特的经济体系模式是完全可行的。"

张总说："让我喘喘气，我一时肯定开发不了这么多。我的意思是先把雷竹基地开发出来，先把水果玉米和各种时令蔬菜种出来再说。"

徐书记说："泥彩塑体验馆对我们丹子山村的经济发展也很重要。"

张总说："这个项目等我考察了再说。先说说种植方面的事，我的意思是技术方面的事全权由你们负责解决。"

徐书记说："这不成问题，丹子山村有驻村农技员。"

张总说："驻村农技员管理水果玉米和各种时令蔬菜不成问题，但对于雷竹方面的技术可能还有问题。"

我急忙把这条意见做了重要符号。

第十三章

对于我提出的这种独特的经济体系模式，余刚一点也不赞同。他说："书记大人，你的军师是不是请错了？"

我说："我请的是你的朋友呢，你的朋友还会错？"

余刚说："这小子八成是脑子进水了。"

我笑笑说："是那次为救亚兰进的水吧？"

余刚说："完全有可能。"

我说："这么几年烘也烘干了。"

余刚说："没有没有。你想想看，所有的成功者都是在种什么花呀草呀……"

我打断余刚的话说："余刚先生，你懂不懂什么是创新？"

余刚冷笑一声说："你这哪里是在创新，你这完全是在按部就班，继承老农民的种地技能。什么竹呀玉米呀泥彩塑呀，你说哪样不是从古八十年前就有的东西？"

我被他说急了，说："你只知其一不知其二。"

余刚说："你说说其二。"

我说："你用你的双耳好好听听。列为第一批国家级非物质文化遗产的徐氏泥彩塑产生于清末民初，经过几代传承逐渐形成了独有的艺术风格和技艺特点。题材上以宗教、历史故事等传统文化为主。表现对象以人物为主，其他动物、植物、建筑、用品等作为附属装饰。表现手法主要是圆雕、浮雕、单尊、群像等形式。尺寸上主要有小型与大中型两种。人物造型特点是以传统的中国绘画为基础，衣纹服饰讲究的是'曹衣出水、吴带当风'，人物形象气韵生动、超凡脱俗，透出古风雅韵。上彩主要采用民间传统'大装大染''九追九攒'之法，色彩艳丽，雍容华贵；工艺上采用传统技法，黄泥、黏土就地取材，通过按、压、抠、捏、刮、刻、拍、削、切、抿等手法成型。展现了中华民族的文化创造力，在一些家族中世代传承，具有鲜明特色，在我们大英有较大影响。我的意思是利用其价值建造一个泥彩塑体验馆，形成丹子山村特有的产业链，以此实现乡旅兴村的梦想。"

余刚茫然地望着我，像个白痴似的。我趁此机会嘲笑他道："脑里一片空白了吧？"

余刚在我的面前不愿认输，在我的面前不承认世界之大，他说："这不是空白……"

我笑着打断他的话，说："是什么？"

他急中生智，转危为安——他在这方面完全是个天才，他的朋友张总都不如他。他说："我是在运用美术技巧——留白。"

我不依不饶，看穿他的内心，用穿孔针直扎他的自尊，我说："你就是不知道徐氏泥彩塑的价值。"

余刚不语。突然间我为自己的言重而内疚，为了弥补我的这点错误，我用我那带着歉意和温情的手，温温地、柔柔地抚摸了一下余刚的额头，然后讲起徐氏泥彩塑的工艺流程。第一是构图，头像分文像、武像、行七、坐五、跪四、盘三半，以头尺寸分，以白描为主。第二是扎骨架，以柏木、香樟木为好，正桩另据造型要求扎大小臂及腿脚。第三是和泥，选干净黄土、粗坯，用谷草扎节，混合草筋泥，小批量人工和，大批量可用牛踩。第四是搭粗坯，用草筋泥取粗型，层层加草绳或草辫缠绕，晾至七成干。第五是做细泥，细泥用干黄泥发细后加细河砂、棉花或细麻筋，捶细后做衣纹头像。第六是修补待干，细泥做好后，必须补裂缝，待干。第七是待细坯布干透后，即可穿金上彩。上彩用矿物色或油漆、油彩、国画色、水粉均可。穿金用土漆灰或胶灰补好，砂光，做立彩花纹，打底漆或贴金或画彩色均可。第八是开相，画眉眼、开嘴唇、取眼神。如果制作器具，材料是黄泥、黏土、白木、谷草、泥敏子、特制颜料。

介绍完徐氏泥彩塑的工艺流程后，我又继续说道："为了更好地展示徐氏泥彩塑的价值，为了更好地传承徐氏泥彩塑，我们计划在泥彩塑体验馆里开设一个徐氏泥彩塑作品展览馆，另外举办徐氏泥彩塑技能培训班。让第一批国家级非物质文化遗产的徐氏泥彩塑的光亮放射出去，以此吸引一批又一批游客，以此壮大丹子山村的产业。"

余刚没有赞扬我，但在认真地倾听着。这无疑给了我规划的力量，这无疑给了我憧憬未来的机会。我接着说起了雷竹，雷竹是竹，雷竹笋可以卖钱，雷竹笋的亩产量很高，大约在一千斤至五千斤，按照目前的市场价格，一亩地可以收入五千元至两万元。竹笋可以产生经济效益，老竹也可以用于竹雕和竹编，所以我们觉得前景之远大，干劲之十足。我们选择的雷竹林地既背风又向阳，光照也充足，坡度平缓也不高，徐书记说那些土层非常深厚，既肥沃又疏松。张总对雷竹很有研究，他说不栽培阔叶雷竹和青壳雷竹，这两种也就是农民称的早园竹，要选择正宗的五叶乌头雷竹，也就是细叶雷竹。采用垄糠覆盖栽培技术的话，雷笋上市时间可以提前三个月，亩产收入可达三万左右。还有就是种一千多亩水果玉米,说水果玉米占时短,见效快,可以种两季。收了玉米就种白菜萝卜,萝卜的占时也短,也可以种两季。另外我们还可以开农家乐和民宿。我们的这种经济开发模式是最有效益的,游客多的话我们的收入就更高,游客少的话我们的心里也不慌,照样有经济来源。

余刚不以为然地说:"规划总归是规划,但要实现起来也不是一件容易的事。你有这本事吗?还开民宿,我觉得你们简直是异想天开。你说有谁会来你们那么偏僻的地方住?除非被繁华熏昏了头脑。"

我拢拢我的秀发,扬一扬我那颇为自信的脸,肯定而又明确地告诉我的男人余刚:"我的规划是经过深思熟虑的。实话给你说,我还有些构想没提出来呢。"

余刚睁大双眼看着我说:"还有呀?!"

我说:"是呀,我还要成立丹子山村艺术馆,组织名家来丹子山村采风写生,留下作品丰富馆藏,增添艺术氛围,加深丹子山村的文化底蕴,以此感染村民和熏陶村民。我还要开展农家书屋主题阅读活动,提升村民的科学文化水平,为新农村培养一批新型农民。我还要建设多功能室和文化活动室,举办文艺活动,让村民成为舞台的主人,尽情发挥各自的艺术才能。我还要建设儿童游乐园,让丹子山村的儿童在童话般的环境中幸福而又快乐地成长。我还要打造一百多面文化墙,用以宣传政策,弘扬传统文化,促进精神文明建设,以此振奋村民的精神,激励村民加快步伐奔小康,以此提升村民的思想境界,让丹子山村变得美丽动人。你说会没有游客来吗?你说民宿没有人光顾吗?哦,我还要打造鲜花基地,让游客看花了眼,他们就会来绿海看雷竹,观赏玉米苗的生长,层层的绿叶,会深深地印入他们的脑里和心里。然后他们会带上他们的孩子,带上他们的父母来买玉米,来买雷笋,来体验泥彩塑。"

余刚好像被我的展望弄醉了,他痴痴地望着我。我的心里有几分得意,我扬了扬脸,又接着讲述我们的规划:"至于说土地,我们一是开荒,二是进行流转,土地能挣钱,人也能在张总那里挣钱。你说丹子山村的前景远不远大?"

对于我的宏伟规划和远大理想,看得出来余刚是有些赞许了,但是他不会轻易助长我的志气,他怕我一得意就飞上天去。男人最怕自己的女人抛头露面。这是他们的自私,他们自私得几乎想把自己心爱的女人包裹起来,藏起来,独自一人慢慢欣赏。他们的占有欲很强,他们的私心常常会暴露,他们的狐狸尾巴常常会露出来。余刚冷冷地说:"那也未必然。"

对于他这种态度我不以为意,打一个轻视他的手势,拿出自己的雄心壮志,挺了挺自己饱满的胸膛说:"只有想不到的事,没有做不到的事,只要肯干，梦想总会实现。余刚，你等着看吧，只要我一步一步地实现我的计划，我坚信丹子山村肯定会站上云端，把那一片片彩云采摘到手。阳光会属于我们丹子山村，彩虹也会属于我们丹子山村，一切美好全都会属于我们丹子山村！"

余刚哼一声，嘲讽道："浮云吧？"

余刚的这种态度实在让我忍无可忍，我猛推他两下还不解气，又一脚把他踢下了床。这是一个周末的晚上，我驻村半年，难得抽时间回来一次，本来该甜甜蜜蜜、温温馨馨，结果却出现了这种与情爱与浪漫对立的剧情。

余刚站在床下，恼怒地瞪着我。

我的心一沉，又一痛，这是与我同床共枕几年的男人吗？我痛苦地对他大叫道："你要吃了我吗？！"

每次不管有理没理，我都会来个先发制人，首先把他镇住再说。

余刚十分委屈地说："你把我踢下床，你还闹！"

我理由万分充分地说："是你先惹我的，谁叫你惹我？！"

余刚说："你还讲不讲理？"

我仰着脸，有些撒娇地说："我不讲理，我就是不讲理！"

余刚委曲求全了，他笑着上床，并把我搂入怀里，用好听的话哄着我开心起来。这是余刚的聪明，每次他总是尽快尽早地找一个台阶下，每次他总是尽快尽早地用自己的经验和智慧扭转局面，这次也一样。我心里的乌云散了，眼前的太阳出来了，双耳满是流动的乐曲，满是春天的音符，满是鸟儿双飞的歌声。

第十四章

我和余刚约好了七夕晚上到音乐会所去狂欢,但到七夕节时我被贫困户吕三娃子缠住了。当我抱歉地告诉余刚我回不成家时,电话那头沉寂得如远古时代的森林。余刚的希望变成了失望,热情被北极的冰降至零下几十摄氏度。

显然,这个情满意满的中国情人节,被吕三娃子破坏得支离破碎。

吕三娃子是文书吴芳的前任丈夫,因动手砍了吴芳现任男人的一只胳膊,坐了两年牢,去年才出狱。出狱后以烂为烂,成天好吃懒做,天天坐在麻将桌上,吃了上顿不管下顿。徐书记和上任驻村扶贫第一书记怕把他饿死了就把他追加为贫困户。他穿上贫困户的铠甲,洋洋得意,依赖性蓬勃生长,不断找帮扶责任人借钱,弄得帮扶责任人苦不堪言,个个撤离现场。到我驻村时已经换了几个帮扶责任人了,现在谁也不愿意帮扶他,作为驻村第一书记的我,只好担负起这一艰巨的任务。

成为吕三娃子的帮扶责任人不到一天,吕三娃子就找了我不下四次,不是找我借钱,就是找我解决这样困难,解决那样纠纷。乡村振兴工作任务本来就十分艰巨,现在又摊上这么一个麻烦的主,我是身也累来心也累。吕三娃子不管这些,他觉得他是贫困户,理所当然我该帮扶他,理所当然我该给他解决一切困难。

现在来说说他这一天上演的剧目吧,上午太阳晒了半边山湾的时候,他拖着一双懒汉鞋,踢踢踏踏地走进村委会,开口就向我借三百块钱,我正在写丹子山村的经济体系报告,忙得心跳加速,累得浑身下雨,加上他这一闪电这一雷鸣,更是弄得我的大脑皮层都紧了起来。

我心里的火冒得直叫他大爷,嘴上却冷静而又具有礼貌地说:"吕师傅,你先回去吧,我明天去你家走访,了解你的具体情况。"

他说:"美女书记,我急需三百块钱,请你借给我,过几天我就还你。"

我心里冷笑,还!还不过是一句空话。他借了那么多人的钱,还过一分吗?人们问那些借了钱给吕三娃子的人,吕三娃子借你的钱还没有,那些人回答道:"还了,两个眼睛一翻。"一句话归纳,借钱给他就等于肉包子打狗有去无回。

我接手时就打定主意不助长他这种坏习气，但是他现在像根铁柱似的站在我的面前，一副不借到钱决不收兵的昂扬气势。老天，我拿这样的人有办法吗？我有耐心与他周旋吗？我手里的工作还那么多，赶快打发他走吧，以后再慢慢根治他的坏毛病。三百元钱能省去我的烦恼，能给我赢得时间，能让我尽快按我的计划完成工作，也算是省事了。这么想着，我就从包里翻出三百块钱给了他。但这还没有完，当中午的太阳把人影萎缩成一团的时候，他又来问下个月的低保金什么时间到账。

我说："这个月还没有完，你怎么就问起下个月来了？"

他伸伸懒腰，看着我笑笑说："我问一下心里才有数。"

我在心里叫苦道：这个人简直是闲得没有事做了。我差点叫他吕大爷了，我压压心里的火气说："吕师傅，你不是才领一两次低保，你领了几年了，还有什么不放心的？国家每月统一给你们发放，政府每月定时给你们把低保金打到你们的卡上。"

吕三娃子说："美女书记，麻烦你了！我只是来问一问。"

我说："你觉得我没事做是吧？"

吕三娃子打个哈欠，然后笑着摆一摆手说："你忙吧，我走了美女书记。"

我以为这一天他不会再来耗费我的精力，谁知到了傍晚，我张开温情的翅膀想飞回城里去见余刚时，吕三娃子又像一个幽灵似的突然出现在我的面前，雪崩似的改变了我的路线。他这一天安排得够满的，够得上狠心的。丹子山村都疲惫地快闭上双眼了，他都不让我清闲一下，坚决要求我带他去见他的儿子。他真的是成了我的主，他真的是成心不让我回去过情人节，他真的是不让我的感情找到出口，他甚至不让我想一下情人节的事，连叹息的时间都不留一点给我，他简直成了我的天王了。我苦着脸，几乎是恳求似的说："你就饶了我吧，吕师傅，今晚我要回家，我回家有事。"他哪会管我有事没事，死皮赖脸地缠着我，非要我满足他的要求。我还从来没有遇到过这样的人，他算得上是一个奇葩！我原计划是把丹子山村的发展思路理清后，再好好地治治他的依赖性，看来是不行的。不把他的懒病治好，不把他直立起来，他会一天找我十次，这让我如何阔步前行？好吧，今晚我不过情人节了，我带他去见他的儿子。明天，我开始根治他的毛病。

我满足了吕三娃子的愿望回来，已经是夜里十一点过，走到村委会门口，我突然被一个黑影笼罩着。我想喊叫，但是，我突然嗅到了一股熟悉的味道。我不想动了，就那么久久地依偎在他的怀里。

余刚在深夜直奔丹子山村来了。丹子山村坐落在川中地区的一角，离县城七十多千米。我的男人为了伟大的爱情，为了让伟大的爱情找到出口，胀满中国情人节的夜晚,他只得劳驾自己,驱车前往。

以前,丹子山村的交通比较方便,但自从成南高速和快捷通道开通后,丹子山村就成了一个死角,那条老路再没有一辆客车经过,远离了繁华与热闹,变得偏僻而又冷清,渐渐地像一个瘦小皱巴的老人,满是古老的痕迹。路面坑坑洼洼,且窄,弯也多,白天穿行都得小心翼翼,夜晚就可想而知了。余刚用爱情的灯光穿透夜晚的黑色帐幔,用爱情的车轮触碰着夜的深处,刺破了偏僻山区的寂静。

我怜爱地吻着他说:"深更半夜的,跑来你不怕吗?"

他说:"有点。前几次我路过那里天还没有黑,一点异样的感觉也没有。这次晚上路过真的感觉到奇异无比,一座座山坡像黑魔一样诡异地卧着,一棵棵树黑魔似的在我的眼前闪现,直让人出冷汗。"

我说:"有同感,有几次夜里我路过那里,根本不敢去窥视夜晚的深处,更不敢抬头去看星空。"

他说:"有史以来我没有走过这样的路,没有感受过这么让人窒息的寂静。不过没关系,心中有爱,一切都无所畏惧。你说是不是?现在见到了你,这一路的颠簸,一路的劳顿,一路的尘埃都化为了乌有。一切都值了!"

我更紧地依偎在余刚的怀里,我要把他给我的爱全部装进我的内心深处,我要让他的温暖暖遍我的心,暖遍我的每一寸肌肤,我要让他的结实注入我柔弱的身躯,助长一百倍的力量。这一刻,我忘却了乡村振兴工作的辛苦,忘却了吕三娃子,忘却了所有所有的不快。

我与他双双进入办公室时,他说:"我感觉你很累。"

我说:"天天都有忙不完的事,现在又被吕三娃子缠得透不过气来。"

余刚心痛了,爱怜地抚摸着我额头上的皱纹说:"看你都成老女人了。心情好点吧。"

我说:"老公啊,心情的好坏完全是由身边的人和事所决定的,不是由自己所掌握所控制的。"

他心痛地把我搂入怀里,紧紧地拥抱着我,仿佛想用自己的爱和情减轻我身上的重负,驱散我心中的焦虑。

我重重地叹一口气,疲乏地说:"你也累了,我们早点休息吧。"说罢,我带他进了村办公室侧边的一间小屋子。屋子十一二个平方米,很简陋,只有一张床供我睡觉用,漱口杯子放在一个纸箱上,洗脸盆放在屋角的泥地上。屋子正中的上方吊着一根节能灯管,没精打采地燃放着。屋子靠山,没有窗子,屋里的空气里弥漫着一股浓浓的霉味。余刚木然地立在门口,呆呆地望着屋里,泪水差点就要出来了。他说:"你原来住的屋子呢?"

我忙解释道:"原来住的隔壁那间,要宽敞透风一些,完善农家书屋时我就把它让了出去。"

余刚说："难道书比人重要？有你这么傻的人吗？"

我说："书是金贵的，书是蕴藏知识的宝库，书是给人力量的高钙，书是引人阔步前行的灯塔。我爱它，理所当然该把好屋子让给它。"

余刚叫起来了，他说："天哪天哪，这样的环境哪里是住人的嘛。"

我见余刚的情绪不对，忙振作起精神，堆着一脸的笑搂着他说："你今晚不会是来兴师问罪的吧？"

余刚默默地搂着我，许久没有说一句话。

屋里的闷热还在加剧，热浪侵袭着人体。余刚擦了自己额头上的汗，又擦着我脸上的汗，一边擦一边说："我们回吧。"

我听明白了他的话，他又打起退堂鼓来了，逼我不要当这驻村第一书记。我笑着说："你别来搅局，我要在丹子山村等天蓬元帅。我实话告诉你，我在这里是天仙，村民们都说我是仙女下凡，连后坡上深埋了几十年的男人都为我失魂落魄，都为我魂牵梦萦。"

我的诙谐把我的男人余刚惹笑了，他说："我真佩服你的乐观精神。"

我和他笑闹一阵后，突然想喝咖啡。

余刚说："月经期间不能喝咖啡。"

我说："这个月还没来呢。"

余刚说："已经过了十几天了。"

我说："推迟了呗。"一边说一边从纸箱里拿出咖啡，用我的漱口杯子兑了浓浓的满满的一杯，我和他坐在床边你一口我一口地喝完咖啡，就不想睡觉了。

余刚说："我们回城去吧。"

我说："都快十二点了呢。"

余刚搂着我的腰说："离天亮还早呢。乖，我们回去吧，我们不是早就说好了七夕节晚上要尽情尽兴地狂欢吗？"

我说："明天的事还多呢。"

余刚动着脑子，想出这样那样的办法，找出这样那样的理由，要我和他撤离这乡村的陋室，要我与他一起回到繁花似锦的城里去。但是我不能让他的野心蔓延，我不能让他敲着退堂鼓的手挥得更高。我挣脱出他的怀抱说："也不只是在城里才可以尽情尽兴。"

我的男人余刚左右看看叫道："这里怎么尽情尽兴啊？"

我笑笑，一把搂着他亲吻起来，这是我在关键时候使用的撒手锏，这一搂一吻把我男人的不快把我男人的思绪都赶出了地球，他完完全全地屈服于我了，完完全全陶醉在我的温柔乡中。

天更热！热得汗水汇集成洪流！

余刚把村办公室的电扇拿进来，我和他还是觉得热，于是我和他往屋外走去。

山村的夏夜很热闹，很诗意，大地上蟋蟀高歌，青蛙作诗，鸟儿梦呓。天空中星星亮透了，像一座无边无际的灯城。

我和他仰望着星空。

我问余刚："壮观吗？"

余刚说："有点。"

我说："我每天晚上都会仰望星空。乡下的星空是纯净的，是艳丽的！群星竞争似的闪烁着。亲爱的，你说它们到底是在给牛郎织女点灯，还是在给牛郎织女点赞啊？"

余刚说："也许都是吧。"

我说："说实话，在城里我从来没有见过这么深邃的夜空，从来没有见过这么多这么亮的星星，原来星星都跑到乡下来了。余刚，我仿佛又回到了小时候，我仿佛又在外婆的怀里仰望夏日的夜空，聆听夏夜的诗篇。"

在这个情人节的夜晚，有余刚在身旁，我的兴奋更加被乡村夜晚的惊艳所点燃，我情不自禁地拉起余刚在乡村公路上狂跑起来，脚步的合奏曲刺破了丹子山村夜晚的底部。

丹子山村的夜晚，被我和余刚惊醒了！被情爱的洪流惊醒了！牵牛花和吴文书的狗叫起来了，接着野棉花和蒋大妈家的狗也叫了起来。

我收住脚步，拉着余刚的手说："别跑了，太扰民了。"

山村的夜晚禁不住骚扰。山村的夜晚是在黑沉沉的深处，以静悄悄的方式度过的，不像城里那么张灯结彩，不像城里那么喧嚣那么张扬。

山村的夜晚有着大家闺秀一样的恬静与优雅！

我和余刚漫步在乡村公路上，轻缓地揉动着夜晚的腹部，舒缓地表达着我们的心曲，心有灵犀地合奏着撩人的乐曲。

时间在静夜里迈着轻快的脚步，推进着夜晚的深度。天上的星星爆米花似的，越来越多，一颗比一颗亮，像是在抓住这诗意的夜晚，尽情尽致地惊艳世界，惊艳自己。山湾里的蟋蟀也受了感染似的，演奏着夏夜的恋曲，谱写着山村夜晚的诗篇。

一点左右我和余刚回到村委会，余刚觉得屋子里闷热，便把凉席拉到村委会的坝子里，于是我们就这样以地为床，以天为被地躺了下来。我枕在余刚的手臂上看着满天的繁星，吟诵起杜牧的《七夕》：银烛秋光冷画屏，轻罗小扇扑流萤。天街夜色凉如水，卧看牵牛织女星。

余刚接着吟诵起刘禹锡的《浪淘沙》：九曲黄河万里沙，浪淘风簸自天涯。如今直上银河去，同到牵牛织女家。

吟诗后我说："小时候放暑假到乡下，每逢七夕节的晚上，我和表姐就会悄悄地躲在树下听鹊桥相会，很神秘很诗意。"

余刚说："儿时的岁月真好。"

我反问道："如今的岁月不好吗？"

我们搂在一起大笑起来。

闹了一阵，我觉得在地上睡还是没有在床上睡起舒服，便要求回屋去。但是余刚不同意，他说那屋子不用显微镜就看得见霉菌。说罢拿出凉被和床单系在村委会坝子边的一棵黄角兰和两棵桂花树上，两张摇床就这样形成了。余刚睡在凉被做成的摇床上，我睡在用床单做成的摇床上。我们觉得新鲜，有些像小孩似的忘情地摇荡起来。这是有史以来我们过得最别致、最满意的七夕节，没有人来打扰我们，我们在爱情的海洋里畅游！我们在幸福甜蜜的深处欢叫着，狂欢着。

我说："好爽好爽呀！"

余刚说："真是倍儿爽！我以后天天晚上都来。哦，对了，我还可以把帐篷拿来，我们到野草地里去露宿。"

我收住了笑，从醉意中苏醒了过来，我说："亲爱的，打住吧！别写浪漫的诗篇了。你要清楚，你老婆我到丹子山村不是来旅游、不是来度蜜月的。"

余刚也被我拉回到了现实中来，他重重地叹口气说："唉，这乡村振兴工作把我们搞得像牛郎织女似的。"

我望着满天的星星说："也不只是我一人在驻村，在开展乡村振兴工作，胡荣和丹兰还有许许多多的驻村第一书记都跟我一样呢。我还好，隔家也不算太远，你想我了可以开车来……"

余刚打断我的话叫道："还不远？隔几十千米呢。"

我说："几十千米算什么，还有几百千米的。我的同学胡荣在西昌昭觉呢，你算算绵阳离西昌昭觉多远。我的同学丹兰在渠县，你算算成都离渠县多远。我和他们比，就如客厅到厨房。"

余刚不得不点头承认。

我们的谈话进入乡村振兴频道，谈着谈着我就想起了吕三娃子，不由得重重地叹口气说："老公，我今天接手了一个贫困户。"

余刚说："是个什么人？"

我说："是一个谁也不愿意帮扶的人。"

"那你为什么要接手？"

"我不接手行吗？"

"你这个驻村第一书记真难。当初我叫你不要来不要来你不听，现在尝到苦头了吧？不听老人言吃亏在眼前。回城吧，大不了不要这工作，我养得起你。"

我有些生气地说："你又来了。"

余刚也有些生气了，说："荷尔蒙都被你这工作杀死完了！你还强撑！"

我不说话了，我不想说话了，我一生气就不想说话，这也是我对付余刚的一种办法。每当这时余刚就会软下来，用好听的话来哄我，这次也一样。他说："亲爱的，你别生气。你换位思考一下吧，你说世界上有谁能忍心让自己心爱的女人受苦受累？"

我还是不说话。

他再次清楚地感觉到我不会听他的，便想为我分担一些忧。他说："这样行不行？我的意思是我来弄那个难缠的主。"

我抬起头，侧身望着满脸月光的他说："你又不是我们单位的人，这怎么可能？"

"你不就是瞧不起我这个体制外的人吗？"

"你要这么认为我也没有办法。"

余刚没有计较我话语里的生硬，这是他的聪明之处，他知道硬碰硬会惹火烧身。一般情况他都以君子之心来度我这个小人之心，以男人的大度来包容我。但我也有我的优点，每当气氛缓和后，我总会笑着对他说："唯有女人难养也是吧。"他笑笑，他只能笑笑，他知道不能说是，要说也是在心里说。

说实话，当一个不惹女人生气的男人实在不容易，得学会很多应变能力，得掌握很多见风使舵的技巧。

面对着余刚的宽容，我打心底里感激，同时也意识到自己的不对。

我说："余刚，谢谢你！"

余刚说："你就把那个货交给我吧。"

我说："你把生意做好，多挣些钱，也算是给我减负了。"

余刚沉默不语，我想他是奇怪我的这种说法吧，让他奇怪去吧。

因为我也不便细说，我现在常常要资助一些贫困户，还有，我的爱车一天跑得不停息，连深夜里都有它的喘息，所以它消耗的油量很大。

我有些困倦了，想带着满天的星星进入梦乡。

余刚却突然问我，那贫困户是一个女人还是一个男人。

我噗的一声笑了出来。

"我问你呢？"

"是男是女都是贫困户，都需要我的帮扶。"

"我问你呢？"

"是男的。而且年轻壮实。"

"那我不同意你帮扶他！这样的人往往雄性激素偏高。"

我大笑起来，笑他想得太歪太邪了！

我笑，余刚的心却很沉很沉，他不放心我了，再三要求要偷偷地替我去帮扶吕三娃子，但是怎么可能？最终我说服了他，打消了他替我去帮扶吕三娃子的念头。但是他又提出一个可行的要求，说要天天夜里开车来给我当保镖。

我说："余刚，事情没有你所想象的那么复杂，吕三娃子没有你想得那么坏，他不会夜里来敲我的门。"

余刚说："谁说得清楚呢？你别再说了，就这么定了，我天天晚上来当护花使者。"

我说："余刚，你天天跑丹子山村会很累很累的。"

余刚说："一个人做愿意做的事，再累也不叫累。为了你，我命都舍得，何止一点累。"

一股激流在我的心里涌起，我跳下我的摇床，猫到了他的怀里。

他紧紧地搂着我，非得要我表态。

我突然觉得男人的心很小，容不得第二个男人出现在自己的女人面前。其实余刚执意要来丹子山村与我同住的事也不只是今天才提出来，自从我邀请他的朋友张总来丹子山村开发经济起，他就想方设法要来与我同住，但每次我都让他的怪念头死在了他的肠子里。很长一段时间他没有再提起来丹子山村过夜的事，我满以为他已经把他那念头排泄出去了，但我错了，对余刚的心智估计错了。他表面上对我和张总很放心，当我再次说到张总时他没有哼哼，也没有皱了眉。但实际上他的内心一直醋意浓浓，一直想把我捆绑在他的裤腰带上，一直想用一双鹰一样的眼监视我，这使我的心里万分恼火。

我一针见血地对他道："你不相信我，你还是不相信我！"

他说："不是不相信你，我是怕人欺负你。"

我紧追不放，直把他逼到死角，我说："你怕的人不是吕三娃子，而是你的朋友张总。"

余刚一肚子的怒气被引发了出来，他直视着我说："我不回避，我对他是不放心。你成天和他在一起，一个星期回来一次，有时甚至是几个月回来一次，回来也是一口一个张总。"

我气得大叫道："我是在和他谈情说爱吗？我那是在和他一起开发丹子山村的集体经济。我在你面前是在谈他爱我我爱他吗？我在你面前说起他，那是我既把你当成我的爱人，也把你当成我的知心朋友，不管是哪方面的事我都想与你倾诉，都想与你交流，都想与你分享。张总在我的乡村振兴工作中很重要，我谈乡村振兴工作当然要自然而然地提到他。我错了吗？我把你当成我最信任最知心的朋友错了吗？如果真的错了我就改，我马上就改。从此以后你休想得到我半点信任，从此以后你休想听到我半句心里话……"

余刚立即紧紧地搂着我，立刻认错赔罪，他说："你没错你没有错！是我错了是我错了！我错了！我认错我赔罪！我相信你也相信张总。这次我要求来丹子山村陪你过夜真的不是怕张总对你怎么样怎么样，而是怕吕三娃子想吃天鹅肉。你想一想，吕三娃子这样的人没脸没皮的，你说他哪去找畏惧感？亲爱的，你是我的女人，我不保护你谁来保护你?！"

一通话说得我骨酥心软。阳光再次洒满我的世界，春风再次拂过我的心田，荡起我心海的柔波。我猫在他的怀里说："老公，对不起，我不该对你发这么大的脾气，你对我的好我心里清楚。但是你白天做生意那么忙，晚上还要跑那么远的路来陪我，多累啊，再说也很不方便。我们常常夜里要开会，我几乎天天夜里都要加班，再有……"

余刚打断我的话说："你的意思是怕张总误会？"

我在他的怀里拱了一下说："你真聪明。"

他抚摸着我的头说："我知道张总在你的乡村振兴工作中很重要，请你相信我，我再傻也不会傻到来拆自己女人的台。老婆，相信我好吗？"

我抚摸着余刚那结实的身子说："老公，我真怕把你的身子累垮。"

"不会的。就这样定了哈，我天天来，多少还可以照顾你一些。"

我把头从他那温暖的怀里抬起说："你要执意来丹子山村陪我，我也说服不了你。但是你要答应我的要求，晚来早走，尽量不要让人知道你来丹子山村过夜。"

"为什么？"

"一是怕丹子山村的人笑话我，二是怕张总多心，三是怕你影响我的工作。"

"我们是夫妻，怕什么？就让他们羡慕嫉妒恨吧。"

我说："你让他们羡慕嫉妒恨什么？谁没有自己的男人和女人？"

余刚笑道："吕三娃子、二牛和麻狗就没有自己的女人。"

我们笑了，与月光与星光达成共识，一起在丹子山村的深夜欢笑。

我说："别人会笑我离不开男人，会笑你是拴在女人裤腰上的男人。我可没有精力和时间听这些闲话。我的意思是你不要影响我的工作，更不要干涉我的工作。"

就在这时，吕三娃子的电话像大炸雷似的划破了丹子山村夜晚的宁静。他口若悬河地说道："美女书记，我向你如实反映情况，今天晚上，我在月夜里用农用车帮胡豆花运粪，路过二表嫂的院坝，不小心洒了一点点出来。二表嫂便像个母老虎似的，骂我是劳改犯，骂我是孤人，骂了不说还舀起粪水泼我，我今天简直是冬瓜皮做衣领——霉登顶了。与二表嫂的战争还没停止，吴芳那个婆娘又在电话里咆哮起来，说我不应该叫你陪我去见儿子。美女书记啊，没有你出面，我就是跪死在他们家院坝里，她也不会让我见我的儿子。你不知道她是一个多么狠心的女人。"

我说："吕师傅，都快两点了，你快休息吧。"

他说："没事，瞌睡我明天白天再睡。"

我想说："哦，你明天白天可以睡，就不管别人睡不睡了。"但是我还没有开口，他又滔滔不绝地说起来了，他说："姓吴的女人说以后再也不准我见我的儿子了，不管我喊起哪个去她都不同意，即便我找起省委书记去，她吴芳也不会同意我见我的儿子，也不准儿子再叫我一声爸爸。她把禁令宣布后，又是劳改犯，又是赌鬼地骂了我个花开花落，骂得我的头炸，骂得我的心裂。我真想点把火把她家的房子烧了。"

我急忙劝他道："吕师傅，你是个男子汉，常言说男人肚里能撑船，别跟女人一般见识。"

吕三娃子说："美女书记啊，我也是一个人啊。这些女人一个二个都把我踩在脚下，一个二个都站在我的头上拉粪撒尿，从不把我当人，把我这颗男人的心踩得粉碎又粉碎……"

吕三娃子正滔滔不绝地控诉着两个女人的罪状，村委会的院墙门突然响如雷击，是二表嫂跑来控诉吕三娃子的罪状。她把我拉到乡村公路上，一把鼻涕一把泪地哭诉起来，说吕三娃子冲进他们家去把一只下蛋鸡母的脖子扭断不说，还扔进他们家的水缸里，然后又凶神恶煞地要砸他们家的电视，在她的拼命搏击下，他们家的电视才幸免一难。

我的双耳一下进入这么多事情，大脑真有些运转不过来。这还不算呢，还有一个角色接着也出场了。这个角色就是吴芳，和吕三娃子生了一个儿子的女人。她站在我的面前一边哭，一边骂道："那个劳改犯，那个赌鬼吕三娃子把我们家的抽水泵砸坏了不说，还把我们家的农用车推到了水田里。他真是可恶得很。美女书记，我真恨不得两刀砍死他！"

天哪，丹子山村的山神爷爷啊，这个村怎么这么乱啊，这让我简直有些处理不过来，我的头都要炸了。

驻村第一书记不好当呀，真的有些像个管家婆。当一个管家婆不是一件容易的事，必须学会粉刷匠的本领。这个晚上，我把我爸妈赋予我的全部口才都运用了出来，才把两个女人打发走。刚打发走，吕三娃子又鬼影子似的出现了。

我的气不打一处出，我对着他大声地说道："我正找你呢！"

他挪动了一下月光下的身影，靠近我说："美女书记你可要公平公正啊，是她们先惹我，不是我先惹她们。"

我说："她们是女人。常言说山不和水斗，男不和女斗。"

吕三娃子摇摆着手说："你不公平，美女书记。你们对我都不公平，你们一碗水都不端平。我看出来了，你美女书记也像村里的所有人一样都瞧不起我，都不把我吕三娃子当人。不过，无所谓。算了，不说这些烦心恼人的话了。"

我以为他要走了，但他才不呢，他耸肩曲背地摸出半截烟来，蹲在地上吞云吐雾地抽起来。

我看着他烟头上的火星问："请问，还有什么事？"

他不语，只是深深地吸着烟。

我看了看深深的夜晚，觉得困意浓浓地直朝我袭来。我这才觉得我不是铁打的，不是钢铸成的，我这才觉得自己原来是一个精力十分有限的人，是一个极需要休息的人。

我不想管他了，打着呵欠转身往村委会走。吕三娃子突然站起身来说："美女书记，再借两百块钱给我。"

我吃惊地看着月光中的吕三娃子说："你又要借钱？"

吕三娃子说："唉，我被那些婆娘骂霉了，手气不好，三百块钱全输了。"

我十分苦涩地说："我包里也没有钱了。"

"包里没钱，手机上难道都没有呀？"说着打开他的手机电筒照着我的手机。

这时的我又气又恼，我说："你怎么就不把这些智慧用在自强自立上呢？"

他在月光和夜气中朝我嘿嘿一笑，我后退一步，急忙用微信转了两百块钱给他。然后准备抓住机会，动员他做事挣钱，动员他自强自立。但是没等我开口，吕三娃子就吹着口哨，消失在茫茫的夜色中。

我被冻结在丹子山村的夜晚深处，无可奈何地望着那个渐渐远去的黑影。

余刚站在院墙内的玉兰树下，把一切都看在眼里，等吕三娃子走后，他走上前来，握着我的手，用力地将自己的热量传递给我。

我叹口气说："这就是吕三娃子。"

余刚说："我发现了一些问题。"

"什么问题？"

"你对吕三娃子也有偏见，你没有用尊重的眼光去看待他，你没有为他挡住伤害。他同样也是一个人，他也需要尊重，他也需要爱，他也需要温暖。"

"我怎么去为他挡住伤害？我敢说二表嫂和吴芳不对吗？我还没有开口，她们可能就要说我欺负弱势群体了。"

"我的意思不是让你去指责她们批评她们，而是化解他们之间的矛盾，解开吕三娃子心中的结。"

"有什么高招吗？"

"你自己想想吧。哦，还有一个问题就是你也在犯前面那几个帮扶责任人的错误。"

"天哪，我不满足他的要求行吗？"

"我的美女书记，你知不知道，你这样做会助长他的依赖性和懒惰性。"

"余刚啊，我怎么会不知道啊？可是我不满足他，他就不走。他待在我身边，我浑身上下就像长了刺一样，你说我还怎么工作啊？比如刚才，我如果不借钱给他，今晚就休想得到清静，还不如早点打发他走了了事。"

"你不能图省事，你不能这样助长他的依赖性和懒惰性。他一开口借钱你就借给他，你在开银行吗？兰木啊，我们家没有印钞机！"

我虽然没有点头赞同余刚的意见，但是我的心里记下了他的提醒，注入了他的思想，激发了新的工作思路和工作方法。

这是余刚的功劳。为了奖赏他，我接连投怀送抱；为了奖赏他，我同意他夜里来陪我。当然他得与我约法三章：一是他必须早走晚归，不得暴露他来丹子山村的行踪；二是我在和张总谈事时他必须回避，不准露面，不准参与；三是我在加班或开会时他不得入内。

在约法三章后，我和余刚在丹子山村就成了一对幽会的偷情男女。

第十五章

我入户走访那天,远远地就见吕三娃子和二表嫂在骂架。二表嫂说:"吕三娃子你偷了我家的鸡,就是你偷了我家的鸡。"

吕三娃子赌咒发誓般说道:"我没偷,二表嫂你不是一个好东西,你在冤枉好人!"

二表嫂说:"这个村除了你吕三娃子,没有第二个人会做这样偷鸡摸狗的事!"

吕三娃子急红了眼说:"我偷了,是我偷了,我偷了你们家的黄花闺女!"

两人越骂越来气,最后打了起来。胡豆花舞蹈似的拉了这个又拉那个,但一个人阻止不了两军交战。我见此,三步并成两步地跑过去拉住吕三娃子。吕三娃子正爆发得淋漓尽致,突然被我拉着,一下愣住了。等他回过神来,二表嫂把胡豆花已经推到一棵梨子树下去了。但是战争并没结束,站在梨子树下的二表嫂跳着双脚把吕三娃子骂得落花流水。吕三娃子忍受不了,还要冲过去。我拉着他说:"好男不跟女斗!"

"她诬蔑好人!她骂我!"

"你是好人?!你还算好人!你这个劳改犯!你这个孤人!你这个挨枪子的!"

吕三娃子气得青筋暴涨,要从我的手里挣脱出去打二表嫂。但我拉住他不放,说有事找他,一边说一边示意胡豆花把二表嫂拉走。

吕三娃子从我的手里挣脱出来,冷冷地问我道:"找我干什么?"

我说:"了解情况。我接手成为你的帮扶责任人,本来早该入户回访,但是我最近忙丹子山村的经济发展,所以今天才来。"

吕三娃子摸出烟来,一边吞云吐雾一边说:"明人不说暗话,我一点也不喜欢女人来帮扶我。我问你,你来帮扶我是不是那个烂货出的主意?"

"文明点。"

"我是大老粗,不知道什么是文明。"

"你读过高中,你有文化。"

吕三娃子吐一口烟雾,看着光秃秃的地面说:"管屁用!"

"吕师傅，你才四十五岁……"

他看我一眼说："美女书记，你到底听那个烂货说了我些什么？"

我看着他，心里想，他一口一个烂货在骂谁呢？心里这么想嘴上又不好问，只好把话岔开说："吕师傅，帅哥口里无脏话。"

吕三娃子一愣。

我分析他是没有想到这个世界上还有人会用这样温和的态度和这样平和的语气和他说话，称他吕师傅，还把他列入帅哥的行列。他肯定在想是北极的冰化了，还是夜晚出太阳了。

我再次叫他吕师傅时，他便嘿嘿地大笑起来。我舒了一口气，觉得面前这个男人并不像人们所说的那么坏，便开心而又亲近地要求去他家看看。

吕三娃子打量我一阵后说："我的家鬼都不去，你去干什么？别人见了我就躲，你难道就不怕我吗？"

"你又不是一头老虎，我怕你干什么？"

吕三娃子自嘲道："我是劳改犯，我是孤人，我是挨枪子的人，我是一个被人唾弃被人踩踏的人！美女书记，你最好离我远点。"

我抓住机会，对着吞云吐雾的他说："吕师傅，你完全可以改变人们对你的看法，你完全可以改变人们对你的态度。人的面子得靠自己挽回，人的尊严其实完全靠自己维护……"

我真的想从根本上改变他，把先进的思想灌注进他的脑里，以此长出一些碧绿来。但是要改变一个人的思想和行为不是那么容易的事。我费尽心思地说着，吕三娃子的注意力却飘向了远方，眼光游来瞟去一阵后，就转身说打麻将去了。我真想一把拉住他，但是我将自己的情绪控制住了。

情绪压在心里致使我一阵胸闷，我长长地舒了一口气，无可奈何地看着他那远去的背影。

中午我回城送资料到乡村振兴局，但没有回家。怕一回家就被父母的爱包裹得一时脱不开身，怕在余刚的温暖中沉睡，怕被孩子的声声呼唤柔软心扉，怕被孩子的哭声扯住脚步。从这一点来说，我是一个外刚内柔的女人，所以我断定我干不了大事，所以我选择了逃避。接近我们小区的路段时我加大了油门，我怕车一慢下来人就会跳下车去。车终于开出了城，但我的心里仍然翻涌着爱的狂潮，双眼仍然被爱的露水所浸润。我爱我的父母，我爱我的男人，我爱我的儿子，但是丹子山村的乡村振兴工作离不开我。

我没有时间沉醉在儿女情长中。我在一个小镇上吃了一碗凉粉，然后将车飞速地往丹子山村驶去。开到村口见前面一辆车突然停在了路中，挡住了我的去路。我下意识地来了一个紧急刹车，随后跳下车去询问情况，只见前面的轿车与一辆摩托车只差几毫米。轿车司机是罗滔，骑摩托车的是个外村人。两人跳下车，在乡村公路上对峙了几秒钟才从惊吓中回过神来。外村人有些不讲理，明明是他占了道还质问罗滔。罗滔说："把你的健康码翻出来我看看。"那人愣了一下才反应过来，翻出健康码，同时也要求罗滔翻出健康码。两人见了对方的绿码后才放心地吵起来，罗滔不知道对方叫什么名字，便即兴发挥地叫他"口罩"，他说："口罩，你冲这么快干什么？如果不是我反应得快，你的狗命就没有了！"

外村人见罗滔叫他口罩，便急中生智地叫罗滔为"绿码"。他说："绿码，我儿子和儿子媳妇到民政局离婚去了，我不跑快点行吗？"

罗滔说："你忙就可以乱撞呀?!"

口罩说："我骑在乡村公路中间，哪里就乱跑了嘛。"

罗滔说："你没乱跑？我跟你口罩说不清。"说着就要打交警的电话。

我见此忙上前相劝。

口罩说："绿码，你报警，有脾气你就报警，你报呀！你以为我怕你！你不报还不是人呢。"

罗滔说："我是看在美女书记的面上，不然我非报警不可。你这种人真该好好教训教训。"

口罩说："哪个龟儿子敢教训我？不是我说大话，在这个世界上没有哪个龟儿子敢。"

罗滔说："我怎么遇着你这么一个人了！"

口罩说："老子才是起来早了遇到鬼了！"说着突然蹲在地上大哭起来。

口罩一哭就把罗滔吓得傻了眼，忙说："口罩，有美女书记作证哈，我没有把你怎么样哈。"

口罩说："你龟儿子耽误了我的大事！我的儿子如果离了婚，我的两个孙子怎么办嘛？呜呜呜。"

我急忙上前扶起口罩说："大叔你别急，我送你去民政局。"

送了大叔回来，我与张总在村委会办公室议了一阵事，然后又开车去找吕三娃子。吕三娃子又不在家，二表嫂说吕三娃子又打麻将去了。我一听到他打麻将心就慌起来了，我怕他输了又来找我借钱。我这个月的工资已经不多了，不能再借钱出去了，得想办法让他离开麻将桌子。这么想着，我就给他打电话，还好，这次他没有拒绝接听我的电话，但是他不想放下麻将马上回来。

我着急地说："吕师傅，请你回来一下，我的时间很紧。"

他说："你忙你的吧，我有事会来找你的……"

我的心一紧，急忙打断他的话说："吕师傅，你别到村委会来找我，我手里的工作很多。"

电话那头的吕三娃子说:"忙,那你一次二次地跑来找我干什么?我看你是假忙!你们这些城里人总爱无事忙,就爱无事忙!"

他的这一番话,就像大浪一样,把我呛得说不出话来。过了一阵,我的智慧推动着我的思维再次产生了语言,我说:"吕师傅,请你回来一下。你不让我对你进行认真的回访,你说我怎么帮你?"

吕三娃子在电话那头哼一声说:"这好办,你给我钱就是了,钱是好东西,我需要它。"

我的心一阵紧缩,一阵疼痛。我皱皱眉头说:"你回来吧,我们好好谈一谈。"

吕三娃子有些不耐烦了,说:"美女书记,其实你帮我很简单,记住给我钱就行了。"说罢他挂断了电话,我再打过去,只听见一片麻将声,只听见人们的取笑声。

吕三娃子不想接我的电话。

他是如此地蔑视我的存在,他是如此地冰冻我的热情。

我感到怅然若失。

晚上吕三娃子的电话却不期而至,他不是配合我的工作,而是又找我借钱。我不是吃糠长大的,不是猪,我也会动脑子,有了与他接触的一些经验,我就不能直接拒绝他,我得想一个让他与我见面的办法。我望着村委会的屋顶思忖了一阵说:"吕师傅,这样吧,明天上午我要到乡村振兴局去开会,明天下午你在家里等着我。"

吕三娃子说:"一言为定。记着带上钱。"

第二天中午,我一回丹子山村就立即召开了一个村班子扩大会议,让张总参会,我向他们传达了乡村振兴局的会议精神,转告了我们单位领导的意见和支持。

散会后张总站在我的身旁说:"领导们的大力支持无疑给了我们莫大的鼓励,只要有他们的支持,丹子山村的经济发展,肯定就没有问题。"

我说:"领导们支持是一方面,另一方面还得靠你这个大神阔步向前。"

张总抓住我的手说:"这还用说吗,你是谁啊?"

我仰着头直视着他笑道:"我是谁呢?"

张总松开我的手,哈哈一笑说:"你是我朋友余刚的女人,你是我女人的朋友。双重关系,你说我不支持你谁支持你。一句话说明,你的事就是我的事。"

我说:"你别说起比唱起还好听,没有钱可挣,你会这样说吗?"

我们都哈哈大笑起来。

张总指着我笑道:"你这张嘴呀比我那位还厉害。你这话说得也对,不过利益是双方的，在我挣到钱时，丹子山村的村民同样也挣到了钱。"

我笑道："不是为这一点，我会找你合作？"

我为我现在的随机应变和油嘴滑舌而吃惊，我原来不是这样的，我的嘴原来没有这么油，我的脑子原来也没有这么灵，但自从到了丹子山村我就变得能说能笑了，我就变得左右逢源了。因为我知道，一句顺耳的话会缩短人与人之间的距离，会拉拢人和人的关系。一个笑有时会灿烂一个世界，一个笑有时会消除许多尴尬。一个人把话语和笑运用好了，那也是一种能力，那也是一种成功。即便不是能力也会增长你的能力，即便不是成功也会助推你获取成功。

我们说笑着走出了村委会。张总的样子是要陪我去吕三娃子的家，我觉得不妥，便拒绝了他。他说："也好，我去忙我的事。"说罢转过身去走了，但走了几步又回过头对我说，"美女书记，注意安全。"

第十六章

我的心海里涌起一股感激的潮。张总,我朋友的男人,不但会挣钱,也会关心人。既能关心别人的女人,肯定也会关心自己的女人。我为朋友亚兰拥有这样一个知暖知热的男人而欣慰。

我来到吕三娃子的家,吕三娃子却不在家,门是敞开着的,屋里屋外又脏又乱。有史以来我是第一次见到这么糟糕的一个家,这哪里是家,还不如一个狗窝。我下乡驻村这段时间见到过很多个"狗窝",但多少都收拾得比较整齐,吕三娃子的家却是一团乱草,阶沿上的麦草散乱不堪,屋里的地灰足有两三尺厚,渣滓足能淹没人的小腿。一只懒猫睡在阶沿上的麦草堆里,老鼠从它面前跑来跑去,它却无动于衷。我猜想这只猫肯定不是吕三娃子的,他自己都养不活,难道还会养猫吗?

一只外来的野猫借居他家,竟然也染上了吕三娃子的惰性。这让我觉得,一个人的习气和形象会影响周围的人和事,甚至动物。我看着那只懒猫思忖道,我如果改变了吕三娃子,这只猫肯定也会受着吕三娃子的感染重塑新生,变成一只充满力量的勤劳之猫。

我环顾了吕三娃子的家后,给吕三娃子打电话,语音提示说他关机。我走出吕三娃子的家,想找人问一问,但一路走过去,只有狗叫,没有人影。我正焦急时,一抬头却见吕三娃子躺在路旁的一棵核桃树下睡觉,默默蚊密密麻麻地卧了他一身。我的心被触碰痛了。这一刻,我不知道该同情这个男人,还是该憎恶这个男人。我伸过手去狠命地将他一推,这一推,将吕三娃子惊醒了,他猛然坐起身来,怔怔地看着我。

"你不会是七仙女吧?"

我说:"我是穆桂英!"

他说:"钱带来了吗?"

我说:"先到你家里去再说。"

吕三娃子站起身,斜着眼瞟我一眼,然后极不情愿地迈开步子,懒洋洋地带着路。路走得慢不说,眼睛老往路边的菜地里看,瞅准丝瓜扭两根,瞅准南瓜摘一个,瞅准豇豆摘一把。

这时，我觉得大家对吕三娃子的评价有些不准确，他种了这么多菜，怎么能说他是一个懒汉呢？正这么想着，二表嫂的骂声就炸响了，我这才知道吕三娃子摘的不是自己种的菜而是别人的菜。吕三娃子听到骂声一点也不介意，他慢条斯理地又摘了两个红得似火的番茄，拿不走了，就把南瓜和豇豆丢了些在路上。

听路人说吕三娃子从来不种粮从来不种菜，摘人地里的菜是常事。大家见怪不怪，出山之地嘛，自己种的，他想吃随便摘。二表嫂以前也是这样想的，但最近吕三娃子和她的仇越结越深，几乎是不共戴天。月夜里浇粪在他们家的院坝里不说，还把他们家的母鸡脖子扭断摔在水缸里，还凶神恶煞地冲进他们家堂屋去砸电视。前天偷了他们家的鸡死不承认不说，还与她对骂。这些恨这些仇二表嫂怎能忘记呢，二表嫂怎能再容忍他摘他们家的菜呢？

二表嫂与吕三娃子的闹剧已经到了高潮。二表嫂一边骂，一边追过去抢吕三娃子手里的菜。吕三娃子有一米七几的个子，将手一举，二表嫂踮起脚也够不着，只能望尘莫及，只能干着急，只能跳着双脚叫骂着。

吕三娃子这时很有大男人的气度，他不回骂，一句也不回骂。他躲过二表嫂的追捕，上前几步，走到乡村公路上说："你凭什么说这是你的菜？"

二表嫂急得脸色发青，说："你明明是在我们地里摘的菜，你还不承认。"

吕三娃子嬉皮笑脸地把菜送到二表嫂的面前说："你能把它们喊答应吗？你能把它们喊答应，我就把菜给你。"

二表嫂又要出手了，胡豆花急忙跑过来拉着她劝道："他又不是第一次摘你家的菜，他又不是只摘你家的菜……"

二表嫂从胡豆花的手里挣脱出来，跳着双脚骂道："戴绿帽子的劳改犯！"

吕三娃子被激怒了，举起一根丝瓜朝二表嫂砸去。砸了不说，还要冲过去用拳头痛击二表嫂。男人的手是有力度的，再加上愤怒，重击绝对增倍，二表嫂再烈也会吃亏的。那只带着愤怒的拳头就要落下去了，说时迟那时快，我急忙拉住他。胡豆花见此用力把二表嫂推到一边，然后回过头来对吕三娃子道："你什么都懒得做，打人倒是不嫌累！又不怕城里的妹妹笑话你。"

吕三娃子嘀咕道："是这个婆娘又来惹我。"

胡豆花说："你还有脸得很！常言说山不和水斗，男不和女斗！少说一句不行呀？"

吕三娃子说："好好，我听你的，我不跟她一般见识。"说罢拿起一根丝瓜和两个番茄就往回走，我紧跟在他的后面。回到家里，他把菜摔在院坝边的石头上，不与我说一句话，便自顾自地蹲在院坝边的枇杷树下，悠然自得地抽起烟来。枇杷树的枯叶一张一张地飘落在他的面前，像是在祭奠他那病态而又枯萎的精神。

我走上阶沿，再次仔细地查看吕三娃子的家。房子是砖混结构，左侧的墙壁裂着缝，屋里除了一张床没有第二样像样的家具。整个家里没有一点生气，也就是说他没有喂一只鸡，也没有养一条狗。

我的心再次被挤压痛了。我吐一口气，摸出笔和本子，一边了解情况，一边记录。

"吕师傅，家里几个人？"

"人一个，口一张。"

"种了多少地，种了多少田？"

"一分也没做。"

"养了多少家畜？"

"我都养不活，还养什么鸡鸭。再说喂鸡喂鸭都是娘们儿家的事，那个烂货早就到别人的尿桶上屙尿去了。"

"没病吧？"

"你在咒我吗？"

"不是。我的意思是问你的身体情况？"

"四十多岁的人嘛健壮如牛。"

我听到这话，忍不住笑了。我很想开两句玩笑，很想说他这么年轻力壮不应该这么懒，不应该吃低保，但我又觉得自己现在还没有完全摸清他的根底，不能贸然开口。

我又抬起头看着他说："与村里人的关系如何？"

"我在大家的眼里是劳改犯，猪狗不如的一个人，从来没有人用正眼看过我。我也无所谓。"

我抓住机会说："首先你要看得起你自己。"

吕三娃子的眼光在我的脸上停留了一阵，然后扭头将目光投射到院坝前那块长满野草的田里。

我问完情况，合上笔记本，突然觉得任务之大，工作之重。

我说："吕师傅，你应该把你一身的力气用起来，种些粮种些菜。"

"你是来教育我的，还是来帮扶我的？"

"帮扶。"

"对嘛，这个要明确嘛。美女书记，你首先要明确你是来搞什么名堂的。嘿嘿，我昨天跟你说的事呢？"

我茫然地看着吕三娃子。

吕三娃子白我一眼，撇着嘴说："真是贵人多忘事？我手机没话费了。"

我这才想起吕三娃子要借钱的事。我挺了挺身，看了一下对面的山坡，山坡上满是绿树，我希望吕三娃子也成为其中的一棵树，一棵能美化丹子山村的树。我说:"从现在起,我不会再借钱给你,我不会再助长你的依赖思想。吕师傅,你好自为之吧。总之我是希望你能自强自立。没话费了你可以去挣,现在打小工一天都是一百多块。我们小区正缺门卫,我推荐你去。"

"我不去,当门卫一点不自由,天天守在那里,就像一条看家狗一样,就像坐牢一样。"

"那你去送快递吧。"

"日晒雨淋的,那么苦那么累我不干。"

"那你想做什么呢?"

吕三娃子把烟头扔在地上,又飞吐出一口唾沫,我已经看出他对我的不满了。我不想让他脸上的黑云刺激我的心脏,忙逃避似的将视线移开,去眺望对面山坡上的绿色屏障。但是我马上意识到,我是无法逃避的,我只有面对现实,面对我的扶贫对象吕三娃子。不管是乌云还是雷电,我都要勇敢上前,只能上前,不能退缩。我在心里给自己上足了马力后,便回过头来看着一阶沿的麦草说:"吕师傅,这一阶沿的麦草存在很大的安全隐患,万一一个烟头丢在里面就会引起火灾。这是其一,其二也不符合'六顺六净'的要求,你抽个时间收拾一下。"

"我收拾?你叫我收拾?你是我的爹还是我的妈啊?你有必要来对我指手画脚吗?再说这是我的家,我觉得这个样子很安逸。"

"吕师傅,收拾干净了,你自己住着既舒服又卫生,这样对你的身体健康也有好处。"

吕三娃子狠狠地挖我一眼,又吐一口唾沫在地上。

我说:"吕师傅,我是为你好,别这么不耐烦。"

吕三娃子哼一声,又吐一口痰在地上说:"为我好,那你就帮我收拾一下。"

我的心里涌起一阵反感,一个大男人怎么说出这样的话来?如果他是一个老人,是一个缺劳力的女人,或者是一个病人、残疾人,不用他说我就会动手帮他收拾。可是他这么年轻,四肢又这么健全,而且没有一点病痛,他怎么就不能自己动手呢?这种无理的要求我是决不会答应的。如果我今天帮他做了,就肯定会助长他的懒惰和依赖性。以前的帮扶责任人可能就是太轻易满足他了,所以他才会提出这么多的要求。我心里这么想着,嘴上却说:"吕师傅,这不像你说的话。你这么一个年轻力壮、健健康康的大男人,怎么可能叫我一个女人来帮你码麦草呢?你可能是在开玩笑吧吕师傅?"

几句话说得吕三娃子难堪而又尴尬,他干笑两声,扭过头去看院坝边的田。那块田是他的,几年没耕种,现在已经长满了杂草,开满了野花。

我又回过身去看着有裂缝的墙说:"吕师傅,你这房子算是D级危房。"

吕三娃子不以为意地说："D级危房又怎么样？"

"不能再住人了。你可以享受国家的危房改造政策，政府补助你两万多。也可以享受国家的易地搬迁政策，易地搬迁政府补助你五万……"

吕三娃子一听到钱就兴奋起来了，他跑到我的面前，激动万分地抓住我的手说："我易地搬迁，我要易地搬迁！"

我把手从他的手里抽出来说："易地搬迁是政府出钱集中修建，也就是在村里的贫困户安置房旁给你补修一间。原基重建政府补助两万，就是把危房拆了原基重建……"

吕三娃子的兴奋明显降温了，他打断我的话："那危房改造的钱总可以给到我的手里吧？"

"可以，但是你必须把危房拆了，原基重建。"

吕三娃子像个泄了气的皮球，心灰意冷地蹲在阶沿上的麦草丛中，萎缩成一堆破烂，发出一阵泄气的声音："那不是搞空事吗？有个屁用！"

我说："怎么是空事呢？不管是原基修建，还是易地搬迁，你都会住进安全而又舒适的新房子里，受益的是你，你明白吗？"

"我人一个，口一张，我要起新房子有屁用！难道我住进新房子就有钱用了？难道我住进新房子那个烂货就会让我见我的儿子了，别人就不会冷眼看待我了，别人就不骂我劳改犯了？老实说，新房子还没有一瓶酒管用。一瓶酒灌下去，所有的痛苦都会烟消云散，别人的冷嘲与辱骂我他妈的一句都听不见了，哪怕是别人踩在我的头上拉屎撒尿，我也会望着他傻傻地笑。"

我愣愣地看着他，觉得吕三娃子这个人确实有问题，但从他的话语中分析，又不全是他一个人的问题，有外界的人为因素。但这个问题我现在还不能完全肯定，还需要进行全面了解。我的心情不由得沉重起来，帮扶吕三娃子的工作确实不是一件容易的事。

我心里叫道：丹子山村的山神爷爷啊。

帮扶吕三娃子的工作，现在才仅仅是一个开始，接下来我前行的路途上还会遇到些什么呢？

正愁从心起时，吕三娃子又开口问我借钱。我不茫然了，因为我已经想好了对付他的办法，我是再也不会借钱给他，一分钱也不借，让他渐渐改变不劳而获的习气，让他明白，在这个世界上活命就得靠自己，用钱得靠自己挣，生活中的问题得靠自己解决。

吕三娃子见我没有反应，又重复地要求我借两百块钱给他。我直视着他，毫不客气地说："吕师傅，我刚才已经给你说了，我是绝对不会像以前那些帮扶责任人那样。一句话说明，凡是不合理的要求我都会拒绝你，因为人这一辈子最终靠的是自己。吕师傅，我希望你尽快站立起来，拿出男人的尊严，刷新你的人生，活出精彩，照亮别人也照亮你自己。"

吕三娃子气得瞪我一眼，叭地吐一口唾沫在地上，然后扭过头去将目光散落在空寂的山湾里。

这个时节，丹子山村的野草已经露出了疲惫的神色，二表嫂那块苞谷已经砍完了，地里的红苕正在铺天盖地地生长着，胡豆花的稻谷已经成熟了。董鸡一声接一声地叫着，阳雀也一声接一声地叫着。吕三娃子不知道它们在叫什么，因为田里的稻谷不是它的，二表嫂不是它的，别人包里的钱也不是它的。叫，叫有个屁用！

不管吕三娃子的态度如何，我作为他的帮扶责任人，该做的工作一点也不能打折扣，该宣传的政策一个字也不能少，而且要反复宣传，让他记牢记实，让他明白国家有哪些扶贫政策，他实实在在地享受了哪些扶贫政策。我对吕三娃子宣传完扶贫政策后，再次问他是易地搬迁还是原基重建，但是我突然发现我是在对牛弹琴，吕三娃子根本就不把我的敬业精神当一回事，他的脸一直扭到一边，从不回过头来看我一眼，也不回答我一句话。我像一团火焰突然遇到了一场冰雪一样。我知道他对我不满意，不满意我没有帮他收拾阶沿上的麦草，不满意我没有借钱给他。

不满意就不满意吧。

我觉得我没有错，我做得对。如果今天我让他满意了，明天后天大后天他就会让我不满意。

我站了一阵，正想说几句话，缓和一下气氛，但吕三娃子突然气愤地问道："是不是那个烂货派你来收拾老子的？"

我茫然地看着他。

"我问你是不是吴芳那个烂货派你来的？以前每一个帮扶责任人都比你好，他们都是有求必应，不像你！只对我大方一天就抠门起来了。不再借钱给我不说，还唠唠叨叨地说一箩筐废话。"

我说："我既然是你的帮扶责任人，就要对你负责，就要从根本上扶你站立起来。我再次对你说，我绝对不会助长你的依赖性，但是对你有好处有益的事我一定会帮你做！"

"一分钱都不愿意借给我，还说会给我好处。哼，鬼才相信！最毒妇人心！我最恨你们这些女人了！总有一天我会拔光那个烂货的头发，让她当尼姑去。"吕三娃子丢下烟头咬牙切齿地这样说。

我说："你冤枉吴芳了。"

他哼一声说："不是她，不是她才怪了。我知道她的心子把把都是黑的，如果不是胡豆花劝着我，老子早就拔光她的头发了。哼！总有一天，老子会弄死她！"

我抓住话题问:"胡豆花对你很好?"

"全湾的人就只有她对我好。"

我笑了,说:"这说明你身上还是有让人喜欢的地方嘛!这个世界上有人喜欢你,无疑是一件好事,是一件喜事!"

他有些不好意思地说道:"美女书记,你别乱说。"

"我乱说了吗?我没有乱说。"

我笑了,他也笑了。从他的笑意里我看到了一缕阳光,我看到了一丝希望。

本来来了一个愉快的收场,谁知我走出吕三娃子的院坝时,突然发现手机不在包里,这才想起做笔记时把手机放在吕三娃子家的门槛上了,于是我又折身转去拿。手机却不在门槛上,也不见吕三娃子的人影。

如今谁也离不开手机,它在人们的生活中占据着不可替代的重要位置,既是人们的通讯工具,也是人们获取各种信息的工具,亦是充实人生活的多面手,还是替人省时省事的高手能者。如果一个人没有手机,就像被阻隔到了另一个世界,与世隔绝不说,还很不方便。

我的手机不见了,我的心里慌乱一片。我发疯似的在吕三娃子的门外找了,又到门内找。还好手机跟我恶作剧一场,终于在门槛边的渣滓里露出了脸。我如获至宝地捡起它,掏出纸巾轻轻地擦着它身上的尘埃。就在这时一只老鼠从屋里蹿出来,从我的脚背上跳过去,吓得我大叫一声,跌坐在吕三娃子堂屋里的乱草堆里。

真是活见鬼。

我惊魂未定,一个猛兽般的东西突然从屋里蹿了出来,猛然将我按倒在地上。那猛兽呼吸急促,穷凶极恶,急速地拉扯着我的衣裤。我明白是怎么一回事了。

我这才明白余刚为什么不放心我,为什么说吕三娃子雄性激素偏高,张总为什么想挤出时间来陪我入户。看来男人的眼光最敏锐,看来男人才是最最了解男人的人。

我明白了,现在的我真正明白了,吕三娃子原来是一个一接触女人就会产生故事的人!

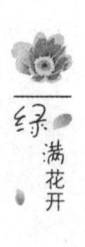

第十七章

我虽然是一个女人，但我不是一个任意让人欺负的弱者。我有刚强的一面，我是神圣不可侵犯的。我虽然力气不如男人，但是我骨子里的东西会大大地发挥出我的潜力。

我的奋力反抗，我那歇斯底里的狂叫，把吕三娃子吓得一怔一怔的。我趁此机会猛然掀开他。但刚起身，吕三娃子又猛然把我按倒在地。我再次掀开他，英雄似的站起了身。他不甘心想再次扑来时，一条狗，一条救我的狗突然神奇般地出现了，它发出惊人的叫声，勇猛地朝吕三娃子的后背扑去，吓得吕三娃子的兽性立刻退潮。他跳起身，提起一根凳子就去追打那条狗，我趁此机会跑了出来。

经过这一场闹剧，我的心里很是难受。我爬上山坡，在崖石上呆愣愣地坐了几个小时，像一尊女神塑像。我男人余刚的短信发了无数条，电话也打了无数个，但我一条短信也没有回，一个电话也没有接。我今天无论如何也不能接余刚的电话，无论如何也不能去见余刚，我怕一听到余刚的声音一见到余刚就会大哭起来。那样余刚会心疼我，那样余刚会更加不放心我，我不能分他的心。我们上有老下有小，房贷车贷都指望他挣起钱来还呢。无论如何我也不能让他知道今天所发生的事，我要让他集中精力好好挣钱，多多挣钱。

我坐在山坡上的石头上抱头大哭，对着绿绿的草、对着绿绿的树，宣泄我的一腔愤慨。我觉得女人做事真难，一不小心就会遇到麻烦。这时的我不得不承认自己是一个女人，是一个弱小的女人，是一个很容易被人拖进暴雨中、扔进大海里的人。我很委屈，我很难受，这委屈这难受我又不便对任何人诉说。因为吕三娃子是我的扶贫对象，我是吕三娃子的帮扶责任人，而且还是丹子山村的驻村第一书记。这事如果一曝光，我的周围天天都会有无数双异样的眼睛紧盯着我笑，我的身前身后时时刻刻都会有戳心的指点和难听的议论。那样我的乡村振兴工作就会断裂，甚至会结束，调回单位的结果是一辈子都背着被吕三娃子非礼过的黑色符号，而且这黑色符号会无限地被放大，会广泛地流传，甚至到我的孙子曾孙那一辈都会有人说我某年某月某日被吕三娃子凌辱过。这让我的家人怎么面对,这让我的男人余刚怎么有脸见人?

活人真难!

人生有许许多多的苦只能自己吞咽。

人生有许许多多的苦只能自己独自承受。

我哭累了,就倒在青草地上睡了一觉。睡觉真好,睡觉让我忘记了吕三娃子,睡觉让我忘记了一切的一切。我甚至还做了一个梦,梦见我和我的男人余刚到泰国旅游去了,我们手牵着手奔向大海,我们像两条鳗鱼一样在海里游泳,像两个无忧无虑的孩子一样在沙滩上狂跑飞奔。

一觉醒来后,我的心情平静多了,觉得自己有些过于夸张,觉得自己有些无病呻吟,觉得自己在放大痛苦,觉得自己有些小题大做。其实自己并没有受到伤害,只是在人生的舞台上演绎了一场男女的搏击战,一场戏而已,并没有伤筋动骨。再者自己也战胜了对方,成了一个真正的胜利者。这难道不值得骄傲吗?这难道不是再次使自己的心智成熟了吗?这难道不是检验了自己足以远行的骨骼力量吗?我坐起身,深深地呼吸了几口带有草香味的空气,将满湾的绿韵深化进我的骨髓,然后聆听着鸟鸣,休整我的心情,康复我的情绪,梳理我的思路。

上面规定帮扶责任人每月一次入户回访,从现在算起,到彻底完成帮扶吕三娃子的工作任务,还要与吕三娃子接触近四十多次。这四十多次,难免他不对我产生邪念。但是我相信自己的智慧和刚烈的性格,我相信自己的飞速成长。我现在已经有经验有能力让吕三娃子的非分之想死于萌芽之中,腐烂在他的肉体里。从另一面来说,我和吕三娃子之间的男女之事算是小事,我不过多注意罢了,用不着再去多想。难度最大的是帮扶重任,这是我主动承担的任务,目的是让吕三娃子真正站立起来,走出贫困的黑色帐幔,走进阳光四射的美景里,披上彩袍,过上富裕而又幸福的生活。这个村的驻村第一书记和乡村振兴组组长不是别人,正是我。吕三娃子如果站立不起来,我就无法向丹子山村的村民交代,也无法向上面交代。如果这样的话,我就对不起国家,对不起我们单位的领导,就对不起丹子山村的村民和这一片厚土,就诠释不了自己当初的信心。短短的接触完全证实了人们对吕三娃子的看法,他确实是个不同于一般的人,他的致贫原因不是年老病弱,不是缺劳力,而是思想问题。凭我的敏感和分析能力,吕三娃子的思想有严重的病根和病态。但具体原因我还不明确,所以我现在还无法下药。接下来的工作是,我必须尽快找到病根,从而进行根治。

理清思路后,我就站起身朝山坡下走。我的小腹突然痛了一下,我没管,我没有时间管,我得处理一些麻烦,阻止余刚今晚来陪我。我的状态虽然已经恢复,但是我一见到我的男人说不定就会暴雨如注。我思考了一下,就给张总打电话,撒谎说余刚这段时间生意上连连丢单,叫他今晚抽出宝贵的时间回城去陪陪余刚。张总是余刚的铁哥们儿,一听这话岂有不答应的道理。他说:"正好我也想回去见见我的女人了。你就把心放在肚子里吧,我不但会让他阴转晴,而且还会让他阳光明媚。"

把这事安排好,我瞄了一眼我的手机。天哪,我手机里的信息已经爆满,但我没有时间去细看。

我到吴主任家吃了晚饭回来,就开始写上个月的工作总结和做下个月的工作计划,写到一半,我的小腹又剧烈地疼痛起来,而且有来潮的感觉,但我坚持写。我的工作任务很多,今天的工作绝对不能拖到明天。我写完工作总结和工作计划已经是深夜一点过,我揉了揉涩涩的双眼,站起僵硬的身子,一起身我的腹部更加剧痛,我忙靠着办公桌。腰,我的腰已经痛得直立不起来了,有一种下坠感,觉得体内有一种东西在往下坠落。我清楚地感到我的二娃,我和余刚的创举还没有形成胚胎就这样夭折了。我的血流得很猛,我的头有些昏。我怕我昏死过去,急忙向牵牛花求助。牵牛花很快就来了,她看着满椅子和满裤子的血禁不住叫起来了。

我虚弱地对她说:"快扶我上床……"

她说:"不行,你必须进医院,我给你男人打电话。"

我说:"别别……别给他打电话……"我怕余刚心痛,我怕余刚着急,本来他一天做生意就够苦够累的了,我不想再给他添堵添麻烦。有二娃的事我还没有告诉他,我准备这周星期天叫朋友亚兰偷偷地陪我去县医院做人流。现在好了,自己流了,省得我跑医院。

一时,牵牛花急得不知道该如何是好。我再次叫她扶我上床,她才迟迟疑疑地把我扶到床上去。我躺在床上觉得天旋地转,血还在流,这时的我像一条溪河一样。但溪河的水流干了,只是呈现出干涸的现象,而我的血流多了,就昏过去了。

当我苏醒过来的时候,已经躺在县医院输血了。我是被"120"拉进医院的,是牵牛花打的"120",是徐书记、二牛和麻狗把我抬上救护车的。救护车惊醒了丹子山村,所有的村民都从床上爬起来,放弃甜睡,赶走夜色,就像他们的亲人患了病一样,都纷纷开着农用车和骑着摩托车跟进医院,用浓浓的爱意灌注着我的生命,呼唤着我的生命。输进我体内的血不是血库里的,我是A型血,医院当时没有这样的血型,去市医院调的话,需要两个多小时。徐书记急得没法,就把山林找了来,大家都把希望寄托在山林的身上,但山林跑来跑去的结果还是只有到市上去调血浆。在这十分危急的情况之下,丹子山村的村民都挽起袖子,纷纷抽出带着自己情感和体温的血液来与我配血型,最终能配上我的血型的是徐书记、二牛和麻狗。徐书记、二牛和麻狗那带着浓浓情谊的血液一滴一滴地滴入滴管,一点一点地流入我的体内,渐渐地恢复着我的生命,渐渐地红润着我的肌肤。

感激的潮一波又一波地从我的心里涌起,潮湿了我的双眼。我在丹子山村只尽了我的微薄之力,只做了我应该做的工作,而丹子山村的村民却以这样厚重的情谊来回报我。

人都是感情动物,丹子山村的村民救了我的命,恢复了我的体能,接下来我该怎样回馈他们呢?无疑,这份沉甸甸的情谊更加丰盈了我的羽翼,充实了我的骨骼力量,加快了我前行的步伐。

我在医院里住了三天,余刚寸步不离地守着我,生怕我又晕过去似的。流产的原因我轻描淡写地告诉他是晚上上床的时候不小心扭了腰,他信了,握着我的手安慰我道:"没关系,以后我们还会有。"

我撒娇地说:"等我的乡村振兴任务完成后再说。"

他说:"好,听你的,一切都听你的。在你乡村振兴这几年我们一定采取好措施,千万别再大意。再这样你的身体会受不了,再这样我的心脏就缓不过来了。"

我住院的时候,亚兰和张总也来看望我。我叫张总把该开展的工作尽快推进起来,张总叫我放一百个心。亚兰说我是工作狂,躺在病床上还说工作上的事。余刚见我和张总没完没了地说工作,就下逐客令,连推带掀地把张总送出病房。亚兰跟在她男人的身后,走到病房门口,回过头来对我做了一个鬼脸。

住院期间,我拥有了久违的清闲。我躺在病床上,输着液,偶尔给徐书记和张总打打电话,说说工作上的事,除此之外什么也不做。不做事并不等于是一件好事,第二天,我就觉得不爽了,突然觉得心里空荡荡的,就像水上的浮漂一样,轻飘飘的,一点着落也没有,像个没有灵魂的人,时间和心都像病床上的床单一样苍白。有那么一阵,我真想拔了针管,奔出病房,回到我的阵地。我,再次清楚地觉得自己是一个做着工作才有存在感的人。但是我的头还晕晕眩眩的,人还轻飘飘的,像在太空中一样,没有一点力气。

虽然还不能出院,但我拒绝躺着。我坐起身,抓住机会耍手机,似乎想把以前没有看的信息都一一看一遍。微信和抖音丰富了我的病榻生活,密切了我和朋友的联系,加深了我与胡荣、丹兰、美雅的关系。胡荣和丹兰做着乡村振兴工作,我们有着共同的经历,我们有着共同的话语,有交流不完的经验,有说不完的离家愁绪。美雅有很多乡村振兴以外的话题和我说,有很多开心的事与我分享。

余刚不喜欢我劳神,他喜欢我像猪一样,吃了睡,睡了又吃。他把所有的心思和所有的情爱都用在我的身上了，他生怕医生对我不尽心，便多次叫山林动用关系来关照我。

在爱的包裹中，我的身体很快就恢复了健康。我敢说我体内的血流量肯定比原来丰盈，各个器官肯定更有活力。

第十七章

第十八章

我的身体已经胖得跟杨贵妃似的,余刚还要给我补充营养。

出院回到丹子山村,余刚还不断给我买营养品。这天晚上他拉了一车的东西到丹子山村,想给我一个惊喜,就没有给我打电话。到丹子山村已经八点过,他见村办公室还坐着徐书记和张总,便猫在桂花树下。站了一阵,他又怕徐书记和张总出来时追问路旁的车,便又悄悄溜去把车开到村口,像搞间谍工作似的给我发短信,叫我等徐书记和张总走了立即告知他。我觉得惊讶,回信问他怎么知道徐书记和张总还在办公室。他说他有千里眼,有跟踪仪。

我们开完会已经是九点过。等徐书记和张总一走,我就给余刚打电话。余刚一得知徐书记和张总走了,便飞快冲向村委会,我还没有回过神来,余刚的车就停在了我的面前。更让我吃惊的是,他一下车就把东西一包一包地搬进我的房间,似乎想把我的房间填满。

我说:"你把我的房间当成饥饿的肚子了吗?我亲爱的男人,你买这么多东西干什么?"

余刚说:"给你的身体补充营养呀。"

我说:"老公啊,我都胖得像头猪了。"

他说:"胖瘦说明不了问题,健康才是本钱。"

这就是余刚的可爱之处,他什么时候都把我的健康放在第一位。我的心里涌起一阵潮水,我像浪潮一样朝余刚扑过去,顿时,他那坚实的体格和一身的温暖又再次充满了我的心房,抚去了我的疲劳。

余刚把东西搬进屋,我们就双双上床睡觉。刚躺下,村委会的院墙门突然响了起来。

我说:"糟,他们杀回马枪来了。"

余刚说:"把灯关了,我藏在屋里,你快出去。"

我说:"天哪天哪,我们这是在干什么?简直像对偷情的男女。"

"快出去,你不是怕张总产生误会吗?是你……要不然,我出去。"

我忙拦着他说:"别出去,千万不要忘记我对你的约法三章,我的工作任务很紧,也很重,不能出现一点点麻烦,否则我的工作无法按时完成……"

余刚挥着手打断我的话说:"别说了别说了,我理解你。"说着就把我推出了屋子。我听见他关了门,关了灯,还按了反锁。

回来的人不是张总而是徐书记。徐书记也不是杀回马枪,他回来汇报吕三娃子中午到吴芳家大闹天宫一事,汇报中夹带着一些指责和叹息。他叙述的篇章很长,迟迟画不上句号。我几次打断他的话,希望他就此告一个段落,但是他的话像决堤的水坝,像要说到下个世纪似的,说完也不急着走,眼睛直朝房间门看,看得我的心里直打鼓,我下意识地移过身子去挡着徐书记的视线。徐书记像看出了什么,站起身绕过我的身子,紧盯着那紧闭的房门嘿嘿地笑道:"不会是关着天蓬元帅吧?"我为徐书记的敏锐而感到吃惊,在这样火眼金睛的书记面前纸是包不住火的,我想老老实实地告诉他屋里不是天蓬元帅,而是我的男人余刚。但是如果这样的话不就辜负了我的良苦用心,张总肯定很快就会知道余刚来丹子山村过夜的事。张总会怎么想呢?男人的心不是时时刻刻都像天空那么广,不是时时刻刻都像海洋那么阔,他们的心眼有时比针眼还小,他们有时使起性子来很可怕,九头牛都拉不回。我不能让我前行的大道上出现岔路,我不能让张总往与我相反的方向走,我的乡村振兴工作离不开张总,我需要他把雷竹基地建起来,我需要他把泥彩塑的底蕴展示出来,我需要他把水果玉米和时令蔬菜一季季地种出来,我需要他把丹子山村的每一寸土地都变成绿韵,都变成黄金。为了这宏大的乡村振兴工作,我只能委屈我最最亲爱的男人余刚。为了绘制丹子山村走向富裕的美丽蓝图,我宁愿让我的私生活受到质疑。

徐书记,这个五十多岁的老革命常常把我当成他的女儿,他不希望我错走半步。在工作上尽力助推我,在生活上密切关注我,一发现问题他就会即时纠正。今晚他发现了异常,便立即采取行动,他上前一步要去推门。我急中生智地拉住他说:"张总在外面喊你呢。"我一边说一边拉着他出了办公屋。他走到村委会坝子里,见没有张总的影子,便嘀咕道:"哪里有张总嘛?是不是后坡上的美男子在喊你?"我一听这话,身上就起了一层鸡皮疙瘩。在夜里,我经常能听到后坡上的声音,余刚之前来留宿时也听到了,他问我是什么声音,我说是守山的人在摆龙门阵。我不敢跟他说那些神秘的事,更不敢对他说村里的谣传。

徐书记见我不说话,便假咳一声,提醒我他的存在。

我收回神来说:"徐书记,天太晚了,我送你回家吧。你再不回家你的夫人就要到村委会来找你了。"

徐书记点点头说:"好,我回家。不过,你别把门关那么严,天气这么热,你应该打开透透气。我担心你呀,真怕你热出病来。万一你热出病来,你说这一大堆工作谁做嘛。"

我说:"你尽管放心,我的身体正在朝国防身体发展!"

走出村委会,徐书记指着停在路旁的车问:"这是谁的车?"

我当然知道这车是谁的,忙掩盖道:"可能是村里谁回来了吧。"

徐书记弓着背想去看车牌号,我急忙把他拉上我的车,急速送他回去。

余刚不敢出来,一直躲在屋里等我回来。我把安全信息一发出,他就哗啦一下打开房门,一把将我搂进怀里。我们拥抱在一起,哈哈大笑起来。余刚说:"我们这是在干什么啊?"

我说:"偷情。"这么说着,我突然觉得偷情虽然担惊受怕,但也挺有意思。

我们笑了一大阵。

我和余刚演绎着一场离奇的剧目,我的心里非常非常愉悦。我觉得很有趣,也很有意义。余刚也挺开心挺快乐。我心里清楚,他是为我开心而开心,他是为我快乐而快乐!我再次觉得余刚是个好男人,我再次认为好男人就是这个样子。

我们怕暴露,不敢在外面去野跑,不敢出去散步,只有躺在床上看那从瓦缝中漏进来的月光和星光。我问余刚:"你先来过村委会吗?"

余刚说:"是呀,我来过,见村办公室里有人,我就把车退到村口去了。"

我哈哈大笑道:"神出鬼没的,像搞地下工作似的。你什么时候学会这本事的?"

他说:"这都是伟大的爱情在起作用。伟大的爱情会教会人很多东西,伟大的爱情会让人发挥出更大的潜力。"

我说:"我都差点交待了。"

"为什么又稳住了呢?"

"为了我这伟大的乡村振兴工作呗。"

余刚不说什么,只是笑笑。我很有把握地理解成这笑是对我的奖赏和鼓励!为此我体内的力量在成倍地增长,为此我绘制蓝图的信心就更加增强了。

余刚没有忘记他不放心的事,他问:"你去入户时,那个什么没有对你产生非分之想吧?"

在这个时候,也不只是在这个时候,我的意思是在任何时候,我都不希望余刚提起吕三娃子。我把话岔开问他生意上的事,他没回答,又绕回来问我。我有些不耐烦地说:"别提他。"他见我这样,立刻警惕地追问起来。我马上镇静下来说道:"他如果敢对我起坏心眼,我……我就一脚踢死他!"

余刚又笑笑,笑得我的心里直发毛。我恼火地打他一下说:"你笑什么笑?"

余刚笑着说:"我不笑,难道我哭呀。说实话,我真想把你藏在我的心里,看都不想让别人看一眼。"

很明显他是对我的抛头露面不放心,我真怕他采取什么行动把我束缚起来，我忙说："其实吕三娃子也不像大家所说的那样不可接近，他只是再三问我借钱而已。"

一说到钱，余刚的注意力立刻从男女之事上分离开来，急忙问我："你借给他没有？"

"第一天借了五百……"

余刚叫起来了："五百！借了五百给他？"

我有些生气了，我说："你叫这么凶就像在你身上割了一块肉一样。"

他说："那是呀，你一个月挣这么点死工资，我的生意也不是那么好做。如果他长期这样向你借，我们一家人还生不生活啊？！"

我大声地冲着他冲着夜晚说："你听我把话说完。第二天我就没有借钱给他了，我要让他学会自力更生，我要根治他的依赖思想和懒惰思想。"

余刚一听我不再借钱给吕三娃子，情绪一下就缓和起来，他说："你这样做很对，就应该这样。"

尽管我很鄙视他的视钱如命，但是这时的我没有时间和他理论，没有时间和他斗气。我需要一种好的气氛，我需要一个倾听者。

我说："目前我要尽快把吕三娃子的事解决了，不然我无法甩开膀子发展集体经济。我跟你说我首先要解决他的住房问题，我的意思是先要他自己决定是易地搬迁还是原基重建。"

我正说得兴起，我住房的后坡上突然又响起啪啪啪的声音，随后又是一阵男人的说话声，声音时高时低。我虽然身上毛发直立，但是我怕余刚寻根问底，忙说守山的人很辛苦，余刚也没再说什么。然后我把话题又转到吕三娃子是易地搬迁还是原基重建的事上，以此寻求余刚的出谋划策。余刚也不是万能的神，没有什么高招良策，只叫我问一问吕三娃子。

我白余刚一眼说："这还要你教呀？我问了他无数遍他都不说。他的意思是想政府把易地搬迁或原基重建的经费直接给他。你想这怎么可能。"

余刚笑笑说："我发现这个吕……吕什么？"

"吕三娃子。"

"哦，吕三娃子的脑子在想到钱的问题上比我还灵。呵呵！"

这夜，我十二点过才睡，但我的思想没有睡。说实话我的大脑随时处于思考状态，连睡觉时可能都在潜意识里思考。每天早晨一睁开眼，一个突破性的计划就在脑里跃然出现。这天早晨也一样，五点过我一醒来，工作思路就清晰地出现了，第一去找二表嫂和一些村民了解一下吕三娃子的具体情况，尽快找到吕三娃子颓废的根源；第二发挥胡豆花的作用，让胡豆花去问吕三娃子是易地搬迁还是原基重建。让胡豆花的热力去融化吕三娃子心中的冰岛，唤醒他男人的尊严。

第十九章

我把这思路告诉余刚后,颇为兴奋地搂着他吻了几口。然后我们一人吃了一个面包,一人喝了一盒酸奶,就各自出发了,他回城去做生意,我到三社去找二表嫂。这时天还没有大亮,田里有人在打谷子。余刚怕人看见,蛇妖似的,一闪身就溜出了村委会。看着他那样子我有些感动,心里的爱意再次叠加。

说来也巧,我刚走到三社,就看见二表嫂在用农用车往家里运送谷子。我不好意思把她拦在路上在火一样的太阳底下说事,我踩着二表嫂的脚印,一直跟到她家里,赔笑了几声,便说明了来意。

二表嫂一听吕三娃子的名字就大骂起来:"那个龟儿子劳改犯不是人,完全是个畜生。过去他趁我男人不在家,经常深更半夜来敲我的门。我泼了他两次尿,又叫男人回来收拾了他几次,他才收住他的贼心。后来他就缠上胡豆花了。你说那个遭雷打的像不像个人嘛,胡豆花的死男人还是他的一个长辈呢。"

我见三言两语说不到主题上来,便帮二表嫂晒谷子,但二表嫂不让,说我细皮嫩肉的做不得,做了会浑身发痒。一边说一边提个凳子,拉起她身上的衣服擦了后放在我的面前,叫我坐。我见二表嫂的孙女在院坝边捉蚂蚁玩,便抱在怀里,又摸出两百块钱塞在她的小手里。二表嫂说什么也不让孩子拿钱,我就说我是吕三娃子的帮扶责任人,是替吕三娃子来赔不是的。二表嫂就哈哈地笑着说我到底是城里人,会处事。我趁此机会叫二表嫂少跟吕三娃子计较,说吕三娃子现在一个人过心里也苦。二表嫂说:"他活该,他如果不经常出去打麻将,他如果懂点道理,他如果不那么下死手打吴芳,吴芳会和他离婚吗?"

她边说边把几箩筐谷子倒在院坝里的晒席里,我走过去帮她把谷子推开。她不再客气,似乎把我当成了她的乡亲。她一边用耙耙抓谷子里的草,一边又讲述起吕三娃子的事。讲得有些杂乱,而且夹杂着孤人劳改犯之类的咒骂。

我整理后是这样的:吕三娃子经常跑到镇上的茶楼去打麻将,夜不归家。吴芳一人在家,每天从村委会回来,做了地里的事,又做家里的事,天天忙到深更半夜。村里的张三见吴芳累得不成人样,便经常用农用车帮她拉粮运肥料。吕三娃子以为吴芳与张三有不正当的关系，便经常毒打吴芳，打得吴芳身上紫一块红一块的。吴芳没法，只好提出与他离婚。

按理离婚后就应各过各的日子，但是吕三娃子与一般人不一样，他下死心要找张三报仇。在一个寒风凛冽的傍晚，他用乱石拦在乡村公路上，弄翻了张三的农用车，然后趁张三摔在地上时，一刀砍在他的右手臂上，导致张三右手臂终身残疾。张三已经够冤枉够苦的了，谁知屋漏偏遭连夜雨，雪上又加上一层霜。被这沸沸扬扬的事件弄得痛苦不堪的妻子，无脸面对村里人和娘家人，非得逼着张三离婚。张三再三解释她不听，她不信，认定张三与吴芳有扯不清的关系。吴芳找她解释，她一瓢粪水朝吴芳泼去，说吴芳害惨了她。徐书记去劝她，她说徐书记是官官相护，谁也阻拦不了她，这婚非离不可。

张三的一切不幸，吴芳都认为是因自己而起，她十分内疚。张三离婚后，她尽自己所能去帮助他，用自己的心力热情去驱散他的孤独和痛苦，用自己的阳光去照亮他眼前的道路。两人的善良，两人的真诚，两人的互爱产生出了强有力的热能与火花，渐渐地使他们爱上了对方。

吕三娃子因故意伤害罪判了两年刑，释放出来后，又找吴芳闹事，骂吴芳烂货不说，还把儿子带到茶楼上去打麻将。吴芳气得肺炸，儿子才十一岁，吕三娃子这样做完全有可能把儿子毁了，她不能让儿子跟着他学坏了，她拼了命也要保护好儿子。从此她不准吕三娃子再踏进家门半步，从此她不准吕三娃子再见儿子一面，也不准儿子再喊他一声爸爸。

吕三娃子见不到儿子，更是丧心病狂，天天大骂吴芳烂货，气愤的时候咬牙切齿地骂她烂货，心情好的时候编起山歌骂她烂货。有人理他的时候他就越骂越来劲，没有人理他的时候，他就骂一阵，躺在地上看一阵天，然后拖着一双懒汉鞋直接去找吴芳。有时在村委会，有时在吴芳的家里，涎皮赖脸地站在吴芳面前，浪声说出过去的私事。羞得吴芳的脸红到耳根，羞得吴芳无地自容。昨天中午趁张三不在家，吕三娃子又跑去大闹一场，把吴芳家的锅摔了，碗也砸了。

二表嫂说完吕三娃子的事，又开着农用车拉谷子去了。我还有话要找她说，就帮她带孩子和赶晒场里的鸡。等她拉回第二车谷子，已经是中午一点过，二表嫂要忙着弄中午饭，我不好再打搅，再说我自己也该吃点东西了，肚子已经给我提了好几次意见了。

我怕耽误时间，就没有到吴主任家去吃饭，泡了一盒方便面，狼吞虎咽地吃后，就准备再次前往二表嫂家。我走进火热的太阳下，突然觉得空手去不便于工作的迅速开展，便到村上的小商店里给二表嫂的孙女儿买了许多零食，然后顶着烈日，冒着酷暑再次来到二表嫂家。二表嫂又在辛苦地翻晒谷子，抓谷子里的稻草。我不好开口说事，只好带着她的孙女玩，直到天黑二表嫂才算得空。二表嫂抱过孙女说:"谢谢你帮我带了一天的人,不然我今天一田的谷子还收不回来,一坝子的谷子还收不进屋呢。"

我立即把话题引到吕三娃子的身上说:"你这么忙,完全可以叫吕三娃子来给你帮帮忙……"

二表嫂打断我的话说:"快莫提那个孤人,快莫提那个劳改犯了。龟儿子懒得烧虱子吃,自己都没有做一分地,种一窝菜,哪还会帮别人的忙?"

"他懒成这样可能还是有一些原因?"

二表嫂从鼻孔里哼一声说:"都是被你们这些扶贫干部惯的!唉!现在国家就是养懒人!"

我说:"不是,二表嫂,国家是提倡自强自立。"

二表嫂哼一声说:"上面是这样,那下面呢?"

我说:"但是我们不可能让人饿死,让人穷死呀。"

二表嫂说:"像他这样的孤人劳改犯,像他这样的懒人,就该让他饿死,就该让他穷死!"

我看着渐渐降临的夜色,思忖了一下说:"二表嫂,一个湾的人,抬头不见低头见,你就别骂他孤人劳改犯了……"

二表嫂叫起来了:"他天天偷我地里的菜,还偷我的鸡!我辛辛苦苦种菜,他凭啥子摘起就吃!他不劳而获!我累死累活!我不骂他我这心里堵得慌!"

我说:"他摘你家的菜是不对,我会给他做思想工作,叫他以后自己种菜吃。"

二表嫂说:"美女书记,你能让他种菜,我就手板心里煎豆腐给你吃。美女书记,太阳不会从西边出,别枉费心机,狗改不了吃屎的本性。"

我说:"只要你不再骂他是孤人劳改犯,我就能让他自己种菜种粮。"

二表嫂说:"只要他不再摘我地里的菜,不再偷我的鸡,我就不再骂他孤人劳改犯。"

我说:"看在我的面上,别再骂他了,好吗?"

二表嫂说:"好吧好吧,看在你的面子上我不再咒骂他了。"

"一言为定。"

"一言为定。"

我激动地拉着二表嫂的手说:"谢谢你!谢谢你!"

我们又聊了一阵,聊得很是投机。走时,二表嫂悄悄地附在我的耳边说:"这个村里就只有胡豆花喊得动吕三娃子。"说后就诡秘地笑起来。

这个晚上,余刚钻进村委会大概是九点过。我们紧紧地拥抱在一起,久久不说一句话。

第二十章

第二天早晨,天还没有亮,夜色还恋着丹子山村,余刚就又溜出了村委会,我也跟着出了村委会。这天我的计划是去找胡豆花,一是请胡豆花尽快让吕三娃子做出危房改建的决定,二是找胡豆花了解一些实情。时间紧,任务重,我没有时间回城去给胡豆花买礼物,便把我上次买的新裙子送给了胡豆花,作为感情的基础,作为说事的桥梁。胡豆花是个十分妖娆的女人,一见这么漂亮的裙子就立即穿在身上,扭来扭去地说好看。胡豆花五十多岁,前年死了丈夫,现在独身一人,三间一楼一顶的砖房,很富有,家用电器样样俱全,屋里粮食满仓满柜,看样子她是个勤劳能干的女人。她对我说她做了十几亩田,都是乡村公路边别人不做的地,都是农用车能去的地方。我敬佩而又惊讶地问她怎么做出来的,她说现在都是做懒庄稼,全都不像以前那样担粪灌,全部用复合肥,一窝丢一把就等着收庄稼。

我正和胡豆花聊着的时候,吕三娃子突然从胡豆花的房间里走了出来。见我,愣了一下就走过去了,没和我打一声招呼,开起胡豆花的农用车就往乡村公路上狂奔而去,没多久就运了一车苞谷回来。胡豆花解释道,她昨天掰了一地的苞谷,今天叫吕三娃子去帮她拉回来。

吕三娃子把苞谷担到楼顶上去晒了,不看我一眼,从水缸里舀一瓢凉水咕嘟咕嘟地喝起来,胡豆花跑过去把瓢给吕三娃子抢了,说:"死鬼,叫你不要喝凉水不要喝凉水你硬是不听。"

吕三娃子憨憨地一笑,说:"习惯了,没事。"说后把农用车推到阶沿上,然后拂袖而去。

我今天也没打算找他,所以即使他装不认识也无所谓。

胡豆花笑道:"这个死鬼!一点也不懂礼貌。"

我说:"他可能对我有意见。因为我没有满足他的要求,没有借钱给他,没有给他打扫卫生。"

胡豆花说:"美女书记,你这样做是对的,就是不要像以前的帮扶责任人那样什么都满足他,什么都依从他。那不是在帮助他,而是在害他。他依赖惯了,几年后你们走了他又依靠谁去?"

我说:"就是。谁也帮扶不了他一辈子,最终还得靠他自己。"

胡豆花把一箩苞谷粒拉到一边,抬起头来敬佩地看着我。这无疑给我加了油,让我马力十足地往前跑。我靠近她,极为亲切地说:"姐,我今天来,主要是有一事相求。"

胡豆花说:"你说,只要我能办到,就一点问题也没有。"

我说:"吕三娃子那房子随时都有垮塌的危险,国家要求每户人家都要得到安全的住房保障,吕师傅这种情况可以享受易地搬迁或原基重建。易地搬迁政府补助五万,由政府集中安置,也就是在村里的贫困户安置房旁给他补修一间。原基重建政府补助两万,就是把危房拆了原基重建。我不知道他选择哪一种,问了他好几遍他都不给我回复,我的意思是请你帮我问他一下,看他选择哪一种。"

胡豆花没有答应我,也没有拒绝我,她的脸上既没有反感的意思,也没有怨怪我说穿了她和吕三娃子的关系。她把阶沿上的谷子一挑一挑地担到院坝里去晒,我一边帮着她,一边宣传有关危房改建的政策,之后又再次说道:"吕师傅那房子随时都有垮塌的危险,我真的很担心。我需要他尽快做出决定,我们好尽快给他解决,尽早消除安全隐患。"

胡豆花晒完谷子,剥了几个湿核桃给我吃。

她到底说还是不说啊?我看着她,在心里这样问。看她脸上的一片晴朗,她应该不会不给我面子,但迟迟不见她给吕三娃子打电话,我的心里又悬悬的,觉得她不可能帮我这个忙。我不好再宣传政策,也不便说危房有多危险,我只有睁着一双带着期盼的眼睛看着她。

我的心里充满了焦急,脸上却一片湛蓝。

还好,我的亲娘我的亲姐在挑战了我的耐心后,终于转身走到房间里去给吕三娃子打电话了。几分钟后,她洋溢着一脸的笑意走出来对我说:"吕三娃子同意原基重建。"

我又惊又喜,同时如释重负。

我激动地搂抱了一下胡豆花。

胡豆花以为我把这事说完就该甩手而走了,谁知我又找她了解吕三娃子的情况。胡豆花心里有些感动,觉得我这个城里女子真是个踏实人,她放下手里的活路与我聊起来。她说:"其实吕三娃子这个人也不像别人说得那么坏。"

我看看满湾的绿韵,看看金灿灿的太阳,又看看蓝蓝的天空,然后说:"我也发现是这样,从他的话语中我发现他有些思想病。"

胡豆花说:"他落到今天这步田地,有很多不对的地方,但有些人也做得不对。"

我说:"举例说明。"

她说:"比如吴芳,她不准吕三娃子带儿子到茶楼里去打麻将是对的,但是不应该不让他们父子相见,那是他的儿子,那是他吕三娃子的骨血,她这样做未免有些武断未免有些绝情。还有这个村的人没有一个人瞧得起他,开口闭口都骂他孤人劳改犯。你说谁没有一张脸?谁经受得起这样的践踏?还有谁家里的什么不见了,就认定是他吕三娃子偷了。吕三娃子爱摘人地里的菜我承认,但是他绝对没有偷过东西。前几天二表嫂的鸡不见了,硬说是吕三娃子偷了,结果今天早晨二表嫂又在她家的粪坑里发现了鸡。你说这是不是活活冤枉人嘛。"

"谢谢你!"

"谢我什么,我只不过是实话实说。"

"我会把这些情况向村委会反映,尽快纠正人们对他的偏见,让吴芳改变对他的态度。也请你多多帮助他,多多开导开导他,让他走出自己心里的重压,尽快站起来,成为一个顶天立地的男人,成为一个自食其力的男人。"

胡豆花说:"只要他不再听到那些孤人劳改犯之类的话,就不会天天往镇上的麻将馆跑。他如果天天待在湾里,他一个大男人,浑身是劲,你说他不种菜不做地又干什么?"

一切辛劳都是有收获的。

这几天我没有白费心思,我完全了解到了吕三娃子心病的根源。

第二天,村委会开会时我如实把情况做了汇报,四个人中除了我重视外,其他人都不以为意。他们认为全村这么多贫困户,都这么认真细致地去处理这些鸡毛蒜皮的事,人不累死几个摆起才怪了。

吴芳首先皱着眉头发言道:"你去理他龟儿子劳改犯干什么?你越理他,他就越得意,他就越来劲。"

吴芳的堂哥吴主任也不满地看着我说道:"现在是乡村振兴时期,主要任务是全面完善基础设施建设,抓经济发展,你去管他这种癞皮烂龙做什么?"

我冒火了,大声说道:"吴主任,吴秘书,做好回头看不出问题也是乡村振兴工作中的重中之重。乡村振兴的目的是全面发展农村,建设农村,是让所有的村民过上富裕而又幸福的生活。吕三娃子是丹子山村的一员,他如果站不起来,他如果还住在破烂不堪的危房里过着贫穷的日子,我们如何谈得上丹子山村的所有村民都过上了富裕而又幸福的生活呢?再说吕三娃子和全村的村民一样也是新农村的建设者,是新农村缺一不可的建设者,是新农村真正的主人。我们不能放弃他,你们不应该这样带头歧视他!"

吴芳也冒火了,回击我道:"他值得人尊重吗?"

我说:"他值不值得人尊重那是另一回事,你作为一个村班子成员就应该首先尊重他,因为他也是丹子山村的村民。"

吴芳站起身,气愤而又激动地说:"他不是村民!他是杀人犯!他是劳改犯!他是赌鬼!"

吴主任也站起身瞪着我说道:"这个湾里谁人不知道他吕三娃子是个杀人犯!是个劳改犯!是个赌鬼!这样的人根本不值得人怜悯!你还要把他当成上帝!你这样做村民怎么想?还以为杀人是对的!还以为赌博有功劳!"

我没有想到会出现这样的局面。夜里,等余刚一来,我就依偎在他的怀里委屈地哭了一场。

余刚安慰我,给我说了很多很多不值得我生气的理由,然后爱怜地给我擦去脸上的泪水。

余刚把我心里的不快赶走后,又做了两张摇床,但空了一张,余刚死皮赖脸地要与我睡在一起,抚摸着我的脸说他今天的生意很好。

他说这话是想让我开心,我果然就开心起来,我说:"那明天你继续努力,更上一层楼,让钱的数字与日俱增。"

余刚见他的话有了效果,便笑道:"遵命!我一定发挥我的智商,多多挣些钱留着你生二娃用。"

我说:"好呀老公,等乡村振兴任务完成后我就给你生一对龙凤胎。"

余刚说:"别生两个,生一个女儿就行了,生多了我的肩膀扛不起。"

说后他搂着我笑,我也跟着他笑,但笑得并不算开心,因为我又想到了今天的不愉快。我叹口气说:"吴芳和吴主任居然在会上都跟我吵起来。吴芳这个人的思想有问题,我的意思是首先要让她改变对吕三娃子的看法,不要再歧视吕三娃子,还有就是叫她不要那样残酷,要有点人情味。儿子是他吕三娃子生的,不管从哪个角度来说,吕三娃子都有权利见他的儿子。我原先想把村班子会议开了后,单独给她做做思想工作,看来我是自以为是,吴芳这个人我越来越觉得不是一个好说话的人。上次吕三娃子缠着让我带他去见儿子,吕三娃子倒是见着他的儿子了,但我碰了一鼻子的灰。吴芳一点面子也不给我留,当着那么多人的面,说我不替她想想,说我这样惯着吕三娃子,吕三娃子会得寸进尺。在场的人也站在吴芳一边,指责我多管闲事,弄得我好不难堪。我觉得这个村的人的思想都有问题,一点不懂得什么叫尊重!我觉得如果大家不这么歧视吕三娃子,吕三娃子可能也不至于成今天这副样子。"

余刚说:"你找人给吴芳做做思想工作。"

我望着被桂花树叶划成碎片的夜空说:"找谁呢?"

余刚建议道:"找徐书记。"

我说:"不行,我找徐书记去说,她会说我是在找徐书记压她。"

余刚想了想说:"那找吴主任给她说说。"

我说:"不行,吴主任与她一个鼻孔出气。我觉得吴主任这个人没有一点点立场,没有一点点是非观念。我觉得有一个人最合适。"

"谁?"

"张总。张总的话她可能会听。"

余刚说:"什么意思?"

我说:"吴芳好像有点崇拜张总,这话你可不能对亚兰说啊。"

余刚说:"我闲得没事干了?只要你不喜欢他就对了。"

我想跟余刚开一句玩笑,但是我不敢。现在我不敢在余刚面前提这些敏感的话题,他虽然说是不放心吕三娃子,但实际他是对张总不放心,只是他不敢明说罢了。

我沉默了一阵后,告诉余刚吕三娃子已经同意原基重建,余刚佩服我的工作能力。他居然赞扬起我来,我说不是我的功劳,是胡豆花的功劳。

第二十一章

我们正聊着,亚兰的电话突然来了,问我最近好不好。我笑着说没有她好。

亚兰说:"亲,你别总是心里眼里都是你的乡村振兴工作,作为女人看住自己的丈夫才是第一要务。我老公这几天夜里去找余刚,店里不见人,家里也不见人,我怀疑他是不是耐不住寂寞找小妹去了。"

我笑着猛亲余刚几口。电话那头的亚兰见我不说话,以为我在伤心,便安慰我道:"我只是猜测,我只是提醒你。"

我笑道:"谢谢亲!"

亚兰说:"男人都被人抢走了,你还笑!"

我说:"我巴不得有人给我减负呢。"

余刚笑着用手捂我的嘴,亚兰困惑地说:"我不知道你们两口子怎么了。我老公说村里这几天也在议论你,说每天夜里都有一个男人溜进你的房间,每天一大早又溜出村委会。但是我和我老公都不相信这事。"

我笑道:"为什么不相信?我也是人,我老公也是人啊。"

亚兰叫道:"你什么意思啊?你有这么开放吗?"

我说:"有啊!"

亚兰再次叫道:"完了完了!你们这个家完了!作为朋友,我还是要说你两句,你们可要想想你们的儿子,玩得差不多了就回归吧。"

我笑道:"我颜值这么高,想收手恐怕都不行啊。"

亚兰再次叫了起来,她说:"我对你简直没有话可说了!"

我的朋友,我的闺蜜真的以为我们在游戏人生,在玩弄世界。我想告诉她谜底,但是想想又把到嘴边的话收了回来。让她误会吧,让所有的人都误会我们吧,让所有的人都认为我们是水性杨花的人,都认为我们是不负责的人吧。这很好,我和余刚都成了有花边新闻的人,都与艳遇野史什么的紧密相连了。毫无疑问,现在的我成了潘金莲,现在的余刚成了陈世美或者西门庆。亚兰叹息一阵,但更多的是对我的伤痛深表同情。女人总是站在女人这一边,她认为我的出轨是受余刚的刺激所致。她叹息道:"你呀,没有想到,我们所有的人都没有想到,你这么有颜值,你这么惊艳的一个女人也会被男人抛弃。唉,我为我们这些女人感到悲哀,感到十分的悲哀。如今我们女人的幸福真如昙花般的短暂,伤痛却像六月天的雷阵雨说来就来,实在是让人防不胜防。"如此之类的悲悯情怀,她释放了一大堆,然后又安慰我,叫我不要太伤心。

我抑制住笑声,装着可怜而又伤心的样子,感谢着我这位至亲至爱的闺蜜。

我刚挂断亚兰的电话,余刚的电话又炸响了。我凑过去一看是张总打来的,便朝余刚一笑。余刚也朝我会意地一笑,然后按开免提叫我与他一起听。张总说:"哥,你这段时间晚上跑到哪个女儿国去了?"

余刚说:"老哥,你找我有事吗?"

张总说:"没事就不可以找你吗?记住,我们是铁哥们儿,我们有着英雄救美的壮举,我们同样也得到了老天的奖赏,都得到了各自心爱的女人。"

余刚笑笑说:"老哥,你到底想说什么?"

张总说:"我想说什么你应该知道。"

余刚说:"老哥,你别绕来绕去的,有话就直说。"

张总说:"我的意思是你要多关心你的女人。"

余刚朝我笑笑说:"我关心她,我哪去找那时间啊?"

张总有些生气地说:"你白天忙了,夜里也忙吗?"

余刚看我一眼,我示意他继续表演下去。

余刚笑笑说:"是呀,我白天夜里都忙得找不到北。"

张总叹口气说:"余刚,知道我想做什么吗?我真想狠狠地揍你一顿。我告诉你,一个男人稳不住女人,那他就算不上一个好男人。"

我捂着嘴直笑,余刚感到有些背黑锅的意思,想撤退了,但我鼓励他继续表演下去。

余刚笑笑说:"老哥,群花围绕芳香四溢才是男人想要的生活。"

张总说:"哥,建一个家庭不容易。兰木是一个好女人。"

我朝余刚笑笑,余刚也朝我笑笑,彼此心里都知道是我那个至亲至爱的朋友亚兰叫张总给余刚打的电话。主题是他们极度担心我们的婚姻,目的是他们想尽朋友之谊尽朋友之情让我们悬崖勒马,不再朝着危险的方向发展。

我想将玩笑开到底,示意余刚往深处说,余刚会意地看我一眼,又对张总笑道:"人生最说不清楚的就是感情。以前吧我觉得兰木是天底下最好最好的女人,现在吧,我觉得比兰木好的女人多的是。"

张总气得挂断了电话。我翻身压在余刚的身上捶打着说:"好呀,狐狸尾巴终于露出来了,你终于说出了心里话。"

余刚用手挡着我的拳头说:"是你逼着我这样说的。你让人受害!你好阴险啊!"

我们正笑闹着,村委会的院墙门突然响起来了。我们跳下摇床,余刚往屋里跑,我理理衣服,拢拢头发,去开院墙门。来人不是别人,是那个极像我父亲的徐书记。徐书记借着月光扫视着周围,看着桂花树和玉兰树上的两张摇床叹口气,摇摇头,一句话不说就走了。我追上去,问他深夜来访有何贵干,他一句也不回答我,只在夜色中生硬地甩一个背影给我。我开玩笑问他是不是犯了夜游症,他还是一言不回。我说我开车送他回去,他生硬地摇着手,用僵硬的后背拒绝着我,冷嘲着我。

余刚躲在屋里见老头走了,便跑出来问老头是不是专门来捉奸的。

我说:"赶快撤离现场。"

余刚说:"就躺外面吧,屋子里闷热、蚊子多不说,还有一股子怪味。"

我说:"万一他杀一个回马枪呢?"

余刚说:"他不会那么无聊吧。"

我们又跳上摇床,相拥相依,但这个夜晚注定不会给我们安宁。徐书记虽然没有杀回马枪,吴主任却来把门敲得如击鼓似的。我不想开门,说睡了。吴主任说他的手机在办公室里忘了拿。我说帮他拿出去,吴主任说他是锁在抽屉里的。我吐口气,叫余刚躲进屋里去,自己去开院墙门。吴主任也确实是来拿手机的,但他好像又不是专门来拿手机的,他把手机放进包里并不走,却慢慢地擦起办公桌来,就好像是早晨来上班的样子,擦完桌子又坐下来。我疑心他得了时差病,我虽然心里觉得奇怪,但嘴上又不好说,只好坐在他的对面。我们对看着,吴主任笑,我也笑。吴主任说太忙了,这时想打个电话才想起手机在办公桌抽屉里。之后看看灯,又看看我的房间,说:"这里的条件实在是太差了,委屈你了。你孤身一人住在这里怎么受得了?你人又这么年轻,这寂寞这苦不是一般人受得了的,是我一天都受不了。晚上你如果觉得闷得慌就到我家里来吧,我随时欢迎你,随时等着你。"天哪,这是哪儿跟哪儿的话啊?他一个与我相差甚远的男人,突然间对我说出这样的话来?我的血液在往脸上涌,我觉得面前这个男人完全被夜晚弄醉了,完全被夜色迷住了。他怎么会说出这样的话来?天哪,他这完全是在给我惹麻烦啊。面对着这样一个愚蠢笨拙的男人,我心里十万分的恼怒。我朝他大声地说道:"吴主任,你还有事吗?没事请回吧。"他并不响应我的指令,他摸出一支烟来,在深夜的办公室里吞云吐雾。我真想动手把他推出办公室,但是我怕我一接触到他,他就趁此机会把我裹进怀里。我不能这么傻,我不能惹火烧身。我远远地离开他,站在办公桌旁边,手里拿着订书机,准备用来防身。他好像也看出了我机警的意思,没敢轻举妄动,这让我松了一口气。

我说："吴主任还有事吗？"

他从鼻孔里喷出两股烟雾，直直地看着我说："吴芳叫我给你传话，叫你省点力气，不要去帮扶那个劳改犯。她说你不但多管闲事，还净给她添堵！也不只是她说你，村里人也说你不嫌累。你一会儿跑到二表嫂家去，一会儿又跑到胡豆花家去，简直是没事找事做。一个吕三娃子值得你这么天天劳心费神地去找人问这问那吗？吴芳真不明白你到底要做什么，叫我转告你别枉费心机，她不会同意她的儿子去认那个劳改犯做爸爸，永远都不会。"

他如此这番地说了一大堆废话，气得我在办公桌上把订书机砸得如山响。我真怕他再说出一些不堪入耳的话来，引燃夜晚。我催他回去，催了好几次，他的自知之明才有了复苏。他终于走了，但走到村委会坝子里又站住了，他看着月光中的我，极为关心地说道："累了一天了，早点休息吧。"

我说："你走了我就休息。"

这时的他又像鬼拉着似的迈不动步了，语无伦次地说道："美女书记……美女书记，我……我看着你天天累得没有一点时间休息，我的心疼呀。你一天别光顾着忙工作，还是要注意你的身体，没有什么比身体更重要……我回去杀一只鸡炖起，明天早晨六点过就给你送来，你的工作量这么大，不补充点营养怎么行。"

我真想把月亮劈下来遮挡着所有。我说："别别别！千万别！我六点过就要赶回县城去开会。"

我好不容易才把吴主任送走，刚刚长长地舒一口气，屋里的狂风暴雨和电闪雷鸣突然一起朝我袭来了。

"兰木，兰木，兰木！"

我简直被余刚的愤怒吓呆了。我走上前去抱着余刚道："你听我解释，我们之间没有什么！真的没有什么！"

"鬼才信！人家在静夜里等着你！多体贴你多关心你啊！明天一大早还要给你送鸡汤来呢。你多有艳福多有口福啊！亚兰的话一点不假！"一阵扫射后，便要开车回城去。

余刚平时很顺着我，但遇到原则上的事情便像一头狮子，不管我怎样解释怎样劝阻他都不听，非离我而去不可。

第二十二章

我的男人开车走了,是带着愤怒而走的。我在村委会的坝子里站了一阵,着实有些不放心情绪爆炸中的余刚一人深夜开车回去。我正想开车护送余刚,一个身影突然闪在我的面前,我吓了一跳。定睛一看,那人正嘿嘿地笑看着我。

我说:"你到底是鬼还是人啊?"

"美女书记,我的美女书记,你怎么会吓成这样啊?常言说不做亏心事就不怕鬼敲门。"

我认出那人是谁了,我控制不住自己的情绪大声地吼叫起来:"吕三娃子,吕三娃子!你真是阴魂不散!深更半夜你还来缠着我干什么嘛?!"

吕三娃子嘿嘿地笑道:"美女书记,你真行啊,一个晚上就睡两个男人!真是土洋结合,你洋鸡也吃,土鸡也吃,而且是接着吃。我问你到底是哪个味道好一点?"

"走开!"我推开吕三娃子,朝自己的车走去。我要去护送我那心爱的男人,我要去护送我那满腔愤怒的男人。可是吕三娃子拉住了我,问我私了还是公了。我无心听他的疯话,推开他上了车。但是没有想到吕三娃子突然坐在我的车前,在夜色中定格为一个黑色怪物。我气昏了,跳下车去把他推到乡村公路边,又跳上车去。还没等我关上车门,那个黑色怪物又凝聚在我车前的乡村公路上了。我气神了,探出头冲着那个黑色怪物道:"你就坐在路中吧,我把你轧伤轧残了,你找保险公司去!我把你轧死了你找阎王爷去!"说罢我虚张声势地轰燃了油门。吕三娃子被我的吓唬镇住了,身子一弹就跳到了乡村公路边,呆了一阵,气不过,追着我的车尾,在夜色中把我骂了个落花流水。

余刚并没有因为我深夜的跟随和爱心护送而心软,他心里的乌云还在密布,还在翻卷。他要给我点颜色看看,他思考了一阵,然后当着我的面拨通了一个女人的电话,说他马上要见她,叫她立即到商业长廊的明月烧烤店等他。说罢,扫一眼痛苦中的我,哼一声,拿上车钥匙就摔门出去了。我气得在客厅里凝聚成一具僵尸。

我也生气了，不想再跟着他的屁股追，也不想再做什么解释。我觉得我越在意他，他就越觉得我对不起他似的。我不管他了，他爱怎样就怎样吧！我冲出家门，把痛苦锁在屋里，把空寂抛在脑后，我上车轰燃油门，掉转车头回丹子山村去，回到我的工作岗位上去。男人算什么？没有男人我照样活，没有工作可不行。

　　余刚急中生智虚构的不是别人，而是我那身怀有孕的朋友亚兰。亚兰人是来了，但是心里有些恼火，问余刚哪股火烧到眉毛了。余刚的气也不打一处出，开口就骂她乌鸦嘴。亚兰愣愣地看着灯光下的余刚，她没有想到一个有文化的人在气愤中也会变得像个野山蛮子一样。

　　亚兰问明情况后辩解道："大哥，不是我说兰木有野货兰木才有野货的啊，我有这本事就上天了。"

　　余刚叫道："就是你说后她才有的。"

　　亚兰说："几天前，我们老张就听丹子山村的人说兰木有野货，说那个野男人晚进早出。"

　　余刚气愤地说："那个男人瞎了狗眼！那个男人被鬼摸了脑壳！"

　　亚兰劝道："你别伤心也别激动。我妈说乡村的阴气重，说不定那是一个鬼影子呢！"

　　余刚叫道："你才是个鬼影子！"

　　亚兰说："消消气，消消气吧我的哥！我不惹你！我知道被人背叛的痛苦。我很同情你……"

　　余刚没有好气地说道："我不需要！"

　　亚兰心里有些不爽了，她说："别狗咬吕洞宾不识好人心啊！老哥，修复修复你的心情吧。看淡些，这个世界上没有谁会忠于谁一辈子，只有你自己才是你自己的终身伴侣。"

　　余刚找亚兰发泄一通后，第二天在家里喝了一天的闷酒。他要借酒消愁，用酒精麻痹神经，用呕吐发泄心中的愤懑。这天，他把手机摔在沙发上，发誓永远不理我，让我独自一人醉死在吴主任的鸡汤中。

　　第二天，他从醉酒中醒来，突然发现屋里有些静，静得有些让他窒息。他该干什么呢？他什么也不想干，他满心满脑都是我的可恨和可气。如果这时我在他身旁的话，他会狠狠地打我一顿，狠狠地骂我一顿，可是我又不在他的身边。我，这个"背叛"了他的女人，昨晚连夜又回到了丹子山村。他那一腔的愤怒找不到出口，很是难受。他觉得不行，他必须把一腔的怒气向我倾盆而倒。他不好过，也不能让我好过。他抓起电话，翻出我的号码。电话拨通，我却在开会。他在屋里待了几分钟，怒气难平，于是就开车往丹子山村急驰。到丹子山村是下午三点过，我和村领导在办公室里忙事情，他也不管那么多，冲进来一把将我拉到村委会坝子里，骂我的话还没有出来，泪水却先带了路。

我小声地对他道："你还像个男人吗？"

余刚哭诉道："我是不像男人！"

我不想和他闹了，我没有那么多的时间和精力，我说："请你相信我，也请你相信你自己，你永远都是世界的中心。知道吗，你具有地心的吸引力，你具有很大的磁场，别人想靠近我都难！"

"骗子！你是个大骗子！"余刚冲着我大喊大叫起来。徐书记和吴主任觉得余刚有些莫名其妙，有些神经质，便纷纷出面维护我。徐书记说："这位同志，有话慢慢说，慢慢说。兰木这样一个好同志，她哪一点得罪你了？"说着把我拉在他的身后，挡着余刚的进攻。

吴主任蔑视地看着余刚说："你是谁啊？"

余刚的子弹早就上膛了，哪里还容得吴主任这样不知趣，他一拳头直朝吴主任的脑门擂去，说："我是谁？我是你爹！"

我心里清楚余刚能忍到现在已经是到了极限了。吴主任那天晚上的行为已经挑战了余刚的底线，他如果不是与我约法三章，当场可能就把他打得落花流水了。男人，我的男人余刚，你们不了解他，他这个人，你可以抽他的烟，你可以与他同桌吃饭，也可以说他的怪话，但是你决不可以与他平分秋色，共享他的爱妻（我），连想他都不会让你想。

吴主任被打得怒火攻心，正准备还手时，余刚又揪着他的衣领说："你给我听好，你如果再敢动兰木的坏心眼，我就让你去见阎王爷！"

吴主任的脸红了又白，白了又红，他从余刚手里挣脱出来，很无辜地摊着手对徐书记说："你可是天天和我在一起上班啊，你可以作证，我没有对美女书记怎么样啊。"

余刚看着他那副样子又感到一阵恶心，握起拳头又要出击，我忙拉住了他。

余刚从我的手里挣脱出去，气冲冲地钻进了车里。

徐书记困惑地望着我，一点也不明白这一场闹剧的真正原因。

吴主任这个人一点也不识相，他不但不避而远之，还冷笑一声对我道："你的性格真好！他这样蛮不讲理，你连个屁都不放！"

我心里正烦乱不堪，哪里还会容忍他这般的言语，我爆发似的冲他大叫道："都是你引起的！"

吴主任觉得莫名其妙，又非常无辜地摊着手，对徐书记说："你看看，我倒成了罪魁祸首了！"

徐书记心里也烦起来了，反背着手，生气地带上吴文书下村入户去了。

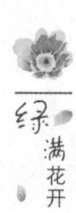

现在，也就是说村委会里只有我和吴主任。

余刚的一腔愤怒在心里潮起潮涌，难以平息，他非找吴主任说说，他凭什么要想与他平分秋色。他要明明确确地告诉他，我是他余刚的，是他的，是他余刚一人的，他要叫他吴主任不要有一丝一毫的非分之想。这么想着他就直往村委会办公室冲来，正想一步跨进来时，却听到了我和吴主任的对话，我说："吴主任，知道为什么发生这样的事吗？"

吴主任气哼哼地说："不知道。"

我说："打你的人是我的男人。"

吴主任说："你把那天晚上的事告诉他了？"

我说："我和他是一体的，我们无话不说，他无法容忍任何一个人对我产生幻想。"

吴主任瞟我一眼，歪着嘴角一笑，那嘴角都快扯到眼角上去了，整个脸变形得非常难看。说句内心话，我最看不惯他这种笑了。我第一次见着他这种笑，就非常反感。这是一种什么笑啊？其含义一点也不比皮笑肉不笑好。只要他这样歪着嘴角一笑，准没好意，不是嘲讽人，就是恶语相加，今天也是这样。他说："那如果让他知道这段时间每天晚上都有人陪你入梦，他会怎么样呢？"他说完就观察着我的反应，满以为他拿着我的把柄了，满以为我会怕，满以为我会向他求饶，满以为我会屈服于他，但是他万没有想到我面不改色。

目睹着吴主任的嘴脸，我更加清楚地意识到，他这个人是一个小人，是一个十足的小人。

吴主任见他的利器没有击倒我，又换上另一种武器，他歪着嘴角笑一下，再次加大力度地说道："当然我不会去说，但丹子山村这么多人，保不了没有人去说，比如吕三娃子，比如野棉花，比如……"

我气恼地打断他的话说："谁都没有你这么无聊！他就在外面，你尽管去说好了！"

吴主任见我这般的无畏，倒吸一口冷气，拿我一点办法也没有。他抽着烟呆想了一阵，又扯着嘴角一笑说："其实张总这个人挺不错的……也难怪……别这样瞪着我……"

我知道他的歪心眼。这再明确不过了，他以为这段时间天天夜里来陪我睡觉的男人是张总，他以为我是春天的野猫，我是春天的野狗。

我怒火攻心，真想扇他两耳光，又再踢他两脚，但这又太不符合我的身份了。我的身份不允许我这样爆发。从这一点来说人还不如动物来得直接，人要受很多种约束，人的行为必须规范，因为人是高等动物，所以我要规范自己的言行。我只是冲着吴主任大叫道："吴主任！你这个人简直不可理喻！

你再这样胡搅蛮缠我就去找镇上领导了！"吴主任听我这么一说，吓住了。他确实有些舍不得他这个主任职位，舍不得每月一千多块钱的工作经费。

　　实时务者为俊杰，静默了一阵后，吴主任改变了想法，他叹口气，心里酸酸地说："你别对我这么凶！你别觉得我要绑架你的样子。那天晚上我收了一院坝的谷子，累得浑身疼痛，就喝了几杯酒，喝了酒后浑身发热，就往村委会走来了。本来手机是可以不拿的，也不只是这次才锁在村委会的办公桌里。但是我还是鬼引着似的朝村委会走来，神经有些错乱似的说了那些鬼话。第二天早晨一醒来我就觉得自己撞南墙了，果然一上班你就用一张冷脸对我，甚至连一只眼角的余光都不给我。你不知道我的心里有多难受，我有这么令人反感吗？我开始深刻地检查自己，反省自己。是的，我确实是自不量力，确实是没有自知之明。我向你再次检讨！我向你再次说声对不起！并请求你不要再对我这样冷眉冷脸。"

　　我见他这样，也就见梯子就下，必然还要在一起工作几年，有许多工作都需要他配合。我改变了态度，放软了语气，我说："这几天我心情不好，也请你谅解！我相信你是酒后失言。酒精这种东西很害人，你以后还是少喝一点，免得造成这样或那样的麻烦。"

　　吴主任愣愣怔怔地看了我一阵，然后一言不发地站起身往外走。

　　余刚一闪身就欢快地跳进了村委会办公室，想搂我入怀。但我推开了他，很严肃地坐在我的办公桌前，在微信群里安排乡村振兴工作。余刚给我把茶杯里的冷茶水倒了，添上热气腾腾的开水，毕恭毕敬地放在我的面前说："喝点热茶。"

　　我把茶杯推了一下。

　　他说："你的脾气比我还大呢。"

　　我不说话，我一生气就不说话。

　　余刚最怕我生气了，我一生气他就会哄我。今天也一样，他急忙低声下气地说："我错了。别再生气了。"

　　我没有那么好哄。我喝了几口热茶，看了他几眼，把茶杯一放，又忙起我的工作来。

　　余刚说："你生多了气会变成一个丑老太婆。"

　　我抬起头来直视着他说："别这样阴一阵阳一阵的！真让人受不了！"

　　余刚说："这能怪我吗？这都是爱情惹的祸啊。"

　　我冷笑一声说："爱情？你又去找亚兰呀。"

　　余刚笑笑说："你怎么知道我约的女人是亚兰？"

　　我气哼哼地说："你以为我不知道！没有什么我不知道的！我告诉你，你还没有走出门她就给来信息了。"

余刚点点头说："怪不得你这么放心地丢下我回丹子山村。"

我说："有什么放心不放心的，你爱怎样就怎样。"

余刚笑着说："你别嘴硬。如果我是找亚兰谈情说爱，你恐怕就不会说你爱怎样就怎样了。不过我告诉你，世界上鲜花万万朵，我余刚只认准你这一朵。"说罢就一把将我搂入怀里。

我像只羊羔一样地藏在他那结实而又温暖的怀里说："别在这里除却巫山不是云了。"

我们紧紧地拥抱在一起，和好如初了。

外面树上的鸟儿尽情地欢唱着，桂花树上的桂花在这个季节里开放着，燃烧着，释放出分外撩人的香气。

这天夜里我对余刚说："为了这乡村振兴工作，这样偷偷摸摸的妨碍我们的情感表达不说，还毁了我的名声。你知道吗，徐书记已经找我谈了几次话，说我如果实在想家了，就天天夜里开车回去，他保证向上面说我是天天住在丹子山村的，要不就叫我们单位另外派人来驻村。我们单位老大也打电话叫我注意形象，注意影响，严谨生活。还有，吕三娃子教唆村里的小孩子叫我潘金莲。唉！我现在是臭名昭著。老公啊，看来我是跳进黄河也洗不清了。"

余刚说："那我明天就把事实真相告诉大家。"

我急忙阻止道："别别别，千万别出卖我，等革命工作胜利后再说。"

余刚点头服从了。

丹子山村的鸡刚叫二遍，余刚就开车走了。他今天不光是怕人看见，而是要早点回去把昨天耽误了的生意补回来。他走了不到两个小时，张总就来了，他看着我说："休息好没有？"

我说："还可以。"我这么回答着，眼睛直扫描他，看他说什么。

他想了半天才开口说："兰木，你是亚兰的朋友，也是我的朋友。"

我笑笑说："有话就说。"

张总说："你人还年轻，发展空间还很大。"

我笑着说道："我铭记你的教诲，好好珍惜我的人生。"

张总说："好好珍惜余刚吧，我是他的朋友，我最了解他，我最有发言权，他是一个好男人。"

我朝张总调皮地一笑说："你听人说什么了吗？"

张总说："全世界的人都知道，就你不知道。"

我笑笑说："当事者迷嘛。"

张总困惑地看着我说："我真有些看不懂你们两口子。"

我笑笑说："看不懂就不看吧。"

张总说："但是我细想起来，又觉得那是谣言。你这么高傲的人谁能入得了你的眼呢？昨晚我和亚兰又分析了一下，觉得你们两个都不可能出轨。"

我朝他哈哈一笑，真想说他们两口子是火眼金睛。但是为了我的宏伟蓝图，我还是不能揭开这层面纱。我要让这层面纱迷惑张总，因为张总是我朋友的老公，所以我太了解他了，他这个人的自尊心特别强。他可以容忍别人不还他的钱，但决不容忍任何人对他不信任。

我笑着说："张总，万事万物都在变化，这个世界上没有什么事不可能发生。"

张总说："我就纳闷，你们两口子那么好，怎么会突然各过各的新生活呢？我和亚兰分析来分析去，都觉得人们说的那个野味就是余刚……"

我忙打断张总的话说："张总，你们的分析能力有问题。"

张总说："也是哈，你们是夫妻，用得着这么偷偷摸摸吗？只有一点，那就是他不放心我才会这样。"

我急忙说："张总，你还是不是他的铁哥们儿啊？说这样的话也不怕余刚心里结冻结霜。你们交往这么多年，他何时不信任你？"

张总点点头说："也是，他从来都是很信任我的。"

我在心里冷笑，你张总了解他多少啊？朋友之间不是什么都很了解。

他闷头想了一阵说："能告诉我那个男人是谁吗？"

我笑笑说："你这样问觉得妥吗？"

张总尴尬地笑笑说："不妥，是不妥。"

我们谈了大半天，时间才到八点半。吴主任第一个走进村委会办公室，走进来见了张总又急忙退了回去，他以为张总昨晚又在我这里过夜。我为张总叫屈，但张总背了黑锅得了虚名还不知道，如果他哪天知道了这事，他的反应又怎样呢？是暴跳如雷，还是想假戏成真呢？

算了，不去深想这些烦心恼人的事了。

第二十三章

现在来说说正题吧。我和张总商量了土地流转的事后,张总又说了他近期工作的进展,说最近几天挖掘机和推土机就会开进丹子山村,揭开集体经济的红盖头。我赞扬了他几句后,说了我帮扶吕三娃子的计划,求他帮忙做做吴芳的思想工作。叫吴芳不要一口一个劳改犯,也不要骂他孤人,带头改变对吕三娃子的态度。人都是有自尊心的,再强大的人也有弱小的一面,刺心的语言和冷眼有时比一把刀还厉害。

张总非常狡猾地看我一眼说:"为什么要我去给她做思想工作呢?"

我诡秘地一笑说:"因为你魅力四射,因为你的输入信号强,我的话她听不进,你的话她必然会听。"

张总说:"有点离谱哈,不过为了你我愿意效犬马之劳。"

张总答应我后,就实心实意地去帮我说服吴芳。吴芳果然很听张总的话,当时就对张总承诺不再咒骂吕三娃子,不再歧视吕三娃子,而且还会经常让吕三娃子见他的儿子。

这对我来说是难上加难的事,而张总却不费吹灰之力就帮我解决了,这使我很感动。如果像西方人那么奔放的话,我真的就会给张总一个拥抱。但是不行,我是中国人,那就要有中国人的矜持与含蓄。矜持与含蓄蕴藏着美,蕴藏着中国人的古典美,传统美,也蕴藏着深深的爱,朋友的爱,炎黄子孙的爱。我们中国人对人的感激方式是连连说谢谢,再前进一步是握手,再深情一点的感恩方式是送礼物是请喝酒请吃饭。我是中国人,我的感激之情也离不开这些范围。但是我现在没有时间请张总喝酒吃饭,也不便握着他的手传达我的感激之情,因为丹子山村已经传遍了我和张总的谣言。我不得不顾及我的名声,我不得不防范周围的眼睛,所以我只对张总说了几声谢谢。说完谢谢后,我与徐书记商量召开村民大会的事,大会的主要内容是通报集体经济发展,其次是要求大家不要再歧视吕三娃子,不要再骂他劳改犯孤人,要尊重他。

把这事摆平后,我突然又产生了一个新想法,就是让胡豆花嫁给吕三娃子。我觉得只要吕三娃子和胡豆花结了婚,他就一定会变好。这个办法好是好，但一细想，要让胡豆花真正嫁给吕三娃子也不是一件容易的事。其一她的儿子儿媳妇同不同意是个未知数，其二她顶不顶得住村里的冷嘲热讽。她比吕三娃子大几岁不说，而且是长辈的遗孀。其三吴主任是吴芳的堂哥，他会签字盖章吗？管他的，办法总比困难多，走一步看一步吧，试试再说，好多事都是在不可能的情况下实现的，办到的。我要挑战不可能，我要让吕三娃子再次拥有女人，拥有家，过上温暖幸福的日子，在温暖中复苏他的人格和尊严。

在我的理想还没有实现之前，吕三娃子又淋漓尽致地上演了几场戏。

在一个秋虫鸣叫的夜晚，吕三娃子把村委会的院墙门打得如台风山竹来袭一般。

我开门一见是他，就极为不满地说："我就知道是你，只有你才会这样搅乱夜晚，破坏丹子山村的宁静。"

"知道我不一般才好，我就怕你不知道。"

"深夜来访有何贵干？"

他嬉皮笑脸地将身子靠过来，我下意识地退开几步，严肃地对他说："保持距离。"距他企图把我揉成乱草后不久的一个晚上，我在电话里与他长谈了两个多小时，谈话内容除了宣传帮扶政策外，还对他进行了法治教育宣传，其中重点宣传了《妇女儿童保护法》。当时他在电话里骂骂咧咧的，并不是很接受，但是我再与他接触时，他就老实得多了，总是远远地站着，连眼睛都只看我的脸。我十分高兴地意识到，我的法治宣传起到了作用，法律法规慢慢地浸入他的内心，鞭策着他，约束着他，一点一点地将那些不干不净的东西驱除，赶走。

他退后几步笑着说："男女授受不亲，保持距离为妙，保持距离为妙！保护妇女儿童！保护妇女儿童！"说罢正正经经地站在一边。

我说："有话就说。"

他笑笑说："本人是无事不登三宝殿。"

"快说。"

"美女书记，我要投诉我的帮扶责任人。"

"你要投诉我？"

"对，我要投诉你。你对我不负责，一点也不负责。"

"举例说明。"

"一句两句话说不清楚。"

"那你就慢慢说。"

吕三娃子抹一把鼻涕在院墙门上，然后滔滔不绝地诉说着我的种种不是。说了一阵见我没有记录，便说我不重视他反映的情况。我摇摇头，打开手机便签开始记录。吕三娃子说我的记录太慢了，他说得快，我记不完，叫我讲点效率，用录音，我便依从他用录音。吕三娃子又振振有词地说起来，他说："你美女书记冷心冷肺又冷肠，不帮我进行六顺六净，不借钱给我，也不买一点点东西给我。一点不如过去那几个帮扶责任人，他们个个都连续不断地借钱给我，都连续不断地给我买东买西。你呢倒好，你帮扶的人不关心，一天东家走西家窜，今天到二表嫂家，明天到胡豆花家，今天给二表嫂孙女儿两百块钱，明天给胡豆花买一条裙子。我就不明白你到底是搞啥子名堂的？我就不明白你到底是哪家的帮扶责任人？我看你简直有些昏头昏脑。美女书记，我今儿个晚上来找你，不是说废话，是专门要求更换帮扶责任人。"

我看着夜色中的吕三娃子，心里想，这个人，人懒心不懒。我太低估他了，简直没有想到他会来这一手。我这么想着，心里有些生气。我想对他说现在已经没有人愿意帮扶他了，又怕伤了他的自尊。我望望天上的星星，又望望丹子山村那厚重的夜色，对吕三娃子道："你的依赖思想太严重了！"

"我是贫困户，国家有这个政策。"

"国家没说养懒人呀。"

吕三娃子斜倚在院墙门上，大有论理说道的意思。

我的天哪，土地流转的方案我还没有完成，我和他耗不起，我说："吕师傅，吕大哥，我是真心想让你站立起来，我是真心想让你过上幸福生活。"

他哼一声，说："一点也没有实际行动，全说些假话空话。"

我不想和他多说了，我说："你回去吧，我还要加班写土地流转方案呢。"

"屋里又有男人吗？"

"你的脑里怎么全是些邪念！"

吕三娃子收住笑，说："美女书记，我的问题请你尽快给我解决，不然我就打'12345'。"

过了两天，吕三娃子见我没有给他换帮扶责任人，便打了"12345"。热线办接到吕三娃子的举报，立即找我的领导。领导找我谈话，我如实向领导汇报了帮扶吕三娃子的难度，汇报了我的良苦用心。领导点点头，向我道了辛苦，表扬了我的创新。领导的理解和认可，给了我极大的动力。我更加努力地放开手脚，按照自己的思路前行猛奔，从这一点来说，我就是那种给一根杠杆就会撬开地球的人。

吕三娃子见他的帮扶责任人还是我，心里极为不满，想生出点事来发泄发泄心中的愤慨，以此达到换帮扶责任人的目的。但是驻村第一书记找了，"12345"也打了，现在该做点什么呢？挖乡村公路，水泥路面又太硬；砍断广播线，线又太高；扇我耳光，找我出气，好像又有点损他男人的尊严，失他男人的体面。好男不跟女斗嘛。去找那个烂货大闹一场，但他现在又没有那兴趣。不知道怎么的，最近他特别厌恶吴芳，看都不想看她一眼，连她的名字他想起都有些恶心。他该干点什么呢？他干点什么才能达到他想要达到的目的呢？哦，放火，但是不能烧别人的房子，也不能烧别人的柴草。烧自己的，烧自己阶沿上的柴草，当然不能在自己的阶沿上烧，他吕三娃子再傻再蠢也不能做这样的傻事。那就抱一些到院坝前的稻田里去烧，只是自己要出一些力。为了发泄心中的愤懑，达到自己的目的，出力就出力吧，力气这东西用了又有。这么想后，他就开始行动了，他把他阶沿上的麦草抱了几捆到他院坝前的稻田里，一个烟头扔去就燃了。麦草是几年前的，是吴芳几年前收割回来的，干透了，一见火就发出呵呵的笑声。火笑，吕三娃子也笑。他知道村领导、乡村振兴组的全体人员，包括那个烂货，都会不请自来。果然不到几分钟，几辆车就载着我和村班子成员，还有张总疾驰而来。

第二十四章

吴芳一跳下车就骂道:"劳改犯劳改犯!你这个劳改犯难道又想进黑房子了?"

吕三娃子朝火里又投进几捆麦草,然后转过身来冲着吴芳怒不可遏地骂道:"烂货!老子一见你就怒火万丈!老子这辈子是被你毁了的!"

"你是被你自己毁了的!"

"老子过去像这个样子吗?老子天天在外面挣钱,一年至少也要挣七八万元回来。可你自从当了村文书后就瞧不起我,说这个局领导如何如何能干,说那个男人如何如何能挣钱,如何如何给女人长脸。你天天骂我无能,骂我愚蠢,骂我土气,骂我挣的钱还不如别人一个零头,当着人骂,背着人也骂。更可气的是不让我上床。吴芳,你一点也不把我当人,把我踩在脚下踏了又踏。我也是一个男人,我也有自尊,我也有面子啊。谁也不知道我的心里有多难受有多痛苦!我多次请你不要拿我和别人比,可你不听,愈加厉害地把我往脚下踩,踩得我在人面前没有一点面子没有一点尊严。吴芳,是你把我逼到了痛苦的顶端,是你毁灭了我体内的积极精神,是你让我没有一点奔头,没有一点想头。我只好到麻将桌上去寻找刺激,去寻找开心,去寻找快乐。那段时间我是多么希望你能好言相劝,可是你连正眼也不给我一个,每天神气洋洋地出入村委会,在镇上和县城里碰着我像不认识我一样。离婚后,你狠心把儿子带走,后来还不让我见儿子。你把我逼到了绝路,吴芳,是你逼我举起刀,走向了犯罪的道路。你这个害人精!你毁了我!你这个烂货!老子真恨不得一刀杀了你!"说着就朝吴芳扑去。我急忙拉住他。

吴芳气得面色发青,一腔怒火像子弹一样直朝吕三娃子扫射,一口一个杀人犯,一口一个劳改犯,边骂边掏出手机要报警。我拉着她的手,不让她报警。

她喷射着唾沫星子说:"他放火!"

我说:"你仔细看看他是在放火吗?他完全是在玩小孩过家家的游戏,他完全是在哗众取宠,刷存在感。"

"他这样的人就应该去蹲一辈子的黑房子!"

"我觉得，他就是被你的强势所害！"

吴芳气得一把将我推开，差点把我推个仰翻。张总急忙扶住我，极为不满地瞪了一眼吴芳。

吴芳见张总如此呵护我，醋意都快涌到鼻子尖上了。我笑看着吴芳，离开张总，走到一边去了。

火快要熄灭了，吕三娃子又扔几捆麦草进去，火突然得意起来，又呵呵地笑开了。徐书记和乡村振兴组的人要去扑火，我不让，叫吕三娃子自己去扑灭。

吕三娃子说："我凭什么去扑？难道你喊我去扑我就去扑呀，我可能没有这么听你的话吧。"说着又懒洋洋地摔几捆麦草进去。

我说："吕三娃子，现在县上正在开展环境治理工作，你就这样撞头旗吧。我跟你说，我是先礼后兵，你如果实在要撞红线，那你就是自作自受。"

吕三娃子被我镇住了。他愣愣怔怔地看了我几秒钟后，嘀咕道："你们见火不救也有罪！"

我说："我们该受什么处罚这不关你的事，你自己可要管好你自己！这火是你放的，自然该你自己去扑灭，我们谁也不会动一下手。"

吕三娃子气得指着我的鼻子大吼道："老子怎么遇到你这么一个女人！你真是个克星！"

气归气，怒归怒，他再怎么厌恶面前的我，也不得不承认被我镇住了。他不敢再往火堆里扔麦草了，几分钟后，稻田里的火随着他的目的一并熄灭了，一并失败了。

吕三娃子心里憋闷，在院坝边的枇杷树下躺了半天，还是想不通，他觉得他是贫困户，就应该得到帮助，可是帮扶责任人不但不帮助他，还处处和他作对，这岂有此理！如果就这样蔫下去，着实有些不甘心。我是他的帮扶责任人，他为什么不可以找我呢？他理所当然该找我啊。于是，他又天天给我打电话借钱，夜夜给我打电话借钱。我不但坚持不借钱给他，还叫他自己去挣，还叫他自强自立，还叫他自食其力，还叫他找回男人的尊严。钱借不到一分，又被我说教一通，郁闷之极，又想做一些引人注目的壮举。这天，他穿着一双懒汉鞋，反背着手围着他的危房懒洋洋地转了几圈，都没有想出一个好的招数，最后见后阳沟里有一堆沙石，便掏出手机，准备给我打电话，但又觉得我不好指使，便给徐书记打。徐书记一听吕三娃子房子背后塌方了，急忙带着乡村振兴组的成员和村班子成员往吕三娃子家赶。这时我正在胡豆花的地里和胡豆花说事，见徐书记带着一大路人往吕三娃子家赶，就知道吕三娃子又在耍花招，便跳出地里赶过去。

吕三娃子跷着腿坐在房背后的核桃树下，悠闲地摇晃着一只脚，非常享受地抽着烟。徐书记气得肺炸，吴芳一个劲地骂着劳改犯，爹多娃。吕三娃子这次不生气，他斜乜着吴芳，从鼻孔里喷出两股浓烟，接着又一个一个地吐着烟圈。我走上前去，指着吕三娃子后阳沟里的一堆泥沙问："吕大哥！吕师傅！这是塌方吗？这叫塌方吗？"

吕三娃子吐一个烟圈，看着我说："这不叫塌方叫什么呢？"

"你这叫夸大其词！你把大家当猴耍是不是？你以为大家一天没事做是不是？！"

吕三娃子嘀咕道："谁叫你不借钱给我。"

吴芳抓住机会，反口说我道："这都怪你没借钱给他。你如果像以前那些帮扶责任人那样满足他的要求，他就不会一会儿放火，一会儿谎报军情了。"

我对面前这个女人生起一种厌恶之感，一个人怎么会口是心非呢？一个人承诺了的事为什么不能兑现呢？张总也看穿了这个女人，不想再和她说什么，一提到这个女人，张总就会说言而无信。

我没有时间对吴芳倾倒我心中的不满，我想尽快处理好眼前的事，让大家各回各的岗位工作。工作那么多，谁有时间用来浪费。

我不急不躁地说："吕师傅，对不起，这一堆泥土谁也不会帮你清理。这是你自己的房子，该你自己动手！"

"你叫我清理？你叫我自己清理？我清理了你们这些吃着国家粮拿着国家钱的驻村干部做什么？"

我说："好呀，那你就等着吧，等我忙空了再来帮你铲。"

吕三娃子摔了烟头，站起身冲到我的面前，怒不可遏地叫道："你到底是人还是鬼啊？你帮扶我却不为我说话，却不为我办一件事，却总是和我作对。"

"该为你办的事我会办，该为你说话的时候我会为你说，但是我决不助长你的懒惰思想和依赖思想！"说后叫徐书记带上人离开。

我说："我也走了，你看着办吧。你好自为之吧。"

说罢我优美地一转身就走了。走了一段路，我用余光看见吕三娃子气哼哼地拿起铲子跳进了后阳沟。

第二十五章

我来到胡豆花地里，对胡豆花说起此事，胡豆花开怀大笑后说："你算是拿对钥匙了。真是一物降一物。"

我说："早就应该医治医治他这种懒惰思想和依赖思想了。他还这么年轻，再这样下去，他以后的生活怎么办？你说人靠谁靠得了一辈子，最终靠的还是自己。你说我说得对不对？"

胡豆花说："你说得对，方法也用得对，他早遇到你这么一个帮扶干部就好了。"

我说："他原基重建的事我们已经上报。"

胡豆花说："他手里一分钱都没有，国家补助两万可能不够。"

我说："我们单位再给他补贴一万，我私人送他三千，张总说支助他一万，过两天我们就组织人拆建。"

胡豆花说："谢谢妹妹谢谢妹妹！"

"客气什么，这是我应该做的。另外我请人给吴芳做了思想工作，在村民大会上也强调过，叫大家不要再歧视吕三娃子。"

胡豆花笑道："阿弥陀佛，吕三娃子真是头辈子烧了高香，这辈子才遇上你这么好的人。"

我想多做一些铺垫，问她道："二表嫂现在对吕三娃子的态度改变没有？"

正说着，二表嫂背着一个背篓，从下边的地里冒了出来，笑道："在说我什么呢？美女书记，你是头辈子欠他吕三娃子的什么了吗？"

我笑道："四川人真是说不得，真是说曹操曹操就到。幸好我们没有说你的坏话。"

二表嫂夸我道："美女书记，你真有两下子。孙猴子算是遇到如来佛了。"

听着这话，我心里高兴，我说："谢谢你的支持和鼓励。"

二表嫂笑眯眯地说："不客气。我这个人说话历来都是算数的，不信你问胡豆花，我现在对吕三娃子可好了，他摘我地里的菜我都不说他一句。"

我说："他摘你地里的菜你应该杜绝，叫他要吃菜就自己种。"

二表嫂看一眼胡豆花，笑一笑，走了。边走边说："我到上面地里去背红苕藤。你们慢慢聊，慢慢聊。"

胡豆花看着二表嫂走远了，笑道："这几天我没弄明白二表嫂为什么突然不再骂吕三娃子了，不承想原来是你这个活菩萨在起作用。"

我说："我从了解的情况和吕三娃子的言语中发现，导致他落到现在这步，不光是他个人的原因，也有外界的因素。所以我要让村里所有的人都尊重他，不再歧视他。"

胡豆花说："我还是那句话，村领导要首先带头尊重他，带头把他当人看。"

我说："这你放心，我还会在村班子会上强调这事。"

胡豆花有些激动地说："谢谢你，美女书记。"

我抓住机会，趁热打铁地说："要让吕三娃子彻底变好，离不开你的帮助。"

胡豆花低头丢麦种，不说话。

我接着说："你们既然两心相爱，为什么不能结合到一起呢？"

胡豆花还是不说话。

我说："你一个女人做地也确实需要一个年轻力壮的男人帮忙，吕三娃子又愿意听从你的安排和指挥，我觉得你们很投缘。"

胡豆花还是不说话。

我看了看山湾的景色，又看了看还未耕种完的地，想了想又说："我知道你心里的障碍，其实你用不着考虑那么多，只要你们两人好，其他什么就都不成问题。你只大他几岁，这不是问题。女人无辈数，辈数也不算什么问题。"

胡豆花还是不说话，只是往地里的窝子里丢种子。我知道这种子不久就会生根发芽，不久就会绿遍四川丘陵地区的冬季。

我紧跟在胡豆花的身后，一边往麦子窝子里丢肥料，一边接着说："你是不是顾虑你的儿子儿媳不同意？我觉得这是你后半辈子的事，你自己的事就应该由你自己做主。儿子儿媳有儿子儿媳一家人，他们有他们的工作，他们有他们的生活，他们就是想管你也不可能天天陪着你是不是？"

胡豆花仍然不语，直到天黑也没有表态说嫁给吕三娃子。我在暮色中带着失望和疲倦，钻进我的陋室。自从我听了张总的分析，就不再让余刚到丹子山村来过夜了。

工作不顺，胃口也没有，我空着肚子躺在丹子山村夜晚的深处，独自修复。

第二天胡豆花还是没有表态，我觉得很失败，我觉得我再也找不出话来说服胡豆花。我像个漏气的皮球一样，满腔的热情和信心都被耗尽了，只剩下一个弹跳不起来的空壳。

我埋头做了几天的事，但不是全身心，因为吕三娃子老来找我，让我无法安静让我无法安心。乖乖，看来我还得再拼一把，找一个主找一个上帝管住他。星期天我回城去，与亚兰和张总聚餐后，就到超市里给胡豆花买了一支口红和一双红皮鞋。

我又迎难而上了。这天，蓝蓝的天空上飘着一朵朵白云，山杆上的野棉花很野性地开放着。

胡豆花还在那块地里播种，我走进地里直奔主题，我说："如果多一个人，这块地早就播种完了。"胡豆花听我这么一说，就像野棉花一样笑了。我见她一笑，心里立刻阳光灿烂，觉得今天有戏。为了尽快推进剧情，我急忙把口红和皮鞋送给胡豆花。胡豆花一见就爱不释手，直说谢谢妹子谢谢妹子，她早就想要这样一支口红，早就想要这样一双皮鞋，就是不知道买什么牌子的好。说着要摸钱给我，我按住她的手说是送她的。胡豆花非要给钱，我说我已经把你当姐了，难道你就不把我当妹妹。我这么一说，就把胡豆花感动得差点流出泪来，她拉着我的手激动地说："有你这样一个城里人认我为姐，我是多么的高兴啊，有你这样一个城里人认我为姐，这是我上辈子高香烧得多。"

我又再次说起了吕三娃子和她的事，胡豆花的脸上立刻阴云密布。以前她没有想过要和吕三娃子结婚，自从我提起这事后她就有些心动，她才五十多岁，不可能守着田地和一座空房过一辈子，她需要男人，需要男人守着她，帮助她，爱护她，关心她。可是她的儿子儿媳妇非常反对她改嫁，儿子儿媳妇要求她把所有的财产转到他们头上，胡豆花不同意，说她还没有闭眼呢。儿子说如果她不听他们的，非要嫁给吕三娃子，他们就断绝母子关系。这是一句要命的话，儿子是她生的，是她的骨血，是她的命根啊。胡豆花犹豫了。这几天胡豆花愁绪满怀，一边站着男人，一边站着儿子，她到底该选择谁？她好矛盾，她好纠结啊！男人、儿子她都需要啊。昨天晚上，她再次给儿子打电话，再三要求儿子儿媳妇同意她和吕三娃子结婚，说她种地需要劳动力，说她每天连个说话的人都没有，说她不想一个人长期这样孤孤单单地守着一座房子过日子。儿子儿媳妇还是不同意她和吕三娃子结婚，儿媳说："妈，你都五十多岁的人了，到底还想什么啊？"这句带着羞辱的话像把刀，刺得胡豆花的心疼痛难忍，胡豆花含泪挂断了电话。儿子再次把电话打过来，说她实在觉得孤独了就搬进城里去与他们一起住。胡豆花一口就拒绝了，她才不会和儿子住在一起，年轻人有年轻人的生活方式和生活习惯。她去带过一段时间孙子，从早忙到晚不说，煮的饭菜还不对儿媳妇的口味，害得她顿顿吃剩菜吃剩饭，吃得她的肠胃都不好了。另外她看不惯儿媳妇很多习惯，儿媳

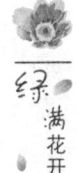

妇对她也有很多意见，由此常常产生矛盾。还有儿子儿媳妇都是结过三次婚的人，双方前面都有孩子。骨血这个东西带有深似海洋的情感，带有巨大的排他性，不管是在经济上还是在生活上都会自然而然地倾向自己的孩子，这是重组家庭不可解决不可避免的问题和矛盾，因此两人经常为维护自己的孩子而吵架打架。胡豆花看着，心里像被人一把一把地揪着似的难受。老天爷啊山神爷啊，老实说她胡豆花在那段时间，没有过上一天开心的日子。经过一段时间的生活，胡豆花觉得老年人有劳动能力和自理能力的时候最好还是单独过。自从胡豆花有了新型的养老方式后，就决定再也不去与儿子儿媳共同生活。现在儿子儿媳要求她去同住她就毫不犹豫地一口拒绝了，为此，儿子儿媳妇很生气，一生气就再次叫她把财产过继给他们。她不同意，儿子再次说出那句割心剜肺的话。胡豆花的心疼痛难忍，伤心的泪水再次从她的眼里奔涌了出来。

这天夜里，胡豆花哭了大半夜，这天夜里，胡豆花沉入夜晚深处，数着夜晚的脚步到天明。

胡豆花陷入了一种难以言说的境地。

她的心好疼痛，她的心里好烦乱好拥挤啊。

我见话题无法往深处发展，便告辞往回走。因心绪不好，走路不是碰着地边的柏树，就是挂在地边的刺篱笆上。这次我刚把衣裤上的刺篱笆取掉，右脚一滑，便滚下了悬崖。胡豆花正往窝子里丢麦子种，突然听到一阵响声，扭头一看，只见我滚球似的滚下了悬崖。胡豆花吓得大叫一声，摔下麦种，拉着柏树跳下悬崖，将昏迷中的我背下山坡。

第二十六章

我的身上有多处擦伤，在医院住了几天。这次事故的真正原因我没有对余刚说，我不能说，如果余刚知道我是因为心绪不好出的事，就绝对不会再让我去管胡豆花和吕三娃子的事。我对余刚说我大意了没有注意脚下的路，并保证发誓以后一定注意安全。余刚握着我的手眼泪汪汪的，说我在乡下太辛苦了，说他实在不忍心看着我这么辛苦下去。我知道他又要说什么了，我急忙把话题岔开，说了张三的事，又说李四的事。

我出院后在家里休息了几天，觉得好得差不多了，就又往丹子山村跑。我摔下悬崖的事对胡豆花的刺激很大，她觉得如果我有个三长两短，她这一辈子良心上都过不去。也幸好山神爷爷和观世音菩萨显灵保护，让我没有出啥大事。

我再次见到胡豆花时，她真的就把我当妹妹了，她真的就把我当知心朋友了，一股脑儿地把心里的苦水倒了出来。我知道了真正的原因，就有了入手的方法，当天晚上我就回城去给胡豆花的儿子儿媳妇做思想工作。胡豆花的儿子虽然没有改变态度，但对我还是客客气气的，胡豆花的儿媳妇就不一样了，觉得我不怀好意，在搞破坏活动，脸黑得就像要下暴雨的天，话语就像大炸雷一样，连吼带叫地说我是狗咬耗子多管闲事，说我是诚心扰乱他们的家庭，挑唆她们的婆媳关系，破坏他们家的安定团结。

气得我再也说不出半句话来。

我再次觉得路途中荆棘丛生，眼前的云雾难以驱散。

我的热情几乎降至零度。

我又有些泄气了。

我回到村委会埋头做事，不再去想这件比搬动大山还难的事。

我不管了，我听音乐，我要放松放松心情，休整休整疲惫不堪的肉体，给我这无能为力的心充充电。可是不是我想轻松就能轻松的，吕三娃子根本就不给我一点点安宁，他像个幽灵似的老是给我打电话，白天打，晚上也打，气得我把电话调成静音。虽然可以暂时不受吕三娃子的骚扰，但是又非常耽误事，余刚给我打电话我没有接到，以为我出事了，急得不得了。乡村振兴局给我打电话我也没有听见，挨了一个通报，扣了一个月的绩效。父亲病了我没有接到母亲的电话，父亲延误了病情差点出大事。

对亲人的愧疚和工作的不顺让我的心脏有些受不了，但我半个字也不能对余刚倾诉。余刚不比我轻松，余刚的工作压力比我大多了，生意他要做，家人他也要管，管儿子管父母，还要时时担心我操心我。说实话，我不是一个称职的母亲，不是一个称职的女儿，更不是一个称职的妻子。我愧对父母，愧对儿子，愧对我的男人余刚。

有了以上的教训，我就不敢再把手机调成静音了，我从我那柔弱的身躯里调动出全部的勇气来承受电话的困扰。

当我一接通吕三娃子的电话，他那兴师问罪的声音就差点冲破我的耳膜，他说："美女书记你为什么不接我的电话？我缺钱缺得都快上吊了！"

他的话语攻击着我的心情，挑战着我的耐心，我没有好气地说："吕三娃子，吕师傅！你每月的低保费呢？"

"我打麻将输了，每月四百多块钱哪里经得住我输？"

"我的天哪，你为什么非得去打麻将？"

"不打手痒，不打心慌。"

"张总开荒开得热火朝天，全村的人都在那里挣钱，你为什么不去？"

吕三娃子转动着眼珠，大动脑筋地说："你把国家补助的两万块钱和你准备送我的三千块钱，还有张总支持我的一万块钱给我，我就与大家一起去做活路。"

我说："这笔钱是给你重建房屋的，由村委会统一管理统一支配。"

吕三娃子说："给我的钱不由我管理不由我支配，这算是给我的钱吗？"

我说："本来应该给到你的手里，但是你有管理这笔钱的能力吗？你能保证不把这笔钱输了吗？"

吕三娃子说："我保证我保证。"

我不敢相信他，徐书记也不敢相信他，我们经过几次研究，最终还是决定由村委会负责管理和支配这笔钱，由村委会负责组织人帮他修建房屋。

吕三娃子见我不可能把原基重建的经费给他，便改口说道："美女书记再借五百块钱给我。"

我说："吕师傅，吕大哥，你年纪轻轻的，有手有脚，为什么非得依靠别人？！"

吕三娃子说："美女书记，你不是别人，你是我的帮扶责任人，你是驻村第一书记，你说我有难处该不该找你？现在扶贫移民局虽然改成了乡村振兴局，精准扶贫过渡到了乡村振兴，但我仍然是贫困户，你仍然是我的帮扶责任人，你仍然该像以前那些帮扶责任人那样帮扶我。"

我觉得自己的口才和智慧都远远不如吕三娃子，我常常被吕三娃子弄得瞠目结舌，哑然无语。我父母给我的智慧和我修炼出来的口才已经到了山穷水尽的地步，我不得不承认我遇到了强手，这个强手一次又一次地挑战我的底线，让我的智慧苍白，让我的信心逃离。我再次感到，我实在没有办法让吕三娃子自强自立。吕三娃子视我的话为耳旁风不说，还说些让我意想不到的话来急我来气我。我是一个人，我有脾气，有时我实在控制不住情绪，就想发怒。但我不能冲着吕三娃子发怒，我只有找我的手机出气，只能找我这至亲至爱的手机出气，仿佛都是手机给我造成的困扰。我啪地一下把手机摔在地上，我记不清这是我第几次摔手机。手机砸在地上的声响宣泄了我一腔的情绪，也宣示了我的决心，我若不把吕三娃子的事摆平，我就不是我，我就不是余刚的女人，我就不是丹子山村的驻村第一书记。

我认定吕三娃子是匹野马，我制服不了他，只有胡豆花驯服得了他，只有胡豆花才能融化他那久已冰冻的心，只有胡豆花才能医治他那颗扭曲了的心，只有胡豆花扬鞭高歌，吕三娃子才会奋力前行。

我又沿着我的思路前行了。

喜鹊在山杆上的柏树上高声欢唱着。胡豆花播撒在地里的麦种通过泥土的孕育，雨露的滋润，阳光的哺育，已经长出了绿油油的麦苗，展示着川中地区的特色与魅力。

我连着跑了几次，终于打开了通道。这天胡豆花在油菜地里除草，我走进地里帮她除草。我们一边干活，一边聊天。

胡豆花说："妹子，你为了我和吕三娃子的事这样一趟又一趟地跑，这到底是为什么啊？"

我说："为你以后有个依靠，为吕三娃子有个好女人，有个幸福温暖的家。"

胡豆花笑了。我知道事态在朝着好的方向发展，我趁此机会说了很多很多她和吕三娃子结婚的好处。这让我很惊讶，乖乖，我什么时候练就成如此好的口才，我竟然成了一个把死人都能说活的媒婆了！

是潜力的发挥吧。

看来人的能力有时是逼出来的。

我成功了！

喜鹊飞过来了，站在地边的树上喳喳喳地欢叫着。

天上的白云一朵一朵地飘过，随着一片蓝蓝的天空终于呈现了出来。

胡豆花终于表态了。

她终于表态了。

胡豆花说："妹子呀，美女书记呀，真是让你费心了。你为了我们的事一趟又一趟地跑来，还差点把命丢了，我如果再不答应嫁给吕三娃子，我就对不起我这颗良心，我就对不起我自己。为了我自己后半生的幸福，我也不管儿子认不认我了，认不认我这个妈只有凭他的良心了。房子啥子的他们要就拿去，我净身出门，到吕三娃子的家去过我的下半辈子。"

我说："这你放心，你的儿子怎么会不认你呢？他只不过是一时说的气话罢了。"

胡豆花说："但愿如此吧。这几天我认认真真地细想了一下，嫁给吕三娃子不会有错，吕三娃子不是一个头上长疮脚下流脓的人，他落到现在这步都是有原因的，这些苦水他向我倒过一次又一次。"

我说："吴芳已经在村班子会上表态要改变对吕三娃子的态度，不再歧视吕三娃子，不再骂吕三娃子孤人劳改犯了。"

胡豆花说："只要吴芳带头，全村人就都会慢慢尊重吕三娃子。妹妹，我谢谢你为吕三娃子所做的一切。现在二表嫂对吕三娃子的态度越来越好了，有时我还听她喊吕三娃子兄弟。如果村里的人都像二表嫂这样，吕三娃子就有救了。"

我说："你放心吧，全村人会改变对吕三娃子的态度。"

胡豆花说："真是辛苦你们了。"

我说："但关键的关键还是你。"

胡豆花摘一朵野菊花，嗅着说："我会让他变好的。以前偷偷摸摸的，名不正言不顺的，我也不好说他。"

我激动地拉着胡豆花的手说："谢谢你！谢谢你！"

胡豆花回握着我的手说："应该说谢谢的是我和那个死鬼，你为我们操的心太多了。你说得对，我都五十多岁的人了，应该为自己以后的日子考虑了。儿子儿媳妇有儿子儿媳妇的事，他们有他们一家人，我不找个男人，如果有个伤风感冒你说我靠谁去。我现在也不管儿子儿媳妇同不同意，我现在也不管村里人说什么，我管不了那么多了。"

我把胡豆花的工作做通后，又去找吕三娃子。吕三娃子的危房已经拆了，二牛正带领大家帮着吕三娃子修建新房，而吕三娃子却跑得连人影都不见，就像这房子不是给他修建的一样，就像没有他的事一样，就像一切都与他无关一样。我沿着空寂的乡村公路往回走，却意外地碰到了二表嫂。二表嫂一见我就问胡豆花和吕三娃子的事，我眉开眼笑地告诉她胡豆花已经答应了。

二表嫂拍手笑道："算她胡豆花想得明白，女人最终靠的还是男人。儿子又怎么样？他们不是真正为她好，他们首先想到的是她的存款是她的房子，根本就没有为她以后的日子着想，根本就没有体谅到她的苦处。唉，养儿防老，防个屁的老。等于零，全都等于零。只有妹子你才是最为她着想的一个人。你这个妹妹她算是认对了，吕三娃子年轻力壮，又手脚麻利，没有一点点负担不说，又那么听她的话……"二表嫂如此说了一大堆胡豆花嫁给吕三娃子的好处，又说了她家的一些事，说她的儿子儿媳妇不但不拿钱给他们用，还要他们给自己还房贷。

二表嫂的话长得如乡村公路，我实在没有那么多的时间再听下去，我打断二表嫂的话问她见着吕三娃子没有。二表嫂扭头看了一下空旷的四周，说不知道他到哪去了，一大早就没有见到他影子，估计他又打麻将去了。

我叹口气，掏出手机给吕三娃子打电话，他没有接，给他发微信他也没有回。我的电话和信息对于吕三娃子来说管屁用，在吕三娃子的心里，凡是管屁用的事他都嗤之以鼻。我长长地吐一口气，环顾一下静得出奇的山湾。这已经是初冬时节，小草已经枯黄了，山杆上的一些杂树显得疲惫不堪。唯有芭茅花高高地昂扬着头，飘飘然地向着不惧风寒的柏树卖弄风情，斑鸠故意捣乱似的从刺笆林里传出一两声不知时节的叫声。

我第二次去找吕三娃子，还是只见着二牛带着一帮人在帮吕三娃子修建房屋，个个手忙脚乱，却不见吕三娃子身影。我正怅然若失地顺着乡村公路往回走时，二表嫂拿着一把红苕粉条追了出来，说是他们家自己做的，要我收下。我摆手谢绝，但最终被二表嫂的盛情感动了。我不能白要人的东西，第三次我去找吕三娃子时就给二表嫂买了几盒糕点作为回礼。正当我从二表嫂家出来时，四婆背着背篓生气地从我们身旁走过。二表嫂朝她打招呼，她从鼻孔里哼一声头也不回就过去了，甩个背影给我们。

四婆七十多岁，是个干瘦的老太婆，老伴早已去世，三个儿子，死了两个。这段时间我每次给她打招呼她总是爱理不理的，我觉得这个老太婆是冰冻厂里拉出来的。自尊心告诉我，再次遇着这个老太婆就不要与她打招呼。但是我是丹子山村的驻村第一书记，我不只是要做好帮扶吕三娃子的工作，所有的村民都是我的帮扶对象。明白了这一点，我就要用自己的真情实感作为纽带去连接他们，主动与他们搞好关系，当好他们的思想导师，让他们和我步调一致，共同发展产业，共同实现奔小康的梦想。由此我不让自己的自尊心抬起高昂的头颅，我要让自己的自尊心屈服于我的工作，跪拜于我的工作，服务于我的工作。

我再次见着冰一样冷的四婆时，还是用火一样的热情对待她。但是四婆更加不理我，变得越来越冷，冷得像一座坚不可摧的冰岛，我竭尽全力也暖不热她的心，我竭尽全力也感化不了她。

我感到她变成了一个顽固不化的老女人。她不但冰冻了我的热情，还企图制造一场泥石流，毁灭我的努力，阻碍我的前行。

第二十七章

这次,我找吕三娃子又扑了一个空。我四处寻找吕三娃子也没有找到,给他打电话发信息他也不理。我在乡村公路上站了一阵,便想到坡上去看看开荒的情况。我生在城市,长在城市,山路对于我来说是一个全新的课程,尽管我认真地学着适应它们,尽管我小心翼翼,但是我还是又摔倒了。还好,这次没有像上次那样,只是摔倒在杂草丛生的路上。我爬起身,觉得鞋子里满是泥沙石子,便在前面的路旁找了一块石头坐下。刚坐下就听见两个女人的说话声。我循声望去,只见一棵树下,四婆和二表嫂正在争执什么。

四婆说:"胡豆花这个女人不长脑壳,人牵起她不走,鬼牵起她跑得风快。看嘛,有她哭的日子。"

二表嫂说:"我觉得胡豆花的选择没有错,她是考虑好了的。吕三娃子人长得帅不说,身体也壮得如牛,又那么听她的话。"

四婆撇撇嘴说:"懒眉懒眼,又爱赌,有什么好?"

二表嫂说:"胡豆花会管住他的,不信你看嘛。人这个东西是一物降一物。"

四婆扁扁嘴说:"唉,你们这些人都被那个城里女子迷惑住了。我跟你们说,你们看不透城里人的心,城里人不像我们乡下人那么简单那么憨直。你说他们做什么不是为自己?你说她叫胡豆花嫁给吕三娃子是为什么?"

二表嫂说:"为了胡豆花有个依靠,为了吕三娃子不再像水上的浮漂一样漂来漂去。"

四婆哼一声说:"你们想得好简单啊。她才不是为了你胡豆花,她才不是为了你吕三娃子,你胡豆花你吕三娃子过得好不好关球她屁事。她呀,完全是为了完成她的工作任务。"

二表嫂说:"四婆,不是这样的,你说错了,你不了解美女书记,你跟她接触少。我跟你说,刚开始的时候我也不喜欢她,后来久了我才知道她这个人的好。"

四婆哼一声说:"好,当然好!又是把钱给你孙女儿又是送礼物给你。"

四婆说罢气哼哼地走了。走了一段路又回过头来对愣在树下的二表嫂说:"我去找找胡豆花,叫她清醒清醒,你抽个空也去说说她,叫她别那么糊涂。一个人过得好好的何必去捉个虱子在头上来爬嘛。"

我一听这话,头嗡的一声,差点从石头上栽下去。天哪,这简直是灭顶之灾。我费尽九牛二虎之力才说通的事难道又会付之东流吗?不能!不能啊。我必须赶在四婆的前面去找到胡豆花,让她马上与吕三娃子去办结婚手续,只要办了结婚手续就万事大吉了。可是我还没有找到吕三娃子呢,不知吕三娃子的意见如何。真是急死人了,这个该死的吕三娃子死到哪去了?难道钻地缝了吗?怎么办?无论如何也不能让四婆去捣乱。管他的,先稳住胡豆花再说。

我急忙往胡豆花家跑。跑的过程中,我又多次被杂草绊倒,极不情愿地与坚硬冰凉的地面接了一次又一次吻,极不情愿地被坚硬冰凉的地面碰得疼痛难忍。但我顾及不了那份疼痛,爬起身来又猛跑。但当我像过了二万五千里长征一样来到胡豆花家里时,胡豆花却不在家。我气喘吁吁地掏出手机,给她打电话,她却没有接。我急得都想大哭一场了,但是我没有时间释放我的情绪,我要立即找到胡豆花,把她稳住。我估计她在地里,于是我又飞毛腿似的往地里跑,但地里也没有人。我顺着王家院子走过去,几条狗猛然朝我狂吠着扑来,我吓得一边躲着一边朝四婆求救。但四婆像没有听见一样,转身进了屋。几条没人制止的狗更加狂妄,更加野蛮,更加凶猛地朝我扑来。我吓得大叫着,没有人帮助我,我只有奋力反击,我下意识地蹲下身去捡石头,几条狗见此朝后退去。当我站起身时,它们又露出凶猛,朝我狂吠着扑来,我就要被几条狗撕扯了。就在这千钧一发时,一条狗猛然冲了过来,制止了几条狗的进攻,感激与感动涌上我的心头。这条狗是二牛家的,它已经认熟了我,把我当朋友当亲人了。在危急之时,这条狗总是像天兵天将一样突然出现在我的面前,意外地把我从困境中救出来。上次解救我也是这条狗吗?我当时没有看清楚,但此时此刻我断定肯定是这条狗。泪水从我的眼里涌了出来,我把这条可亲可爱的狗记下了,我把这份恩记下了,记在我的内心深处。

我又继续找胡豆花,还是没有找着。

我的心里忐忑不安,我的理想就要破灭了。

我给余刚打电话,我需要倾诉,我需要得到他的安慰。

电话一接通,我的泪水就出来了,我说:"出问题了。"

余刚着急地问:"出什么问题了?别急,慢慢说。"

我说:"四婆要破坏胡豆花和吕三娃子的婚事。老公啊,我可是费了九牛二虎之力才做通胡豆花的工作。"

余刚说:"这个四婆!你是不是得罪过她?"

我说:"前不久她要求我多给她造两亩地的补贴我没同意。"

余刚安慰我道:"别与她一般见识。"

我说:"老公啊,我该怎么办嘛?"

余刚说:"别急,你别急。胡豆花和吕三娃子之间有情有爱,是经得起风吹也经得起雨打的。四婆这种想法可能有点幼稚。"

我说:"但愿如此吧,那万一胡豆花听了四婆的话呢?老公啊,我好担心呀!"

余刚说:"别担心,相信爱情的伟大与神圣吧!"

在余刚的安慰下,我的心情好多了。我又到胡豆花家去,还是没有找到胡豆花,给她打电话,她说到她姐姐家去了,要晚上九十点才回来。

得知胡豆花到她姐姐家去了,我悬在空中的心放下了一半。我见不着胡豆花,四婆同样也见不着,这就不用担心四婆今天会使坏。但是明天胡豆花回来,四婆的嘴必然会伸过去,所以我打定主意明天一定要早点到胡豆花家去,一定要赶到四婆的前面。

主意打定后,第二天一大早我就往胡豆花家跑。但是莫道君行早,更有早行人。四婆比我还早,她早已站在胡豆花家的灶屋里,比画着手脚极有说服力地给胡豆花上着课。胡豆花一边摸着鸡屁股里的蛋,一边嗯嗯啊啊的,我见此,既不能退也不能进。我如果撞进去,四婆肯定要骂我的妈骂我的婆。遇着这种老婆子,我还是采取回避战术吧。我走到院坝边的一棵柚子树下,把自己隐藏在绿叶中。我人虽然在树下,心却悬到了半空中,我在心里一个劲地叫苦道:我的妈呀,我的天哪,胡豆花如果听了四婆的话,我的一切努力就都白费了。一点也不迷信的我开始求上帝求观世音菩萨保佑我,助我一臂之力,让胡豆花一定一定要有一个清醒的头脑。

四婆已经说了将近一个小时了,胡豆花把十几只鸡和十几只鸭的屁股都摸遍了,已经知道今天要捡多少个蛋了,她还在说。我心急如焚,不知道她还要说几个世纪才能把她那些带有破坏力的话说完。我清楚地知道,四婆的话说得越多越不利,因为人的意志有时是不那么坚不可摧牢不可破的。我实在控制不住自己的情绪了,我觉得我不能坐以待毙,我不是死人,我是一个活人,而且是丹子山村独当一面的驻村第一书记。我必须动一下我的脑子,把我爹妈给我的智慧都发挥出来,都运用出来。我思忖了一下,然后拨通了胡豆花的电话,说我在村委会有急事找她。胡豆花接到电话后就走出灶屋准备到村委会去。四婆紧跟在她后面说:"我的话已经说了几箩筐了,你一定要听进去,吕三娃子是个什么样的人你不是不知道,他是一个坐过牢的人,他是一个赌鬼,他是一个懒得烧虱子吃的人!他是一个赖皮!他是一个二流子!吴芳那么能干的人都把他管不住,何况你!我承认你还很年轻,是需要一个男人。但是你再需要男人也不应该找吕三娃子这样的男人,这个世界上的男人多得很。你听我一句劝,你如果实在需要男人我去帮你找。你也知道我四婆的人缘，我认识很多有钱人，你老弟经常请他们在酒店在家里喝酒吃饭。我给你介绍几个你自己选，不是吹的话，随便挑一个也比他吕三娃子强几万倍。"

胡豆花锁上门，骑上农用车往乡村公路驶去。四婆追着农用车，用她那干枯的黑手抓着空气说："我说的话你要听，一定要听。我不会害你，我是为你好啊！"胡豆花已经走远了她还在唠唠叨叨地说着，一点也没有意识到她是在对着空气说话。

我想等四婆走了再给胡豆花打电话，谁知四婆一转身就看见了我，一看见我就怪里怪气地叫道："啊呀，城里的女子，我们丹子山村的驻村第一书记，你还干这样偷偷摸摸的事呀！万万没有想到你原来还是一个贼娃子。"

我一时没有反应过来，愣愣地看着四婆那张皱得如核桃壳的脸。

这也难怪我撞上了鬼，这也难怪四婆找我撒气。原来四婆看着胡豆花远去的身影，想起胡豆花那嗯嗯啊啊的样子，觉得完全是在应付她，心里顿时觉得失落。就在这时她突然看见我在柚子树下，心里一喜，来神了，哈哈她抓到把柄了，她终于抓到了把柄，她终于找到打斗的对象了，她终于找到发泄的机会了。

她急忙给村领导打电话。她很聪明，没有拨打徐书记的电话，因为徐书记不会站在她这一边。她拨打吴芳的电话，因为全村的人都知道吴芳有些讨厌柚子树下的我。但是她不希望来的人都来了，徐书记来了，张总也来了，二牛也来了，胡豆花也回来了。

我渐渐地回过神来了，四婆在诬陷我。我一见徐书记和张总，委屈的泪水就出来了，我说："我没有摘柚子。"

四婆扁扁嘴说："你不想吃锅巴守着锅边转做什么？哼！又要吃鱼又要劈腥味！"

我说："四婆，我真的没有摘柚子，真的没有呀。"

四婆说："我看着你摘的！"

我有口难辩，急得只是哭。

胡豆花上前拉着四婆说："你是不是人老眼花了？美女书记怎么会摘柚子呢？"

四婆瞪着胡豆花说："我看你是人牵起你不走，鬼牵起你跑得风快！"

胡豆花的火气突然上来了，她冲着四婆说："四婆！你这样闹起有意思吗！"

吴芳十分蔑视地看着我说："要吃说一声，何必这样偷偷摸摸的？什么素质嘛！"

张总瞪了一眼吴芳。

吴芳说："张总，你用不着这样张扬你们的关系，全村上上下下谁不知道你们夜宿鸳鸯。"

张总被说得莫名其妙。

二牛没有时间与吴芳理论，他要先堵住四婆的臭嘴，他冒火地冲着四婆说："我说你这个老婆婆完全是睁起眼睛说瞎话，美女书记两手空空的，她哪里摘柚子嘛。"

四婆愣了一下，又口水四溅地冲着二牛说道："你们……你们都护着她！我明明看见她摘了柚子嘛。"

"我没有摘！"我辩解道。

"你摘了！我亲眼看见的。"

"我没有我没有！"

"你摘了你摘了！"

"我没有没有没有！"

徐书记见吵个没完，就制止我道："美女书记！少说一句！"

四婆见徐书记吼我，心里有几分得意。她嘀咕道："明明摘了还不承认！"

吴芳眼珠一转说："四婆，这事婆说婆有理，公说公有理，我们实在无法解决，我建议你干脆拨打举报电话。"

一句话提醒了四婆，四婆摸出手机，睁大着她的老花眼，就要拨打举报电话，告发驻村第一书记兰木我在丹子山村偷柚子，与群众吵架。徐书记瞪吴芳一眼，上前抢了四婆的手机。四婆觉得自己受了欺负，便哭着给她的儿子打电话。她的儿子正忙着，便没有好气地说四婆道："徐书记抢了你的手机你叫他还你就是！又不是什么要命的事。"说罢就挂断了电话。四婆气得把电话又打了过去。儿子说："妈，我的老妈，你别闹了好不好?！我的事多得很，我的头都要炸了！"说罢又挂断了四婆的电话。四婆觉得儿子没有为她出气撑腰，气得有些站立不稳。张总忙扶住她，并安慰她。

吴芳趁此机会又说道："四婆你别急，你儿子不管你我管你。我马上给兰木单位的领导打电话，他们领导肯定会给你一个说法，还你一个公正。"说着掏出手机来。胡豆花见此上前一步抢了吴芳的手机。

吴芳怎能容忍胡豆花对她这样无理，猛然朝胡豆花推去，胡豆花一个趔趄，还没站稳，四婆又一把朝她推去。眼见胡豆花就要跌倒在院坝边的一块坚硬的石头上了，张总一个箭步上前接住了胡豆花的身子，一场血腥的事件才没有发生。

一时大家都被这场戏弄得惊心动魄。

四婆还觉得不够精彩，又大闹起来。胡豆花拢了拢散乱的头发说："四婆，请你不要在我这里闹了，我妹妹即使摘了柚子那也是我家的柚子！"

四婆愣了一下说："你家的柚子也是我们这个湾的柚子，我完全有权力干涉！"

第二十八章

四婆的战术徐书记早就领教过,他已经有一些经验了,他有办法让四婆收场不再闹。他走上前去对四婆说:"四婆,您老人家别急,有话我们慢慢说。如果美女书记真的摘了柚子,他们单位会处理她的,也会赔偿你们的!"如此之类的好话说了很多后,又对站在一边的我说,"你不应该惹四婆生气!四婆这么大岁数的人了,我们都应该好好待她。"说罢又对四婆赔礼道歉,他说,"四婆对不起,我刚才也做得不对,不应该抢你老人家的手机。"说后亲自护送四婆回家,一边走一边夸四婆道,"四婆,你是这个湾里最德高望重的老人!您这么大岁数了还种地还养殖。这种精神值得推广,值得丹子山村所有的人学习,值得丹子山村所有的人敬佩!"

四婆听着这些话,早已原谅了徐书记抢夺她手机的过失,她心里舒畅,脸上带着笑意地对徐书记倾诉起来,她说:"徐书记啊,我儿子儿媳妇要接我到城里去,我不去。现在农村的条件越来越好了,乡村公路通到家门口,不湿脚不湿鞋的,比过去的条件好几万倍,比过去的日子好过得多,你说我怎么舍得离开嘛。再说我儿子开车回来也很方便,我种点粮食种点菜喂些鸡鸭,隔不了多久,我又叫他开车回来拉些回去吃。自己种的菜不打一点药,自己喂的鸡鸭不喂一点饲料,吃起放心。还有我实在离不开我的老头子,你知道他的坟头就在我们的地边,我一到地里干活就和他说话,他也和我说话,我们有说不完的话。我十几岁就嫁给他……"四婆的话像江河水一样滔滔不绝。徐书记耐着心认真地倾听着。四婆说了过去的穷苦日子,又说现在的好日子,说了他老伴担肩背磨,做点生意还上学习班,又说她儿子如今做生意越做越红火。说过去的人想吃没吃的想穿没穿的,说现在的人穿的吃的样样都有。越说离徐书记的距离越近,说到最后把她的思想根源也说了出来,她说:"徐书记啊,我也不是跟谁过不去。我主要是心里不平衡。你想他吕三娃子才四十多岁,那个美女书记就把他当老祖宗一样供奉,而我一个七十多岁的老太婆连边边都沾不着一点点。还有,上次我叫美女书记多给我写两亩土地的补贴她都不,你说她怪不怪嘛,是国家给钱又不是她给。这桩桩件件的事你说哪样让我想得通嘛?"

徐书记说："四婆，凡事都得讲原则。美女书记如果给你多造两亩土地的补贴，那她就违反了原则。这是一，第二吕三娃子你是知道的，他的原因特殊，现在都已经到乡村振兴时期了，大家都在奋力奔小康，可他还是那副扶不上墙的样子，你说美女书记怎么不上心？美女书记实在不容易啊，她既要抓我们丹子山村的产业发展，也要关注所有的贫困户，还要解决贫困户的所有问题，尽她最大的努力不出问题。"

四婆揉了揉她那有些昏花的眼睛又继续说道："徐书记，你说的话也有一定的道理，但我这心里还是堵得慌。"

这时他们走到一条沟沟边，徐书记急忙伸出手去将四婆搀扶过去。两人走上乡村公路，四婆接着又说道："还有就是那个美女书记不一视同仁。这个湾顶顶上就只有我、胡豆花、二表嫂、二牛和吕三娃子，可是那个美女书记一次都不找我摆龙门阵，只找胡豆花和二表嫂摆龙门阵，一摆就是半天半天地摆，还送她们这样，还送她们那样。"

徐书记抬起头，眺望了一下山坡上的绿色屏障，然后回过头来向四婆道歉道："对不起四婆！这完全是美女书记的不对，她人年轻不会处事，我叫他们单位领导狠狠地批评她一顿。"

"这个用不着。"

"那我叫她来向您老人家赔礼道歉。"

这句话算是说对了，四婆那皱得像核桃壳的老脸上终于浮现出了一丝笑容。

徐书记直把四婆送到家里，又说了一些赞赏她和关心她的话才回村委会。

这已经是中午一点过，我早就气冲冲地回到了村委会。我委屈，我难受，明明是四婆不对，徐书记还一味地指责我。这时的我不想管胡豆花和吕三娃子的事了，只想用眼泪发泄我的情绪，冲洗我心中的不快，只想问徐书记为什么要这样偏袒四婆。我一见徐书记进村委会，委屈的泪水就流得更加汹涌澎湃，我说："明明是那个死老婆婆在闹事，你还说我。我问你到底有没有一点是非观念？"

徐书记说："我会不知道谁是谁非吗？委屈你了兰木！"

我听了这话心里好受了一点，但马上又被浓雾所笼罩：徐书记，这个很像我父亲的徐书记要求我买起礼物去向四婆赔礼道歉。这让我无法理解，这让我无法接受。我虽然是丹子山村的驻村第一书记，但我也不能太迁就人，我有我做人的尊严与底线。

徐书记说："为了工作好开展，我还是建议你去镇上买点东西去四婆家。"

我说："这完全没有道理啊，徐书记。"

徐书记说不服我，只好自己到镇上去买了一盒有机纯牛奶，称了两斤蛋糕，割了两斤猪肉，叫我给四婆送去。我不听他的，像头倔驴似的不听他的。

他说:"你这个女娃子真犟。"说罢提上东西就要去替我向四婆赔礼道歉。

我立即追上去笑着说道:"我去我去。"

徐书记笑眯眯地把东西递给了我。

我顺着乡村公路往四婆家走去,四婆家离村委会不远,一千米多路,几分钟就到。

走进竹林很快就要到四婆家了,我突然停住了脚步。我这是在干什么?这样反倒真的是我偷了柚子似的。我这个人认的是一个理,有理走遍天下,我凭什么向一个诬陷我的人,向一个不懂道理的人去赔礼道歉?向不合理的事屈服,我还有没有一点尊严?我这么想着,就把徐书记买的东西甩进竹林里,然后掏出手机对徐书记说自己突然觉得还是不应该去四婆家。徐书记急了,说了很多该去向四婆赔礼道歉的话。我生气了,叫徐书记不要再说了,让我自己好好想一想。如果想通了我就去,如果想不通我还是不会去的。说罢挂断了电话。

我爬上山坡,坐在崖石上,想了很久也没有想通。我正烦躁的时候,一只小鸟从树上的巢穴里落了下来,我爱怜地捧起它,费力地将它送回巢穴。我做完这件事,心里很是愉悦,我知道这只被我温暖过的小鸟很快就会长硬翅膀,飞向蓝天,和我一起唱乡村振兴的歌,唱丹子山村奔小康的歌。

我哼着歌,欣赏了一下挖掘机和旋耕机的战果,估计要不了几天它们就会将全村的荒地开垦出来,很快丹子山村的集体经济的蓝图就会展现出来。这让我的心里涌起一种按捺不住的激动和兴奋,我蹦跳起去,摘了一片树叶,准确地说我摘的不是一片树叶而是一片云彩。我的成果快要出来了,不远的将来丹子山村就要丰收了。我一边憧憬着美好的未来,一边哼着歌儿轻快地走下山坡。但是我走的方向不是四婆家,而是村委会,因为我还是没有想通为什么要去给一个诬陷我的人赔礼道歉。

徐书记一见我脸上的气色就说:"阴转晴了?不错嘛。"

"那是。"

"对方的态度如何?"

我低头喝水,不回答。

徐书记正理麻着我时,他的手机突然响了,是四婆的儿子打来的。来电的意思是拜托徐书记帮他关照他的母亲,说他最近实在没有时间回来看望母亲,原因是他的儿子染上了毒瘾,上周五聚众吸毒被抓进派出所拘留十天,他们想趁此机会把他的毒瘾彻底戒掉。他的女人已经急得六神无主,不知道是送儿子进医院戒毒,还是送儿子去戒毒所戒毒。所以作为一家之主的他就得把母亲所有的事放在一边,来集中精力考虑这件事,来集中智慧拿主意。说后叹口气又接着说孩子走到今天这一步是他以前没有教育经验,孩子的成长是受环境影响的，他刚从农村到城市那些年，人年轻，缺乏知识，没有经验，赚到钱成了暴发户，就开始炫富，成天带着孩子与一帮社会上的哥们儿吃喝玩乐，把孩子引向了歧途，现在后悔莫及。说后叫徐书记不要把这事告诉他的母亲，他不想让他的母亲担心。最后又千叮咛万嘱咐地拜托徐书记帮他关照他的母亲，说他实在没有分身法，说他实在是一心挂两肠。

我的心深深地被触动了，我深深地叹口气说："家家都有一本难念的经啊，四婆一家人也不容易。"

人的思想情感是一种非常怪异的东西，常常变幻莫测，比川剧的变脸术还快。几分钟前我还理由充分地认为不应该去四婆家，现在的我突然觉得完全应该去四婆家。在思想情感的支配下我跑回了竹林，但是礼物变成了一片狼藉，蛋糕袋子里有几只老鼠正陶醉在美食中，肉已经不见踪影，我抬头寻找，发现不远处有两条狗正在抢吃着那块肉。那盒有机纯牛奶却原封不动，像被吓傻了的女人一样呆立在竹林里，但我不打算去提那盒有机纯牛奶了。

我开车到镇上去重新给四婆买了礼物。

我到四婆家已经是下午五点过，四婆家的狗和二牛家的狗一起游览丹子山村去了。四婆在阶沿上砍猪草，周围一个人也没有，但四婆在说话。她说些什么我没有听清楚，我的心再次被深深地触动了。

孤独是一件十分可怕的事。

人是一种说话的动物，人需要说话，人渴求说话，同时也需要听他人说话，渴求听他人说话，人不说话会被憋死。

海明威的《老人与海》里的老人对海说话，与鱼说话。四婆与死了的男人说话，与山湾说话，与物件说话，与自己说话。

寂静的山湾！

孤独的老人！

我的到来让四婆的脸上阳光灿烂，她甩下手里的活儿，乐颠颠地捧出花生、核桃来招待我，热情得像待自己的亲人一样。我的心里豁然开朗，觉得人的感情真微妙，就像一把火一样会立刻点燃世界，暖遍人的身心。我长见识了，我突然明白了，其实每个坚硬的外壳里面都隐藏着一颗柔软的心，只要你拿对钥匙，只要你换一种姿态换一个角度，用真情实感去对待对方去暖化对方，雷电很快就会过去，风雨立刻会幻化成彩虹，让世界阳光明媚春暖花开。

徐书记，我乡村振兴工作中的父亲又教会了我一些处事方法，又教会了我一些做人的道理。

第二十九章

我的心情好起来了,我又有心思管吕三娃子的事了,从四婆家出来,我就直奔胡豆花家。一见到胡豆花,我就很直率地说出了我的担心。胡豆花听后哈哈大笑,笑后叫我放一百个心,她说:"我现在又不是十几二十岁的姑娘,哪个有钱男人会看上我?再有我和吕三娃子的好不是一天两天的事。我了解吕三娃子这个人,只要我真心对他好,他就会好好过日子的。这点我绝对不会看错。"我一听这话,心里一块石头就落了地,我激动万分地拥抱了胡豆花。

胡豆花这里落实后,我又去找吕三娃子,但还是没有找到。给他打电话他还是不接,发微信他还是不理。我知道吕三娃子是故意在躲着我。

我一心想把他和胡豆花的婚事尽快落实了,免得再生出什么枝节来,但总是找不着他。胡豆花和吕三娃子的婚事是双方的,缺少一方的意见都不可能成立。

吕三娃子啊吕三娃子!我不借钱给你你就有理由这样无视于我吗?难道你就不知道我在给你办大事办好事吗?

我苦闷后,就使用起侦查兵的本事来。这天我使用各种侦查手段,发现吕三娃子没有出门,便悄然来到吕三娃子的家里。这是下午三点过,吕三娃子正躺在枇杷树下,跷着二郎腿,用手指枪瞄打枇杷树上的鸟儿,嘘!嘣!嘘!嘣!嘘!嘣嘣!鸟儿们已经熟知了他的伎俩,知道他是在虚张声势,所以它们根本不理睬他,各自唱着各自的歌儿,在树枝上欢跳着。

我不得不佩服吕三娃子的悠然自得,我静静地看了他一阵后说:"吕师傅,你好惬意,好享受啊。找你好难呀!简直比登天还难!简直比见皇帝还难!"

吕三娃子斜着眼瞟了我一眼,又把头扭过去,摇晃着脚,看枇杷树枝和树叶缝中的天,像根本就没有见着我这个人一样。

我有些尴尬,茫然地眺望着山坡上的绿色屏障。

几只山老鼠在院坝边的野草丛中跑来跑去,那只懒猫懒洋洋地走过来,卧在杂草丛中,静静地看着那几只山老鼠活蹦乱跳。

我抬起脚想踢那只野猫几脚，以此减减我心中的恨和怒，就在这时我突然感到足背上一阵痒痒的刺痛，低头一看，野草丛中的刺果果趁机欺负起我来，扎了很多在我的足背上。我弯下腰，气恼地将一颗颗刺果果撕扯下来，摔在吕三娃子的面前说："吕师傅，吕大爷，你的房子都换了容貌你怎么还是这副样子啊?！你怎么都不动动你的贵手把这一坝坝的野草铲一铲，一座新房子面前长这么一坝坝的野草你觉得舒服吗？"

吕三娃子仍然看着天，仍然摇晃着脚，根本不理。

我说："吕师傅，吕大爷，我找你有事有急事你知不知道?！"

吕三娃子仍然眼睛朝上地看着天说："你又去找胡豆花又去找二表嫂呗，你找我干什么？找我有屁用！"

我想解释几句，但又觉得没有必要。我看了看静得出奇的四周，调整了一下情绪说："今天我不找胡豆花，也不找二表嫂，我只找你。"

吕三娃子从鼻孔里哼一声又说："找我？找我有屁用！"

"我今天有事对你说，而且是一件非常重要的事。"

吕三娃子把手枕在头下，摇晃着一只脚，看着枇杷树枝缝中的天说："有话就说，有屁就放。"

"你坐起来。"

吕三娃子停止了摇晃的动作，放下二郎腿，斜着眼看了我几秒钟，然后才懒懒地站起身来，斜靠在枇杷树上看着我，窥探着我的来意。当他听完我的话，完全不敢相信自己的耳朵，他说："你说什么？你叫我和胡豆花结婚?！美女，你是来耍我的吧？和胡豆花结婚，这怎么可能？"

"你不愿意？"

"不是我不愿意，是胡豆花不愿意。她怎么会嫁给我呢？我是个穷光蛋！我是个劳改犯我是个杀人犯！我懒得烧虱子吃……"

"是你自己在作践你自己！"

"不是我自己作践我自己，是大家都这么认为。"

"你自己站立起来，强大起来了，别人自然会仰视你！"

吕三娃子把眼光顺过去，找不到一句回击我的话。我看了他几秒钟，又接着说："说说你的意见？你觉得胡豆花这个人如何？"

"这还用得着问吗，当然是天底下难找的一个好女人。"

"你愿不愿意和她结婚？"

"还用说吗？我肯定愿意，但关键是人家愿不愿意还说不清楚呢。"

"我看关键是你想不想过好日子的问题，关键是你对她负不负责的问题。"

吕三娃子直了直身说："只要她嫁给我，我就会对她好一辈子，我……我还保证把浑身的劲都用在正道上，一点不浪费。过去和那个烂货……"

"不准骂人。"

吕三娃子白我一眼说："管我的人还没有生出来呢！"

正说着，胡豆花突然出现了。吕三娃子一见胡豆花，双眼里就立即闪烁着一道灼人的光，脸上立刻浮现出了春天般的阳光。他看着胡豆花傻呵呵地笑一阵，然后拉胡豆花坐在他刚才躺过的石头上。胡豆花坐下又站起身来，叫吕三娃子端凳子出来让我坐。吕三娃子像个乖孩子似的接受着胡豆花的指令，乐颠颠地端出一根条凳，放在我面前。胡豆花拉我坐下，又叫吕三娃子把院坝里的杂花野草铲了。吕三娃子像头被驯服了的烈马，威力十足，大刀阔斧地铲着院坝里的杂花野草，很快那杂草丛生的院坝就变得像一个整洁干净的女人那么顺眼，那么好看了。

等吕三娃子铲完院坝里的杂草野花后，胡豆花给他擦了脸上的汗水，拍了他身上的灰尘，拈了他头上的渣滓，然后摸出钥匙，放在他的手里，叫他去洗个澡。吕三娃子控制不住一腔的情感，抱着胡豆花就亲了一口，然后吹着口哨朝胡豆花家走去。

我高兴地又拥抱了一下胡豆花，拥抱后对她说道："你们抓紧时间把证领了吧。"

"等我把地里的活路忙空了再说。"

"不如明天就去办，领了证，吕三娃子也好名正言顺地帮你做活路。"

胡豆花考虑了一下说："也可以。"

"那明天我开车送你们去。"

"不用，我们开农用车去。"

"也行，开农用车去领结婚证那也是一种情调，那也是一道十分独特的风景！"

"只是村里的证明是个问题。"

第三十章

"你怕吴主任不出？这个你放心，我会搞定这事。"

我嘴上说得这么肯定，答应得这么容易，实际操作起来还是很难的。这件事让我动用了我爹我妈给我的智慧。吴主任是吴芳的堂哥，吴芳的冤家也是他的冤家，世界上没有人会让自己的冤家过上好日子。这是其一，其二我和吴主任还有一段公案，自从那天夜里吴主任暴露出他想要我的征兆，我就远离他，防范起他来，不再到他家去搭伙，也不到其他人家去搭伙，他们都不是我的父母，他们都不是我的亲兄弟，我的颜值这么高，又这么浓烈地散发着青春气息，他们都不是泥雕塑像，他们都是肉体之躯，谁也保证不了不产生像吴主任那样的幻想。我得防患于未然，我自己买了一口锅。其实我是挂羊头卖狗肉，煮饭的样子做起，但一个月煮不到两顿饭。我实在没有时间和精力去弄饭菜，吃的都是从城里买回来的成品，用开水一泡就吃的那种垃圾食品。

吴主任对我这突然拉开十万八千里距离的行为心知肚明，也不劝我到他家去吃饭。他的女人来问过我两三回，问我为什么不到他们家去搭伙了，我一口咬定工作太多，不想走那么远去吃饭，至于她男人的花花肠子我半个字都没提。这样的事对于成年人来说一般都有帷幕，这帷幕一般都不会拉开，拉开对我不好，对吴主任更不好。吴主任的女人很强势，家里根本没有吴主任说话的份，他从来都不敢当着他的妻子多看一眼别的女人，多和别的女人说一句话，他女人一个眼神就会制止他的一切行动，他属于典型的四川炮耳朵。正因为他有这样一个把他管得规规矩矩的妻子，当初我才放心大胆地到他家去搭伙，但他妻子管得住他的身管不住他的心。这是我没有想到的，也是他的妻子没有想到的。如果这事他妻子知道了不闹个天翻地覆，不闹个人仰马翻才怪了。不找他离婚，至少也要把他踩在脚下，让他今生今世翻不了身，抬不起头。这样的话对我又有什么好处呢？扰乱别人的家庭，给别人的家庭带去不快与不幸不是我兰木所为。放人一马，也就是放自己一马。就当这事没有发生吧，就当吴主任说了一次梦话吧，就当自己做了一个乱七八糟的怪梦吧。我把这层帷幕紧紧地关闭着，在人面前像以往一样与吴主任共事谈工作,但决不与他单独相处。但这次为了吕三娃子和胡豆花的事,我破例与他一起到乡村振兴局去交资料,一路上还套了很多近乎。交了资料后又破天荒地带他进了咖啡厅,他喝干一杯咖啡后,看着我说:"是北极的冰化了吧?是丹子山村的坡移到县城里来了吧?"

我低头喝着咖啡,急中生智地想着措辞。但是一杯咖啡喝完了,也没有把话题说到正道上来。

我们回到村委会,天已经擦黑,我把车停在村委会门口,又步行着送他回去。

他说我从来没有这样对他好过,他不是傻子,看出了我的伪装与虚假。

从内心来说我不想伪装也不想虚假,伪装和虚假很累人,同时很破坏人的形象。但是人活得不容易,有时不得不演戏,不得不伪装,不得不虚假,不得不要一些异常的手段以此达到自己想要的目的,不管是褒义还是贬义。

革命尚未成功,戏还没有上演完,我还得继续努力演下去。我说:"我平时工作太忙了,有对不起你的地方请多多包涵。"

吴主任沉闷地说:"有话你就说,用不着费这么大的心思。"

我看看被夜色紧裹着的丹子山村说:"其实也没有什么其他的事,你和吴芳是堂兄妹,我的意思是请你劝劝吴芳,不要再歧视吕三娃子。他也是一个人,他也需要大家对他的尊重,他也需要人世间的温暖。"

他扯着嘴角笑一下说:"为了他这个癞皮你用得着费这么大的心思吗?我说你这个人是正事不做豆腐放醋。"

我说:"我的良苦用心都是为了尽快让吕三娃子自尊自爱起来,同时也减轻村委会的负担,提升乡村振兴工作的效率,不让丹子山村出现返贫的现象,不让回头看出问题。"

吴主任说:"我不信他一个人能顶破天,依我说用不着去管他。"

我说:"这是我近期的一个工作计划,你作为村主任一定要支持我的工作。"

吴主任提高声音说:"我什么工作没有支持你?"

我说:"我是说让吕三娃子尽快站立起来这件事你一定要支持。"

"我不支持呢?"

"不支持不行,请你务必支持。"

"命令我吗?"

"不是,是恳求你。"

"他配得上人尊重吗?你说他那样的人值得谁尊重?值得你为他这样吗?"

我说:"吕三娃子他也是一个人,吴主任,没有一个人没有思想情感,没有一个人没有自尊。"

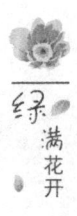

吴主任一时找不出话语来回击我。

走了一段路，我觉得该进入正题了，我说："还有就是胡豆花和吕三娃子办结婚证的事，要村上出一个证明……"

"你说什么?! 胡豆花要嫁给吕三娃子？吕三娃子这样的人配有女人吗？配有家吗？别把胡豆花糟蹋了！"

我见吴主任这样，便亮出了另一支箭，我一针见血地说："吴主任，吕三娃子也是一个人，是一个健全的男人，他为什么不能拥有女人拥有家呢？吕三娃子和胡豆花都是中华人民共和国的公民，在中国的国土上他们有权择偶，他们有权享受爱情，他们有权结为夫妻，任何人都没有权力干涉和阻拦，作为村领导更应该支持他们祝福他们。村领导这个头衔是村民赋予的，职责是为村民办事是为村民服务。现在胡豆花和吕三娃子要结婚，需要你盖章签字，你作为丹子山村的父母官应该没有什么话说吧？"

吴主任不好再说什么，我踩着他的尾巴，这样一针扎下去。我知道这一针很毒，肯定把吴主任扎痛了。他想叫，他想骂人，他想打人，但是他没有理由。吕三娃子已经不是吴芳的男人，已经不是他的妹夫，吕三娃子有权选择他的生活，有权找女人，作为村主任的吴主任没有半点理由阻拦他，连问一句的权力都没有。

我知道他巴不得吕三娃子打一辈子的光棍，但我不便揭穿他，不便再说。我见他不再说什么，便说："你作为村主任，应该支持吕三娃子和胡豆花结合。"

吴主任摔了烟头说："这样的人也配有女人。"

我看着夜色中的吴主任说："你对他不要有偏见。"

吴主任瞪着夜色中的我大声地说道："他把我妹妹这辈子害惨了你知道不知道?!"

我说："过去的话不要去说，我们说现在的事。"

吴主任气愤地说："不说！你看吴芳现在过的是什么日子嘛?!"

我说："我觉得吴芳现在过得很幸福。"

吴主任冷笑一声说："幸福？与一个断手臂的人在一起生活，我们一家人的面子都让她丢尽了，你还说她幸福！"

我说："吴主任，日子是吴芳在过，她觉得幸福就幸福，你不必再纠结。"

吴主任恨恨地看我一眼，转身就走。

我冲着他的后背叫道："我说不通你，那就叫你的女人来给你说。"

他停住脚步，回过身来问："什么意思？"

我有几分得胜地说："你的女人是胡豆花和吕三娃子的红娘。"

吴主任气愤地叫道："谁的主意?!"

我说:"胡豆花的。如果你不签字盖章,她就找你的女人出面。"

吴主任骂道:"真是一个狡猾的女人!"

我看看夜色中的山湾,又看看天上的星星,我不想再长篇大论了,我问他签字盖章的事怎么说。

他被我逼到了死角,他说:"章在那里,你自己盖去吧,字找徐书记签吧。"

第二天,胡豆花和吕三娃子去办了证,吕三娃子就成了胡豆花的男人。

从此以后,吕三娃子就再也没有来找我的麻烦,天天与大家一起在产联合作社务工,真正告别了过去的自己,真正告别了贫穷,不管是精神上还是物质上都站立了起来,都富裕了起来,完全融入了丹子山村这个整体。

余刚见我把吕三娃子的事解决好了,便松了一口气,他说:"这下,你该好好轻松轻松了。"

我说:"亲爱的,轻松这两个字还离我十万八千里呢。路漫漫其修远兮,丹子山村还有很多事等着我呢。"

第三十一章

是的,丹子山村还有多如牛毛的事需要我这个驻村第一书记去处理。吕三娃子的事刚告一个段落,艾草家的帮扶责任人又调走了,我想安排给其他同事,又怕他们忙不过来。我们单位帮扶两个贫困村,三个非贫困村,每个职工都有五六户帮扶对象。同事们除了完成结队帮扶任务外,还要完成本职工作,谁都不比我轻松,所以这一户又由我接手。

那天,我到艾草家回访,一进院子,就见一个男孩骑在艾草身上乱抓乱叫。艾草没有一点反抗的意思,只是用手护着脸。坐在堂屋里喝酒的大汤圆,悠闲地剥着花生,非常享受地喝着酒,像是没有长眼睛。瞎眼婆婆叫着,摸索着来救艾草,但迟迟找不到目标,急得骂大汤圆道:"成天就晓得喝马尿水水,也不晓得拉一拉,像个死人一样!"

大汤圆没有好气地回答道:"她自己屙出来的,能怪谁?活该!"

我一步跨过去,拉开男孩,扶起艾草。大汤圆见我突然撞来,还如此关心艾草,便立即放下酒杯,跳过去,一把将艾草推进屋里,像藏一件东西似的,然后回过身来,警觉地看着我。

我说明了来意。

大汤圆抽着烟,懒洋洋地靠在门框上。

我扫视着艾草的家,家里收拾得整整洁洁,农具堆放在一起,柴草捆成把,一排排地码着,像集合中的军队。泥土地面上没有一根渣渣,也没有一根草草,光光洁洁的,像一个整洁干净的少妇。

我拿出笔和本子,准备了解情况,身后却突然响起一阵爆笑。我下意识地回过头去,见刚才打艾草的男孩,突然脱得光光的,裸露着身体站在院坝里大笑起来。一个小男孩望着大男孩呵呵地傻笑着。艾草从屋里冲出来,从地上捡起衣裤,急忙给男孩穿上。

大汤圆说:"野种!真是丢人现眼!"

瞎眼婆婆一棍子朝大汤圆打去,骂道:"不成器的东西,叫你别乱说别乱说你不听!他不是野种,他是小汤圆的儿子!是我们何家的种!"

大汤圆嘀咕道:"他就是野种,他就是杂种,他就是那两个人贩子生的野种。他不是小汤圆的种，不是我们何家的种。我们何家不可能生出这种神经病来！"

大汤圆说着就跳过去，拉起疯男孩猛然往墙上撞。艾草像母狮护崽似的，惊叫着从大汤圆手里救出男孩何年。

大汤圆说："这样一个害人精还留着他干什么？弄死他算了！"

艾草搂着何年哭道："他是一条命！他也是一个人啊！他不是一只蚂蚁，不是！"

大汤圆说："他是一条命，我的儿子何月难道就不是一条命?！何月好好的，被他害成现在这个样子。"说着就蹲在地上痛哭起来。

艾草流着泪，怜爱地抚摸着疯男孩的脸说："他一个疯子晓得什么嘛？"

大汤圆擦一把泪水，咬牙切齿地说："总有一天我要弄死他！"

艾草搂着何年说："你敢！你再动他一根汗毛我就跟你拼命！"

瞎眼婆婆拍着墙壁，帮腔道："大汤圆，我警告你，你再敢动我的大孙子一下，你再惹我的草儿生气，我就死给你看！"

大汤圆将一把鼻涕抹在鞋子上，呜呜地哭道："我的儿子好好的被他推下水井淹成一个傻子！他是一个害人精，他是一个扫把星！我们一家人都败在他的手里，你们还这样护着他。呜呜呜！"

我不需要人介绍，大概就了解了这个家庭的成员：艾草、瞎眼婆婆、精神病患者何年、智障儿何月、大汤圆，还有一个没有露脸的小汤圆。这个家，结构有些复杂，枝蔓伸过去，又绕过来。

我走到艾草身边，想进一步了解一些情况，不料蹲在地上呜呜哭泣的大汤圆却突然跳过来，再次把艾草推进睡屋里藏了起来。我觉得奇怪，笑着摇了摇头，觉得这个男人太可笑了。我是来走访的，不是来抢他的女人的。我跟进去，与大汤圆说话，大汤圆不理我，站在睡屋门口，堵着通道，故意造成一道铜墙铁壁，不让我接近艾草。

屋里还算有光线，囚禁在里面的艾草，很漂亮，有一股少见的清纯和朴素，十分煽情地散发着一种让人难以抗拒的古典美。我心里想，这个女人不用打扮，走出去就很拉风，回头率绝对是千分之千。

大汤圆见我目不转睛地看着艾草，生气地举起手在我的眼前摇晃着说："嘿，嘿，干什么干什么？"

我收回目光，在心里笑道：这个农村男人是在金屋藏娇吗？好可笑！

当时，我只觉得大汤圆怪异，但是没有想到大汤圆怪异后面的故事。真正得知艾草的故事，是我费了九牛二虎之力，才从野棉花那里了解到的。

第三十二章

艾草是云南大山里的姑娘,她的心里有一个阿哥。十七岁那年,她爱上了她的阿哥,阿哥也爱上了她。他们白天在山路上追逐,嬉闹。夜里躺在草地上看天上的星星,看天上的月亮,听草地上的蟋蟀唱歌。

他们天真烂漫,他们的情爱丰富多彩,有时她给他唱情歌,有时他给她唱情歌,有时他们对唱情歌,有时他们合唱情歌:妹妹唱来哥哥和,哥妹唱歌最快乐,哥妹唱歌最开心,歌词写的我两个。

情歌从两颗热恋的心里奔放出来,燃烧着时光,感染着岁月。

两个人相依相恋,憧憬着未来,等待着结婚的年龄到来。谁知一场悲剧却让他们远隔千山,远离万水。那是初夏的一天,她的闺蜜约她进城,她说她不去,要给阿哥做荷包。闺蜜笑她太土,说现在谁还做荷包,超市里的荷包多的是,各式各样的,好看又好香,说着就拉她进城。闺蜜带她到超市去给阿哥买了荷包,然后带她挤进人群,赶市场。艾草是第一次进城,觉得城里的世界很新奇,一路走一路看,看人,看物,看货摊,一路见到了很多稀奇古怪的东西。当她想与同伴畅谈心曲,寻问一些不知晓的东西时,却突然看不见闺蜜了。她的脑里出现一片空白后,心里突然慌起来。市场上的人很多,艾草找过去找过来都找不到她的闺蜜,进入她眼帘的全是一张张陌生的脸,木刻般的脸,男的女的,老的少的,没有一点点表情。艾草既找不到闺蜜,也找不到出市场的路,更找不到回家的路。正着急地流着眼泪时,两个男子突然像救命稻草似的出现在她的面前,说他们是山那边的,在城里打工十多年,今天正准备回去给母亲祝寿。生在大山里的艾草,长在大山里的艾草,天天见着青山绿水的艾草,没有文化的艾草,不知道外面世界的复杂,不知道世界上还有骗子。她破涕为笑地跟着两个男人走,两个男人像亲哥一样带她进了饭店后,说要带她一起回家,她便高高兴兴地上了两个男人的车。

几天后,车驶进四川的丹子山村。两个男人见这里的地理环境不错,便觉得他们的良心还好,一个男人对另一个男人说:"这里的山没有云南的山大,沟也没有云南的沟深,湾散得很宽,路也很平坦。我们还算是有良心,没有把她卖到北方哈尔滨的荒凉中去受冻。"

两个男人毫无愧疚地把迷醉中的艾草交给小汤圆。小汤圆三十一岁，比艾草大十四岁，很强健。

大汤圆把三万块钱交给两个男人说："能养家吗？这钱可是我们的血汗钱啦。"

一个男人说："能，我们已经把她的身份证毁了，她走不脱。"

小汤圆担心地说："她可以写信呀。"

另一个男人说："她写不起字，她没有文化。"

大汤圆说："给我也找一个吧。"

两个男人同时叫起来了："你以为像逮小鸡那么容易呀？这个妞不是我表弟和她的闺蜜助我们一臂之力，这笔生意还做不成呢。难呀，现在没见过世面的女孩少，没文化的女孩更少。这生意是越来越不好做了。"

大汤圆垂涎欲滴地说："你们去把艾草的闺蜜给我弄来吧，我谢你们四万。"

两个男人同时叫道："我们回去不是自投罗网吗？你这不是掀瞎子掉崖吗?!"

小汤圆一直满怀兴奋地想着一件事，这时，他突然对两个男人说："她能依我吗？"

一个男人猥亵地笑道："十几分钟前我们就在牛奶里给她下了迷魂药。"

大汤圆说："那药还有吗？卖些给我。"

一个男人白大汤圆一眼说："你？"

大汤圆红着脸说："不是不是，我是帮我的弟弟小汤圆买。"

两个男人哪有见钱不卖药的，便把包里剩余的药全部卖给了大汤圆。

月光下四个男人的影子，早已少了一个——小汤圆进屋去了。

艾草完全清醒过来是第二天中午，小汤圆端两个荷包蛋立在床前，叫艾草吃。艾草流着泪一把推开小汤圆，拖着疼痛的双腿下床往外走。小汤圆抱着她，她抓他，她咬他，她骂他，她放声大哭，她说她要回家。婆婆请来野棉花，野棉花把艾草拉进睡屋，劝她哄她，说四川好，说四川的男人对女人好，说她已经是小汤圆的人了，说小汤圆人不错，是个好男人，会种庄稼，也会打工挣钱。艾草听不进，她不属于别人，她只属于她的阿哥，她要回云南，她要回她的家，嫁给她的阿哥。

可是她没有身份证，也没有自由，时时刻刻都有人跟着她，不是小汤圆跟着她，就是婆婆跟着她，不是婆婆跟着她，就是大汤圆跟着她，除了她的家人，还有湾里的人监视着她，她的周围都是眼，她走不脱。她想写信回去，叫她的亲人和阿哥来救她，可是她没有文化，写不起字。她唯一能做的就是对着天哭，对着地哭，对着山哭，对着树哭，对着墙壁哭，对着房梁哭，对

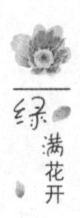

着白天哭，对着夜晚哭。

泪水伴随着她的日子，身体突然有了一些变化，想吃这，想吃那。一家人见艾草有了，高兴得不得了，小汤圆吹着口哨到地里去扯花生，大汤圆爬上树去摘苹果，婆婆天天给她搅苞谷凉粉。

孩子生下来，小汤圆给孩子取名何成才。艾草说不好听，说不如叫何年，于是孩子就叫何年。何年渐渐长大，明显与其他孩子不一样，老是乱抓乱打。找医生诊断，说是精神上有些问题。艾草号啕大哭，小汤圆觉得痛苦，买个女人，三十几岁得一子，却是一个精神病。小汤圆要生二胎，艾草不愿意。艾草自从清醒后，脑里心里都是她的阿哥，不再让小汤圆碰她一下。小汤圆要强迫，她就拿上剪刀和菜刀自尽，吓得小汤圆不敢再有想法。

这天晚上，小汤圆蹲在院坝里抽闷烟，大汤圆来到他的身边，踢他一脚说："别要死不活的。"

小汤圆呜呜地哭着说："大哥，我心里难受，我心里难受呀。"

大汤圆递一包东西给小汤圆说："明晚把这个东西放进她的碗里，她就要你上床了。"

小汤圆站起身，擦干眼泪，望着昏暗中的大哥问："这是什么？"

大汤圆说："我在人贩子手里买的迷魂药。"

小汤圆说："就是上次人贩子用的？"

大汤圆点点头说："嗯。"

小汤圆抱着大汤圆笑道："哥，我的亲哥，你比我有心计，我怎么就没有想到呢。"

大汤圆拍拍小汤圆的肩说："你急猴子一样，哪里还想到买药。"

小汤圆一拳擂在大汤圆的胸口上说："大哥，你简直是救了我的命！你真是我的好大哥，你怎么不早点给我，害得我受这么久的煎熬！"

大汤圆说："这么金贵的东西，不到万不得已不能拿出来，要用就要用在刀刃上。"

两兄弟又抱在一起笑起来，笑后大汤圆说："我们何家不能断香火，不能让别人骂我们断子绝孙！老二啊，担子压在你身上，别辜负了大哥的一片苦心。"

事情不像种地，大汤圆说种麦子，小汤圆就种麦子，大汤圆说种豌豆，小汤圆就种豌豆。小汤圆觉得和女人睡觉的事，大哥说了不算，他说了也不算，事情会意想不到地突然出现转机。当他上床的时候，他再也不能像头次那样说他是艾草的阿哥。他不能，他是一个活生生的男人，他姓何，他是小汤圆。

小汤圆不想再当替身，不想再背叛自己的灵魂，不想再在悲哀与痛苦中过日子。他摸黑走出了山湾，离开了让他心痛的艾草，离开了他的老妈，离开了他的大哥大汤圆。

五年时间过去了，他没有回来过一次。婆婆以为二儿子不会再回来了，心生一念，想把艾草转嫁给大汤圆。但她一个老人婆不好启齿，便托院里的野棉花出面促和。野棉花很会说，在湾里促成了好几对，但唯有艾草的心说不动。艾草的心很小，这辈子只能装下她的阿哥，装不下第二个男人。只要有机会，她就会回去找她的阿哥，给她的阿哥生儿育女。

艾草的心里滴着相思的血，她常常泪流满面地哼唱着：妹妹唱来哥哥合，哥妹唱歌最快乐，哥妹唱歌最开心，歌词写的我两个。

又过了一年，小汤圆还是没有回来，婆婆着急，大汤圆也着急，一是着急何家没有接香火的人，二是自己已经四十多岁的人了，实在也想和一个女人成家。但是不管他对艾草如何好，艾草都不同意转嫁给他。大汤圆急了，只好在她的饭碗里放上迷魂药。

艾草再一次生下一个男孩，很健全，很健康！取名为何月。阳光再一次注入这个家庭，艾草的脸上也有了笑容。可是何月满三岁的第二天，被何年推进水井里，因为处理不及时，造成智障后遗症。艾草的生命中再次出现乌云，生活中再次出现狰狞与恐怖。柔弱的艾草经受不住重击，倒下了。她躺在床上，唯有流着的两行泪还证明她是一个活人。

家里更是乱成一团糟，大汤圆天天追打着何年，说何年是野种，说何年是祸害。婆婆常常忍不住悲痛，在屋里号啕大哭。听着何年的惨叫，听着何月的哭闹，听着婆婆的悲号，艾草觉得自己不能死，她强打着精神起了床。她用手轻轻地擦去何年伤口上的血，然后右手搂着何年，左手搂着何月，痛着心，流着泪，亲一口何年，又亲一口何月。

自从何月成了智障儿后，大汤圆就变得消沉懒惰，不再下地干活，天天喝得烂醉，家里的活路就全靠婆婆搭一把手。谁知婆婆又突然双目失明，这下家里所有的事都全部落在艾草一个人身上。

第三十三章

得知艾草的经历后,我的心里总是回响着两句歌词:我是被你囚禁的鸟,得到的爱越来越少。

我的心被艾草的苦痛触碰痛了,别说我是丹子山村的驻村第一书记,即使不是我也要向她伸出援助之手。现在是什么时代了,岂能让人受着这样的囚禁和困苦,我兰木管定这事了。但艾草的身边不只是大汤圆,还有其他村民。只要我一靠近艾草,就有无数双眼睛盯着我,想单独与艾草说一句话,那简直是比登天还难。

我苦闷,但我不能找丹子山村的人倾诉,也不敢打电话对余刚说。他不希望我这么累,他是希望我的事越少越好,他是希望我越轻松越好。我只有偶尔在张总面前流露我的愁绪,张总劝我不要去管这种闲事,说管也管不完。他当然不是像余刚那样怕累着我,而是希望我全身心地投入与他合作的集体经济上来。

我说:"张总啊,这几天,我的脑里总是一遍一遍地翻阅着艾草的悲愁与困苦。她是女人,我也是女人,我不帮她谁帮她?"

张总说:"你管得完吗?"

我说:"如果艾草是你的亲姐妹,你管不管?"

张总看我一眼说:"可她不是我的亲姐姐,也不是我的亲妹妹。"

我在心里冷笑,蔑视人世间的人心,蔑视人世间的冷漠。

张总说:"兰木,你不是救苦救难的观世音菩萨,你也不是长有千双手的人。你只有一颗心,一个脑袋,一双手。你把丹子山村的集体经济搞上去才是你的成绩,才是你升职的资本。"

我再次清楚地认识了我朋友的男人,他原来是一个随时都在计算得失的商人。他体内的热量善良与爱心都被金钱占用了,耗尽了,我望着他不寒而栗。我再次觉得我和他不在一个地平线上,我们的起跑线不一致,甚至有些相反。话不投机半句多,我不再对他说帮助艾草的事。

我一直寻找着与艾草单独相处的机会。也许是我的善良,感动了灵泉寺和广德寺的观世音菩萨,机会终于来了,十一年未归的小汤圆突然回来了,以艾草男人的身份回来了。回来见大汤圆抢占了他的女人，还这么不要脸地生了一个儿子，气得摔下包就按着大汤圆拳打脚踢。大汤圆心里憋屈，他哪里占有艾草啊。第二次下药的时候被艾草发现了，艾草夺过剩下的药扔进粪坑里不说，还差点拿菜刀砍死他。母亲也一扫把一扫把地打他，还骂他不是人。没有了药，他再也没有靠近过艾草，艾草随时带着一把刀，只要大汤圆一起邪念，她就举起刀来说要自杀，大汤圆吓得欲火熄灭。这些年，大汤圆的心里有说不出的苦和愁，有说不完的怨和恨，他恨艾草铁石心肠，他怨小汤圆一走了之。

　　老天爷啊，这些年他大汤圆完全是踩在刀尖上，活在痛苦中。

　　现在，他亲亲的弟弟小汤圆不但不体谅他这些年在家所受的苦痛，还甩下包就打他，他岂能容忍？他翻身跃起，拖起一把锄头就朝小汤圆砸去。何年嘻嘻地笑着，何月拍着手说："打起来了！打起来了！"瞎眼婆婆摸索着制止道："大汤圆，小汤圆，你们别打了！别打了！有话好好说。"艾草惊叫着阻止着两兄弟，但两兄弟哪里会听艾草的，越打越来气。你一扁担打过去，我一锄头甩过来，最后打得两人都爬不起来。艾草急得喊天叫地，野棉花闻声跑来，拨打了我的电话。我接到电话后，开车赶来把大汤圆和小汤圆送进医院。艾草要照顾两兄弟，我想到瞎婆婆，想到何年和何月需要人照顾，便请了两个人照顾大汤圆和小汤圆，然后开车送艾草回去。我们刚上车，还没有说上一句话，不知一个村民从哪里钻了出来，说也要搭车回去，说着拉开车门，钻进车里，紧挨着艾草坐下。

　　我苦笑着摇摇头，走了一段路，我故意拿话去套，我说："艾草，我们四川好吗？"

　　艾草说："好。"

　　我说："习惯四川的生活吗？"

　　艾草说："习惯。"

　　我说："云南比四川的气候好……"

　　坐在艾草旁边的村民急忙插话道："气候是好，但山大，女人没有地位。"

　　艾草不说话，又想起了她的阿哥，想着想着泪水就出来了。村民怨怪我把艾草惹哭了，我只好将注意力集中在方向盘上，不再问艾草。但心里盘算，今天无论如何也要找机会单独问问艾草。到加油站，我下车加油，故意说包里钱不够，找村民借，这个村民是个小气鬼，怕我借了不还他，便像个缩头乌龟似的缩在车里，说他身上没钱。我心里一阵大笑后，便开口向艾草借钱。艾草跳下车，从包里掏出钱递给我，我趁此机会问了艾草娘家的地址。

　　解救艾草不是一件小事，也不是一件私事，我必须向村委会汇报。但我的话还没有说完，吴主任就暴跳如雷，问我是来开展乡村振兴工作的，还是来捣乱的。

我说:"吴主任,如果你妹妹也像艾草这样,你能不管吗?"

吴主任说:"美女书记,兰木同志,我就不明白你这个人为什么这样爱管闲事。你管吕三娃子的事是为了回头看不出问题,你管艾草的事又是为什么?这不是该你管的范围。"

我说:"吴主任,我再次问你,如果你妹妹也像艾草这样,你能不管吗?"

吴主任说:"艾草不是你的姐姐,也不是我的妹妹。我奉劝你一句,不要管这闲事。"

我说:"我管定了。吴主任,艾草过的什么日子你不是不知道。"

吴主任说:"她没有生活在水深火热之中,不像你想象中那么苦。她的家人对她很好,完全把她当成一块宝,我们村里的人对她也很好。"

我冷笑道:"这叫好呀!你们这叫控制人身自由,剥夺她的人身权利!天天把她当犯人一样看管,你们这是在践踏她的灵魂,你们这是在蹂躏她的生命!"

吴主任说:"兰木同志,你知不知道瞎婆婆一家人需要她,你知不知道瞎婆婆一家人离不开她?!"

我说:"你们不尊重女性!你们在残酷地伤害一个女人的心!你们在毁灭一个女人的青春和幸福!你们这是在犯法!"

吴主任说:"别扣帽子!我们现在的首要任务是开展乡村振兴工作,乡村振兴才是我们的共同目标。"

我说:"不需要你给我上课,我知道我的任务是什么。但是,我们要尊重妇女,要维护妇女的合法权利,不能为了满足谁的需要而去伤害一个女人,而去侵犯一个女人的人身权利。"

吴主任跳起来冲着我嚷道:"你把艾草弄走了,我问你那三个残疾人谁管?你管吗?"

我说:"大汤圆和小汤圆是干什么的?你们不能把他们的重担和责任强加在一个弱女子的肩上!"

吴主任叫苦道:"我的小仙女,我的兰木同志,那两个二球哪一个像管家的人,哪一个像照顾人的人?我求求你了,你千万不要把艾草弄走了。你如果把她弄走了,谁来照顾那三个残疾人?我们村上的负担已经不轻了。兰木同志,我求求你了,你就行行好吧。实际上,艾草已经适应这里的生活了……"

我冒火地说:"她不是适应,而是无奈。她没有身份证,你们全村人都看管着她,时时刻刻都用一根无形的绳子捆绑着她,让她行不得,动不得。"

吴主任说:"没有你说得这么悲惨!她过的日子不全是天黑,也有天亮。老天对她是公平的,她的家人对她好不说,我们全村人都很照顾她,一实行扶贫，我们村上就给他们家四个政策兜底的低保名额，一月一千多元呢……"

我说："吴主任，光物质扶贫不行，还需要精神扶贫，我觉得我们应该给大汤圆给小汤圆做做思想工作，让他们明白他们的责任，让他们树立自强自立的精神。还有就是充分给予艾草自由，让她获得精神上的解放，享受身心愉悦。"

吴主任说："你不能光为艾草一个人着想，你也要想一想瞎眼婆婆，你也要想一想何年和何月。你说他们谁离得开她？你就行行好，做点好事，积积德吧。"

我没有语言了，是呀，瞎婆婆、何年和何月的日子里如果没有了艾草这根顶梁柱，天会塌下来的。可是艾草这辈子难道再也见不到她的父母，再也见不到她的阿哥？她的人生难道就这样被囚禁，她的青春她的生命难道就这样被思念和苦痛绞杀？在这个时代，人人都在阳光中享受着温暖，人人都在五光十色的生活中喝彩，唯有她在无光无色的日子里做包产地，天天唱着起早贪黑，天天唱着脸朝黄土背朝天的悲歌，唯有她在灰色的世界中，替代着大汤圆和小汤圆照料着瞎婆婆，照料着精神病患者何年，照料着智障儿何月。这对艾草公平吗？这不公平呀。

我的心里好纠结，我的心里好沉重。我放不下艾草，她就好像是我的姐姐一样。世界上，没有哪个妹妹会眼见着自己的姐姐过着这样悲苦的生活而袖手旁观。没有。

第三十四章

我那颗柔软的心迫使我的目光停留在艾草的身上,关切着艾草心灵深处的孤寂与痛苦。

我按照我的人性良知行动了,我给艾草上了户,补办了身份证,然后将情况反映给县政府有关部门。有关部门很重视,立即派人联系艾草的家人。艾草的家人有了艾草的音信,十分高兴,全力配合有关部门逮捕了两个人贩子。

在腊月初四这天,艾草的父母在有关领导的陪同下来到丹子山村。艾草没有想到这辈子还能见到父母,她百感交集,扑在母亲的怀里号啕大哭。父母流着泪抚摸着艾草,一声一声地呼唤着草儿,草儿,一句一句地道着苦痛:"儿呀,你让我们心痛死了!我们的老泪都为你流干了。"

艾草哭着说:"阿爸阿妈,我对不起你们!女儿不孝!让你们担心了!"

父亲拉着艾草的手,母亲给艾草擦干眼泪,含着笑意说:"这下好了,这下好了!我们总算找到你了!你终于可以回家了。"

是呀,艾草终于见到生她养她的父母了,艾草终于可以回家了,艾草终于可以见到她日思夜想的阿哥了,终于可以见到久已不见的大山了。艾草心里涌起从来没有过的快感与喜悦!生命的活力回归了,青春的色彩回放了,希望点亮了她的前程。

艾草在冬天的暖阳中准备跟着父母回云南老家,但她还没有走出院坝,后面就响起了婆婆歇斯底里的哭声,后面就响起了两个儿子凄惨的叫声:"妈妈!妈妈!妈妈!"艾草的思想凝固了,艾草的脚步迈不动了,她的心突然被触碰痛了。她只图自己高兴,却忘了她的婆婆,忘了她的两个孩子。十多年了,她和婆婆建立了深厚的感情,建立了无法割舍的情感。婆婆一直把她当亲生女儿,有好吃的给她吃,有心里话对她说。她不愿意与大汤圆和小汤圆同床,她就保护她,天天夜里让她睡床里边,床边放根棍子,像保护自己的亲生女儿一样。大汤圆和小汤圆问她谁是她亲生的,她说人心都是肉长的,说艾草是女人,她也是女人,世界上只有女人才最懂女人,只有女人才最怜惜女人。在她的眼睛还没有失明时,她总是起早贪黑,抢着做家里的事,抢着做包产地里的活路，不让艾草累着。艾草想家想父母的时候，她就陪在她的身边，给艾草讲些开心的事。艾草思念阿哥的时候，她就陪着艾草落泪。艾草心情不好的时候，她总是给她兑蜂糖水，她总是给她煮荷苞蛋。艾草能在这个家待这么多年，不是无数双眼睛对她的监视，不是她没有身份证，不是她没有文化，而是婆婆的爱时时暖着她的心，而是婆婆的情深深地牢牢地拴着她的心。

　　人要有良心！人要有一颗感恩的心！人要将心比心！这几句话经常在艾草的心里回响着，成为她的导向。

　　艾草从父母的手里挣脱出来，流着泪朝她的婆婆，朝她的两个儿子跑去。婆婆和两个儿子跪在院坝里号啕大哭，艾草哭着扶起婆婆，婆婆摸索着擦着艾草脸上的泪说："草儿，我的草儿，这些年你受苦了。都怪我太自私了！你和你的爸爸妈妈回去吧，回去吧，回去啊……"婆婆泣不成声，两个孩子也妈一声，娘一声地哭得死去活来，艾草的心被触碰痛了，她怎能离开这样一个母亲？她怎能舍下这样一个极需要照顾的母亲？她怎能忍心丢下她的两个儿子？不能！不能呀！她大声地哭着，跪在婆婆的面前，搂着两个孩子说："妈，我不走了！我要照顾你一辈子，我要为你养老送终，我要照顾这两个孩子，我要把他们养大成人。"

　　艾草的决定气得父母肺炸，母亲大哭道："艾草，艾草，到底谁是你的母亲啊？我们难道白疼你了！"

　　父亲拉起她就往外拖，艾草挣脱出她父亲的手，双膝跪在父母面前，泣不成声地说："阿妈，阿爸，婆婆需要我照顾，两个孩子也需要我照顾。我不能走！原谅女儿的不孝！"

　　母亲大哭道："艾草啊，难道你一点也不为自己想一想！你已经被耽误了这么多年……"

　　婆婆忍着痛也劝艾草道："草儿，听你父母的话，快回去，好好找一个男人过日子……"

　　不管父母怎么劝说，艾草都执意留下照顾瞎眼婆婆，照顾她的两个残疾儿子。

　　艾草的这种做法不光让父母失望，也让我吃惊。这天我在油菜地里找到艾草，她正在给油菜苗施肥。我开口就问："为什么不跟着父母回去？"

　　艾草将一把肥料丢进油菜苗的窝子里说："我走了，何年何月和婆婆谁管？我不忍心丢下他们。"

　　我说："难道你就这样生活一辈子？"

　　艾草说："这是命。"

　　我说："你不想你的阿哥了？"

艾草的心剧烈地疼痛起来，泪水成串地往下滚落。她没有阿哥，她一直都没有阿哥，她瞎了眼，看错了人！她白爱了他一场，白爱了他这么多年。她的父母告诉她，她没走几天，她的阿哥就和她的闺蜜结婚了。艾草不知道，闺蜜早已和阿哥好上了，为了甩掉艾草，两人就找人贩子把艾草卖到远方，其中一个人贩子是她阿哥的表哥。

阿哥在艾草的心里死了，艾草一想起他，心就痛，心就剧烈地疼痛。这些年的经历是多么地不堪回首，阿哥、人贩子、小汤圆、大汤圆都粉碎了她的心，都毁灭了她人生的美好，让她的生活出现一道又一道灰暗，让她的生命受到一次又一次重击。男人太残酷，现实太残酷，连一点思念的美好都不留给她。有时她想，或许她上辈子伤害过很多人，作过很多孽，这辈子老天就要她还债。还债吧，她认了，这辈子她要好好照顾瞎眼婆婆，好好照顾何年和何月，争取下辈子有好运，有好命。

我站在油菜地边，看着泪水从艾草的眼里双颗双颗地往下滚落，我的心再次被触碰痛了。女人为什么总是受伤的这一方，爱得越深伤得也就越深。此时此刻，我真希望爱从此从我们女人的世界中消失。

我很想找些话来安慰她，但一时我找不出话来安慰她。

艾草哭了一阵，擦干眼泪，抬起头来。我清楚地看着她那双红红的眼睛像两道深深的伤口，十几年都未痊愈过的伤口。我的心再次被触动了，我决心要当一名神医，尽可能地治愈艾草的伤口，缓解艾草内心深处的疼痛。

我第一个行动是回到村委会，要在广播上组织全村村民学习《妇女儿童保护法》，杜绝任何人再监视艾草，给予艾草充分的人身自由权。

吴主任得知我的想法后，哈哈大笑道："现在，大家都把艾草当成救苦救难的观世音菩萨了，谁还监视她？她现在就是要上天都没有人会管她了。"

我噙着一眶感动的泪，久久地望着丹子山村的山脉，就像是那一座座山脉救了艾草一样。

艾草与婆婆和两个儿子过着日子，把大汤圆和小汤圆赶出了家。

大汤圆和小汤圆说："我们是一家人。"艾草说："谁和你们是一家人？"

两个男人十分沮丧。

小汤圆说："艾草，一日夫妻百日恩啊。"

艾草说："谁和你做过夫妻？"

大汤圆说："我们哥俩，你从中选一个吧。"

艾草说："你们自立门户吧。"

小汤圆说："你才三十多岁，不可能不要男人吧？"

艾草说："不要。"

小汤圆说："一个都不要？"

艾草说:"半个都不要。"

小汤圆说:"一辈子都不要?"

艾草说:"八辈子都不要。"

艾草更加显示出顶梁柱的超强能力,她起早贪黑,一边照顾三个残疾人,一边开始种植和养殖。

我感到欣慰,觉得这个女人只要有人帮助她,她就会更加阳光,就会更加努力地散发出芬芳,就会更加努力地筑建起幸福和快乐的巢穴,让家人和自己过得安稳和舒适,这样的女人值得我再度拉她一把。

这天,我哼着歌走到张总的身边说:"我星期天送瞎婆婆和何年何月去治病。"

张总叫道:"你一送就是仨,你是千手观音呀?!"

我笑看着他。

张总不耐烦地挥着手说:"别在这里释放快乐!继续当你的千手观音去吧。"

我真的去当千手观音了。我分别给瞎婆婆,给何年和何月在网上选了专科医院,选了一级专家,挂了号,一一送他们去治疗。经过治疗,瞎婆婆的眼睛恢复了视力,何月的病情也奇迹般地好了,何年的病也渐渐地减轻了。

艾草的生活里有了色彩,艾草的家里有了欢声,艾草的家里有了笑语。

从此,艾草的心里住进了阳光,艾草的脸上绽放着花一样的笑容。艾草学会了使用手机,经常用微信视频与父母聊天,常常聊得哈哈大笑。她说:"阿爸阿妈,你们放心吧,我现在的日子越来越好了,婆婆和何月的病都治好了,何年的病也渐渐地减轻了。"

父母看着她那满是笑容的脸,开心地笑道:"这下我们放心了,我们的女儿总算苦出头了。"

艾草确实苦出头了,艾草的心里流动着快乐,时常哼唱着歌。她不再哼唱"妹妹唱来哥哥和,哥妹唱歌最快乐"之类的歌,她哼唱"我们的生活充满阳光,幸福的花儿在心中开放……"

帮扶艾草取得了成效,我有点沾沾自喜,想高歌一曲,但我还没有唱出声来,米冬瓜家又出大事了。

第三十五章

　　米冬瓜的家里屋梁塌了,天也塌了,满屋子乱成了一锅粥,哭声和闹声混杂在一起。

　　麻狗一见我就说:"这次不是米冬瓜和杨柳的事,是米冬瓜借钱给他表哥的事。"

　　我叫他具体给我说说,他就从头给我讲述起来。

　　米冬瓜的表哥说在西藏承包了一桩二十多个亿的工程需要垫资,给三分的利息找米冬瓜借钱。米冬瓜见利息高,就把这些年开养猪场赚的钱全部投了进去,又把城里的一套住房抵押贷款二十万投进去。三分的利息,一万每月利息就是好几百,五十万,每月就是一万多,一年就是十几万。乖乖,这真是钱滚钱利滚利啊,他养猪要费多少精力才挣得到十几万啊?这真是财神爷爷赏赐他米冬瓜。他觉得这么好的机会,一定要牢牢抓住。他欣喜若狂地想道:如果能凑上一百万,每月就有两万多元的利息,一年就是三十万的利息!嘻嘻!哈哈!他在心里狂笑道:我的山神爷爷啊,我的老祖先人啊,这多划算啊,这是多么好的赚钱门路啊。我必须抓住财神爷爷的手,凑够一百万。他这么潮起潮涌地想后,就缠着牵牛花到娘家去借钱。牵牛花说:"好事不能过头,一过头必然就不是好事。"

　　米冬瓜说:"瓜婆娘,你想多了,借钱的人是我的表哥,又不是外人。"

　　牵牛花说:"我们的钱是辛辛苦苦挣来的,是牙齿缝缝里挤出来的,万一收不回来怎么办?见好就收吧。"

　　米冬瓜说:"龟儿子瓜婆娘从来都不朝好的方面想。当初开养猪场你说要亏,赚不到钱。结果亏没有嘛?一辈子都没有眼光,胆子小得像一只老鼠一样。我跟你说,现在的社会,饿死胆小的,撑死胆大的。一句话,胆小的人一辈子只有饿死,一辈子只有穷死!"

　　牵牛花没有理由再说什么了,米冬瓜说的都是事实。

　　米冬瓜见牵牛花低头不说话,又进一步说:"再说我们又不是借给别人,是借给我表哥。表哥又不是外人,知根知底的,难道他会搬月亮家不成。话不多说了,快到你妈家去借。"

牵牛花说："我父母手里也没有几个钱。"

米冬瓜说："有多少借多少。跟他们说我们也不白借，我们给他们一分的利息。"

牵牛花说："老人家的钱你也要赚？"

米冬瓜笑笑说："给他们一分也可以了，你想他们放在银行里才几厘的利息？"

牵牛花说："你要借就自己去借，我可不出这个面。"

米冬瓜果然就去了，把他的油嘴滑舌运用到了极致。牵牛花的父母禁不住米冬瓜那唾沫星子的滔滔冲击，禁不住高利息的诱惑，终于把几十年攒下来的二十万血汗钱拿了出来。

二十万加上已经投出去的五十万才七十万，还要差三十万才是一百万呢。这个缺口找谁补呢？米冬瓜问牵牛花："你说我找谁借这三十万？谁最有可能借这笔钱给我？"

牵牛花正在拌猪饲料，听他这么一问，便抬起头瞪他一眼说："我看你都钻到钱眼里去了！"

米冬瓜把烟头一摔说："瓜婆娘，说个话都不中人听。你男人我不时时刻刻想到赚钱的事，你说我们这个家能这么有钱吗？"

牵牛花哼一声说："这个家的钱是你赚的吗？你喂过一次猪吗？"

米冬瓜说："龟儿子瓜婆娘没有一点良心，你就知道喂猪辛苦，不知道你男人买猪卖猪购买猪饲料以及应对那些人的辛苦！"

牵牛花觉得自己埋没了男人的成绩，有些理亏，便又埋头弄猪饲料。自从开起养猪场，她天天都跟猪饲料打交道，天天都跟猪打交道，连自己都快变成猪了，连自己都快变成猪饲料了。

米冬瓜抽完第二支烟，又想在牵牛花嘴里讨主意，平时他遇到什么拿不定主意的事，一问牵牛花主意一下就出来了。牵牛花像个军师，总是一两句话就让他醍醐灌顶，一两句话就会驱散他眼前的迷雾，一两句话就让他十分清楚地看到前方的路，一两句话就让他目标明确地选准射击点。但借高利贷出去的事，牵牛花不愿意苟同于他，她觉得这种赚钱方式不正当，这种赚钱方式完全带着赌博性质，存在很大很大的风险。

她把当天的猪饲料弄好，在围腰上擦着手对米冬瓜说："老公，你也知道我们挣钱的辛苦与不容易，你就别去冒险了。老公，天上不会掉馅饼，你想别人的利息，别人会想你的本钱。我们不要去想那些非分之财，老老实实地经营我们的养猪场，老老实实地挣几个辛苦钱算了。"

米冬瓜气得只是抽烟。

牵牛花的眼睛不看米冬瓜的脸色，尽力说服着米冬瓜。她说："老公，不

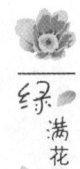

是我们的钱我们不要去想，听我一句劝，你赶快去把我们那几十万收回来。"

米冬瓜忍无可忍地朝牵牛花一脚踢去说："我叫你出主意，你倒说一箩筐气死人的话。"

牵牛花下意识地一跳，躲开了那猛烈的一脚，然后抓起一把猪饲料朝米冬瓜的脸上打去说："你这样执迷不悟会败光家底的！"

两人正闹着，女儿童童走了来，两人急忙停战。童童拉着米冬瓜的手说："爸爸，我要到城里去玩。"

米冬瓜说："幺儿，爸爸今天有事，空了爸爸带你去坐摩天轮。"

牵牛花拉过童童，从围腰包里摸出几颗糖递给童童说："乖，去看奶奶在哪里。"

女儿就像一阵春风，吹散了笼罩着两个人的浓雾，吹走了头上的乌云，两人心里的气都消了一大半。

米冬瓜说："你的脾气现在是越来越大了呢。"

牵牛花说："东风不压倒西风，西风就会压倒东风。"

米冬瓜嘿嘿一笑说："龟儿子瓜婆娘不知道你在哪里去学到这一套的？是不是那个美女书记教你的？"

牵牛花说："我再不有点脾气就要拿给你嚼起吃了。"

米冬瓜呵呵一笑说："哟哟哟，得意忘形了呢龟儿子死婆娘。我跟你说放高利贷这条路走得，你快想想我们到哪里去借这三十万。"

牵牛花说："你真不听我的？"

米冬瓜说："其他事听你的，这事你听我的。"

牵牛花说："你硬是要睁起眼睛跳崖？"

米冬瓜不耐烦了，把手一挥说："快说说到哪里去借钱！"

牵牛花见说不动米冬瓜，便没有好气地说："找杨柳吧，杨柳肯定会借给你……"

一句话还没有说完，米冬瓜的手就扬起来了："龟儿子死婆娘净说些不着调的话。"话从口里射了出来，手却没有落下来。自从那次我把牵牛花救起来，严肃地找他谈了一次话后，他就收敛了很多，每次都是虚张声势。

他的手在半空中停顿了几秒钟就收回来了。牵牛花说："打呀，怎么不打了呢？"

米冬瓜说："不敢打，打了美女书记又会找我谈话。不过你给我记着，我以后会慢慢收拾你。"说后自己动着脑子找母亲借钱去了。米冬瓜的母亲是一个节约得出了名的人，有月亮的晚上绝不开灯，上顿剩的一碗米汤都舍不得倒掉，一定要留着二顿吃，上街肚子再饿也舍不得花一分钱去吃点东西。她把儿子给她的零用钱一分一厘地存起来，存了几十年，好不容易才存到三十万，现在她亲亲的儿子却开口要把这三十万借出去挣高利息，她不能说借就借。她这辈子经历得多，看得多，想问题还是想得比较远。她说："儿呀，虽然说是借给亲戚，但钱这个东西是不认人的。钱借到别人的手里就是别人的，到时不还你，你能把人家怎样？"

米冬瓜觉得母亲虽然伟大，但到底还是一个女人，女人天生是头发长见识短，谋划不出什么大事。这个家靠的还是他，只有他才是这个家捞大钱的人。他叹口气，又叹口气，这一声声的叹息把母亲的心扯痛了。她心痛地看一眼儿子又看一眼儿子，然后说："你如果执意要借出去，那就借出去吧。"

米冬瓜穿过云雾胜利了，吹着口哨拿着五十万元到了表哥家，表哥像迎接上帝似的迎接着他，好酒好菜地款待了他两天，又请两个小妹陪他出去旅游了七天。米冬瓜在云里雾里玩得不知道天南地北，当表哥向他再借五十万时，他犹都没有犹豫一下就答应了。

他有的是办法，亲人借遍了还有朋友呢。他给几个哥们儿打电话，几个哥们儿知道他的猪场很能赚钱，有还钱的能力，于是三两句话就借给了他。

米冬瓜的得意算盘打得叮当作响，一百五十万每月能给他挣三万多元。一年多少？算算看，四十多万元呢。哎呀，我的妈呀我的天哪，这真是让人高兴死了。

有了这一笔收入，米冬瓜的尾巴简直都要翘到天上去了。他买起五粮液回来，很张扬地把山林请回来沾他的喜气。

牵牛花看不惯地说："我看你都肥得流油了！"

米冬瓜得意地说："有钱就是好！钱让我趾高气扬！"

山林说："依你这么说我们这些没有钱的人就该低眉顺眼啰？"

米冬瓜说："山林兄弟，不怕你多心，你跑快递挣那两个辛苦钱恐怕还不够我抽烟。"

山林说："虽然我钱挣得少，但我觉得安心。"

牵牛花接过山林的话说："就是，钱虽然挣得少，但人活得比有钱人踏实。"

米冬瓜瞪着牵牛花就要冒火了，山林不希望他两口子闹起来，忙把话岔开说了些缓和气氛的话。

这段时间米冬瓜高兴得都快要上天了，他把大把大把的利息摔在牵牛花面前，炫耀他的胆识和眼界。牵牛花看着钱心里没有高兴，只有担心，再三劝他道："人不要太贪心，你赚了人家几万就行了。我再次建议你赶快去把钱收回来，见好就收吧。"

米冬瓜说："傻婆娘，甜头才开始呢，我怎么会去收回来呢？别来扫我的兴，快去给我炒两个下酒菜，让我好好享受享受我的战果。"

牵牛花哼一声说："别得意忘了形！"

米冬瓜真的是得意忘了形，他拿着一大笔利息任意挥霍，完全忘记了泥土的味道。当他第二个月领不到利息时，他才觉得他是地球上的人，他才从飘飘然的状态中清醒过来，他才知道天上不会掉馅饼。他开始着急地要收回他那一百五十万，可是已经晚了，他表哥的投资也砸了，根本没有钱还他。

　　一百五十万啊！这不是他偷来抢来的，一部分是他们辛辛苦苦挣来的，一部分是他母亲口逻肚攒的钱，一部分是岳父岳母的血汗钱，还有一部分是他在朋友那里借的啊。他气得完全丧失了理智，要提刀去逼着表哥还他的钱。牵牛花哭着拉住他，两边的老人都气得缓不过来。牵牛花家的天塌了，房顶也要垮了，麻狗见牵牛花那瘦弱的肩膀扛不起这突如其来的重压便急忙给我打电话。

　　我叫来"120"把三位老人拉进医院，牵牛花的父母缓过气来了，但米冬瓜的母亲没有缓过气来，她本来心脏上就有问题，再加上她一生爱钱如命，钱没有了，她的命也就随着她那三十万元钱消逝在米冬瓜的视线里，永远永远回不来了。

　　米冬瓜损失了一百多万，又失去至亲至爱的母亲，悲痛气愤之极，真想跳进堰塘里，让软软的水鼓胀他那无力而又悲伤的躯体。但是他想到了他亲亲的牵牛花和他亲亲的童童，为了这两个至亲至爱的人他活下来了，坚强地站立了起来。他把猪场里的猪卖了，把县城里的房子卖了，把朋友和岳父岳母的钱还了，然后背起铺盖卷出门打工去了，接着上演了一场雄性激素偏高的悲情剧幕。

第三十六章

米冬瓜的事以后再说，现在说说建设泥彩塑体验馆的事。张总在我的再三鼓动下，终于同意开发泥彩塑体验馆。在开发泥彩塑体验馆之前，与我一起去深入了解徐氏泥彩塑的传承情况。徐氏泥彩塑产生于清末民初，以泥塑圆雕、浮雕、单尊、群像的手法，以宗教故事历史故事为主要题材，共有八道工序，采用正宗传统人物造型，运用彩绘、贴金、工笔重彩等方式上彩，作品生动细腻，古风雅韵。徐氏泥彩塑2007年3月被省人民政府公布为四川省第一批非物质文化遗产名录，2008年6月7日被国务院、文化部颁布为第一批国家级非物质文化遗产扩展项目。

徐氏泥彩塑第一代祖师徐得亲将工艺传承给儿子徐兴国，第二代传承人徐兴国又将工艺传承给儿子徐小勇等人，由此徐氏泥彩塑一代一代地传承了下来。

现在，徐氏弟子在全国各地都有较高水平的泥彩塑作品问世，为民间泥塑传承及国家的旅游文化事业添色又添彩。

对徐氏泥彩塑进行了解和考察后，我们就开始研究建造泥彩塑体验馆的具体方案。

我说："开设这个泥彩塑体验馆，其主要目的是让首批国家级非物质文化遗产徐氏泥彩塑得以传承，得以展示，得以彰显。"

徐书记点点头。

张总说："我跟徐师傅沟通好了，场馆设在他家，一切都是现成的，我只是把周边的环境打造一下，添三四台模型机。"

我说："三四台少了，至少六七台。这种体验的对象大多是孩子……"

张总打断我的话说："还有情侣。"

我说："是有情侣，但多数是孩子。这些妈妈们带孩子出来玩一般都会邀群结伙，一是孩子们有伙伴玩耍，二是好借此机会倾倒她们的情绪内存。"

张总点点头说："你说得有道理。"

我说："为了泥彩塑得以很好地传承，开设培训班的事也很重要。"

张总叹口气说："教室是个难办的事，我不可能为此去修几间教室吧。"

徐书记说："这个你不必伤脑筋，用村活动室就是了。"

吴主任说："开培训班干什么？"

我说："培养一大批制作泥彩塑的能工巧匠。"

吴主任说："有这个必要吗？现代的东西这么多，有几个人还崇尚这些？"

我说："非物质文化这个东西一旦流失就不可能再生，所以国家再三号召大家要保护和传承。"

我的意见没有人再反对，开设泥彩塑培训班的事就定了下来，聘请国家级非物质文化遗产项目代表性传承人徐师傅为讲师。

徐师傅出生于1953年，五岁就跟着父亲徐得亲学捏泥人，十四岁受家庭成分影响未能升至中学，失学回乡，成为农民中的一员。但他对文化知识学习的热情并没有减弱，他白天参加劳动，晚上看书学习。他利用五年的夜晚，在煤油灯下学完初中到大学的全课程，阅读完四书五经和四大文学名著，然后站在巨人的肩上跟着父亲徐得亲学习泥彩塑的制作工艺。"文化大革命"时期，不允许搞这些佛呀神呀的。徐师傅就利用深夜的时间跟着父亲学制图、学扎架、学砌粗坯、学上细泥、学修补、学打磨、学做花纹、学上彩贴金，作品制作出来就藏在床底下。父亲对他的要求十分严格，在夏天长脚蚊如蜂的夜晚，父亲用棉絮裹着他的双腿，叫汗如雨下的他坚持学艺。徐师傅在父亲徐得亲的严厉教导下，学会了刻苦，学会了坚持。1979年徐师傅跟随父亲到新都名山去修复五百罗汉时更是刻苦钻研，夜里，别人酣然入睡，徐师傅却拿出纸笔，在油灯下一笔一画地画起来，很多时候是通宵苦灯。他用一年多的夜晚将神态各一的五百罗汉一笔一画地画了下来，他的刻苦钻研，为他的制图功力增加了厚度，也为他后来的罗汉塑像打开了通道，开辟了路子。

徐师傅对待作品精益求精，每部作品诞生前他都要翻阅大量的史料，阅读大量的书籍。对设计制图、扎架、砌粗坯、上细泥、修补、打磨、做花纹、上彩贴金都不厌其烦地反复修改，直到满意为止。在这样的认真努力下，徐师傅的泥彩塑技艺很快走向成熟，鹤立鸡群，成了名副其实的徐氏泥彩塑第二代传承人，独当一面地在广汉龙居寺塑造制作五百罗汉，在射洪登云寺塑造制作八百罗汉。徐师傅在射洪登云寺大显身手时，绵阳罗汉寺的果青和尚亲眼见到了他的绝技，心里暗暗记下了他。1981年丰都恢复建设，徐师傅大施徐氏泥彩塑工艺，其作品令人赞不绝口，得到社会各界人士的认可。丰都建设委员会为了留住他这个身怀绝技的人，给他解决了工作。成为国家干部的他，兢兢业业地完成政府给他安排的工作任务，发挥泥彩塑的独特技能，塑造出神态各异的泥彩塑像两千余尊，宣扬真、善、美，劝善向道。其作品正神威而不恶，小鬼怪而不恐怖，这个时候人们称他为"鬼专家"。

徐师傅在丰都工作了八年，1989年在丰都鬼城重建完成后的一天，果青和尚坐十几个小时的船赶到丰都。此时正值深夜，果青和尚不想惊醒徐师傅，便在别人的阶沿上蹲了半夜，等到第二天早晨才去见徐师傅，说绵阳要重建罗汉寺，需要塑造制作一千二百五十个罗汉，聘请徐师傅前去。徐师傅犹豫了，他是有正式工作的人，一旦答应果青和尚，他就只有离职，同事们也纷纷劝他不要轻易丢掉这份来之不易的工作。果青和尚崇尚徐师傅的泥彩塑技能，他认定他，只认定他。见徐师傅迟迟不答应，便在地藏菩萨面前给徐师傅连叩三个响头，把额头叩出了一个大青包。徐师傅感动了，他经过几天几夜的思想斗争，最终辞掉工作去建罗汉寺，去塑造制作一千二百五十个罗汉，去将徐氏泥彩塑发扬光大。他为罗汉寺塑造制作一千二百五十个罗汉后，又为绵阳圣水寺塑神像三千余尊。

徐师傅的泥彩塑工艺超群不说，绘画水平也不亚于一个画家，他创作的长四米、宽一米的《逐鹿之战》，反映黄帝大战蚩尤战争场面，刻画了一百多名历史人物，黄帝镇定自若，勇敢者手持长矛、奋勇杀敌，怯懦者丢盔卸甲、慌张逃窜，方寸之间，宛如历史人物近在眼前。整幅画卷，布局精巧，色调合理，人物刻画惟妙惟肖，人物形象栩栩如生，跃然纸上。他创作的六十米长的《卓筒井源流图》，反映了历代与卓筒井盐业相关的历史场景。他创作的一百张《百孝图》，七十二张《七十二行祖师爷》，七十八张《百家姓》更是人物形象鲜活，神态各异。

在从艺的这三十多年间，徐师傅已经对徐氏泥彩塑各个环节烂熟于心，对不同人物的绘画、雕塑也总结了一套"独门秘籍"，将徐氏泥彩塑的制作工艺总结为盘竹法、燕窝式、堆塑法等八大工艺。徐师傅对徐氏泥彩塑第三代传承人徐小勇说："不同的工艺针对不同的泥塑对象，根据泥塑对象的不同，绘画、雕塑的手法也各有不同。佛教菩萨要做到金刚露目、菩萨低眉，面如满月、眉如新月，道家人物像则要体现仙风道骨，历史人物像则要依据其所在的时代来雕塑衣着，现代人物像要贴近现实生活。"

徐氏泥彩塑基本特征是正宗传统人物造型、服饰彩画、贴金、绘画工笔重彩，纯古雅风韵。泥塑用黄泥、黏土、就地取材。先绘画设计、再扎架、砌粗坯、上细泥。白坯完成待干，修补后，刮灰打磨，做立彩花纹，上彩贴金，开ami至完成。完成后的泥塑作品上百年不变形，五十年不变色。其基本价值以传统技能法完成整个泥彩塑，每道工艺都经过百年经验的总结，有它的先进性和科学性。以宗教故事、历史人物为题塑成圆雕、浮雕、单雕、群像等形式，宣扬真、善、美，劝善向道。在传统的技能法和人物造型以及色彩方面有所改进和创新，更符合现代人的审美情趣。其作品在各旅游景点及宗教寺庙极受欢迎，产生了很高的社会效益和经济效益。

由于长期接触湿泥，徐师傅患上了风湿关节炎，但他仍然坚持发扬泥彩塑，用他瘦弱的身躯，扛起徐氏泥彩塑传承的重任，用他的才能和智慧创作出一个又一个闪耀着光芒的泥彩塑。

　　张总深入了解了徐师傅后，更加崇尚泥彩塑，他按照我们的要求开设了一个徐师傅作品展览馆，置买了六台模型机。于是泥彩塑体验馆就有声有色地修建了起来。

第三十七章

丹子山村的剧情在一幕幕地推进，我是主角，主角随时都要出场，任务之艰巨，需得把全部的时间和精神都用上。余刚不希望我这么累，但是我的工作需要我像一匹马一样不停地向前奔跑，我的工作需要我像一头老黄牛一样埋头苦干。

挖掘机和旋耕机在张总的指挥下，把丹子山村的荒地全部开垦了出来。但按开发雷竹基地的规模，开荒的面积还远远不够，再有种植水果玉米和时令蔬菜也需要大面积的土地，所以接下来就进入了土地流转程序。土地流转几个字，一张口就说完了，但要具体操作起来，一点也不比攀登珠穆朗玛峰容易。土地流转的具体方案我和徐书记商量了很多次，都没有定局，到底定三百元、四百元一亩，还是五百元一亩呢？定低了怕村民不同意，定高了又怕张总不同意，所以我们举棋不定。

每当我遇到困难的时候，我就要给余刚打电话，以此倾诉和求助，这次也一样。余刚听后，笑道："小傻瓜，你们就不可以去考察考察，看看别的村是怎么定的。"

余刚说得完全有道理，于是我就按照他的指示出发了。本来打算让徐书记带上我和张总一起外出考察，结果到了出门这天徐书记的女人水青姐突然病了，徐书记只好留下尽丈夫的职责，把我和张总配成了外出考察的一对。面对着这种突变，我进退不能，只好干瞪着双眼，硬着头皮与张总一起行动。

徐书记的突然缺席张总一点也不感到遗憾，反倒有些高兴地说："终于没有干扰了。"

我知道这"没有干扰"的意思，但是我说："我们现在不用美国的GPS，用我们自己的北斗卫星，当然不受干扰。"

张总开着车，目光炯炯地看着前方，笑一下说："美女书记给我开眼界呢。我原来不知道我们现在不用美国的GPS，而用我们自己的北斗卫星。我真是孤陋寡闻，真是孤陋寡闻。唉，看来我们这些大老粗真该经常与你这个文化人在一起，嗅嗅墨香，受受熏陶。"

张总的口才是出了名的好，他说起话来犹如江河里的水一样滔滔不绝，与他合作这段时间我是经常饱餐他的言论。

这也难怪有那么多女人喜欢他,那么多女人喜欢他,除了他腰缠万贯外,还有就是他这张嘴。

我怕掉进陷阱里,总是避而远之,把话题扯到十万八千里之外,让他找不到射击的目标,这次也一样。我把话题突然转到泥彩塑体验馆上来,我说:"泥彩塑体验馆运作得不错嘛。"

他的思想立刻就回到了钱的问题上,钱对于生意上的男人来说比女人重要。因为他们的钱挣得越多,底气也就越足,享受得也就越多,女人也会像云一样多。

他说:"还可以。"

我说:"徐师傅的培训班也办得不错,每堂课都座无虚席,我都想去学习学习。"

张总笑道:"可惜你不是千手观音。"

张总说得对极了,我不是千手观音,我是凡人,我成不了佛,长不出千双手。虽然我想做的事太多,但得分个主次。目前,我的主要工作是让丹子山村所有的村民走向幸福富裕的彩虹桥,让我的目标一步一步地实现,让乡村振兴的梦一步一步地实现。目前,雷竹基地、水果玉米、时令蔬菜、鲜花基地……一系列一系列的工作会让我忙得喘不过气来。

我忙得喘不过气来,我也要让我的合作者张总忙得喘不过气来,我说:"开出的荒地非常适合雷竹种植,那一片片的坡土也不错,流转到手,就形成规模了。规模大不说,整个坡度也比较平缓,既背风又向阳,光照也比较充足,而且土层既深厚又肥沃,还带沙质,沙质的土壤既疏松又透气,排水性也较好。"

张总说:"对。我第一次来考察就发现丹子山村的坡地非常适合种植雷竹。"

我说:"等村民把土地流转后,就万事俱备,就该你张总大显身手了。"

张总笑笑说:"我负重,你前行!"

我笑笑说:"是我负重,你前行!"

张总哈哈大笑道:"对,对,是你负重,我前行。"

我收住笑说:"说句良心话,你真的也很辛苦。"

张总说:"你终于说了一句良心话。雷竹基地、水果玉米、时令蔬菜不是一两句话就能完成的事,非苦其心志,劳其筋骨不可。"

我不想与他讨论苦其心志劳其筋骨的事,我的思想在产业发展上。我的思想在产业发展上,我也要让张总的思想围绕着产业发展转,我说:"你打算什么时间造林?"

他说:"计划十二月份。"

我皱皱眉说:"虽然雷竹可以在秋冬季栽培,但是在春季造林更有利于雷竹生长,成活率也高。"

张总扭过头来看我一眼说:"咦,挺内行的。"

这时的我有些得意,这得意不是假得意,是真得意。自从来丹子山村开展乡村振兴工作,我就有意识地钻研了很多种植技术和养殖技术。乡村振兴工作不能纸上谈兵,要实际作战,正如一个指挥官必须精通战略战术一样。接着我又说:"开垦出来的地都整理好没有?"

张总说:"整地工作基本完成,地里的石块、树桩和草根都全部清理了。"

我说:"还要深翻,深翻个三十厘米,把面上的土翻入土中,这样有利于杂草的腐烂和有机质的分解。另外很平坦的地方还要充分开好排水沟,以防以后有积水现象出现。"

张总说:"你放心,都是按照要求整的地。购买母竹的事也基本落实好了,我按每亩种植九十棵预订的。大棚的骨架和塑料油纸都已预订好了。"说罢笑道,"美女书记还需要我汇报什么?"

我笑笑说:"什么汇报不汇报的,我们是在利用车轮滚滚向前的时候探讨探讨。哦对了,雷竹品种与母竹的选择也是很重要的。"

张总说:"预订的时候我就已经选择好了,我选择的是细叶雷竹。"

我说:"对,细叶雷竹出笋期比宽叶雷竹早十几天不说,笋子的口感也比宽叶的好,而且产量也要高一些。"

张总接着又说道:"购买母竹的时候你一定要提醒我,一定要选择直径二厘米至三厘米的。"

我说:"对,选择那种分枝低矮、枝叶茂盛、无病虫、生长健壮的,一年至两年的最好,还有挖掘母竹一定要注意保护鞭芽与鞭根。"

张总说:"这个我知道,母竹蔸带土团直径不小于二十五厘米至三十厘米,留枝五盘至八盘,削切竹梢时切口要平。"

我说:"对。另外,在造竹前,可能要先物色一个技术骨干。上次你也提出过,我和徐书记研究过,去把本村的罗滔大神请回来,叫他回来献上他的园林管理技术和接任村文书。"

张总说:"罗滔?就是外号叫绿码和小鲜肉的人?听说这人有些油嘴滑舌。"

我说:"用人取长处,他在木龙湾公园干得很出色。罗滔是丹子山村人,在丹子山村需要他的时候,他应该回来为丹子山村的经济发展出力献策。"

张总说:"英明,实属英明。"

我没有与他玩笑,我的心和神在围绕着丹子山村的经济发展飞速地运转,

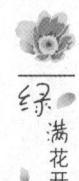

我三句话不离本行。

我说:"种植雷竹大有前景,雷笋含有十八种不同成分的氨基酸,这些氨基酸都是人体所需要的营养物质,营养价值很高不说,还是一种有机绿色食品,我喜欢,人们肯定也喜爱。还有就是用工也少,风险也不大,又没有多少病虫害,还有竹笋又好贮存……"

我把张总种植雷竹的积极性调动到了一个制高点,他哈哈大笑地打断我的话说道:"还有又好卖,收益也很高,一点也不愁销路。"

我笑着接话道:"是呀!丰收时你张总数钱数不过来,我和余刚来帮你数。"

他哈哈大笑道:"兰木,兰木,你这么说我简直是太高兴了,你干脆不要工作来给我当助理算了。"

我说:"助理小了。"

他说:"总经理吧。"

我说:"总经理的位置不是我的,驻村第一书记的位置才是我的。"

我们正说笑着,一个女人的电话来了。张总嗯嗯啊啊地说他在开会,我是过来人,一下就嗅出了野情的味道。张总,我朋友的男人挣钱是能手,找女人也是行家,光面子上就有三个,第一个离了,第二个也离了,如今与第三个也就是我的朋友亚兰过着夫妻双双的生活。

我正想念着亚兰,亚兰就来电话了。我接上电话正准备说我和她的男人张总在一起,张总却摆手示意我别说和他在一起,我只好把话题转开问她在干什么。

亚兰说:"亲,我正在美容院进行精油按摩呢,你哪天回来也来保养保养。"

我说:"你省着点用,等我忙空了也来享受享受。"

亚兰说:"我出月子时又办了一万元的卡,你回来给我打电话就是。哎,老张今天来丹子山村没有?"

张总给我示意说来了的,我不想睁起眼睛说瞎话,我不想这样莫名其妙地骗我的朋友,但我也不想揭穿张总。我说:"乖,你给你的男人打电话吧。"说罢我就挂断了朋友的电话。

没过几分钟张总的电话就响了,亚兰说:"老公……"

朋友的叫声真让我肉麻,如果有耳塞的话我肯定会立马塞上,堵着不让这声音进入。但是我没有耳塞,我得继续忍受,忍受我朋友的声音入侵,忍受我朋友的男人张总的声音入侵。

张总说:"老婆,你是在查岗吗?你男人我在丹子山村的山坡上正和徐书记研究雷竹的栽植问题呢。"

亚兰说:"老公,我的男人,你真辛苦!"

张总说:"我的蓝天白云,不辛苦,为我的女人挣钱一点也不辛苦。"

亚兰说:"你没有和兰木在一起吗?"

张总看着我说:"没有,她忙她的我忙我的,我一天连个人影都看不见她。"

我笑看着张总,张总笑着朝我摆摆手,示意我不要揭穿他的谎言,示意我不要破坏他那谎言中的甜蜜。我知情达理,我同流合污,我智慧满满地任凭张总装扮,任凭张总上演。

张总身边的女人亚兰的闺蜜我,目睹着世界上的撒谎大王的精彩表演,而电话那头的女人亚兰却在谎言中甜蜜,却在谎言中幸福。

两人没完没了地说着些让人身上长鸡皮疙瘩的话。我实在有些听不下去,我实在怕张总精力不集中把车子开到别人的怀抱里去,便手指着方向盘提醒张总注意安全。张总明白我的意思后,对亚兰说:"好,亲爱的,宝贝,徐书记在叫我了。晚上回来再聊,拜拜。"

我的双耳终于获得解放。我说:"张总,你一会儿是蓝天白云,一会儿是乖呀亲的,我问你亚兰到底是天上的人还是地上的人。"

张总笑笑说:"天上有她,地上也有她,电闪雷鸣是她的声音,河东狮吼也是她的声音。"

我扭头看着张总笑道:"张总,你真是口蜜腹剑!你今天又让我长见识了,你今天再次让我看清了你们这些男人的嘴脸。"

张总一边开着车,一边笑着说道:"看破别说破。"

我说:"我可不是智者。张总,你搞清楚,我可是亚兰的闺蜜。"

"兰木,你不会告发我,不会揭穿我吧?"

"那可说不定。"

"我相信你不会。"

"何以见得?"

"因为你是一个文化人。"

"什么文化人,我现在完完全全变成一个地地道道的武将了,完完全全变成一个地地道道的农民了。"

张总侧过脸来扫了我一眼说:"你也实在是累,我就不明白你为什么要把自己整得这么累。"

我说:"因为累所以累。张总,你知道人为什么出生时的第一个反应是哭吗?因为人来到这个世界不是来享乐的,而是来百炼成钢的。"

张总笑笑说:"我怎么还没有百炼成钢呢?"

我说:"你已经像齐天大圣一样炼成金了。我问你,为什么不对她说和我在一起，明明是很正常的事，倒让你弄成不正常了。"

张总笑笑说："不正常才好呢。你想想，她如果知道你和我单独外出，她会怎么想？"

我说："我行得端坐得正，她爱怎么想就怎么想吧。"

张总颇具有经验地说："话不是你这样说的，能避开麻烦就避开吧。夫妻间还是多一些蓝天白云，少一些电闪雷鸣为好。"

这个男人撒过多少次谎，骗过多少次人，我不想去深究。他虽然是我朋友的男人，但不是我的男人。我所关心，我所关注的是他尽快给丹子山村穿上华丽富裕的新装。

我们考察了四个地方，多数是三百元一亩，回到丹子山村我就把这一情况汇报给了徐书记。然后我们召开了村委大会，研究的结果是以多数为例。由此丹子山村的土地流转就形成了胚胎，定为三百元钱一亩。这个数比起我们定的四百五百六百便宜，这令张总十分满意。

会后张总对我说："这还比较满意。"

我说："这叫满意？到时你在村民大会上听听村民们的声音你就知道满意不满意了。"

张总笑着说："兰木，你可要关照我，你可别忘了我是你闺蜜的男人。"

一提起亚兰我的心就咯噔一下，我突然有一种预感，这次我和张总出差的事还没有完，迟早会被亚兰知道，丹子山村的谣言编撰更有素材，续集还会更精彩。

现在暂时不忙说这些烦恼，因为土地流转的序幕已经拉开了，丹子山村的村民激情澎湃地上场了。

第三十八章

村民大会上，我首先发言道："村民朋友们，我们丹子山村是以'产业为根，文化铸魂，乡旅兴村'为发展模式，一步一步地实现乡村振兴的宏伟蓝图，一步一步地走向富裕之路，一步一步地穿上富裕的长袍。为此，我们请来张总在我们丹子山村成立丹美丽景产联合作社，让大家以土地入股形式加入合作社，实现村民变股民的历史性跨越。土地入股产业见利分红，保底资金三百……"

地老鼠打断我的话说："说具体点，产业什么时候见利？保底资金什么时间兑现？"

我没有想到地老鼠会提出这样的问题，一时我有点回不过神来。张总见此接话道："雷竹第二年出笋，三年满园，四年高产……"

地老鼠叫道："四年？这么长！"

张麻子说："也就是说前三年我们没有一点收入？"

大汤圆说："那这三年时间我们成神仙不吃不喝是不是？"

我打着手势说："请大家静一静，听我说，雷竹基地已经开垦百分之八十，只需征地百分之二十，家家的坡土面积都很少，有的还没有，所以这三年对大家不会造成什么影响。再说，我们在雷竹丰园的前期可以在里面搞一些养殖，以此减少闲置土地，以此增加收入。"

徐书记接上我的话说道："我们丹子山村选择种植雷竹一点没有错，请大家要把目光投远一点，不要像老鼠一样看一寸都叫远。"

张总说："从第四年起，年亩产一千五百公斤至三千公斤竹笋……"

地老鼠打断张总的话说："说米米，直接说米米。"

张麻子附和道："我们这些农民老大哥不会算，你就直接说每亩收入多少钱。"

张总说："大概是六千元。"

村民们欢呼起来了，这么高！

地老鼠白大家一眼说："他这么一说你们就信了？"

张麻子说："是多是少要三年后才知道。"

地老鼠说:"这么长的时间谁知道雷竹会不会像人一样生病呢?"

大汤圆说:"就是,现在是由他嘴巴说。"

张麻子说:"他肯定是在糊弄我们这些农民老大哥。"

徐书记不想理地老鼠不想理大汤圆和张麻子,叫我继续说。我点点头,接着说道:"请大家放心,丹子山村的路只有越走越宽,村民的收入会越来越高,村民的生活会越来越好。我们已经做了全面的规划,我们丹子山村除了种植雷竹外还要种植水果玉米和时令蔬菜。水果玉米和时令蔬菜的周期比较短,见效比较快,也就是说水果玉米和时令蔬菜一年都可以种两季。"

徐书记说:"这个我们就不细说了,大家都知道上年种什么菜下年种什么菜……"

地老鼠说:"我们怎么知道?你们这些当官的一会儿一个花样一会儿一个花样。"

二牛白地老鼠一眼说:"总是唱反调。"

地老鼠瞪着二牛正要发火时,麻狗突然跳起身冲着地老鼠说道:"你这个样子是要把二牛吃了呀!当一辈子农民上年种茄子种辣椒种南瓜种番茄种丝瓜,下年种萝卜种包儿菜种白菜种莴笋种菠菜种芹菜都不知道呀!"

地老鼠哪里会容忍麻狗这样帮腔,气急败坏地大骂起来。

周幺爸敲着拐杖说:"别闹了别闹了!我们听美女书记说。"

蒋大妈说:"一个二个像吃了火药一样。"

吕三娃子说:"别闹了,我们听美女书记说保底资金的事。"

地老鼠一听说保底资金的事,便立刻就停止了对麻狗的攻击,睁着双眼竖着双耳捕捉我语言中的信息。当我一说出保底资金三百元时,他立刻反对道:"低了低了太低了。我了解了一下,大花坝村、聂家坝村、花坛村、龙宇沟村的土地流转金全都是一千元。"

许多村民跟着起哄道:"大花坝村、聂家坝村、花坛村、龙宇沟村的土地流转金是一千元,我们为什么这么少?"

"对,我们为什么这么少?"

"你们不能太亏待我们了吧!"

"美女书记,我们村也一千吧。"

我说:"大家静一静,听我说,我和张总这次走了聂家坝村、花坛村、龙宇沟村,这三个村都是三百元。"

地老鼠瞪着我反驳道:"一千,全是一千。"

我知道地老鼠是睁着眼在说瞎话,我知道他是故意在造声势,但是我不能揭穿他。我说:"我和张总这次去走访了聂家坝村、花坛村、龙宇沟村、真的是三百。几个村领导的电话我这里都有,不信你们打电话问一问。"

地老鼠的眼睛不敢再直直地瞪着我,他把眼光顺过去,嘀咕道:"大花坝村总是一千嘛？大花坝村是一千我们也要一千。"

村民们也跟着说道："对，大花坝村是一千，我们也要一千。"

张总忍不住地叫起来了："一千，老乡们，你们在说梦话吧？这怎么可能？"

地老鼠扯一下张麻子的衣服说："你哑球了呀！利益是大家的。"

地老鼠这么一教唆，张麻子就跳着双脚叫道："三百不得行！三百肯定不得行！聂家坝村、花坛村、龙宇沟村是三百，那你们就到他们那里去租。"

地老鼠趁热打铁地鼓动道："乡亲们，我们可不能傻得被人卖了还帮着别人数钱。你们算算我们一亩地要产多少斤粮食？一年两季，大春小春，油菜麦子，玉米红苕，哪样不是亩产几百上万斤？"

地老鼠的话像一颗导弹，一下引燃了会场。

"大花坝村是一千，我们也一千。"

"对，我们也要一千。"

"没有这个数我们就不让包。"

村民们的情绪激动，声音如洪流，冲得张总站立不稳，淹没了我和徐书记的声音。

我们的声音全部被会场中的洪流吞没了。

我和徐书记的嗓子都吼破了，也盖不住那股气势磅礴的洪流之声。

徐书记挥着手说："不要闹，听我说。"

大家不听徐书记说，让徐书记听他们说。

洪流在蔓延。

洪流淹没了世界。

我着急地说："村民朋友们，叔叔阿姨们，爷爷婆婆们，请你们静一静，静一静！"

但我的村民朋友们，我的叔叔阿姨们，我的爷爷婆婆们根本无视于我，根本不听我说。

我再次被卷入了洪流中。

我们那极有说服力的声音发不出去，我们前行的步伐被山挡住了。

洪流席卷，涛声如雷，轰得张总捂着耳朵跑出了会场。

轰炸对象走了，会场立刻像退了潮的沙滩一样寂静。

张总走了，我慌了，忙追去拉着他。这是我一生当中第一次破戒，第一次这不像个淑女，第一次这么大胆地去拉别人的男人。但是，我不大胆不行，我不勇敢不行。这个男人虽然不是我的，但他是丹子山村的财神爷，我离了他不行，丹子山村离了他不行，产业发展离了他不行，集体经济离了他不行。没有他，泥彩塑体验馆会瘫痪，没有他，雷竹基地、水果玉米和时令蔬菜的种植会化为乌有。

我死死地攥住张总的手说:"张总你不要走,你消消气,我们会说服大家的。"

张总气呼呼地说道:"让他们去找一个给他们一千块钱的人。我退出,我撤票,我下船。"

我的手紧紧地拉住他,生怕一松手他就跑了似的,我说:"你冷静一点,冷静一点。"

张总说:"他们这样简直就像龙卷风一样,你叫我怎么冷静?"

我说:"没有那么夸张。走,回去,我们会说服大家的,请你相信我和徐书记的能力。"我一边说一边拉着张总回会场。我的天哪,我一心为了工作,竟然忘却了男女之别。当我发现无数双眼睛诡秘地看着我时,我才觉得自己越界了。我的脸一下红了起来,无疑,这又是一个花边新闻的素材。我正窘得不行时,一阵从人群中传出来的声音冲击着我的耳膜,刺激着我的心脏,膨胀着我的中枢神经。

"嗨,嗨,你们看,你们看,他们当着我们这么多人的面都这样拉拉扯扯,都这样卿卿我我。"

"城里人真是开放,如猫如狗一样随便。"

"前段时间他们天天夜宿鸳鸯,昨天又一起双双外出。啧啧!"

"不要乱说。"

"我们哪里乱说了?!大家都是看到的,前段时间每天夜里张总像个小偷一样钻进她的屋子,一早又像蛇一样从她的屋里溜了出来。"

"他们两个确实好得如胶似漆。"

"一男一女,干柴烈火。"

"嘻嘻!哈哈!"

"我早就说这个城里女人不是一个好东西。"

"你们说,张总在我们丹子山村投资是为了什么嘛,还不是为了天天和她厮守在一起。"

"嘻嘻哈哈!"

"对对,他们就是夜夜酿蜜夜夜制造野史。"

"嘻嘻哈哈!"

这些话就像一根导火绳,足以引爆我的脾气,但是我不能爆发,我必须控制自己的情绪,必须必须。我现在的角色不是父母的掌上明珠兰木,我现在的身份不是余刚怀里的爱妻兰木,我现在是社会中的一员,我现在是个社会角色,是一名领着国家工资的国家干部,是一名肩负着乡村振兴重任的驻村第一书记。肉体的我算什么?肉体的我是小我,现实社会中,小我必须服从大我。当务之急最最主要的是让丹子山村沐浴在乡村振兴的春风中,穿上富裕的长袍,其他的都得靠边站,包括我的亲人,包括我的委屈,包括我的情绪,包括我的眼泪。

我控制住情绪,朝大家笑着说道:"村民朋友们,叔叔阿姨们,爷爷婆婆们,大花坝村的土地流转虽然是一千,但他们没有入股,每年只有一千元钱,你们入了股,每年是要分红的。再说大花坝村所处的位置不同,他们在县城边,没有坡地,全是平地,而且土地是连片的。再说,他们一个人只有五分多地,而我们丹子山村山高土小,而且偏僻……"

地老鼠打断我的话高声叫道:"美女书记,你瞧不起我们丹子山村?!"

我愣了几秒钟,才急中生智地解释道:"我只是做个比较。"

地老鼠说:"你比来比去是什么意思嘛?还不是说我们丹子山村的人不值钱,地也不值钱嘛。大家说对不对嘛?"边说边对张麻子、野棉花和胡豆花使眼色,叫他们跟上他的步子,接上他的台词。几个人在地老鼠的唆使下,像野蜂似的嗡嗡地起哄。

吕三娃子说:"土大土小都是一样能种庄稼,就像大女人和小女人一样都能生娃娃。"

张麻子说:"美女书记,你可是我们丹子山村的驻村第一书记啊,你可是政府派来为我们丹子山村服务的,你可不能把胳膊肘往外拐啊。"

胡豆花说:"美女书记,你在我和吕三娃子的婚事上做了好事,但在土地流什么?"

地老鼠说:"土地流转。"

胡豆花说:"哦,土地流转这件事上你就有些分不清东西南北了。"

野棉花说:"美女书记,你可要帮我们丹子山村的人说话啊。你帮了我们,我们一辈子都记得你。你以前让我们笑,这次不要让我们哭。"

地老鼠说:"土地流转不是一件小事。土地是什么?土地是我们农民的根,土地是我们农民的魂,土地是我们农民的衣食饭碗,你知不知道啊美女书记?我今天把话说明,少了一千我们就不流转。"

吴芳说:"地老鼠说的话句句是实话。美女书记,你就按我们说的数定了吧。"

二表嫂说:"你就依了我们吧。这次你帮了我们,我们丹子山村的人更加记得你的好。"

大汤圆说:"城里的女人,你真不是个好东西,你在我们丹子山村全干些死儿绝女的事。如果你这次硬是要向着别人,那就别怪老子不客气!"

张麻子说:"你虽然和张总好,但是也不能合起伙来坑我们这些穷山沟的人吧。"

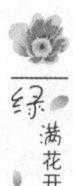

几个村民接上张麻子的话，你一言我一语，七嘴八舌地说着。那些刺耳的话语像一把把特辣特辣的辣椒粉一样，辣得我心痛，辣得我睁不开眼。

我真想大哭一场！

我真想大叫一声！

我真想把我这颗一心一意为他们的热心为他们的红心挖出来让他们看看。

我的情绪带着我的委屈，从我的嘴里飞射了出来，我说："我的村民朋友们，我的叔叔阿姨们，我的爷爷婆婆们，你们误解我了，完全误解我了，我丝毫没有替张总说话的意思……"我被泪水哽咽住了，我说不下去了。我一直对自己说不要哭不要哭，但是我还是哭了，我哭得稀里哗啦，我哭得一塌糊涂，我哭得简直不像自己了，我仿佛进入了雨季。我再次觉得我不是树，我是草，我不是山，我是水。张总递了几张餐巾纸给我，好像是让我哭个痛快，好像是让我把肚里的委屈全部倾倒出来。

徐书记早已气得满腔怒火，这时见大家把我弄得山体滑坡，便一掌击在会议桌说："你们一个二个的，只知道电闪雷鸣，只知道狂风暴雨地朝美女书记袭来，就不知道自己的良心在哪里？你们摸摸自己的良心，摸摸你们的狗头好好想一想，美女书记给大家解决了多少困难解决了多少问题？人家起早贪黑地奔忙，为了什么？为了她自己吗？人家时时刻刻都在为我们丹子山村的发展而忙碌。不说远了，就说集体经济这件事，美女书记跑了多少路，费了多少神，打报告，请示领导，找开发商，协助联系有关部门，一次又一次地召开村两委会，又不辞辛劳地出去实地考察。"

地老鼠说："外出考察是个由头，实际是上演双飞燕。"

"嘻嘻！哈哈！"大家哈哈大笑起来。

我的心刚被徐书记的认可温暖，我的泪水刚被徐书记的正气止住，突然间又被这一插曲刺激得脸红耳热。

徐书记气得又是一巴掌击到会议桌上说："莫名其妙！简直是莫名其妙！"

二牛说："徐书记，这个湾里有疯狗，你快去买点狂犬疫苗。"

麻狗接上二牛的话说："对，就是应该给那些疯子打打预防针，免得把全村的人传染了。"

麻狗还没有说完，地老鼠就飞起一脚朝麻狗踢去，但麻狗一跳就躲开了。地老鼠还想追打麻狗，二牛腿一伸地老鼠就扑在了地上，来了一个饿狗吃屎。在场的人都哈哈大笑起来，我也忍不住笑了。

徐书记笑一阵后说："言归正传言归正传。哎，我说到哪里了？"

张总说："土地流转，说土地流转。"

徐书记说："大花坝村的土地流转金是一千元，美女书记已经说了，人家在城边，人家多少我们就多少那是不可能的，就好比我们村里的房价不能与城里的房价比一样，地理位置是有区别的。大家都是吃米长大的，应该明白这个道理。说实话人家聂家坝村、花坛村、龙宇沟村这三个村才三百元，他们每个村比我们的交通都方便，土地也比我们平、比我们大。我们在村委扩大会上研究时方方面面都考虑过，所以决定我们丹子山村的土地流转金为三百。"

地老鼠说："书记大人，三百是不是少了哟？我们不说跟大花坝村那么多，但也不要少那么多嘛。"

村民接上地老鼠的话说："少得有点离谱。"

"就是，少得太多了。"

"土地爷本来就偏心虐待我们丹子山村了，张总就献点爱心，暖暖我们的心，每亩六百吧。六百不亏我们也不亏张总。"

张总说："我的天哪，你们也要给一条活路给我嘛！说实话，我不是看在兰木的面上，我哪会到你们丹子山村这么偏僻的地方来投资啊！"

地老鼠说："不用你说，我们大家都知道你和美女书记好，好得情深似海。"

我长这么大还没有见过这般切头去尾的人，我觉得这个人简直……算了，我不骂他，我不骂人，张总不是说我是个有文化的人吗？那我就要像个有文化的人。我压住心里的火气对大家心平气和地说道："说实话，张总到丹子山村来开发，是我们丹子山村全体村民的福气。"

地老鼠阴阳怪气地打断我的话说："是你的福气。"

我看地老鼠一眼，继续说道："我们采取互利互惠的原则，每亩三百这是一个合理的价位。"

地老鼠说："人家吃干饭，我们喝稀饭还合理！"

我说："大花坝村每人只有五分地，而我们丹子山村每人有两亩多地。你们算算，实际你们的土地流转总收入比他们高，再说我们丹子山村是产联合作社，三百只是你们土地入股的保底资金，到雷竹玉米蔬菜收获时你们还可以分红，另外你们还有务工收入。"

张总说："我估计，你们每人每年至少有三万元的收入，我指的是务工收入。"

徐书记说："张总说的是实话，你们自己要识数。你们自己种地一年有多少收入你们不是不清楚。"

野棉花说："张总还要给我们发工资？有这么好的事？"

张总说："是呀。雷竹基地、玉米地里、蔬菜地里天天都需要人，只要你们肯献出你们的力气，使出你们的劲，面包有的是。"

胡豆花说："张总，每天多少钱哇？"

张总说："一百。"

地老鼠说："一百？也太少了吧，硬是我们的力气不值钱呀？！"

大汤圆说："一百打发讨口子呀！"

张总说："不少，很多地方才五十，不信你们可以去问一问，我给得算高的了。我本来说给五十，但兰木非得叫我给一百。"

于是，大家纷纷要求我让张总加价。这让我觉得人在钱面前永无止境，人在钱面前没有一点腼腆，没有一点含蓄，把自己的私心与贪欲暴露无遗。

这次的会长得像万里长城一样长，我不希望再耗下去，再耗下去我的精神就要崩溃了。我附在徐书记的耳边说："你说几句扫尾的话。"

于是徐书记就站起身说道："每亩三百就这么定了。愿意包就包，不愿意包就算了，我们不会来求你，实话给你说你们设的门槛算不了什么，难不着张总，周边村有的是土地，张总完全可以租他们的。务工工资每天一百就是一百，你们不要再要天价，这不是自由市场。我还是那句话，你们愿意在张总地里去务工就去不愿意就算了，劳力的事不缺，附近的村子里有的是劳动力。"

姜还是老的辣，徐书记大刀阔斧地就把尾巴宰了，会议算结束了。但到真正实施的时候，地老鼠却唆使一批人，把中间的地留下两三分自己种。这让张总伤透了脑筋，也让我和徐书记夜不能寐，饭菜不合味。我们绞尽脑汁，用了几天的时间，分别找这些钉子户谈话做工作。说实话，我几乎把智慧和唾液都用尽了，才让这些人从土中间退出来，把整块地租给张总。

第三十九章

经过九九八十一难,张总终于成佛。成了佛的张总在泥土芬芳中大显身手,施展着他的经济学识,发挥着他的能力,散发着他的魅力,以较快的速度展开了雷竹造林工作。本来我计划去把罗滔大神请回来再栽植雷竹,但张总说有技术特长的人都很傲慢,以他的社会阅历估计罗滔大神不是那么容易就能被请回来的,他说就用他栽植果树的方法进行雷竹栽培。我没同意,张总就生气地说:"那就等到你的罗滔大神回来吧。"我见他着急,便到一个雷竹基地去取经学习。其实雷竹移栽造林也不难,与其他树的栽植技术差不多,先打窝子,打好后将母竹放入穴内,让竹根自然舒展,然后将泥土填入窝内,自下而上,分层回填土,填土三厘米至五厘米,然后用脚将泥土踩紧。栽好后灌水,灌水后再薄薄地撒上一层土,以此提高成活率。

在我的技术指导下,大片大片的雷竹很快就像旗帜一样插遍了丹子山村,成了一道亮丽的风景。

在我的协助下,张总的马力也开得比较大,奋力朝着有阳光的方向前行。

看着丹子山村有了起色,我的心里对张总的感激之潮一波又一波地涌起,对张总的敬佩之浪也一波又一波地涌起。我不得不佩服他,不得不给他"降龙十八赞"。张总,我闺蜜的男人张总,与我越来越密切,与我越来越默契。而这自然会引起我那至亲至爱的朋友亚兰醋酸冲天——这事留着以后再说吧,说说我工作中出现的又一个男人。

这个男人就是我在前面提起过的罗滔大神,就是和外村人吵架的"绿码"。他人长得还算酷,人们称他小鲜肉。他人虽然年轻,但人生经历很丰富,他摆过地摊,帮过食店,卖过冷饮,跑过外卖,后来在他表哥的帮助下学上了园林技术。单是罗滔这个名字可以说从我左耳进右耳就会出,单是帅哥的身影可以说从我眼前一晃就会过去,但是罗滔加上他的园林技术这就牢牢地抓住了我的心,丹子山村的雷竹基地、鲜花基地是需要园林技术工的。雷竹基地的造林工作我算完成了,但雷竹基地病虫害防治的一系列技术问题我不可能解决得了,正如张总所说,我不是千手观音,我只有一个脑,一颗心,一双手。我想逞能也不行,所以我必须尽快把罗滔大神请回来。只有罗滔才能全方位地解决雷竹基地的技术问题，只有罗滔才能让鲜花基地诞生在丹子山村，只有罗滔才能让鲜花开遍丹子山村，香遍丹子山村。

罗滔才是丹子山村的主人。

罗滔才是新农村的建设者。

徐书记非常支持我的想法，非常配合我的工作，我把想法一说出来他就马上拿出手机给罗滔打电话，但吃了一个闭门羹。罗滔，我们极需要的大神不想回来，这让我十万分的苦恼。

张总见此笑道："我的话说得一点不错吧，有技术的人就是这么傲慢。"

我的牛脾气上来了，我说："他不回来，我把他绑也要绑回来。"

张总笑道："你该不会是爱上他了吧？"

我一脚朝张总踢去说："张总，张大哥，我的荷尔蒙都被杀完了，哪还有那情趣啊？"

张总说："你用得着生这么大的气吗？"

我说："张总，张大哥，我极需要一个园林技术工，他不回来，你说我能不着急吗？"

"这么傲气的人你能请回来吗？"

我说："能。"

张总说："那我帮你……"

我激动地握住张总的手，惊喜地连连问道："真的吗张总？！"

张总笑道："荷尔蒙回归了？"

我急忙松开张总的手说："张总，我尊敬的张总，你该不是在骗我吧？"

张总哈哈大笑道："我不骗人，我在骗小狗。"说罢就跳到一块玉米地里去了。我本想去追打他，但是我没有，我的身份不让我任意放纵自己。

我站在乡村公路上恨恨地看着张总道："张总，我没有想到你是这样一个落井下石的人。"

张总笑着从玉米地里走出来说："兰木，我女人的朋友，你简直被那个罗滔气糊涂了。"

我笑道："我没有承认自己是小狗。"

张总笑道："你承认了的。"

我收住笑，说："张总，拜托你动用关系帮我去把罗滔请回来。"

张总说："兰木，我是人我不是万能的神，我哪有那时间哪有那精神啊。"

我说："算了，不求你这个大老总了。"说后我抱着一点希望对张总说道，"那你可不可以把鲜花基地打造出来？"

张总摆着手说："饶了我吧，别把我累死了。上次我就说了我们丹美丽景产联合作社只负责开发雷竹基地，只负责建设泥彩塑体验馆，只负责种植水果玉米和时令蔬菜，再说这个项目也不在规划里。"

张总说得没错，鲜花基地原来没有写进规划里，是我后来急中生智设想出来的。可以说我为丹子山村的发展有些走火入魔了，一有空我就在电话里和那些乡村振兴工作做得好的驻村第一书记交流，一有空我就和我的同学胡荣和丹兰在电话里交流，交流来交流去我的思路就宽了，眼光就远了，措施就出来了，一个个新亮点就跃入我的规划中，引领着我前行。鲜花基地这个配套项目是我在深夜两点时突然灵感大发产生的。开设农家乐和民宿，成立丹子山村艺术馆，建立儿童游乐园的事是我在一天早晨起床时突然想出来的，打造文化墙的事是我受到我的作家朋友美雅的启发想出来的。后面这一串串的事我不好再启齿对张总说，说了也白说，他不可能帮我实现这么多梦想。人都是现实主义者，张总讲的是效益，他才不管你什么"产业为根，文化铸魂，乡旅兴村"的发展模式。人各有志，我无法左右他，也没有权利左右他，因为他是我朋友亚兰的男人，而不是我的男人。顺其自然吧，让他去做他分内的事吧。我呢，自己既然孕育出了这么多规划，那就让这些规划出生成长。

我，兰木，自己负责履行自己的职责，自己践行自己的诺言，自己诠释自己的一腔热血，自己努力实现自己的梦想，尽自己所能让丹子山村变强变美变富，尽自己所能提高丹子山村村民的生活水平，让丹子山村的村民在家门口挣钱，让丹子山村的村民安居乐业，让丹子山村的村民建设自己的美丽家园，与城镇融为一体，过上富裕而又现代化的生活。

有了目标，就有了奔头。

我迈开矫健的步伐，朝着有阳光的方向，朝着我制订的方案开始阔步前行。我第一步是去请罗滔大神，我给罗滔打了几次电话恳请他回丹子山村，他都一一拒绝了。我男人余刚叫我放弃，叫我别去找那么多的事做，说一个村有两个主体产业就足够了，说我已经尽力了，已经做得够好的了。再三再四叫我别把自己整得太累，再三再四叫我留点时间留点精力爱爱自己的肉身，爱爱自己的家人。

我的思想不受他的影响，我说："老公，你知道我的性格，我想好了的事不做的话我就会寝食不安。"

余刚叫道："我拿你一点办法也没有！难道你真是个劳碌命！"

我笑道："智者多虑，能者多劳……"

余刚说："好好，你是智者也是能者，你继续劳心劳力吧，我说服不了你，你就加足马力奔你的前程实现你的梦想吧。但是我再次提醒你别忘了休息，别忘了你是肉身不是钢铁铸成的。"

我确实有些累了，不是身累，而是心累。

我很想让余刚接我回城去睡几天几夜，但是我不能，乡村振兴工作任重而道远。想好了的事就接着做吧，再难再累也要朝前挺进。不是说世上无难事只要肯登攀吗？不是说勇者面前无难事吗？

好吧，朝前迈进吧。罗滔，丹子山村的大神，既然我们在电话上说不到一块儿，那我们就面谈吧，看是你牛还是我牛。

我打定主意后就直奔罗滔而去。

想见罗滔也不是一件容易的事，到他上班的地点去却扑了空，人们说他到商贸城卖修枝工具去了。商贸城那么大我不可能跟去找他，我只好在他上班的地点等，但等到中午也不见他回来。给他打电话，他说他在吃肯德基。

我说："罗滔，你在撒谎，商贸城哪去找肯德基？"

他呵呵一笑说："我现在没在商贸城，在龙府天街……"

我打断他的话说："在哪家店？"

他说："你别来，我吃完饭要去看电影，要去放松一下我的肌体。"

我不能让他这么潇洒，我不能让他这么漠视于我的来访。我说："你加我微信，我的微信号是我的手机号码。"

他笑道："电话骚扰还不够呀，还加微信？"

我说："你不会连微信都不愿意加我的吧？"

他哈哈一笑说："愿意愿意，太愿意了，多一个美女待在我的微信里，我的生活就多一分色彩。"

我不跟他开玩笑，我跟着我的思路一步步前行。我开启了位置共享，一步步逼近他，一个小时后我在蓝公馆公园找到了他。

他一见到我就笑道："美女书记，你是爱上我了吗？"

我说："罗滔大神，绿码，你是诚心让我受累，你是诚心让我跑断双腿呀。"

他哈哈大笑道："美女书记，我可没有让你这样跑来跑去，是你自己在找累。"

我说："对对对，是我自己在找累。罗滔，我不跟你开玩笑了。我来面见你是再次恳请你回丹子山村，生你养你的丹子山村需要你。"

罗滔说："美女书记，木龙湾公园和蓝公馆公园的花草树木都对我依依不舍，所以对不起，我再次让你失望了。"

我的热情有点退潮，但我扫了一眼满是绿意的公园，信心又满满地涌上心头，我说："丹子山村的雷竹和鲜花同样会爱上你。"

罗滔说："你说农村好还是城市好？"

我说："罗滔，你的眼光没有跟上时代，难道你没有发现农村正在发生翻天覆地的变化吗？难道你没有发现城乡差别在缩小吗？难道你不知道农民早已成为居民了吗？"

罗滔说:"别激动别激动。"

为了丹子山村的发展,为了丹子山村的村民能过上富裕而又幸福美好的生活我不能不激动。我说:"罗滔,如今家家户户用的是自来水,烧的是天然气,乡村公路修到每家每户的家门口,光纤通信样样齐备。村里有卫生室,有农家书屋,有广播室,还有社工服务站,体育广场里有供村民锻炼的健身器材。城里有的我们农村基本上也有。"

罗滔哑然了,我趁此机会加大力度接着说道:"政府对农村还在不断加大投入,还在大力建设新农村,惠民政策一个接一个,不远的将来,农村就是城市。"

罗滔就像一个学生一样专注地聆听着我的课案,我的心里涌起几分得意,同时信心也增加了许多倍。我紧盯着罗滔的脸继续进行着我的演讲,我说:"新农村的建设需要许多年轻有为的建设者,比如我,比如你。"

罗滔陷入了沉思,我趁此机会把我的设想、把丹子山村的发展规划一股脑儿地倒了出来,我说:"我们是把雷竹基地和泥彩塑体验馆作为两大块产业品牌,再以鲜花基地作为配套项目。"

我怕罗滔没有听清楚,又把配套项目重复了一遍。

罗滔没有赞赏的语言,但我看得出来他对丹子山村的未来充满着希望。

此时此刻的我,不想要他发表什么感慨和赞赏之言,只希望我的话能注入他的耳里,触动他的灵魂,深深地打动他的心,让他回到生他养他的丹子山村来建设美丽富饶的家园。

我说:"我们丹子山村的发展模式是以'产业为根,文化铸魂,乡旅兴村'为指导。我们的计划是在开发雷竹基地、泥彩塑体验馆、鲜花基地的同时,打造农家乐、开设民宿,成立丹子山村艺术馆,建立儿童游乐园,打造一百多面文化墙。罗滔,徐书记和我在电话里已经给你说了,丹子山村的文书需要你回去接任,鲜花基地这个配套项目需要你回去开发,雷竹基地需要你献上你的技术。"

罗滔伸过手来握着我的手,满含笑意地看了我几秒钟,然后飘然离去,将我一人丢在蓝公馆公园里迷惑不解。

他既不答应也不反对,这真让人成了丈二和尚——摸不着头脑。我想追去问他什么意思,但是他已经走远了,我只好开启静音模式。

我回到丹子山村已经是晚上九点,我没有心思吃晚饭,坐在村委会办公室门口的石梯上,望着丹子山村那深远而又宁静的夜晚,倾诉着我一腔的失落。

第四十章

第二天早晨,徐书记一走进办公室就问我罗滔怎么说。我说他什么也没说,徐书记就一口接一口地抽起烟来。自从吴芳胜任不了新时期的文秘工作辞职后,徐书记就在物色人员,但是在村里一直没有找着合适的人选,深思熟虑后还是觉得把罗滔请回来最合适。罗滔在丹子山村是出了名的才子,口才好,学识也不错,专科学历,三十多岁,正是人才振兴的最佳人选。把他这个大神请回来是一举三得,既让文秘工作有人胜任,也解决了雷竹基地的技术问题,还让鲜花基地有着落。

现在我和徐书记的良苦用心都化为了泡影。

我愁,徐书记也愁。

但是意外之喜突然出现了,也许是我和徐书记的良苦用心感动了丹子山村的山神爷。第三天,罗滔,我们极需要的大神终于回来了。我如释重负,我突然感到轻松愉快起来,干什么都哼着歌儿。中午,我还在村委会坝子里跳了两段街舞。

张总讥笑我道:"不就是一个罗滔吗,有什么值得你这样兴奋的?"

我说:"我的秘密不告诉你。"

张总笑道:"也不敢告诉你的男人余刚?"

我说:"张总,你能不能正经一点?"

张总耸耸肩,笑道:"我不正经吗?我张大帅正经得很呢。"

我说:"张总,张大帅,我不跟你开玩笑了,我告诉你,我为什么要费尽心思千辛万苦地把罗滔请回来,因为他有技术,他有文化。"

张总说:"我不跟你神聊了,我热爱我的事业去了。"

张总一走,我就与徐书记研究启用罗滔的事,连夜出文任罗滔为村文书。出文后徐书记就想叫罗滔接任所有的文字工作,以此减轻我的负担,不让我再天天加班,但我不同意。我的想法是让我的肉身再受受累,让罗滔把雷竹基地和鲜花基地的事忙得差不多了再做村委会的文字工作。

徐书记说:"兰木,这样再下去你会受不了的。"

我说:"没事,丹子山村的发展是第一要务。就这么定了吧,徐书记。"

徐书记见改变不了我的牛脾气,只好忍心让我再受累一段时间。

我的思想境界让罗滔大为感动,他握着我的手一句话不说,将他的力度和感动传递给我后,转身就大展宏图大施起才华。

鲜花基地的选址选在十一社,连片的一百亩地,土壤既疏松又透气,而且紧靠乡村公路,交通很方便。

罗滔比张总小十多岁,比张总灵活多了。他动腿又动脑,几个电话打出去,他的园林朋友便在星期天一路将几大车花卉苗、花卉种子及一些肥料送到罗滔面前,然后齐动手帮着播种和栽培。我和徐书记大为感动,急忙把村民调到鲜花基地去帮着播种和栽培。

鲜花基地的规划是四十亩玫瑰、二十亩火炬花、二十亩康乃馨、十亩郁金香、十亩菊花。

在罗滔忙碌的时刻,我和徐书记在办公室也坐不住了,一起前往协助。徐书记参加康乃馨栽培,我参加玫瑰栽培。地里一片繁忙,一些村民将碧绿粗壮的玫瑰枝条搬进地里,一些村民在罗滔的指导下,将枝条插入五厘米深的泥土里,然后撒上一层细沙。我也学着把枝条插入泥土里,盖上一层细沙,像小学生做作业一样仔细认真。

地老鼠笑我道:"美女书记,你不是做这种事的人。"

二牛抢白地老鼠道:"美女书记做得也不比你差。"

张麻子说:"但她做得比我们慢。"

吴芳说:"有点像绣花。"说后哈哈大笑起来,大家也跟着笑起来。

麻狗说:"笑什么笑,各人有各人的特长,美女书记能写计划能做方案能领导我们丹子山村走上富裕之路,你们能不能哇?"

吴芳哼一声说:"我们能的话就去坐办公室领国家的工资去了。"

艾草怕闹得不愉快,忙叫蒋大妈唱《花花扇儿摇》。蒋大妈不唱《花花扇儿摇》,她唱《穷日子变成了好日子》:变变变!变变变!烂泥路变成了水泥路!荒地荒山变成了摇钱树!破旧房子变成了新房子!穷日子变成了好日子!

蒋大妈唱后,吕三娃子即兴发挥地唱道:丹子山村哟,栽雷喔竹哟喂,丹子山村哟,栽玫喔瑰哟喂,美女书记哟,带领我们致富哟喂……

二牛接唱道:明年花开噻,我和麻狗讨婆娘哟喂……

歌声、笑声在丹子山村回旋缭绕,染蓝了天空,唤绿了山湾。

中午收工的时候,我见栽好的玫瑰没有灌水,以为罗滔忘了这个程序,便提醒他下午安排人灌水。

罗滔说:"姐,你这又外行了,杆插的玫瑰一个星期都不需要浇水。"

我笑笑,笑自己自以为是,笑自己在书本上学的那点种植技术还远远不够,还需要学习再学习。

回到村委会，准备饱一下我的胃，慰问一下我的肉身，我一边哼着歌儿，一边拿出方便面。刚泡上，张总的电话就来了，他说："兰木，我的雷竹基地一个人也没有，你把人全部调给罗滔，你什么意思啊？丹子山村是不是不需要开发雷竹基地了？"

我忙说："不是不是。"

张总没有好气地说："不是？我看你是喜新厌旧！有了新朋友就不要老朋友了，你是不是诚心抽吊脚楼？！"

我说："张总，是这样的，罗滔的园林朋友都过来了，还拉了几车花卉苗、花卉种子和花肥来，你说我们村的人不到场怎么说得过去？"

张总提高声音叫道："那你说我这里该怎么办？"

我说："你别着急……"

"我能不着急吗？我的雷竹基地亟须除草松土，玉米也该下种了。"

"缓两天行不？"

"不行！"

"那我想想办法。"

话说出去了，办法得想，但我想不出办法来，只得求助徐书记。

徐书记也愁得紧锁眉头，他说："兰木呀，我不是孙悟空，我是人，我的能力也有限啊，我们村就这么多人。"

我说："我们可不可以到邻近几个村去请人？"

徐书记说："可是可以，但是我下午要到镇上去开会。"

我说："请人的事不可以推到明天，张总像催命一样。"

徐书记说："怎么办？"

我说："我一人出马吧。"

我前不久对吕三娃子说我是穆桂英，今天我真的就是穆桂英了，我独当一面，我迎难而上到外村去请人。

我的爱车进维修店了，如果在城里我可以叫网约车，可这是在偏僻的山村，网约车暂时还没有进入，怎么办？我不可能步行，我也没有孙悟空一跃就是十万八千里的本事，于是我只好借用徐书记的爱车。徐书记的爱车是一辆钱江牌摩托车，钱江牌摩托车像一匹小马，是农村男人骑的，女人是无法驾驭的。但为了工作，我得再次挑战自己。反正我已经百炼成钢，反正这也不是头一次胜任男人的工作。去年冬天，四婆突然病了，眼见着一地的红苕收不回，就要坏在地里了，我，一个城里的娇小姐，突然变成了一个农村的男人，甩着膀子一锄一锄地帮她把红苕挖出来，又忍着肩痛和腰痛一挑一挑地帮她担回去，收藏在红苕窖里。前不久蒋大妈的腿在坡上摔坏了，我得知后，便发挥潜在的力量，像男人一样鼓起臂力把她背下山坡，送进村卫生室进行治疗。这种像男人的事是数不胜数，如此的如此说明人的潜在力量是无穷无尽的。既然这样，那我就再次发挥发挥吧。

实际上我也没有那么强大，单是跨上徐书记的爱骑我就有些费力有些怕，但是我没有退缩的机会。我鼓起勇气，用力跨上徐书记的钱江牌摩托车，然后轰燃油门穿梭在乡村公路上。我忘却了我是一个女人，我忘记了饥饿，忘记了那盒泡好了的方便面。

钱江牌摩托车载着我那娇小的身躯前行着，风迎面扑来，狂喜地舞弄着我的发丝，让我感到极为不爽。我不爽摩托车也不爽，它像一匹烈马一样，一点不受我驾驭，它东拐一下西拐一下企图把我从它的背上摔下来。我使出浑身解数驾驭着，但最终还是摔在了乡村公路上。我感到一阵晕眩，我感到一阵疼痛。我以为我的筋骨和内脏全部摔坏了，但上天留了点情，只把我的胳膊和膝盖擦破了皮。

轻伤对于我这种百炼成钢久经沙场的人来说算不了什么，我爬起来，再次跃上钱江牌摩托车继续前行。我跑了三个村却没有找到一个人，他们不相信我，以为我是一个骗子。后来，我遇到了上次与罗滔吵架的"口罩"。"口罩"一见我就说了一通感激话，说我上次及时把他送到办证大厅，让他劝回了儿子儿媳。"口罩"说完感激话后就帮我组织了二十一个人。

但这二十一个人要求每天一百五十元，而且要求当天兑现。

回到村委会，我狼吞虎咽地吃完那盒冷得冰凉的方便面，然后给张总打电话汇报了外村人的要求。

张总一听就冒火了，他打断我的话说："不可能，我不可能给他们加钱，工资也不可能当天兑现，我的意思是年终与丹子山村的村民一起发工资。"

我提高语气冲着手机说道："张总，张大帅，你通一点商量行不？"

张总说："别大炸雷似的！我说一不二。不加钱，一分钱也不加。年终再付工资。"说罢就挂断了电话。

我气得在村委会办公室里转圈，正在这时我的男人来电话说儿子发烧了。没等他说完我就连珠炮似的朝他扫射过去，我说："你怎么照顾他的？他发烧了你不带他去看，给我打电话有什么用？我又不是医生！"

余刚被我吼傻了，半天才说出话来。他说："你别急，我已经带他去看过了，他吃了退烧药，烧已经退下来了。"

我的泪水下来了，我说："对不起余刚，我今天遇到了一些不顺心的事情，心里烦得很。"

余刚急急地问我道："什么事？"

我不能把我骑摩托摔伤的惨烈告诉他，他知道了会心痛的。我让我胳膊上和膝盖上的伤口痛，决不让我心爱的男人的心痛。我说："也没什么，一点小事，现在已经解决了。"

余刚说："你吓我一跳，没事就好。你要照顾好自己，一定要照顾好自己，我拜托你了。儿子的事家里的事有我顶着，你别操心。工作上的事慢慢忙，遇事别太着急了，越着急越想不出办法来。"

余刚的话驱散了我心中的烦愁，让我的情绪稳定了下来，我不着急了。不着急就能想出解决一切困难的办法，这是我的男人余刚给我支的招，我采用了。果然不到几分钟我的办法就出来了，用我的工作经费垫付和补贴外村人的劳务费。我解决了这个问题满以为可以松一口气，但张总不给我喘息的机会，又叫我马上给他解决雷竹基地的技术问题。

我发现他是在故意刁难我，罗滔在鲜花基地忙得找不到北，哪里抽得开身？再说罗滔已经给他交代过雷竹基地除草松土的方法，他实地给村民指导一下就行了，他完全可以做到，他完全可以完成。

我极为恼火地挂断了电话，张总很生气地又打了过来，他说："书记大人，请你马上给我派技术员来，我的雷竹基地急需技术员。"

我真想大骂他一顿，但是我不能。我兰木是驻村第一书记，我要把微笑写在脸上，我要把文明写满世界。

我哭脸装笑脸地说："张总，张大帅，等罗滔忙完这一阵子就亲自到雷竹基地来。"

张总说："书记大人，你没有听清楚吗？我马上要马上要！"

说完就挂断了电话，我愣住了，到底出了什么问题？张总，我朋友的男人，我男人的朋友现在到底怎么了？我们打了这么多年的交道，相处了这么多年，他一直是一个好说话通商量的人，怎么突然间变成这样了？

我烦愁满满，百思不得其解。

我一个电话给余刚打过去，说了我的困惑。余刚说："傻瓜，我的小傻瓜，一山不容二虎你都不知道呀。"

余刚一句话就让我明白了过来。事情弄清楚了我就有了解决问题的办法，我叫余刚找个时间请张总吃顿饭，叫张总支持我的工作，支持丹子山村的发展。

余刚说："遵命，保证完成任务。"

余刚说话历来都是算数的，没过几天就雨过天晴了，张总脸上又是阳光明媚，我们又是愉快相处，携手共进。

第四十一章

我和张总的关系刚融洽,地老鼠、张麻子和吴芳又让我的天空阴云密布。他们见外村人是一百五十元钱一天,而且工资是天天兑现,便把鲜花地里的人全部带到雷竹基地里去。顿时,雷竹基地人满为患,鲜花基地却一个村民也没有。这让我再次傻眼了,我答应外村人的要求,是为了雷竹基地的施肥除草工作有人做,完全没有想到会出现这样的现象。

我正愁绪满满的时候,张总打电话说:"兰木,泛滥成灾,一下来这么多人我怎么安排啊?再说我目前不需要这么多人。你快想办法把外村人喊走吧。"

我说:"你饱汉不知饿汉饥呢,鲜花基地现在一个人也没有……"

张总打断我的话说:"我只管我这里,哪管鲜花地里的事啊。"

我生气地说:"我的闺蜜怎么选择了你这么一个自私自利的男人?"

张总呵呵地笑道:"人不为己,天诛地灭。快撤些人走吧,我现在只需要二十来个人,多了的人我一律不付工资,到时你付工资哈。"

我没有好气地说:"你到底还是不是余刚的朋友啊?你到底还让不让我活啊?"

正说着,罗滔又急慌慌地来找我了。

我挂了张总的电话叫罗滔别着急。

罗滔说:"姐啊,我哥们儿送来的那些花卉苗不栽会死的!"

我说:"知道知道,我知道,我马上通知村里的人回鲜花基地。"

说罢,我就打开村广播,冲着话筒说道:"通知,请丹子山村的村民们马上回鲜花基地,花卉苗需要及时栽进地里。"

好话不说二遍,但我连着通知了三遍,大家肯定是听到了的,但是没有一个村民响应。这个问题不是打锣有声子的问题了,看来我光动嘴不动腿是不行的,我必须去请他们,请我那些可爱又可气的乡亲们回鲜花基地去抢救花卉苗。我忍着胳膊肘和膝盖上的疼痛,朝雷竹基地跑去。我那些可亲可爱的乡亲们却不支持我的工作,他们全都知道我这样气喘吁吁地跑来干什么,但他们都装作不知道似的,个个埋着头很认真很认真地干着活。

我捂着累痛了的胸口,对着雷竹基地发出我的指令,我说:"请丹子山村的村民马上回鲜花基地去,雷竹基地不需要这么多人。"

没有人响应,我又大声地重复道:"请丹子山村的村民马上回鲜花基地去。"

仍然没有一个人响应,我终于控制不住自己的情绪了,我冲着大家叫道:"你们没有听见吗?!"

张麻子看我一眼说:"没有听见,真的没有听见。"

大家笑起来了。

野棉花说:"美女书记发火了。"

吴芳说:"她发火关我们屁事。"

地老鼠直起身对我说道:"美女书记,这事到底是谁的不对啊?明摆着是你瞧不起我们丹子山村的人嘛。我就不明白你为什么不一视同仁。"

张麻子附和道:"就是嘛,我们每天比外村人少五十块钱不说,还要等到年终才领得到手。美女书记,你可不能胳膊肘往外拐啊!"

吴芳说:"我们就是不回鲜花基地,我们也要一百五十块钱一天,也要求天天兑现。"

我哑然,他们说得都有理,都是干着同样的活,凭什么待遇不一样?这是我的失误,但是这个问题怎么解决?我不可能给丹子山村的村民每人每天加五十元钱,我也不可能天天兑现给他们发工资。我没有那么多钱,就是把我的全部工资贴上也不够啊。张总和罗滔更不会给丹子山村的村民每人每天加五十元钱,更不会天天给丹子山村的村民兑现发工资。

我那可亲可爱的村民们不回鲜花基地,急得我头痛。晚上我在村广播上给大家解释了给外村人加钱和每天兑现的原因后,又再三动员大家回鲜花基地栽花,徐书记也再次强调了两遍。但第二天鲜花基地仍然没有人。我没法,只好调外村人到鲜花基地,但等外村人一到鲜花基地,丹子山村的村民也一窝蜂似的跟了来。

这让我无计可施。

这真是哪里不公平,哪里就有反抗。

张总朝我笑道:"真是聪明人做糊涂事。"

我没有好气地冲张总说道:"你还好笑,都怪你当时像催命一样,不然我也不会答应外村人的条件。现在弄得我骑虎难下。"

张总笑道:"你再像满足外村人那样满足丹子山村村民的条件不就一切都解决了。"

张总把我彻底激怒了,我说:"好,我加我加!"

说罢我真的在村广播上宣布了给丹子山村村民兑现加钱的事。这事宣布后，我就在网上贷了五万元的款，兑现我的承诺。我的举动让张总瞠目结舌，让雷竹基地和鲜花基地的工作同时推进。

事后，我男人余刚臭骂了张总一顿。张总再三给我赔礼道歉道："兰木，对不起，对不起，实在对不起，让你负债累累。"

我抓住机会说："以后少激将我。"

张总说："我跟你开个玩笑你居然当真。你这个人，唉，我算是再次领教了你的性格。以后我不敢了，再也不敢了！"

我胜利地一笑说："抓紧时间，赶快推进你的项目。"

张总说："我将功补过。你看雷竹基地的活路一完，我就启动玉米播种模式。为了避免虫害，我选择的是近年没有种植玉米的地。"

我说："我看了一下，你选择的地很优质，土壤深厚不说，而且疏松又肥沃。"

张总说："水果玉米可以种两季，效益很高。只是要求有些高，需要与其他玉米错开二十天至三十天播种，要不就是周边三百米左右以内不要播种其他品种的玉米。"

我说："明白，就是避免出现花粉串粉，不让水果玉米品质受影响和甜味下降。"

张总说："这事拜托你给村民们说一说。"

我说："这个你放心，我会在村广播上宣传。"

我答应张总后，连续几个早晚都在村广播上进行宣传。

我满以为宣传了就有人响应，但是我错了，水果玉米刚播种四天，地老鼠就在左边地里开始播种玉米，张麻子在右边地里也拉开了播种玉米的工序。

张总见此，急得直跺脚。

出现这种左右夹攻的局势，我，驻村第一书记必须马上去解决。

我把地老鼠和张麻子从地里叫出来，再次对他们宣传道："在水果玉米地边种植其他玉米需要间隔二十多天，或者间隔三百米。"

两人抽着烟，相互看一眼，诡秘地一笑。

再明显不过了，他们这是故意在和我作对，故意给我捣乱。我克制住自己的情绪，心平气和地说道："请你们停止播种玉米。"

地老鼠从鼻孔里喷出两股浓烟说："美女书记，你这是什么意思？是不让我们种地吗？"

我说："你们晚一段时间不行吗？或者种其他农作物不行吗？"

张麻子说："张总地里的玉米都下种了，我们的玉米为什么不能下种？"

我说："我已经给你们说清楚了，水果玉米旁边不能同时播种其他品种的玉米。"

张麻子说:"这是我们的地,你无权干涉!"

地老鼠将烟头一摔说:"美女书记,你说间隔二天至三天,我们已经隔了四天了,你还要我们怎样?"

我说:"我说的是二十天至三十天。"

地老鼠说:"你明明说的是二天至三天。"

张麻子吐一口浓烟在空气中附和道:"美女书记,你就是说的二天至三天。"

他们这样颠倒黑白企图想击败我,但是他们错了。我给足笑脸,心平气和地说道:"我再次给你们重复一下,水果玉米需要与其他玉米错开二十天至三十天,要不就间隔三百米。"

地老鼠说:"再等二十天至三十天播种,请问季节错过了,我们的玉米有收成吗?"

张麻子说:"日怪球得很,哪个龟儿子规定要间隔二十天至三十天嘛,哪个龟儿子规定要间隔三百米嘛?"

我说:"科学。"

地老鼠说:"鬼学!"

我说:"这样主要是避免出现花粉串粉,不让水果玉米品质受影响,不让水果玉米甜味下降。"

地老鼠说:"串不串粉,品质受不受影响关球我们屁事?"

我说:"水果玉米是集体合作社的产业,直接关系到你们的利益。"

张麻子说:"分红又不只分给我们两家。"

地老鼠说:"损失我们两家的利益让全村人享受分红,这对我们是极度的不公平。"

我说:"对你们没有损失,一点损失也没有,一般的玉米再等二十几天播种一点也不迟。你们是老农民,这点你们比我懂。"

地老鼠说:"你这个城里的女娃子懂什么?再等二十几天播种有个屁的收成!"

张麻子说:"就是,再等二十几天季节都过了,还播种什么玉米!你们这些城里人只知道吃粮食,哪知道什么时候种粮食!"

我说:"我虽然生在城里,长在城里,但是我到丹子山村来驻村这一年多时间学过许多农业知识,我看过种植书,在网上也查过,还问过农技员,所以我知道,一般的玉米在谷雨前后播种,也就是在四月二十日左右开始播种。现在才三月二十几日,你们再等二十天至三十天播种一点也不迟。再说,现在你们的麦子还在扬花,你们在里面播种玉米会影响你们的小麦授粉,导致大大减少你们的小麦收成。这样简直有些得不偿失。"

两人无以对答，收拾种子各自撤退。

我长长地舒了一口气，再次觉得知识这东西是有用的，它会攻破堡垒，打开一条通道，让人获得成功，获得喜悦。

张总从水果玉米地里冒出来表扬我道："不错嘛，小姐。"

我没有好气地说："让我一人孤军作战，你还是不是我男人的朋友啊？我看你是诚心看我的笑话。"

张总说："我不是正忙着检阅我的水果玉米地吗？我不正忙着激发我的水果玉米种子快快发芽快快生长吗？"

我说："我没有心情和你嬉皮笑脸。"

张总说："我有我有。"

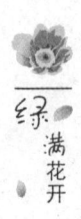

第四十二章

　　鲜花基地忙得差不多了，罗滔就接手文秘工作，我和徐书记就省心多了，文字方面的工作基本不让我们操心。园林技术方面罗滔更是大显身手，他找了几个年轻人，成立了一个技术小组，天天夜里给他们上雷竹管理和花卉栽植技术培训课。为了内行一点，我也坚持去听他讲课。他的PPT课件做得很好，讲也讲得很好，讲得具体实际，而且又通俗易懂。通过一段时间的学习，我和几位学员们就掌握了雷竹基地的造林管理和病虫害防治知识，掌握了花卉的选土、播种、栽培管理、嫁接、枝接、劈接、分株等方面的技术要领。

　　罗滔培养出了一批技术管理员后，他就不那么天天跑雷竹基地，他就不那么天天为鲜花基地奔忙了，只是指导指导。由此他的时间和精力就集中到了文秘工作上，大力开发他的智慧，给我和徐书记出谋划策。

　　工作到了回头看，开始大走访，这天走访陪我同行的自然是罗滔。他不像徐书记入户走访骑摩托，他开车，开他的豪车。他一边开车一边说："小妹，你们单位的男士真没有绅士风度。"

　　我看他一眼说："叫我姐。"

　　他笑道："没有那么大吧。哪年的？"

　　我说："你不觉得问女士的年龄不礼貌吗？"

　　他笑笑说："对不起，我犯忌了。哎，书记大人，想不想去检阅一下我的花儿们。"

　　我说："想是想，但是现在没空。"

　　他说："有这么忙吗？"

　　我说："你以为我是来观光旅游的呀？"

　　他说："你没有看见我这位大将在你的身旁吗？有什么工作你挥一下指挥棒就行了，我保证完成任务，而且会完成得十分出色。"

　　我没有理他，满脑子都装着大走访的工作。

　　我们一个社一个社地走访，几天时间就走访完了，因为在家的人不多，多数人都外出打工去了。这多数打工的人家很让我头痛，先要找到户主的电话，然后一户一户地进行电话联系，我估计要花去我很多个日日夜夜。我正愁得乌云压顶时，罗滔说："我有一个办法。"

我用期望的眼光看着他。

他扬扬手说："先放松放松再说。"

我叫起来了，我说："天哪，你跟我开什么玩笑。"

他说："别天哪地哪的，走吧走吧。"他一边说一边把我拉出办公室。

徐书记见此制止罗滔道："罗文书，你在干什么?!"

罗滔放开我，朝徐书记笑道："我在给美女书记献计献策呢，书记大人你应该表扬我才对。"

徐书记指点着罗滔说："你给我老老实实地协助美女书记，不然看我怎么收拾你！"

罗滔耸耸肩，吐吐舌头，朝我笑笑。

我胜利地笑道："记住，我可是有保护神的。"

罗滔笑笑说："你们别把我想得那么坏，我还没有张总的威胁大呢。"

我的心里升起一团雾气，他八成是听到了我与张总的种种谣言。我沉下脸来，敲着他的脑袋说："请你睁大你的狗眼好好认识认识我。"

说罢我转身回到村委会办公室，开始打电话问吴芳那些外出打工人员的电话。吴芳带着怨气地冲我说道："我这个没有能力的人现在已经没有在村委会上班了，你还有权问我这问我那吗？去问你们振兴振来的人才小鲜肉吧。"

我忍着心里的冲击，柔声细语地再次问道："你手机里存有那些贫困户的电话，拜托你发给我。"

吴芳大叫道："别问我这个没有能力的人！"

我说："拜托你发给我。"

吴芳说："我全部删了，你自己在资料里去找！"说罢挂断了我的电话。

一股怒气直冲我的脑门，叫我自己去查？我的天哪，难道我还不知道资料上有贫困户的电话呀？我一篇一篇地去翻，那要花我多少分多少秒啊？雷竹基地、泥彩塑体验馆、鲜花基地的推进，农家乐、民宿、村艺术馆、儿童游乐园、文化墙的建设，一大堆一大堆的事都需要我去花时间去花精力完成。我不是观世音菩萨，我没有千只手，我是凡人，我唯一能做的就是争分夺秒。

罗滔捕捉到我的神情，幸灾乐祸地凑过来取笑我道："愁上心头了？"

我把手机朝桌上一摔，想朝他怒吼几声，但突然又觉得没有道理，于是我说："我的头都要炸了。"

罗滔说："别急，小姐，太着急了心脏会出问题，太愁了会降低你的颜值。"

他不是在劝我也不是在安慰我，他的口气里带着调侃带着讥讽。我终于忍不住对他一阵电闪雷鸣，然后命令似的对他说："你把那些外出人员的电话统统给我收集起来。"

我以为他会生气，会暴跳如雷，谁知他只看着我笑。我心里想，这是一个傻子吗？我朝他大发雷霆，还给他安排这么艰巨的工作任务，他还笑得出来？我这一生还没有见过这样的人，还没有见过这样的笑。这笑表明了什么呢？是轻视我这个人，还是轻视我的权力？

我说："我不是在跟你开玩笑，这工作你必须抓紧时间尽快完成，我实话跟你说，火都烧到眉毛上了。农家乐、民宿、村艺术馆、儿童游乐园、文化墙，一大堆一大堆的事……"

我突然停止了播放，因为没有听众了，罗滔，我费尽九牛二虎之力请回来的大神笑着转身走了。他没有说他不接受我的工作安排，也没有说他接受我的工作安排，就这样优雅地笑着离开了我。这到底是个什么样的男人啊？他的葫芦里到底装的是什么药啊？

第二天早晨一上班，他就把丹子山村所有外出户的电话和基本信息全部交到了我的手里。我的天哪，我愁得展不开眉的事，他居然一个晚上就解决了。我激动而又兴奋地问他道："这么神速，用的什么高科技？"

罗滔说："嘿，建一个微信群不就解决了。"

我说："你们家过去养了多少鸽子？"

他愣愣地看着我。

我大笑道："怎么你也有反应不过来的时候？"

他说："什么脑筋急转弯啊？"

我说："你们家如果没养鸽子，你爸舍得买那么多鸽子给你妈吃吗？"

他还是疑惑地看着我。

我说："我怀我儿子的时候，我妈差不多都在炖鸽子给我吃，说吃了鸽子生出来的孩子聪明。"

我把谜底一揭开，罗滔就哈哈大笑起来，我也大笑起来。

我也该大笑起来，丹子山村在回头看中，没有死角，没有断层，没有盲区，所有的贫困户所有的村民都在"产业为根，文化铸魂，乡旅兴村"的发展模式中穿上了富裕的长袍，胜利地举起了奔小康的牌子。

第四十三章

许久都没有联系我的同学胡荣和丹兰了。

这天夜里，我斜倚在床上刷朋友圈。我看朋友圈只看重点，一般的，哗啦一下就越过十万八千里。但到了有看点的地方，我的手指就会驻留下来，目光立刻聚焦，这个夜晚的焦点是我的大学同学胡荣和丹兰。丹兰在成都一个事业单位工作，他们单位的帮扶村在渠县。胡荣在绵阳涪城政府工作，被单位派到凉山昭觉驻村。丹兰晒的是大走访活动图片，胡荣晒的是香港小母牛、索玛花海、合作社集体经济等项目的图片。

在这个极深的夜晚，我的手指怎么也飞不过胡荣这条河。我给胡荣拨打微信视频，胡荣那英俊的脸庞立刻跃入我的双眸。我嘿嘿一笑，问他道："在干吗？"

胡荣说："正写一个汇报材料。"

我说："都一点过了呢。"

胡荣说："你不是也没睡吗？"

我说："失眠。"

胡荣说："想老公了？"

我说："胡帅，我哪有那心思啊。"

胡荣说："是被乡村振兴工作弄的吧？"

我说："说对了，你很聪明。"

我们探讨了一阵乡村振兴工作后，我突然想起丹兰来，便问他道："胡帅，我有很长时间没有联系丹兰了，你联系她没有？她现在的情况如何？"

胡荣说："丹兰上个月去泸沽湖旅游，我们在西昌聚了聚。"

我心里酸酸地说："丹兰都不叫上我，真不够意思。"

胡荣说："人家与她的老公一路，叫上你多不方便。哎，你什么时间也来凉山玩玩。"

我笑着说道："我也带上老公。"

胡荣笑道："看来你和丹兰都对我不放心，个个都带上保护神，只有美雅不怕我把她吃了。"

美雅是我的一个朋友，是作家，胡荣是通过我认识她的。我说："咦，你们都暗暗地接上头了呢。"

胡荣说："人家深入生活嘛，要不你也来？"

我笑道："她深入生活，我来干什么？我可不会傻得来当电灯泡。"

胡荣笑道："你跟以前一样，总拿我来当笑料。"

我笑着说："谁叫你长得那么帅。"

说后我和他都大笑起来。

这个夜晚我们忘却了时间，忘却了疲倦，讨论乡村振兴发展，交流工作经验。这是我最后一次饱览着他那张英俊的脸进行聊天，以后聊天就要看着他那张带着动人故事的脸进行了。

剧情在推进，故事在发展。

过了几个月，也就是我忙得想不起胡荣的时候，我的作家朋友美雅突然来丹子山村采风。她在凉山昭觉体验了生活才过来，人晒得像黑煤炭似的，致使我一见了她就不由自主地叫了起来："亲，你怎么这么黑啊？"

朋友美雅笑道："被炼丹炉烤的。"

"到凉山待了多久？"

"三个多月。"

我揽着她的肩，佩服地说："久经考验，饱受风霜！"

她看着我说："你也一样，白嫩的肌肤被烈日烤成了熟食品。"

我说："我们都是百炼成钢的人。"

她笑笑说："我不想成钢，我还是做一个血肉之躯的女人，我还是做一个有七情六欲的人，尽情地享受生活，绝不像你们这些驻村第一书记那么拼搏……"

我忽略了她的情绪，没有深入理解她的话意，我打断她的话笑道："尽情地体验生活。"

她笑笑，仰头看看天说："好好好，尽情地体验生活。走吧，去参观参观你的杰作。"

这正是我所希望的，我希望每一个来丹子山村的人都尽情地分享乡村振兴的成果，都尽情地分享丹子山村的喜悦。

我带上她先去了泥彩塑体验馆，让她详细地了解了泥彩塑的历史与价值，让她亲手体验模型制作，让她真切地体验制作的快乐和收获的喜悦。然后带她去了雷竹基地，让她见证雷竹的勃发与繁茂，让她感受竹的高洁，让她尽情地畅游在丹子山村的绿韵中，感受诗意的流动。美雅的职业病被我激发了，她停不下脚步，她参观了雷竹基地又去参观水果玉米和时令蔬菜，然后又去鲜花基地。她一路走，一路赞美，不停地拍照，不停地录像。

美雅兴奋，我也兴奋。白天兴奋了夜里也兴奋，我没有一点睡意，拉着朋友美雅的手去感受丹子山村那寂静的夜晚。

我和她顺着乡村公路走过去，穿行在丹子山村的夜色中，陶醉在静夜的清新中。我问美雅："你见过这么静这么美的夜晚吗？"

她说："没有。哦，见过，在凉山的这几个月见过。我再次觉得真正诗意的东西是藏在大山里的，真正诗意的东西是藏在乡村里的。"

我既赞同，也不赞同，我觉得撩人的东西每个地方都有。

我们的交谈在不断深入，我们的脚步在丹子山村的夜晚不停地穿行，点击着丹子山村夜晚的音符。

显然，我在美雅面前多少有些炫耀我的成绩。我不光白天带她参观了产业园，介绍了集体经济的发展和实力，夜里我还要让她饱览丹子山村的静美。

我们走了一圈，然后回到体育广场一边荡秋千一边聊着。

美雅说："你的工作做得不错呀。"

我说："一般般。"

美雅说："过分谦虚是虚伪。"

我笑笑说："那我不谦虚了。"

美雅说："这次采风让我收获不小，让我获得了很好的素材。"

我说："我十万分地相信你会写一部名著出来。"

她说："别讥讽我。不过，我胸有成竹，名著虽然写不出来，但是至少能把农村在乡村振兴中的巨变写出来，至少能把你们这些驻村干部在新农村建设中所做出的努力再现出来。"

我们聊了一阵，美雅突然说起我的同学胡荣来。她说她在昭觉深入生活时专程去拜访过胡荣，说到这里她问我："你最近与他联系没有？"

我说："这段时间我忙得找不到北，哪里还有时间与他联系？"

美雅说："朋友圈也没有看？"

我说："这段时间确实太忙了，没有时间看微信。"

美雅仰望着星空说："在乡村振兴工作中，在新农村的建设中，在引领村民奔向小康的路途中，你们这些驻村第一书记付出了很多，功不可没，说实话真的很让我感动，真的很让我敬佩。"

我预感到胡荣出了事，忙追问起来，美雅如实告诉了我，胡荣在一次下村入户时出了车祸，全身几处骨折，住了一个多月的院，现在又走马上任了。

我的思绪飞向了我的同学胡荣，胡荣的话语带着大凉山的强劲在我的耳畔响起：我是翱翔在大凉山深处的一只山鹰。你依次变了，世界也就变了。

此时此刻胡荣在我心里的高度又增加了，剧增成伟岸！敬佩和心痛一起在我的心里激荡，致使我的心情难以平静，一股强烈的欲望冲击着我的心扉，我必须马上见到受伤后的胡荣。

在欲望的冲击下，我点开了胡荣的微信视频，我的眼前突然出现一张一边高一边低的脸，我的心深深地被触碰痛了！这哪是我的同学胡荣啊？我的同学胡荣是个美男子啊，我的同学胡荣是多少女生心目中的白马王子啊！

我呆呆地望着视频中的胡荣半天都说不出话来。

胡荣笑笑说："我丑得你都认不出我来了吗？"

我不知道该说什么好，半天才找到一个话题，我说："你受伤的事丹兰知道吗？这个家伙她怎么都不告诉我？告诉我了我也好来看望看望你啊。"

胡荣的脸上突然露出十分难过的表情，泪水几乎都要从他那男儿的眼里滚出来了，他说："丹兰早已走了，陪她一起走的还有她的老公和六个月的孩子……"

我的六魂都被吓掉七魂了，我说："老同学你别吓我！"

胡荣说："我说的是真的。几个月前，丹兰的老公陪她下乡，不料出了一场严重的车祸，两个人还没有来得及送医院就断气了。"

我终于忍不住了，我的泪从撕扯的心里涌了出来。上大学时，丹兰是我最要好的朋友，我和她经常偷偷地聊胡荣追求女生的故事，也聊女生追求胡荣的故事，一有机会我和她就取笑胡荣。

我哭了一阵，稳定了情绪后又和胡荣聊起来。胡荣问起我的工作情况，我如实地说了一遍。

胡荣说："你比我的工作做得好，你们的水果玉米和时令蔬菜都已经打开了市场，竹笋很快就要丰园了。泥彩塑体验馆和鲜花基地也并肩前行，散发着特有的魅力，吸引着许多人的眼球。"

我说："你也很不错，香港小母牛的项目工作做得有声有色，还有索玛花海。说实话，我真想到索玛花海来撒撒欢。"

胡荣说："好呀！你到凉山来看索玛花开，我到遂宁大英来采挖竹笋、来吃甜甜香香的水果玉米，来体验泥彩塑的工艺。"

我们笑了起来，美雅也笑了。

我挂断胡荣的电话，又与美雅聊起来，聊到三点过才上床。我想起胡荣的脸，想起丹兰一家三口的遇难，我无法入眠。

我披衣起床，走出房间，站在丹子山村夜晚的深处，仰望着满天的星星，寻找着丹兰的身影。一颗流星突然从天空划过，我知道那是丹兰的身影，那是丹兰向我告别的身影。

泪水再次从我的眼里涌出来。

第四十四章

丹兰的离去，让我感到生命的脆弱，人生的短暂。由此我更加发奋地工作，不断跟进产业发展。

但是，在我前行的路途中，突然又出现一个意想不到的障碍。

牵牛花染上了艾滋病，村民们都不愿意与她一起到雷竹基地干活。

牵牛花一家人原来过得很幸福，谁知天有不测风云，人有旦夕祸福。米冬瓜与她做了十几年夫妻，生了两个女儿的米冬瓜，上年突然不明不白地醉死在酒店里，丢下年轻的女人牵牛花和年幼的女儿童童。现在牵牛花也全身溃烂，到医院一检查，结果是染上了艾滋病。

患上这种病的人以前一检查出来就隔离，现在经过科学研究，这种病在正常的接触下是不会传染人的。因此治疗一段时间，稍微将病情控制下来，医院就叫病人出院。这种病原则上是保密的，但是这个世界上没有不透风的墙。牵牛花染上艾滋病的事带着病毒和耻辱传遍了整个丹子山村，又由丹子山村用微信和电话传到了与丹子山村所有有关联的人耳里。人们议论着，把这种病说得跟瘟疫似的可怕。所有的人都不愿意与牵牛花接近，所有的人都远远地躲避着她，所有的人都不与她说一句话，路上碰着她急忙把脸扭到一边，有的还把鼻子捏得死死的，生怕把她的病毒吸进自己的身体里。现在牵牛花在产联合作社务工，他们怎么可能和她同呼吸共发展呢？

这节外生枝的事让我十分头疼。我在村广播上又通知了两次，仍然没有人到雷竹基地去干活。无法，我又带上徐书记和罗滔，一家一家去动员，但效果不明显，只有蒋大妈和胖大妈响应，其他人都按兵不动，都说他们要命不要钱。

时间一天一天地过去了，季节不等人，两千亩雷竹地里就只有蒋大妈胖大妈和牵牛花三个人在施肥。

张总急，我也急。

雷竹一年要施四次肥，每年惊蛰至春分每亩要施二十五公斤的复合肥和二十五公斤的过磷酸钙；芒种到夏至每亩要施复合肥五十公斤，厩肥三千公斤，撒施林地，以覆盖保湿；处暑至白露每亩施复合肥五十公斤，结合浇水进行，在浇水前撒施林地；大雪至冬至每亩铺施新鲜厩肥四千公斤。现在惊蛰已过，春分时节再不施肥怎行？张总，我们的张总已经把复合肥和过磷酸钙拉回来摆在了土边。

这真要了我的命。

我心里忧愁满满。

春风春花原来也是愁煞人的啊。

这个晚上我正愁绪满满，余刚的电话突然来了。我接通余刚的电话，只说了一句话，余刚就突然挂断了。我打过去，余刚没接。我正纳闷时，村委会的门突然春雷似的炸破了丹子山村的夜晚。这已经是深夜两点过，是谁这样狂放地惊扰夜晚呢？我走出去打开村委会的院墙大门，突然，一个黑影带着男人的强劲与热力紧紧地将我裹进怀里。

深夜两点过，徐书记给我发微信视频，我没有应邀出现。第二天我既没有在丹子山村出现，也没有给徐书记打电话，也没有给徐书记发信息告知他我的突然失踪。

徐书记感到我如丹子山村阳光下的晨雾一样，消失得无影无踪。

这天，徐书记如失去左右二臂的人，一面六神无主，一面又感到我像空气一样无处不在。他无论是在村委会里、在乡村公路上，还是在产业基地，都能感到我的神韵，都能嗅到我的气息。

这位跟我爸爸年龄差不多的村支书，现在已经把我当成他亲亲的女儿了。他一遍又一遍地对罗滔说："她到底到哪去了呢？"

罗滔说："该不会发生什么劫色案了吧？该不会被山神爷抢去当压寨夫人了吧？该不会被后坡上那些死男人拖了去吧？该不会和张总私奔了吧？"

徐书记一巴掌打在罗滔的头上说："你就没有一点正经。"

罗滔说："我是在认真分析她失踪的原因。我觉得吧前面三种情况都有点荒诞，只有后面这种情况完全是有可能的。你没有听见村民们说，差不多夜里都有一个男人钻进她的房间里。你想想，那个男人既不是我，既不是天蓬元帅，也不是你……"

徐书记气得一脚朝罗滔踢去。

罗滔一跳就躲开了。但他并不怕徐书记的拳打脚踢，装在肚子里的话总得找个人说出来。他不敢再奚落我，只好时不时地对张总说几句酸味冲天的话，只好时不时地对徐书记暴露几句心中的愤懑。

徐书记指点着罗滔说："我多次严肃地提醒你，不要去听信那些鬼话。"

罗滔嬉皮笑脸地说："那不是鬼话是人话。"

徐书记瞪着罗滔说："你到底还是不是村文书啊？我都急成这样了，你还嬉皮笑脸的。"

罗滔笑笑说："不焦不愁，好事在后头。"

第二天晚上一点过，徐书记正为我的安全担心得翻来覆去睡不着时，我的电话却炸雷似的打过去了。

徐书记接上电话就急切地问我道："消失得这样无影无踪到底出了什么事？"

我说："没有时间说昨晚发生的事，这个时候我给你打电话主要是商量该怎样解决村民不到雷竹基地干活的事。"

徐书记见夜已深了，便没有追问昨晚的事，集中精力与我研究起解决问题的对策。研究了将近一个小时，最终决定明天上午立即召开下地干活的动员大会。

会上我说："乡亲们，雷竹每年要施四次肥，惊蛰至春分一次，芒种至夏至一次，处暑至白露一次，大雪至冬至一次……"

地老鼠说："这个不需要你再重复，小鲜肉已经给我们说过了。"

我说："既然你们有这方面的技术知识，那就请你们到雷竹基地去干活。"

大家不说话。

我扫视一下会场又继续说道："乡亲们，现在惊蛰已过，春分时节再不施肥会影响雷竹的生长。"

徐书记接上我的话说："时间不等人，季节不等人。张总已经把复合肥和过磷酸钙拉回来堆在地边了，急须大家下地干活……"

地老鼠打断徐书记的话阴阳怪气地说道："徐书记你着什么急，肥不是有牵牛花在地里施吗？"

吴芳说："对，就让她一个人做吧，钱也让她一个人挣吧。我们要命不要钱。"

张麻子说："一句话说明，只要有牵牛花在雷竹基地干活我们就不会去。"

二牛说："别东说西说的，大家听领导的话到雷竹基地去施肥。"

地老鼠不满地推二牛一把说："别拍马屁拍到大腿上了。"二牛不理睬地老鼠，又鼓动大家响应我和徐书记的号召。地老鼠气不过，猛然一把朝二牛推去。二牛一个倒栽葱栽过去，压在了周幺爸的脚上。周幺爸举起拐杖朝二牛打去，二牛护着头说是地老鼠推了他。周幺爸站起身一拐杖又朝地老鼠打去，地老鼠躲避着周幺爸的拐杖，在会场里乱窜，不知被谁的脚绊了一下，扑倒在一个女人的身上。大家一阵哈哈大笑。二牛大笑道："地老鼠，地老鼠，你扑在牵牛花的身上了，你死定了。"地老鼠的六魂都被吓脱了五魂，他慌忙爬起身就往堰塘里跑。这还是初春时节，水还有些冰冷刺骨，地老鼠也不管，跳下去就遍身透洗。

大家都说二牛把玩笑开大了，周幺爸叫二牛追去给地老鼠解释，二牛先不愿意，后来还是去了。二牛站在池塘边说："你死不了，牵牛花今天根本就没有来开会。"

地老鼠不信，恨恨地瞪着二牛说："老子挖了你家的祖坟呀，你这样害我！"

二牛说："我反正把话跟你说清楚了，你爱信不信。"说罢哼着歌往回走。

地老鼠心里怒火万丈，爬上堰坎，一把抱着二牛："你害我！我也让你活不成！"两人像两头野牛一样在堰坎上打得难分难解。我和徐书记怕二牛和地老鼠打出问题来，便跑去劝解。这哪里是两个人，这简直是两条狼，号叫着扭打在一起，我和徐书记费了九牛二虎之力才把二牛和地老鼠拉开。

地老鼠的头上下着雨，身上下着雨，双眼也下着雨。他蹲在堰坎上放声大哭起来，一边哭一边祈求道："观世音菩萨啊，山神爷啊，现在的日子这么好过，我不想死，不想死啊。"

地老鼠把留恋好日子的情怀释放得淋漓尽致，哭得透彻逼真，很具有感染力，在场的许多人都落起泪来。

我想说这些人愚昧无知，固执己见，但我又没说。我看了看山坡，又长长地吐了一口气，说："大家都在场，我们就不回村委会开会了，就现场办公吧。"说后我清清嗓子，对大家再次宣传了"防艾禁毒"知识，然后又鼓励大家到雷竹基地去施肥。

地老鼠哼一声，瞪着我说："你怎么不到地里去施肥？不传染人你哄鬼呀！"

张麻子附和道："就是嘛，说些话来哄我们。"

吴芳说："城里的女人就是睁起眼睛说瞎话，艾滋病明明要传染人，为了让我们下地干活就说不传染人。"

蒋大妈说："我们做了这么多天又没死。"

胖大妈说："就是，哪有那么可怕。"

吴芳扁扁嘴说："胖大妈，你挣那么多钱干什么？我看你这个样子活得过这个月，活不活得过下个月还说不清楚呢。"

胖大妈的脸一下气成了紫色。我怕患有高血压的胖大妈急出事来，连忙扶着胖大妈劝道："别急别急，有话慢慢说。"

徐书记指责吴芳道："说话留点余地，别太歹毒了。"

吴芳昂着头说："气死她活该！"

二牛说："别闹了，说正事。既然美女书记叫我们去地里施肥，我们就去地里施肥，挣着钱是我们自己的。"

地老鼠瞪着二牛说："钱是小事，染上艾滋病命丢了才是大事。"

张麻子接上地老鼠的话说："对，现在的日子这么好过，谁不想多活些年头嘛。"

吕四娃子呵呵地笑道："说得对说得对，我们真想吃点唐僧肉长生不老。"

胡豆花说："我们还年轻不敢去冒这个险，周幺爸已经活了这么大的岁数了，让周幺爸去……"

周幺爸举起拐杖去打胡豆花，胡豆花一跳就跳到远处去了，吓得两只白鹤飞了起来。

我在丹子山村工作两年多，说实话，我已经习惯了这种掺杂着打打闹闹的会议。许多问题都是在这样的会议上解决的，许多成效都是在这样的会议上取得的，这一次也一样。当徐书记亮出王牌，说："如果大家再不去雷竹基地施肥，我们就会像上次一样去聘请外村人。"大家一听这话，马上同意去雷竹基地施肥。

我长长地松了一口，正准备散会时，地老鼠又捣起乱来，他从堰坎上站起身，对大家说："我们还是爱惜一下我们的生命，等几天再说。"

张麻子说："要得要得，我们听地老鼠的没错。"

吴芳说："这个建议好，等几天看那几个先进人物有没有问题，如果没有我们再下地也不迟。"

大家一听这话，便异口同声地说："好，再等几天。"

我的心里一阵沉重，季节能等吗？春分会定格在那里吗？村民的这个意见我不能同意。我清了清有些疼痛的嗓子说："村民朋友们，季节不等人呀！再说万一一场雨下来，堆在地边的肥料就会报废。请你们通情达理一下吧。"

地老鼠说："我们不答应，我们要保命！"

张麻子附和道："对，我们要保命。"

吴芳说："什么也没有命重要，我们不信肥料比我们的命还重要了。"

我真想大发一次脾气，但是我又克制住了。气堵在心里侵害着我的肉体，这种滋味无人知道，只有我自己知道我心里的气浪潮似的冲击着我的心，折磨着我的心，摧残着我的心。只有我自己知道，我的肉身抵抗不了这强大的压力，抵抗不了这强烈的刺激，我的胃开始出现疼痛。但是我不能因为自己的肉身出现问题就退出会场，不能。乡村振兴工作大于天，我得忍着，我得坚持。我按着疼痛的胃说："乡亲们，我要给你们宣传多少遍你们才肯相信呢？这种病不是呼吸道传染也不是接触性传染，正常的接触完全不会有传染，没有那么可怕。你们不相信我的话，你们自己可以在百度上去搜索，看我说半句骗你们的话没有？"

地老鼠说："网上的话不能信，你的话也不能信，我们只相信我们自己的判断。"

张麻子说："我们自己的生命只有我们自己爱惜。"

吴芳说:"我们不去做就是不去做,别在这里白费口舌,别在这里耽误我们的时间。"

我再次觉得前行的路途中荆棘丛生,困难重重。两年多时间,我被这样的困难无数次地捆绑过,无数次地围困过,无数次地挤压过,但我都飒爽英姿地越过了,从来没有退缩过,从来没有屈服过。这次也一样,我不能退缩,我不能让人说我兰木是水做的身,泥做的骨,我不能让人说我兰木是鸡公屙屎头节硬,我要让人觉得我兰木是铁铸的身,钢铸的骨。我这么想着,将心里的气一鼓,将秀美的脸一扬,大声说道:"我和大家一起下地施肥。"

我说到做到,真的与牵牛花一起下地施肥,但是村民们不跟随我的脚步。

第四十五章

中午我的胃痛得厉害,吃了一把药,刚好一点,便有人来电话说牵牛花割腕自杀了。

我立即带上艾草往牵牛花家跑。

牵牛花如一张薄薄的白纸,瘫在床上,血,染红了被单,血,流淌了一地。九岁的女儿童童扑在床边摇着妈妈,惊恐万状地哭叫着。人们远远地站在屋外议论着,没有一人进屋施救。我气愤地冲大家道:"你们都是死人呀!为什么不把童童抱出来?"说罢冲进屋去把童童抱了出来,见她身上没有伤口,便打开水龙头把她手上和脸上的血一一洗干净。

艾草叫人过来帮忙,大家像木头似的远远地立着,没有一人动一下。我叹口气,叫艾草别浪费时间。艾草叫起来了,说:"美女书记啊,我们两个女人能弄动她吗?再说我也有些怕啊。"

我问艾草道:"身上有伤口没有?"

艾草说:"伤口倒是没有。"

我说:"没有伤口就不怕。"说罢拉着艾草朝牵牛花走去。

我和艾草费力地把牵牛花往我的车上抬,抬出屋子时我有些力不从心,腿一软就摔倒在地上,牵牛花的半截身子压在我的身上,血染了我一身。艾草抱着牵牛花的半截身子松不得手,急得满头大汗地叫人来帮忙。外面的一堆木头似的人突然活了起来,但没有朝我们走来,而是三三两两地躲在玉兰树下,躲在桂花树下,躲在麦子地边,躲在油菜地边去议论去摆谈。

我费力地从牵牛花的身子下爬起来,我不敢动作太大了,我怕把牵牛花弄没气了。艾草放下牵牛花,轻轻地搬动着牵牛花的身子,帮着我站起身来。当满身是血的我站起身时,艾草哇的一声哭了出来,她觉得我太不容易了。我心里突然涌起一股热浪,我非常感激艾草对我的这份情谊。我噙着一眶热泪,深情地揽一下艾草的肩说:"别让村民们笑话我们,我们是巾帼英雄,我们能顶半边天!"说罢我和艾草又弯下腰去抬牵牛花。正费力地抬着时,麻狗和二牛突然跑了来,两个人在水果玉米地里加班,一听说牵牛花的事就跑了来。

把牵牛花抬上车，艾草叫我去洗澡换衣服，我也想去洗澡换衣服，但我不能，怕再晚一些牵牛花就没命了。艾草急了，双眼噙着泪，拉着我说："我恳请你把生二娃的身体保护好！"

我深情地握一下艾草的手说："放心吧，没事，血只染在我外面的衣服上，里面还有几件呢。再说我身上没有伤口。等我把牵牛花送进医院再处理自己。"说罢跳上车去，以最快的速度把牵牛花送进了县人民医院。

我把牵牛花送进急诊室后，便打电话叫吴主任安排人把牵牛花的屋子进行彻底消毒。

吴主任说："你不是说不会有传染吗？"

我生气地说："血液血液，血液里有病毒！你带领人把地面的血液清理干净，然后洒上消毒水，床单被套用消毒液浸泡，暂时不要让童童回去，叫她在蒋大妈家吃饭。艾滋病毒虽然只能存活几分钟，但是为了安全起见，我们还是做彻底一点吧。"

吴主任说："美女书记，我安排不动人，还是你安排吧，你的威信比我高，颜值也比我好。"

我没有时间与他费口舌。我苦笑一下，耸耸肩，叹口气，只好给二牛和麻狗打电话，叫他们对牵牛花的屋子进行消毒处理。两人虽说有些不愿意，但也不好拒绝，觉得我给他们办了那么多的好事，现在安排他们做一点事也没有任何理由拒绝我。

二牛说："人嘛，都是感情动物，你敬我一尺，我会还你一丈。美女书记，实话告诉你，其他人肯定喊不动我们。"

麻狗说："我们让中华民族几千年传承下来的美德闪闪光吧。常言说有恩报恩，说实话，美女书记，你给我们做了那么多的事，这点子事你既然安排给我们了，我们肯定没有什么话说。"

我的眼眶湿润了。

这一刻，我觉得我的一切苦与累都是值得的。

牵牛花的伤口治疗好后，我叫她再对她的病情进行控制性治疗。

牵牛花不想治疗，说："晚死不如早死，早点死了免得讨人嫌。"

我劝她道："你不为自己考虑，也要为童童考虑啊。童童才九岁，你愿意她没有妈妈吗？"

艾草说："牵牛花，现在丹子山村没有一个人不爱惜自己的生命，胖大妈过去天天都想死，现在连一个死字都怕听到。还有，许多有重病的人、许多年老的人、许多生活不能自理的人现在都坚强地活着，都想多活些日子，而你能走能动，才三十几岁的人却想去死，这不应该啊。"

牵牛花流着泪说："艾草妹子啊，美女书记啊，现在的日子这么好过，我何曾不想活着啊？可是你们都是看到的，村里所有的人都非常地厌恶我，那一双双眼睛就像一把把尖刀一样，时时扎在我的心窝窝里。人人都像躲避瘟神一样地躲避着我，我实在是受不了了。"

艾草说："你过你的日子，你去看别人的脸色干什么？"

我说："他们现在的认识还不到位，等他们真正领会到这些知识了，就不会有闪电，就不会有雷鸣了。"

我和艾草默契地配合着，我坐在牵牛花的右边，艾草坐在牵牛花的左边，带着世界上最温暖的阳光，你一言我一语地传递着美好，传递着心力热度和坚强的力量，播撒着希望的火苗。几个小时后我们终于照亮了牵牛花眼前的世界，我们终于点燃了牵牛花的生命之火，我们终于让牵牛花鼓起了活下去的勇气。

牵牛花擦干眼泪，愧疚地对我说："我给你们增添了那么大的麻烦，我这心里实在过意不去啊。"

牵牛花的信心被我唤回后，又坚强起来，出院第二天就到雷竹基地去干活，为了她自己，为了女儿童童，她必须务工挣钱。但是问题又出来了，村民们一见到牵牛花就像见到鬼一样都纷纷从雷竹基地撤离，个个躲着又不到雷竹基地去施肥。

第四十六章

这使我头痛万分，这使我心跳加速。

夜里，我又严重失眠了。

我想给徐书记打电话，再商议一些对策，但我又忍住了，我觉得徐书记也实在是累，他每天在村委会忙到晚上七八点才回家。他除了村上的工作外，屋里还有一大摊子的事，他女人的病还没有好，儿子儿媳把两个孩子留在家里，都双双外出打工去了。他一人在家既要种包产地，还要照顾女人和两个孩子，他不是铁人，他已经是五十开外的人了。我不容易，他比我更不容易。我能在夜晚里思考一些事情，他呢？恐怕连思考的时间都没有一点。

我翻一个身又翻一个身。

春天的夜晚一点也不安静，四处躁动不安，春风在屋外呼呼地吹拂着，青蛙你一声我一声地叫着，像是在比赛歌喉，也像是在开一场盛大的演唱会。

屋外有春风有蛙鸣。

屋内有微信的提示音。

丹子山村的微信群已经炸开锅了，地老鼠、张麻子、吴芳在群里你一言我一语地唱着花脸戏。

地老鼠说："大家这下明白了吧，这可不是谁造的谣。大家都是亲眼看见城里的女人在说谎，幸好大家知道保护自己，不然就死定了。"

吴芳说："就是，她完全是在放屁！她说没有传染，为什么又叫人去遍屋消毒呢，为什么又不叫童童回去住呢，她这不是自己在扇自己的耳光吗？"

张麻子说："她是想把我们当瓜娃子，谁知我们也不是过去的乡下人了，我们也有先见之明。"

大汤圆说："城里人就爱把我们当傻子。"

地老鼠说："我跟你们说，不管他们说什么，我们始终要保持清醒的头脑。现在的日子这么好过，大家可不能眼睁睁地去送死。"

张麻子说："对，我们绝不睁着眼睛跳崖！只要牵牛花在雷竹基地干活，我们就坚决不去雷竹基地。"

吴芳说："对，不就是少挣点钱吗？"

地老鼠说:"留得青山在,不怕没柴烧。"

张麻子说:"人这一辈子会挣很多的钱,哪靠这点时间。"

我坐起身,对牵牛花家消毒和不让童童回家的事,进行了一番细致的解释和说明,但没有人听进半句。我的胃又痛起来了,我强忍着胃痛,按着语音按键又解释和说明了几次,但是一点效果也没有。

徐书记起先没有时间看闹腾着的微信群,这时他忙空了点开微信群,一看肺都要气炸了。他觉得这一群人实在是太不像话了,他按住说话键说道:"美女书记给大家说得这么清楚了,大家还在闹什么?我看有些人是故意在闹事。我郑重其事地告诉大家,这是工作群,请大家说话注意一下影响。谁再胡言乱语一句,我就把谁踢出微信群!你们再不到雷竹基地去施肥,我还是像上次说的一样到其他村去找人,我就让外村人入我们的产联合作社,以后你们就不是我们产联合作社的人,以后你们休想在丹子山村的产业园务工,让你们一个二个的一分钱都挣不到,让你们一个二个的去眼红外村人。"

地老鼠说:"书记大人,我们是吃米长大的,又不是被人吓大的。"

张麻子说:"书记大人,我们不到雷竹基地干活是我们的损失,关你们领导什么事,你生这么大的气干球什么嘛?"

徐书记冲着张麻子说:"你说得轻巧!该施肥的时候不施肥,雷竹也会像人没饭吃一样无精打采,不能生长不能发育,到该丰林的时候丰不起来,达不到预期的效果,这样集体经济会受到严重的影响,你们的收入也会减少!"

吴芳幸灾乐祸地笑道:"集体经济受到影响关我们老百姓什么事?再说竹园一次两次不施肥又不会死,还不是一片碧绿?"

徐书记说:"你们一个二个简直是唯恐天下不乱,你们一点也不知道美女书记的压力有多大。"

地老鼠说:"哦,为了减轻她的压力就可以拿我们的生命去开玩笑?"

吴芳哼一声说:"说来说去我们还不知道什么意思呀?她美女书记不就是怕张总的收入减少吗?"

张麻子说:"这话说得一点没错。"

地老鼠揶揄道:"值得我们佩服,值得大家佩服,美女书记完全是一个有情有义的人!"

群里吵得不可开交,我的胃越痛越厉害,我拉开灯,又吃了几颗镇痛药,正想再做些解释,牵牛花突然在群里说话了,她说:"地老鼠、吴芳、张麻子,你们就别再说这些伤人的话了。人吃五谷杂粮,谁保得了这一辈子不生疮害病呢?"

地老鼠嘿嘿地笑道:"牵牛花,你不是吃了五谷杂粮生的病,你是没有管住自己,高蛋白吃多了。嘻嘻!哈哈!"

牵牛花的心再次被刺痛了，牵牛花的泪泉再次被刺破了，她伤心地哭了起来，怕哭醒梦中的童童，便紧紧地捂着嘴，压抑着哭声。哭了一阵，她说："地老鼠，人在做，天在看，我不想多说，只求你们别闹了，明天我就不再去雷竹基地干活了。但是我不是为了你们，而是为了不让美女书记和徐书记为难。美女书记不容易，她为我们丹子山村付出了那么多，解决了那么多的问题和困难，你们没有良心，我牵牛花可不能没有良心。人心都是肉长的啊。"

地老鼠说："牵牛花，你说话算数。"

牵牛花说："算数，就是穷死饿死我也不去产联合作社务工。"

吴芳说："鲜花基地、水果玉米地和时令蔬菜地里也不准去，我们干完雷竹基地的活就到鲜花基地、就到水果玉米地里和时令蔬菜地里去挣钱。"

张麻子说："对，吴芳说得对。牵牛花，你就行行好，让我们多挣点人民币。"

地老鼠说："牵牛花，你早这样决定就好了，既不影响我们的务工收入，也不影响村集体收入，省得让美女书记急得胃痛。"

牵牛花的决定让村民们称快叫好，但让我觉得不合理不公平。牵牛花是丹子山村的村民，是产联合作社的一员，她有权有资格在丹子山村的产联合作社务工挣钱。

但是，但是……我的天哪，这个问题该怎么解决？我望着屋顶想了一阵，唯一的办法是让村民们深入了解艾滋病不是接触性传染不是呼吸道传染。怎样证明，怎样让村民们相信科学呢？一个念头突然闪现在我的脑海里：我去与牵牛花同吃同住，彻底打消村民们的顾虑，想好后我就在微信群里宣布。

这条信息如一个响雷，所有的人都被震惊了，群里静了下来。地老鼠张麻子和吴芳从群里退出去，开始私聊。

吴芳说："她不怕死呀？"

张麻子说："年轻人心血来潮。"

吴芳说："鬼才相信她的话。"

地老鼠说："她是想用这一招来说服我们，来骗我们到雷竹基地去。"

吴芳说："这个女人，为了不减少她情人张总的收入命都不要了。生命诚可贵，爱情价更高。"

地老鼠说："别相信她，这个世界上有的人就是爱放空炮爱吹牛皮。告诉你们，城里的人比我们乡下人的命贵重得多，她怎么可能去与牵牛花同吃同住？"

吴芳道："也许是这么一回事，她可能只是说说而已，不可能去与牵牛花同吃同住。"

这个世界上有些人说不可能的事，实际上就有可能。我兰木一定要改变大家的认知，让不可能的事变成有可能的事。

我兰木说一不二。

我兰木虽然是女儿身，但我有男人的骨气。

我兰木是一个外柔内刚的人。

第二天早晨，当丹子山村的公鸡打二遍鸣的时候，我就起床收拾。天刚麻麻亮，我就带着日常用品往牵牛花家走去。

牵牛花还没有起床，我不好敲门打扰，便给单位领导打电话，说了我最近在工作中遇到的困难和我解决困难的办法，领导大大地表扬了我一番。领导的表扬让我心生愉悦，我这个人一高兴起来就要唱歌。我在文旅单位工作，清音、川剧、变脸我都会，我最爱哼唱的是《变脸》的歌词：

　　在天府之国哟
　　　我们四川嗲
　　有一种绝活既神奇又好看
　　　活脱脱一副面孔
　　　热辣辣一丝震颤
　　　那就是舞台上的川剧
　　　　川剧中的变脸
　　变变变变变变变看看看
　　　急如风快如电　快如电
　　看看看看看看看变变变
　　　好潇洒　好浪漫
　　　　……

牵牛花被我的歌声唤醒，慌忙打开门迎了出来。

我把东西拿进牵牛花的家里，对愣愣看着我的牵牛花说："我要与你同吃同住一段时间……"

牵牛花忙说："别别别，这不行这不行！这绝对不行！"

我说："难道你也不支持我的工作？"

"不是不是。"

"牵牛花，你要明白我的意思，我如果不这样，就打消不了村民们的顾虑。"

牵牛花急得跺着双脚说："这不行！这怎么行！你快走！快走！我昨晚已经在微信群里说了我不去产联合作社务工了。"

我说："你是丹子山村的村民，你是产联合作社的一员，你也有权利与大家一起走向共同富裕的道路，你也有权利与大家一起过上幸福的日子。"

牵牛花说："政府的温暖我感受到了，你对我的好我永远记得，可我不能让你为难。"牵牛花边说边把我的东西往外拿。

我一把拉住牵牛花的手握着，顿时，一股温暖像电流似的立刻传遍了牵牛花的全身，一份感动一份感激深深地触碰着牵牛花的心。她真想让我久久地握着她的手，抚慰着她这颗受伤的心，但是她不能。她一把将我推出门外，叫我回我的住地去，说她一不是我的亲戚，二不是我的朋友，我没有任何责任和义务为她付出。

我又上前去握着她的手说："难道你也没有听进我宣讲的知识？难道你也忍心让我完不成上面交给我的工作任务？"

牵牛花流着泪说："美女书记啊，你是个好人，你这么年轻，我不能让你染上我身上的病毒。"

我说："这病是体液传染，不是接触性传染，也不是呼吸道传染，我已经给你们说过多少遍了，你们怎么还不相信呢？牵牛花，你首先应该带头相信，你如果都不相信这方面的知识，村里的其他人又如何会相信呢？"

牵牛花说："我也懂得这方面的知识，不然我怎么会让我的女儿和我住在一起呢？但是你是国家干部，是这么好的一个人，我怕万一，万一有个什么闪失我负不起这个责啊，万一有个什么闪失，你说我这颗心怎么过意得去嘛……"

我叫牵牛花不要再说了，我再次伸出我那双温暖的手，紧紧地握着她那双冰凉的手。

感激，不安，一起涌在牵牛花的心里。她含着一眶泪看着我把我的日常用品搬进她的家里，活脱脱地成为她家的一员，活脱脱地成为她的亲密之人。

夜里，牵牛花在梦里醒来时，她不敢相信有一个女人住在她的家里。她在心里一遍一遍地问自己："这个美女书记，到底是人还是神啊？难道她是观世音菩萨和山神爷派来拯救我的吗？"

我住进牵牛花的家里，牵牛花的家里立刻有了色彩，立刻有了活力，立刻有了欢声笑语。童童的声音甜甜的，充满了欢快与幸福。

我与牵牛花同吃同住的消息传遍了丹子山村，人们议论着，各说不一。以地老鼠为首的一部分人说我是在作秀，其目的是想骗大家与牵牛花一起去产联合作社务工；以二牛和麻狗为首的一部分人对我的艰难深表同情；以蒋大妈为首的一部分人心里十分不安，她们希望好人一生平安，劝我不要与牵牛花同吃同住，说牵牛花已经被死神爷拴牢了，与她在一起即便不染上她的病毒也会沾上一身的晦气。

我不管别人说什么，坚持与牵牛花同吃同住，这可把蒋大妈和胖大妈急坏了。

这天，蒋大妈和胖大妈又把我拉到一棵桂花树下，苦口婆心地劝说起来。蒋大妈说："美女书记啊，你为我们做了这么多好事，我们记得你的好啊，我们希望你好人有好报。"

胖大妈说："美女书记啊，蒋大妈记得你的好，我胖大妈也记得你的好，丹子山村凡是有良心的人都记得你的好。我们希望你长命百岁，你还这么年轻，听我们一句话，赶快搬回你的住地去。如果你不好去拿东西，我们去帮你拿。"

我一手拉着蒋大妈的手，一手拉着胖大妈的手说："谢谢你们！我不会有事的。"

这次的劝说又没起到作用，蒋大妈和胖大妈很是担心。两人在乡村公路上散步时，又商量起明天再次去劝说我的事。

两人正一边走一边商量着时，吴芳和野棉花从一辆车上跳下来朝她们嗨一声，两人吓了一跳。胖大妈说："你们别这么大炸雷似的好不好？把人的魂都吓脱了。"

野棉花说："爹妈生的，我是没办法，你找我爹妈去。"

蒋大妈问："你们两个去了哪里？"

吴芳说："我们到灵泉寺和广德寺去烧了香，顺便到湿地公园和圣莲岛去耍了一圈。"

蒋大妈说："你们帮美女书记烧炷香没？"

吴芳尖声叫道："我们凭什么帮她烧香？一不沾亲二不带故的。"

蒋大妈说："没良心！一个二个都没有良心！美女书记帮了我们那么多忙，你们可不能过河就拆桥啊。"

吴芳说："我说你们两个老妈妈别总觉得她帮了我们什么大忙，其实那都是她分内的工作，那都是她应该做的工作。"

蒋大妈叹息一声说："真没良心。你们没有良心，我这个人有良心，谁帮了我，我会记她一辈子的好，谁对我好一点点，我就会把她当山神爷。"

胖大妈说："依我说，人呀，还是要知道个好歹。你们两个就别跟着地老鼠闹了，别让人当枪使，快去产联合作社务工吧，美女书记都住进牵牛花的家里了。"

野棉花从鼻孔里哼一声，说："她想用这招让我们受骗上当，哼！门都没有！"

蒋大妈跺着脚说："你们成心要把她害死不成？！"

吴芳拖长着声音说："哟哟哟，我们成心要把她害死？你们搞清楚是她自己住进牵牛花家的，不是我们叫她去的哈。"

蒋大妈说："是她，是她！她撞着鬼了！她撞着活鬼了！"

野棉花说："嘻嘻，蒋大妈，你可能说对了，她完全有可能是撞着鬼了。"说罢拉起吴芳笑着走了。走了几步，又回过头来，坏坏地笑着冲蒋大妈和胖大妈说："你们两个想一想，她如果不是撞着鬼了，会拿自己的生命去开玩笑吗？"

蒋大妈和胖大妈愣愣地站在乡村公路上，半天都没动一下。

第四十七章

第二天，天不见亮，蒋大妈和胖大妈就赶车到灵泉寺和广德寺去烧香，祈求如来佛祖和观世音菩萨保佑我无病无灾，烧了香还特意请长老和尚给我做了一个驱邪的护身符。

两人回到丹子山村是下午五点过，她们估计我还没下班，就直接到村委会下车，果然我还在村委会忙工作。两人神神秘秘地把我拉到村委会房背后，悄悄把护身符塞到我的裤兜里。我要拿出来，两人按住我的手说："别拿出来，这是我们专门请灵泉寺的长老和尚给你做的，驱邪，保你平安，保你平安。"

我的泪水出来了，这两位老人已经把我当亲生女儿了，我值得她们这样爱我吗？

我噙着两眶感激的泪说："谢谢你们！我不会有事的。请你们好好照顾你们自己的身体，别再为我费心了好吗？"

两位老人烧了香求了菩萨画了符的当天晚上，我到乡村振兴局去参加一个紧急会议，开完会都十点过了，人确实感到有些累就回家里修复了一晚上。两位老人见我没有到牵牛花家去过夜，觉得是菩萨显灵了，把邪驱走了。这夜两位老人兴奋得睡不着觉，约到村委会的活动广场上，又是说又是笑的。但第二天晚上我又住进了牵牛花的家里，两位老人心里又不安起来。野棉花的坏笑和话语老在她们耳畔回响："蒋大妈，你说对了，她完全有可能是撞着鬼了，你们两个想一想，她如果不是撞着鬼了，会拿自己的生命去开玩笑吗？"

两位老人夜里睡不着，互相联系着，想起一句什么话，又点开对方的微信，用按键说话传送给对方，两人东一句西一句地直说到深夜。第二天一大早两人就站在村委会的活动广场上商量为我驱鬼的事，商量后两人又坐车到县城边的魁山庙去求长老和尚化解。

两个老妈妈从魁山庙回来就联系村里人为我驱邪送鬼。

顿时，整个丹子山村被一种神秘笼罩着。学会了感恩的乡亲们都为我祈祷，都在院坝边、乡村公路边烧纸点香，为我求神拜佛，为我驱邪送鬼。

当时我不知道是这档子事，只觉得非常怪异，问大家是怎么一回事。人们都神秘兮兮地一笑，并不对我说出什么缘故。我望着山坡上的树，望着地里的麦子和油菜苦思冥想，但怎么也解不开这个谜，于是我只好去向徐书记求教。

徐书记笑笑说："大家都在为你求神拜佛，驱邪送鬼。"

我一听这话哭笑不得，说这简直是胡闹。我不好说徐书记，便指责罗滔道："你怎么见了这样的迷信活动都不制止？"

罗滔说："都是些妇女和老人，我说了有用吗？我跟你说，不但没有用，她们反倒会骂我是一个没有良心的东西。这些具有传统思想的婶娘们和婆婆们，爱憎分明得很，谁给了她们好处，她们就会感恩戴德一辈子。"

我说："她们的感恩对象应该是政府，应该是国家，我只是在这里工作了一段时间而已，我只是做了我应该做的事而已。"

罗滔说："她们的思想境界没有那么高，想不到那么远。"

我说："我的亲兄弟，你赶快去制止一下，这样一片乌烟瘴气的，既污染环境也污染空气。你说这像生态宜居、乡风文明治理有效的丹子山村吗？"

罗滔说："姐啊，我不好去说。我觉得吧，解铃还需系铃人。"

我将手一挥，说："算了，当我白说了。"说罢转身去找那些正为我求神拜佛、驱邪送鬼的婶娘们和婆婆们。

罗滔突然追上我说："我的姐，你等等我，我们一起去。"说着走上前来，哥们儿似的将手搭在我的肩上说，"哥们儿，我觉得你不应该生气，应该高兴才对。你看你在乡亲们的心目中的位置多重要啊，他们完全把你当成亲人了。"

我甩开罗滔的手说："重要个屁！他们不与牵牛花一起去产联合作社务工，完全是成心跟我过不去。如果他们对我好，就不应该这个样子。"

罗滔说："唉，他们有他们的思想，他们有他们的情感。你也别太着急，迟早他们都会与牵牛花一起去产联合作社务工的。"

我瞪罗滔一眼说："难道还要等到铁树开花？"

罗滔紧握一下我的手说："这话有点过时，现在的铁树是会开花的啊。"

我和他都笑了。

笑后我说："真是急死人。哎哟，我的胃。"说着我按着胃蹲了下去。

罗滔弯下腰，俯身看着我，既爱怜又关心地说："又痛起来了！到村卫生室去弄点药吧？"

我说："不用，过一会儿就好了。"

罗滔说："姐，不是我说你，你这个人我觉得吧，还是应该爱惜一下自己的肉身，你的身体如果垮了，怎么干革命工作？你如果带一个病身回去，你老公会怎么想？如果他对你有感情他会心疼，如果他对你没有感情你说他会怎么样？他肯定会把目光投向别的花朵，到那时你就是一个活脱脱的林妹妹了。"

我笑了。

"你笑什么？"

"我笑你真像我的亲哥。"

"好伤心呀，你今天才觉得我像你的亲哥。太麻木了！我早就把你当成我的妹妹了，从第一眼见到你我就认定你是我的妹妹了。"

"有点夸张吧？"

"一点也不夸张。"

"第二眼呢？"

"第二眼嘛就不说了。"

我和他大笑起来。笑一阵罗滔接着说："实话实说，你工作这么踏实，为人这么真诚，颜值又这么高，谁会不喜欢你……"

"别拍马屁了行不行？"

"我拍马屁？你是镇长还是县委书记啊？"

我和他又哈哈大笑起来。

路旁油菜地里的一群鸟儿听见笑声，按捺不住自己的兴奋和活力，嗖的一声飞向了天空。

我望着群鸟飞向美丽的天空，很响亮地打了几个气嗝，顿时，胃痛立刻缓解了许多。

我站起身，眺望着丹子山村的美景，舒展了一下身子。

罗滔问："胃不痛了吗？"

"不痛了。"

"记住，开心是治疗胃痛的一剂良药。"

我们又谈起工作来。罗滔说："你也别太着急，有些事着急也是没有用的。"

正说着，我的电话突然响了，又是县乡村振兴局通知我去开会，我只好放下这事去开会。

在会议中途，我跑出来给罗滔打电话，叫他转告那些为我求神驱邪的乡亲们。说如果大家真的为我好，就要充分领会我宣讲的防艾知识，就不要再去搞那些迷信活动。

罗滔如实向大家转告了我的话，大家听了这话，又换了一种方式。

蒋大妈和胖大妈的这次行动，麻狗和二牛也参与了。

蒋大妈说："新时代新风尚嘛，我们听美女书记的不搞迷信活动了，但是我们还是得想办法让她搬出牵牛花的家。"

胖大妈转动着眼珠说:"想什么法子呢?"

蒋大妈说:"让美女书记搬走,我顶替她住进牵牛花家。"

胖大妈吃惊地看着蒋大妈说:"你去牵牛花家住?你不怕吗?"

蒋大妈说:"我六十几岁的人了还怕什么?"

二牛说:"我也不怕,我相信美女书记给我们宣讲的知识。我虽然不能与牵牛花同住,但是我可以与她同桌吃饭。"

麻狗说:"对,叫美女书记搬出来,我们去顶替她。"

胖大妈挺挺胸说:"我也不怕,我也算一个。"

麻狗说:"你不怕了?"

胖大妈说:"你们不怕,我也不怕。"

大家商量好后,晚上等我一走进牵牛花家,他们就把我往外推,说他们去顶替我。泪水从我的眼里涌了出来。

我说了很多感激的话后,又再次对他们宣传了防艾知识。几个人明白似的点点头后说:"既然没有那么可怕,那我们几个与你一起到牵牛花家去吃饭。"

我高兴得心都快飞起来了,我激动地握了握蒋大妈和胖大妈的手,又握了握二牛和麻狗的手。

牵牛花的家更加热闹了,堂屋里的饭桌围满了人,蒋大妈和胖大妈帮着端菜舀饭。牵牛花满脸是笑,童童香香甜甜地吃着饭菜。

我把大家与牵牛花共同用餐的情景拍下来传到丹子山村的微信群里,人们渐渐地相信了我宣传的知识。大家都像以前一样与牵牛花一起去产业园务工,与牵牛花一起共同发财致富,与牵牛花一起共同奔小康。

第四十八章

在跟进产业发展的同时，我也十分重视村民的文化生活，不断增强丹子山村的文化气氛，对已建的农家书屋加强管理。米白戒了毒回来，我就派她专门管理农家书屋，米白重塑了人生，既青春勃发，又健康向上。

我一派她管理农家书屋，她就尽职尽责地成为一个农家书屋的管理员，她每天按时开门，天天坚持开放八九个小时，热心为村民服务，不厌其烦地办理借还手续，仔细而又认真地对新书进行登记造册、编号分类，让图书整洁有序，账目清楚，每次新书一到便及时向村民推荐。

她除了做好借还工作和图书管理工作外，还经常开展农家书屋主题阅读活动，定期举办讲故事比赛、知识竞赛、"迎新春，诵经典"朗读比赛等活动。总之，她想尽一切办法，让农家书屋的书香味不断浸染村民的心灵，不断鼓舞村民的精神，不断提升村民的思想道德，不断提升村民的科学文化水平，让农家书屋发挥应有的作用，让农家书屋为新农村培养一批新型农民。

村民在农家书屋管理员米白的感召下，在浓烈的文化氛围中，读书的兴趣越来越浓，参加活动的积极性越来越高。

村民二牛在农家书屋读书，读成了乡村百事通。自从农家书屋天天开放后，二牛就不再打麻将，就不再睡懒觉，每天天还没有完全亮，他就吹着口哨，哼着歌儿到地里干活。忙完地里的活路后，他就跑到农家书屋去看书。他最喜欢读科技和生活类图书。显然农家书屋成了二牛的精神食粮和精神乐园，不断丰盈他的内心世界，不断扩展他的思路，不断开阔他的眼界，让他成为致富能手，成为乡村振兴中的新型农民。

《农民增收减负百问百答》一书增强了他的家庭经营收入理念，打破了他脸朝黄土背朝天的传统观念，他跃跃欲试地开起了小规模的养猪场；《猪标准化规模养殖图册》让他学习和掌握了标准化规模养殖全过程的关键技术和要点。他活学活用，把从书本里学到的猪场规划与建设、品种与繁殖技术、饲料与日粮配制、饲养管理技术规程和常见疾病的诊断与防治等知识都运用到了他的养猪事业中。猪在他的科学喂养和科学管理中长得膘肥体壮，报恩似的让他不到一年就增收六万多元。

《农民增收减负百问百答》《猪标准化规模养殖图册》让二牛穿上富裕的长袍,《新农村防病知识丛书:防灾避险》和《百科知识全书》让他掌握了日常生活中防灾避险的基础知识。这些知识他自己运用了不说,还经常传输给他在城里工作的大学生姐姐。姐姐最先有些不以为意,有些居高自傲,有些瞧不起这个只读了五年小学的弟弟,后来见弟弟传输给她的这些日常生活知识大有用处,便开始崇拜他,也像村民一样把他当百事通,一遇到什么难题便打电话请教百事通二牛,二牛每次都是运用在农家书屋所学到的知识让姐姐茅塞顿开。

上月姐姐失眠了,二牛在农家书屋的医药卫生图书中找到一个方子给姐姐发过去,姐姐按方吃了就能美美地睡到天亮了。姐姐觉得这是一剂良方,便转发给她那些失眠的姐妹。这让二牛十分得意地在米白面前炫耀他所取得的成就,米白现在对二牛有一种说不出的新感觉,觉得他不再是一棵枯枝败叶的树,而是一棵枝繁叶茂的大树,时常对他升起一波波热浪。因为有这份情爱,所以她对待二牛就不像对待一般读者那样加以表扬,而是不断地打击他,以激将法激励他,以此不让他骄傲,让他读更多的书,掌握更多的知识,真正成为一个有文化、懂科学、能致富的新型农民。

她一边整理着书架上的图书,一边笑道:"别在这里班门弄斧了,不就是太子参30克、麦冬15克、五味子12克、牡蛎30克、枣仁15克、桅枝15克、龙眼肉30克、羊合15克、巴戟12克、茯苓15克。有本事你就把《家庭常备小药箱》《家庭实用验方精选》《老偏方》和《中国中医秘方大全》的知识全部掌握到。"二牛憨憨地笑笑,便埋头看起书来。

农家书屋是二牛的精神乐园,也是丹子山村全村村民的精神乐园,一有时间他们就到农家书屋来看书来借书。书提高了他们的精神境界,引领着他们走向知识的殿堂,引领着他们走向致富之路,让他们展示着精彩的人生,释放出人生的魅力!

在运用农家书屋的同时,我又不断扩展文化园地,加强丹子山村的文化气氛,着手打造文化墙。我和罗滔加班二十几天,设计一百二十一面文化墙,内容包含传统文化、政策宣传、文明导向等宣传语。设计好后我就协调资金,然后请来广告公司按我们设计的方案制作。一个月后,一百二十一面文化墙就打造好了。"耕读传家,忠孝继世""上侍下育,诚实守信""奉公守法,乡里和睦。知恩明义,自立自强""立家规,树家训,传家训""讲文明,树新风""多一分宽容和关爱,多一分谦让和理解"等语句会随时跳入村民的眼里,起着极大的教育意义。"着力打造美丽卫生和谐的宜居环境""住上好房子,过上好日子。养成好习惯,形成好风气"带着美好,充满着希望,不断引领着村民健康向上。

这一百多面文化墙不但起着村风家训教育，不但起着文明道德宣传，还成了村里的一道十分亮丽的文化景观。

在利用文化墙进行宣传教育的同时，我还在每个社里选一名组长，让组长定期对每家的收入进行统计，定期对每家每户的卫生情况进行检查。同时村委会定期对乡风文明和致富情况进行评选，对评选出来的致富能手、卫生文明家庭进行加分表扬，并将评选出来的积分情况张贴到每家每户大门前的墙壁上，以此让全村村民都争当乡风文明标兵，都争当致富能手。

这还不够，这还远远没有达到我制定的目标。

我还要让丹子山村更加美丽动人，我还要让丹子山村更加有文化，更加有内涵，更加有深度。

接着，我建立儿童游乐室，我让里面的布置既有意义又充满着童趣。整个游乐室的墙面上写上名言警句，贴上漫画，起到引领孩子积极向上、健康成长的作用。

另外在传统节日举办文艺活动，让村民吟诗，让村民跳舞，让村民唱歌，让村民尽情地发挥各自的文艺才能，让村民尽情释放节日的喜庆气氛。

还有就是策划成立了丹子山村艺术馆，把知名的艺术家请到丹子山村来采风，来挥毫泼墨，以此留下墨宝充实丹子山村艺术馆。馆里的《念奴娇·追思焦裕禄》和一些反映丹子山村村风村貌的作品散发出浓浓的文化气氛，彰显着极强的艺术魅力和较大的感染力。罗滔还找来一些承载着丹子山村历史的农家古瓦罐和农具等器具置放在馆里，以此传承着丹子山村的精神，彰显着丹子山村的文化。

丹子山村处处有文化，宣传牌如文化墙一样遍布整个村子，有的是宣传惠民政策，有的是宣传传统文化，有的是宣传乡村振兴政策。稻田边，红色大牌上写着"产旅融合，振兴丹子山村"。同时，我还找人制作了两幅特别有意境特别有意义的3D画，一幅展现的是丹子山村的美景，美景中头戴斗笠身披蓑衣手持镰刀的村民惬意地行走在充满绿韵充满诗意的栅栏道上。人物栩栩如生，既释放着村民的古朴美，也展现着丹子山村村民置身在仙境中的幸福生活。另一幅是一个村民左手握着葫芦，右手握笔写福。其寓意是福在手中，但要靠自己掌握，要靠自己描绘。

在文化的熏陶下，在美的感召下，丹子山村每家每户的房前屋后都种起了各种花卉，每家每户的屋前房后都收拾得整整洁洁，屋里的家具和农具像军人一样整齐有序地排着队。屋里屋外的地面像刚洗过面的女人一样光洁亮丽，没有一点柴柴草草，没有一点渣子，没有一点口水，没有一点痰液的痕迹。改善后的水厕洁净如新，乡村公路上也是光光洁洁，没有一点纸屑，没有一点渣渣，也像刚洗过面的美丽女人一样。

丹子山村的村民在文化的充实下，在文化的引领下，变得精神焕发，人人奋发向上，人人争当致富能手，人人争当文明标兵，人人穿得整整洁洁，人人学会了礼貌待人，人人学会了尊老爱幼，对待村人邻居谦虚礼让，和睦相处。爱骂人的不再骂人，爱说脏话的不再说脏话，"您好""谢谢""对不起""请问"等文明用语随口运用。

文化让丹子山村的魅力扩散开去，引来许多人参观学习，赢得了社会各界的赞赏，得到了各级领导的认可，丹子山村先后获得了省市两级"乡村振兴示范村"、省"乡村治理示范村"、市"乡村人才振兴示范村"、县"优秀基层党组织"等荣誉称号，昨天徐书记又捧回了市上的奖牌，这使我很有成就感。

这天夜里余刚来丹子山村时，我便得意扬扬地对他说："老公，你看看吧，如今的丹子山村是不是越来越美了？"

余刚不太关注丹子山村的变化，不太关注我所取得的成绩，他所关注的是我还有多少天能走出丹子山村，回到城市，回到家，回到他的怀抱。

对于他的私心我不责备他，甚至很理解他。说实话他一点也不比我轻松，自从我离开家到丹子山村工作，家里的所有事都落在了他一人肩上。经营店面挣钱的事，家里买东买西，老人看病就医，孩子上学接送，孩子的作业占据了他所有的时间，耗费了他所有的精力。他盼我回去既是给他肩上的重担减负，也是给他的情感增色，当然也是让我精力少耗，也是让我肉体长膘。

如今，余刚来丹子山村的时间不多，来也是晚上九十点过，我知道他是实在遏制不住想见我的欲望。我不再当扼杀他情爱的刽子手，我不再怕村民说我夜寻野货，也不怕张总和罗滔相互猜疑。我什么也不怕，我爱我的男人，我让他来去自由，我让他带着希望而来，怀着满意而去。

我们虽然相隔几十千米，各自做着各自的事，但是我们的心时时刻刻都连接在一起，爱时时刻刻都交织在一起。

因为拥有炽热的爱，我的肉体很丰满，因为拥有炽热的爱，我的精力很充沛，因为我有充沛的精力，所以我的工作开展得如鱼得水，一切都按规划有序地推进着，一切的一切都按计划实施着。

第四十九章

这段时间,我的心情十分愉悦,不管干什么都在哼歌。罗滔说:"百灵鸟来到我们村委会的办公室了。"

徐书记把一份文件递给罗滔说:"你就让她唱吧,她难得有这么好的心情。"

罗滔扭过头来望着我笑道:"书记的指令,让你放开歌喉释放你的愉悦。"

罗滔这么一说我就不唱了,认真拟订近期的工作计划。拟订完后,便与徐书记、吴主任和罗滔讨论起丹子山村开设农家乐和民宿的事。

我说:"丹子山村的乡村旅游业渐已打开局面,我的意思是旅客来饱了眼福,尽了兴后,我们还要满足他们的口福,填饱他们的胃。"

徐书记说:"这个想法很好。"

得到徐书记的赞赏和罗滔的配合,我心里的翅膀就更有力地飞翔了起来,脸上的阳光越发灿烂,奋进的力量更加鼓胀着我的肢体,催促着我前行。

于是,我那充满着底气的声音再次带着我的芬芳从嘴里发了出来,我一股脑儿地说出了开农家乐和开民宿的方案。

吴主任听了哼一声说:"开农家乐开民宿,有意义有前景吗?"

我说:"有,我们与张……"

我见罗滔诡秘地看着我,便立即关闭声音,假装口渴地喝了一口水,然后才拧开频道,继续展播,但我删除了与张总相关的一些话题,我说:"我们的雷竹基地,我们的泥彩塑体验馆,我们的鲜花基地都形成了巨大的魅力……"

罗滔打断我的话说:"吸引人眼球的不只是产业,不只是生态,还有文化,艺术馆、文化墙、宣传牌是丹子山村的亮丽风景,是丹子山村的独特风貌。"

徐书记说:"对,我们丹子山村的发展很全面,在美女书记的努力和艰辛付出下,丹子山村产业兴旺,生态优美,文化强大。毫不夸张地说,我们丹子山村是按照'产业为根,文化铸魂,乡旅兴村'的发展模式,在一步一步地奔向美好,在一步一步地奔向富裕,在一步一步地奔向小康。"

我接上徐书记的话说:"我们只是取得了一部分成绩,新农村的建设还需要我们加大马力，奋力前行，不断前行。"

罗滔朝我竖起了大拇指，我没有理他，继续说道："我们丹子山村已经具备了开农家乐和开民宿的条件。"

吴主任不服地说："怎么个开法，细细说来我听听。"

我对吴主任的态度忽略不计，我说："我的意思是把村里的闲置房子逐步利用起来。"

徐书记兴奋地赞赏道："这个想法好。"

罗滔极欣赏地看着我说："不错不错，你比我们站得高，你比我们看得远。"

我想笑罗滔的过分奉承，但是我的思维又把我拉回来继续我的话题，我说："我的意思是先着手开发徐家大院。徐家大院是一个四合院，几家空闲的房子都是一楼一顶的砖房，房子不错不说，前面还有一个大堰塘，周边的竹和树都长得十分繁茂，既生态又很有诗意。"

徐书记说："徐家大院里的五户人家都飞进城里去了，就只有春节回来上坟，上了坟就走了。这么几栋好房子，这么大的一个院子，浪费了实在有些可惜。如果把它利用起来开农家乐、开民宿那是再好不过的事，只是这几家人愿不愿意租出来还是一个问题。"

我有些哑然，这几家人都是在城里经商发了大财，一点租金对于他们来说算什么？九牛一毛都不算。

我正不知所措时，罗滔突然变成了诸葛亮，他说："这事由我去搞定。你们说其他的事。"

我和徐书记相信罗滔能搞定租房的事，且不说他和这几家的少爷都是哥们儿，就凭他的口才和智慧也能攻克所有的难关，在他罗大神的面前几乎没有障碍。

租房的事由罗滔去完成，我就接着说下一个问题，我说："我给农家乐草拟了一个名字叫'丹美'，供大家参考……"

罗滔刚等我说完就拍手叫道："我喜欢，这个名字取得好，就如你人一样美。"

徐书记也赞赏道："很好！亮出了一张我们丹子山村的牌子。但是有一个问题，牌子要靠实力来支撑才行，我的意思是要开就开出我们丹子山村的特色来。"

我接上徐书记的话说道："对，要开就要开出我们丹子山村的特色来，既要有特色菜，也要有特色文化。水青姐的巴巴肉、千层饼、麻辣牛肉干、魔芋烧鸭子，野棉花的粉蒸肉、油炸花生米，胡豆花的凉粉，这些都算是丹子山村的特色菜。"

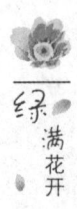

罗滔对我笑道："姐……"

见我瞪着他便改口道："哦，美女书记你说的特色文化不是做工艺菜吧？"

我说："我说的是在农家乐的布置和设计上既要有文化气息，也要有我们丹子山村的地域特色。"

徐书记说："这很好。农家乐的布置和设计上我一点也不操心，因为美女书记和罗文书在这方面都是行家能手，我所考虑的是找谁来投资的问题。"

罗滔说："别找我，我的肉体不能分身，找张总吧。"

我说："我找过张总，张总说没有这方面的经验，也没有这份精力。我思考再三，农家乐和民宿就由丹子山村集体合作社出资办，聘请水青姐管理……"

徐书记打断我的话说："由丹子山村集体合作社出资办农家乐和民宿可以，但是叫我的女人去管理绝对不行！村里的经济我绝不让我的女人沾一点边，叫她当助手炒菜还可以。"

我说："这个管理人员既要有文化，又要有较高的厨艺。"

罗滔说："美女书记的一双慧眼看过来就在沙滩里选出了金子，我也觉得水青姐是最合适的人选，她高中文化，厨艺比很多高级厨师都好。这几年我们丹子山村谁家有红白喜事都是水青姐去做主厨，她做的菜既色香又味美。"

徐书记说："你们太抬举我的女人了。好话不说二遍，再睁开你们的慧眼找找吧，丹子山村的能人高手多的是。"

我想了半天也想不起谁来，罗滔的慧眼也有点云遮雾绕。

吴主任的眼睛却雪亮起来，他说："野棉花吧，她也是高中生，也能煮十来桌的菜。"

徐书记思忖一阵点点头说："野棉花也行，只是特色菜这方面要差一些，这也好解决，我的女人可以去帮厨，账目上可以叫米白协助管理。"

这事定了后，罗滔就开始为租房子的事奔忙。他的能力果然不出我所料，两天时间就把几家的房子租到手了。房屋租好后，我和罗滔就连日加班设计布置，充分利用我们的脑瓜子，尽力弄出特色。经过两个多月的忙碌，丹子山村的农家乐就呱呱坠地：红砖砌的篱笆，灰色瓦造型的屋顶，拱形的木制花架院门。院外有景色，院内也不逊色，多种花卉齐声欢笑，竞争似的比着美。院内除了花，还有文化，还有时代的召唤，进门可见"乡村振兴"四个大字。"丹美农家乐"设有八个雅间，每个雅间的名字都是以村里的地名取的，让人在品赏美食的同时，尽享丹子山村的地域特色。另外我们还让每个雅间充满文化，洋溢艺术。有的雅间里挂着名家名画，有的雅间题写着唐诗宋词。在给足食文化的同时，还提供充足的精神文化，另外设计了一间可容纳两百多人的多功能室，我向单位争取了一笔资金，买了一套唱歌跳舞的设备，购买了十多张透露着古韵、释放着典雅的条形长桌。多功能室可以用来给村民喝茶、办酒宴，还可以开展各种文化活动。

农家乐建好后，我和罗滔齐心协力举办了一场山歌民谣大赛。让整个丹子山村沸腾了起来，村民们踊跃参加，大展歌喉。米白唱的是《我在丹子山村等你》：

　　春潮映红了我的脸，
　　春花吐露着诱人的红艳。
　　青山中我启开了浪漫之门，
　　蓝天上我飘浮在青春的梦里。
　　雷竹传唱着高雅的神奇，
　　亲爱的，亲爱的，我在丹子山村等你。
　　等你痴迷于我的娇媚，
　　陶醉在我的梦里。
　　等你在浪漫竹海，
　　双双起飞，歌唱爱情的永恒。
　　等你沉迷在泥彩塑的神奇里，
　　梦幻丹美仙境。
　　鲜花基地的神韵，
　　穿越七彩流云。
　　我绽放出炫丽的彩云，
　　吐露芬芳，引来鸟鸣。
　　我依偎在母亲的怀抱，
　　流淌着柔美。
　　亲爱的，亲爱的，
　　我在丹子山村等你。
　　等你仰慕我的绿韵，
　　品尝水果玉米的美味。
　　等你欣赏我的美丽，
　　共享我的温存。
　　等你等你等你，
　　我在丹子山村等你。

她唱得声情并茂，很具有感染力。她刚一唱完，吕三娃子就即兴发挥编了一段《丹子山村工作多》的顺口溜：

　　丹子山村工作多，
　　任你选一个。
　　每天见亲人，

饭菜吃现成。

快乐奔小康，

回家有钞票。

他川普共用，引起一阵又一阵狂笑。

年轻人的艺术细胞开了花，老年人的青春也复返了。周幺爸唱起了《情妹生来嘛一枝花》：

情妹生来嘛一枝花哟，哟花哟；

情哥哥见了多爱她哟，呃爱她哟。

呃爱她就爱她嘛，请到我家来耍噻。

妹娃子。

爪子嘛？

来嘛。

说来我就来嘛，

我有一件事儿挂心怀嘛，

忙着绣根鸳鸯帕噻。

鸳鸯绣起噻。

哥哥吔。

喊啥子？

我就哟来。

瓜子落花生噻，

一样称半斤嘛，

二两花胡椒噻，

是麻筋又麻心啰喂。

周幺爸唱得不算好，但很有情趣。接着蒋大妈唱起了《花花扇儿摇哎》：

正月就把灯笼耍，哥噻，哥请来耍，哥请来耍。龙灯哟耍哟喂，花花扇儿摇哎。

二月里就把风筝扎，哥噻，哥请来耍，哥请来耍。风筝哟扎哟喂，花花扇儿摇哎。

三月里清明把坟挂哟，哥噻，哥请来耍，哥请来耍。把坟哟挂哟喂，花花扇儿摇哎。

四月里秧儿满田插，哥噻，哥请来耍，哥请来耍。满田哟插哟喂，花花扇儿摇哎。

五月里龙船下河坝，哥噻，哥请来耍，哥请来耍。下河哟坝哟喂，花花扇儿摇哎。

六月扇儿手中拿，哥噻，哥请来耍，哥请来耍。手中哟拿哟喂，花花扇儿摇哎。

　　七月就把早谷打，哥噻，哥请来耍，哥请来耍。早谷哟打哟喂，花花扇儿摇哎。

　　八月里中秋望月华，哥噻，哥请来耍，哥请来耍。望月哟望哟喂，花花扇儿摇哎。

　　九月里菊花开得雅，哥噻，哥请来耍，哥请来耍。开得哩雅呢喂，花花扇儿摇哎。

　　十月里柑橘像金瓜，哥噻，哥请来耍，哥请来耍。像金哩瓜哟喂，花花扇儿摇哎。

　　冬月烘笼涨了价，哥噻，哥请来耍，哥请来耍。涨了哟价哟喂，花花扇儿摇哎。

　　腊月就把年猪杀，哥噻，哥请来耍，哥请来耍。年猪啊杀哟喂，花花扇儿摇哎。

　　蒋大妈的歌声一停，胖大妈就接着唱《小妹子愿嫁人》：

　　　　　天上星星排哟对排哟，
　　　　　　排哟对排哟，
　　　　　街上情妹下乡来哟，
　　　　　　依儿呀儿哟。
　　　　　小妹子愿嫁人哟。
　　　　　情郎的妹，情妹的哥。
　　　　　情妹噻一枝花，真难丢哟喂。
　　爱情的花情难舍，情难抛，弯弯眉毛像个妖。
　　　　　　老鸭子叫。
　　　　　　　人来了。
　　　　　　　哪一个？
　　　　　　　你妈来了。
　　　　　　　咋开交。
　　　　　快到树下去哟藏哟哟，藏哟，躲哟。
　　　　　　依儿呀儿哟。哟嗬嗬嗬。
　　　　　小妹子愿嫁人哟，依儿呀儿哟，依儿呀儿哟。

　　胖大妈唱后，二牛接着唱起《薅秧锣鼓》来：

　　　　　　大田插秧呀儿喂子哟，
　　　　　要问鲤鱼跑什么哟呀儿喂子哟。
　　　　　　一对鲤鱼儿跑忙忙哟，
　　　　　　　田坝那头，

去拜堂哟。
大田插秧行对行呀儿喂子哟，
要问我薅秧为什么哟呀儿喂子哟。
妹娃子我下田，
薅秧忙哟，打了谷子，
办嫁妆哟。
大田插秧行对行来呀儿喂子哟，
要问我薅秧为什么哟呀儿喂子哟。
哥哥我下田薅秧忙哟，
打了谷子讨婆娘哟。

等二牛唱完，二表嫂说："二牛你唱是唱得好，不过我觉得你找个女人对唱就更有味道。"

二牛憨憨一笑说："哦，对，我应该找你对唱。"

二表嫂说："滚你妈一方。"

二牛想再说一句怪话，见米白在看着他，就把到嘴边的话收了回去。

野棉花说："二表嫂，我看你是孔雀开屏自作多情，人家二牛找女人对唱也是找米白对唱，大家说对不对嘛？"

米白红着脸说："你们说话可别扯到我头上来。"

二表嫂说："米白，别那么害羞，都睡在一张床上了还害什么羞！"

蒋大妈说："光明正大的事，怕什么羞？"

胖大妈说："米白，干脆和二牛把婚事办了吧，免得哪天挺着个大肚子办婚礼不方便。"

象牙红说："胖大妈说得对，明天你们就把喜字贴在丹美农家乐！"

野棉花说："我们大家都等着喝你们的喜酒呢，等着抱你家的胖娃娃。"

大家说："对，我们大家都等着喝你们的喜酒呢，等着抱你家的胖娃娃。"

说后大家又哈哈大笑起来。

蒋大妈笑后说道："二牛和米白还没有红娘呢？"

水青姐笑着说道："谁说没有啊，美女书记就是他们的红娘。"

二表嫂说："对，二牛是美女书记来了后才变得人模狗样的，二牛如果是过去那副穷得叮当响的鬼样子，米白会看上他吗？"

大家都异口同声地说："对对对！美女书记让二牛富了起来，也让我们富了起来。"

吕三娃子笑道："富起来也不是好事，你们看我现在都吃成三高了。"

张麻子说："谁叫你一天饿鬼似的大吃大喝。"

吕三娃子说："穷苦了几十年，现在我肯定要天天大鱼大肉地吃起走。"

二表嫂笑胡豆花道："胡豆花，别再煮那么多好吃的给吕三娃子吃了，重量超标你夜里受不了。"

胡豆花哪里会让二表嫂如此取笑她，她亮开笑声笑骂二表嫂道："你也不比我轻松，你的男人也像个肥猪似的，肚子大得像怀了几个月的孩子一样。"

大家又是一阵哈哈大笑。

笑后周幺爸说："你们都肥起来了，都洋起来了。"

野棉花说："周幺爸，你是乌龟有肉在壳壳里，我那天亲眼看着你又存了几万。"

周幺爸说："存票不如有车子有婆娘好。"

麻狗笑道："周幺爸想婆娘了。"

大家哈哈大笑起来，周幺爸也跟着一起笑。笑后又说道："年轻真好。可惜我没有早点赶上这个好时代。如果早二三十年，我肯定也会像大家一样买辆轿车来洋盘洋盘，也会像麻狗一样找个女人来花钱，来暖被窝，来暖脚。"

麻狗玩笑道："你拿二十万给我，我把我的女人送给你。"

麻狗的话音刚落，才和麻狗结婚的李寡妇就跳过去扯着麻狗的耳朵戏骂道："你把老娘当成什么了？"

麻狗歪着脸看着他的婆娘说："开玩笑的开玩笑的，我怎么舍得把你送给他？"

夫妻俩的闹剧又惹得大家捧腹大笑起来。

笑后，胡豆花笑周幺爸道："周幺爸，你也别急，现在那么多城里人往我们丹子山村跑，说不定哪天你就遇上一个退休老婆婆了呢？"

周幺爸说："那些好事我不去想，想也是白想，我现在已经是快要入土的人了，我一个人能吃就吃能穿就穿，再有好好感谢感谢我们的美女书记，是她让我们丹子山村变好的，是她让我们大家富起来的。"

大家都说："对，是她让我们丹子山村变好的，是她让我们大家富起来的，她是我们丹子山村的活菩萨。"

第五十章

我的口碑在丹子山村越来越好。乡亲们对我工作的认可，让我更加热爱乡村振兴工作，让我更加热爱丹子村，更加热爱丹子山村的村民，真真切切地把他们当成了我最亲切的人。由此，我与乡亲们的感情越来越深，情意越来越浓。他们一有空就来找我聊天说知心话，我呢，只要夜里不加班，不开会，不回城，我就在村里的活动广场上，披着月光给大家唱川剧变脸，与大家一起跳广场舞，与大家一起说笑聊天。

乡亲们离不开我，牵牛花母女俩更是离不开我。牵牛花视我为活菩萨，童童与我形影不离，我每天夜里都要坐在床上给童童讲《安徒生童话》。自从我搬进牵牛花家，牵牛花就让童童与我一起睡。童童每天夜里依偎在我的怀里就像依偎在她妈妈的怀里一样，梦呓中或夜里解手都会叫我妈妈。

童童对我的亲昵和深深的依恋触碰着和扯动着我的心。夜深人静的时候，我紧紧地搂着童童会想一些事，比如，牵牛花走了以后谁带童童？牵牛花的情况是活不了多少日子。想着想着泪水就会涌出来，热热地从脸上滑落下去。前天我对亚兰说起童童的事，亚兰非常敏感，说自己如果不生二娃就会毫不犹豫地领养童童。话说到这份上，我就不好开口叫亚兰领养。我又请求一个没有开怀生孩子的同事收养，但同事摇头拒绝，说她才不会给自己找麻烦，说没有血缘关系的孩子养着也是白养。我又去问了几对夫妻，都不愿意收养。山林要领养童童，他的父母坚决反对，说牵牛花害得山林现在还没有结婚，不能让童童再害得山林一辈子都找不上女人成不了家。山林不听父母的，父母就跪在他的面前要死要活，山林没有办法只有放弃领养童童，向父母妥协。米白先说要带着童童过日子，后来又反悔了，说她不能增加二牛的负担，再说她管理农家书屋也忙，根本没有时间照顾童童。

童童的收养问题成了我的心病。

现在的我，不可能不管童童。

我思考了一段时间，然后把自己的想法告诉了家人。首先我遭到了婆婆的反对，婆婆说："你们早给我们说好了，说等你乡村振兴任务完成后回来就给我们添二孙儿，现在突然变卦说不生二胎要去领养别人的孩子。兰木，我跟你说，别人的孩子终归是别人的。"

我的父亲说："我也坚决反对。自己能生为什么要去带别人的孩子？"

婆婆说："就是，自己能生为什么要去领养别人的孩子！"

我说："她的父亲死了，她的母亲很快就要没了，我问了几个人都不愿意领养，这么小的孩子没有人管可不行。"

婆婆说："别人都不愿意要我们也不要，孤儿有政府管，用不着我们操心。兰木，你可以把她送到孤儿院去。"

母亲说："兰儿，还有一年多时间你的乡村振兴工作任务就完成了，我建议你赶快做生二胎的准备，别再去为那个什么丹子山村的事费心劳神了。你为丹子山村付出得够多的了，别一辈子都走不出丹子山村。"

我说："妈，你老人家怎么也没有一点点慈悲心肠？"

婆婆说："兰木呀，这个世界上的苦难事太多，你管得完吗？"

我看着婆婆，心里气得不行，但又不好发作。只好大声地冲着我的母亲说道："我知道我无法说服你们，今天，我只是告诉你们一声，孩子由我领养，自然该由我决定。"

母亲无可奈何地说："牛脾气又上来了。兰儿呀，这事你一人不能决定，你把我们当老人的排除在外我们也没有话可说，但是你应该跟你的丈夫商量商量。"

我说："没有什么好商量的，他同意也得同意，不同意也得同意。"说罢我转身朝外走去。

婆婆满肚子的火气不便发作，只有伸着脖子一个气嗝接一个气嗝地打着。母亲气得瞪着我的背影骂道："哪有你这么霸道的人！"

其实我也没有这么霸道，这孩子得由我和余刚两人抚养，我肯定得和他商量。他起先不同意，我把童童的情况说了，我把我领养的理由说了，他就没有再说什么。这就是余刚的可爱之处，不管什么事只要我理由充分，他最终都会点头答应，让我顺心又顺意。余刚就这样不断地将我的心灵碰撞出火花，余刚就这样不断地激起我的心海浪花。我一次又一次地觉得余刚是世界上最最支持我的人，我一次又一次地觉得余刚是世界上独一无二的好男人。余刚的魅力成了我们两人之间的保鲜剂，永不过期的保鲜剂。

不出我预料，牵牛花的身体状况越来越不好。牵牛花也放不下童童，童童是她唯一的亲人。一想起要离开她，泪水就止不住地往外流。她恨她那个死鬼米冬瓜，他把病毒传染给她，她却为他背黑锅。村里人没人知道她的男人米冬瓜是染上这个病喝闷酒醉死的，男人生前没有告诉她他在外面打工染上了艾滋病。他支撑不住了就一人去住院，从不让她去陪他。病情控制后回来，他睡客厅，不让她靠近，也不让女儿童童靠近，说他患上了皮肤病，会传染，他以为这样就不会把病毒传染给妻子，但医生告诉他这病有潜伏期。这话把他推到了悔恨的顶端，绝望的边缘。他一想起他那年轻美丽的妻子被他所害，他一想起他那年幼可爱的女儿很快就要没有父母，他的心就如刀绞。他骂自己不是人，他骂自己猪狗不如。他不想再控制病情了，他没脸再回家，他住旅店，喝闷酒。这天他买了一瓶安眠药当下酒菜，边喝边流着泪说："牵牛花，我对不起你！对不起你啊！我在外面打工没有管住自己，既害了我也害了你。我愚蠢啊！我真他妈的不是人啊。我那可怜的女儿啊！爸爸对不起你，对不起你！对不起你啊！"

牵牛花收拾遗物时，在手机里发现了米冬瓜给她写的遗书：牵牛花，我的老婆。我患的不是皮肤病，而是染上了艾滋病。这两年一过了正月十五我就到外面去打工，腊月二十几才回来，这么漫长的时间我不可能不想女人。老婆啊，我想你，非常想你，有时想得发疯，可远水不能解近渴呀。我无能为力！我管不住自己。我毁了我自己，也毁了你。这辈子我对不起你！下辈子我给你当牛做马。我没有脸回家见你，我不想死在你的面前……你的时间也不多了，你一定要把女儿童童安排好，找个善良的人领养她，她还小，你一定要想办法让她获得拥有爸爸妈妈的幸福。拜托你了我的女人！

牵牛花的心被掏空了，男人连骂的机会都不给她就这样走了，只留下病毒在她的体内。天塌了，地裂了，世界末日来临了，她真想吊死在山梁上的黄葛树上，可是她的女儿呢，她还那么小。

为了女儿活一天是一天吧。她背着臭名坚韧地活着。

她没有对任何人说男人米冬瓜染上了艾滋病，只说男人是和朋友喝酒醉死的。

现在男人传染给她的病毒在她的体内凶残地侵蚀着，破坏她的肌体，吞噬她的细胞，她就要去见她的男人了。男人交代她的事，她肯定会安排好，不然她死不瞑目。其实这事哪里需要那个死鬼交代啊，女儿是她的，十月怀胎，九年多的抚育。她是他们的骨血，她是她和丈夫生命的延续。

这天夜里，牵牛花躺在医院的病床上，觉得自己快不行了，急忙摸出手机给我打电话，她说："美女书记，谢谢你给我的温暖，让我在生命的最后日子里享受了美好的生活，得到了乡亲们的尊重。谢谢你！"泪水从她的眼里涌了出来，堵住了她的喉头。我知道她要说什么了，果然牵牛花那极为虚弱的声音带着哽咽从电话里传了过来，她说："兰木妹妹，姐有一事相求，恳请你收养我的女儿童童，我只有把她交给你才放心。"

我说："我答应你，你放心吧，我会把她当成亲生女儿一样抚养成人。"

牵牛花走后，我没有从牵牛花家搬走，我想等童童这学期在乡镇上读满，下学期转到城里去，因为到城里联系学校还需要我花很多时间奔波。

对于我收养童童一事，一些人说我心好，有菩萨心肠，一些人说我傻到家了，说我这几年在丹子山村还没累够，眼见着就要回城回单位去过轻松日子了，却又给自己套上一副枷，增加一副担子，说现在养一个孩子少说也要花一百多万。

大家出于一片好心，纷纷出面对我进行劝说。

蒋大妈说："美女书记，你要考虑好啊，养一个孩子可不像养一条狗一只猫那么容易。"

野棉花说："美女书记，很快你就要回城了，依我说你用不着再管丹子山村的事。这孩子也饿不死，我们丹子山村会轮流供她饭吃。现在谁家还缺粮吃，就是每日三餐的剩菜剩饭也能养活几个人，所以说你根本用不着愁。"

周幺爸说："对，我们多添一碗水就是，饿不着她，你放心吧。"

麻狗说："你的家人也非常反对，你不能为了一个不相干的人弄得你们一家人不团结。"

二牛说："美女书记，我再劝劝我的女人米白，你放心，她迟早会同意把童童领过来。"二牛上个月与米白领了结婚证，请来一条龙服务，办了三十桌酒席，很隆重很热闹地举办了结婚典礼。

我说："谢谢大家！我既然已经答应了牵牛花，就要把童童当成亲生女儿一样抚养成人。自从我住进牵牛花家，就一直带着她睡，她现在已经离不开我了，夜里没有我陪着她，她就根本睡不着觉，我已经成了她的第二个妈妈了。"

吴芳说："美女书记，你现在人年轻，做事爱冲动。我认为你还是应该多听听你父母的意见，老年人考虑问题要周全一些。"

胡豆花说："美女书记啊，你知道养一个孩子要多少钱吗？"

野棉花说："花了钱，如果听话还好，不听话气死你！"

胡豆花说："你最好不要管她，一不沾亲二不带故，你傻呀？"

吴芳说："我们大家都是为你好。"

我说："谢谢大家的一片好心，领养童童的事我已经决定了，很快我就会把她的户口和学籍转到城里去。"

吴芳拉着野棉花和胡豆花哼一声就走了，边走边说："哼！龟儿子瓜婆娘，倒尖不齐！你为她好，她倒觉得你像是在整她一样！"

野棉花叹口气说："唉，年轻人往往爱心血来潮，把事情想得简单。以后她就知道了，有她这辈子的好果子吃！不听老人言，吃亏在眼前！"

吴芳说："哼！她以为养一个孩子像养一只猫养一条狗那么简单！龟儿子瓜婆娘！"

野棉花说："少说也要花一百多万块钱吧。"

胡豆花哼一声说:"你说她傻不傻嘛,养自己的孩子嘛是理所当然,但凭什么去养别人的孩子?有这一百多万留着自己享受,你说何乐而不为?真是超级傻。"

吴芳说:"嘿,我们该把这个超级傻子发在抖音里让大家见识见识。"

胡豆花说:"那你转去拍吧。"

吴芳说:"算了,我屋里的活路还有一大堆呢,下午我还要到雷竹地里去挣钱,上个月我比你少挣好几百呢。"

任由他们去说吧。我这个人历来是不受外界影响和干扰的,借助一句名言:让他们说去吧,我走我自己的路,做一个内心强大的人。我以较快的速度,在较短的时间内把童童的名字加在了我们家的户口簿上。童童很快就融入了我们这个家庭,她像那些有爸爸妈妈的孩子一样快乐而又幸福地生活着,健康地成长着。我的儿子叫她姐姐,我的婆婆公公我的爸爸妈妈渐渐地接纳了她,叫她孙孙,乖孙孙。由此我觉得人心都是善的、都是软的,由此我觉得家人虽然是引你生气发火的导火绳,同时也是给予你感动、给予你欣慰、给予你快乐、给予你幸福的源泉。

第五十一章

我失踪的事徐书记一直想知道。这天晚上,我和徐书记带领大家把最后一批运往云南的水果玉米装上车,已经是夜里十一点过,我已经累得不行了,就倒在地上想睡一觉,徐书记怕我睡感冒了,便叫我坐起身来与他聊天。我像接受父亲的爱意一样立即坐起身来,与他聊水果玉米的大丰收,与他聊明年雷竹的大丰收,与他聊我失踪的事。正聊着时,美雅突然发来信息,告诉我她的乡村振兴题材作品已经大功告成,这样的话题我不接上都难,我拨通美雅的电话连连说祝贺。

美雅说:"兰木,我非常感谢你们这些乡村振兴干部,这部小说的素材是你们给予的,创作灵感是你们激发的,创作热情也是被你们点燃的。兰木,这部作品承载了很多厚重的东西!里面的人物形象,完全是胡荣是丹兰是你和很多驻村第一书记的叠加和重现。"

我望着丹子山村的夜空说:"辛苦你了美雅!美雅,我发现任何时候都有你们作家的身影出现,你们才算得上是一支不可缺失的队伍。"

"是吗?"美雅的笑声银铃般地响在我的耳畔,笑后她说,"我参加'家民读书月活动'的两篇散文,一篇被省委宣传部评为二等奖,一篇被省委宣传部评为优秀奖。这两篇作品都得益于丹子山村的农家书屋的工作做得好,村民读书热情高。另外写丹子山村的报告文学已经发表在人民网上,作品主要描写你在乡村振兴工作中以'产业为根,文化铸魂,乡旅兴村'的发展格局将偏僻而又穷困的丹子山村绘制成了一幅美丽而又富饶的现代乡村画卷,让村民走向富裕而又幸福的彩虹桥。作品分为四个部分,第一部分写丹子山村的产业飞速发展,第二部分写丹子山村的生态魅力,第三部分写丹子山村浓郁的文化氛围,第四部分写丹子山村农民的富裕生活,再现鸟儿在天上飞,轿车在乡村公路上驰骋的农村城市图景。"

我已经不知道该怎样赞美我这位才华横溢的作家朋友。

美雅是一位有实力的作家,她曾任巴金文学院创作员,二级文学创作,遂州文化名家,四川省文学扶贫和书生网签约作家。她正式出版发行长篇小说八部、中短篇小说集六部,在报刊和大型文学网站上发表文学作品百余篇。

有一部写扶贫题材的长篇小说被省委宣传部列入《四川省二〇一七年至二〇二一年精品生产规划》，被国家广播电视总局列入《二〇二〇年农家书屋重点出版物推荐目录》，同时评为重点读物，还有两篇写扶贫题材的中篇小说也连续入选四川省"万千百十"重点选题，今年一部描写乡村振兴题材的长篇小说又被四川省作协评选为乡村振兴重点作品选题。她的作品情景交融，情感真挚，富有浓浓的生活气息，具有很强的可读性，获得社会各界认可。我既喜欢她的作品，也喜欢她这个人，每次与她通话都要赞扬她一番。这次也一样，她也像以往一样，我赞扬她的话刚说完，她就说："写作不过是我的一个爱好，成绩属于过去。"

我说："虚心使人进步。"

美雅说："那我就更虚心一点。兰木，我马上要到黑山林村去蹲点生活一年。"

我说："又要孕育下一部作品了。"

美雅说："你在前行，我也不能止步啊。"

我说："美雅，你是一个非常称职的作家，你总是坚持深入生活，扎根人民，为人民书写，为人民抒情，以此诠释作家的职责，以此践行作家的诺言。"

她说："人这一辈子，不管是热爱上一个人，还是热爱上一件事，你都得为他付出你的所有。"

我说："很有同感。"

她说："兰木，我的父母都退休了，在这次蹲点生活之前，我想在丹子山村给我的父母租一套房子。丹子山村生态好、负氧离子高，对于人的身体很有好处，适合养身和养老。我的父母辛苦了大半辈子，现在退休了，我希望他们在一个优美的环境中尽情地享受晚年生活，我希望他们能健康到百岁。"

我说："你真会选地方。"

美雅笑道："那是那是，丹子山村如今是农村城市。兰木，我没有说错的话，我们是第三家在丹子山村租房的。"

我说："你一点也没有说错，丹子山村确实是一个生态宜居的好地方，许多人都慕名而来，我们的农家乐天天爆满，我们的民宿预订成疯。美雅，你让你父母来丹子山村养老实属英明之举，他们也会像前面那两对退休职工一样，每天看着葱绿优秀的丹子山村，吃着生态环保的蔬菜，呼吸着负氧离子很高的清新空气，在乡村公路上漫步闲谈，在蓝天白云下，半倚在摇椅里微眯着双眼听音乐听鸟鸣，享受着诗意的生活，夜里在静谧中安然入睡。"

美雅说："听说有一位久咳不愈的老人，在丹子山村住了不到半年，病情就缓解了许多。"

我说:"对。"

美雅赞赏道:"真是生态引来鸟筑巢。我觉得你们应该多做一些短视频发在抖音上,让更多的人知晓丹子山村的富饶和美丽,让更多的人向往丹子山村,让更多的人来欣赏和享受丹子山村的美丽。"

我说:"谢谢指导,明天我就和罗滔去实施。"

我与美雅通完话,就又接着与徐书记说起那天晚上发生的事。那天夜里我男人余刚因情爱来袭,一下把我裹挟到温柔乡中。

这是久违的感觉。

我与余刚已经有一个多月没有相聚了,这夜他按捺不住情爱的涌动,开车跑几十千米,穿过层层夜色来与我幽会。

这是何等的情深意长啊,丹子山村的夜晚沉醉了!我也沉醉了!

这个夜晚,我要尽情尽致地释放一下,让充满热能的火苗映红丹子山村的夜空;这个夜晚,我要美美地做一场鸳鸯蝴蝶梦。但事与愿违,我亲亲的母亲却来电话说孩子高烧不止,这使我一下由春天进入了严寒季节。我翻身起床,拖起余刚就开车往回跑。这天夜晚我没有合一下眼,抱着孩子,哄着孩子输液。哄着孩子输液是一个十分漫长而又煎熬的过程,我简直是数着滴液一分一秒地熬过的,等两瓶液体输完,已经是第二天早晨七点过。

我见孩子高烧已退,便想开车回丹子山村,不料婆婆又喊腿脚麻木。我的神经紧张起来了,老年人的病不可小视。余刚接了一单生意抽不开身,作为儿媳妇的我不可能不管我的婆婆。我工作要做,孩子老人丈夫也要,家庭在我心目中一直很重要。我把婆婆送进市医院,医生说是脑梗初期,开了一系列的检查。这天我扶着婆婆做了CT又做核磁共振,查了血又做腹部和胸部彩超,忙完检查又忙着回去给婆婆拿杯子、拿衣服、拿洗漱用品、弄饭菜,直忙到夜里十一点过,我已经有些支撑不起了,但是我必须振作精神,像一个不倒翁一样坐在病榻前守护着婆婆,直到婆婆幸福入睡,我才起身赶回丹子山村。

徐书记听后说:"那天夜里你突然失踪,罗滔说有可能发生了劫色案,把我简直担心死了。"

我笑笑说:"你怎么信他的话?"

徐书记说:"他不说这话我也担心。"

我再次感动地说:"谢谢您,徐书记。"

徐书记说:"谢谢的话应该由我来说,我们丹子山村在你的带领下,产业发展起来了,大家由穷变富,人均收入从零增长到两千元,又从两千元增长到三万一千元。丹子山村一天比一天富裕,小轿车一天比一天多,一辆比一辆高档。原来的贫穷不见了,村民变富了,村子变美了。"

听着这番话，我的心里特别特别爽，有了这股爽爽的心情，我体内的热血就更加的沸腾，继续发展丹子山村的劲头就更足。

我在心里说，我要把丹子山村真正变成农村城市。有了这种理想，我就开始实施，我动脑动腿为丹子山村跑了一笔经费，在村委会旁边，也就是村民们常常聚集的地方开设了一家超市。有了这家超市，村民们就不用跑几十里路到县城和镇上去买东买西了，有了这家超市，村民们购物就方便了。另外，我见村民们一趟又一趟地跑到县城里和镇上去存钱和取钱，便找政府出面，让农村信用联社在丹子山村设一个点，以此方便村民们存钱和取钱。

第五十二章

在我马不停蹄的奔波劳碌中,时间已经进入第三年的年终,年味已经浓得裹住了人们的身心。

一年一度的中国传统节日到了,我肯定要让丹子山村浓墨重彩地热闹一番。

在我和罗滔的筹划下,腊月二十六上午我们开展了一场活动,活动的第一个内容是文艺演出。节目是我编的,演出人员是丹子山村的村民。活动的第二个内容是表彰大会,对积极向上和环境卫生做得好的村民进行表彰。

活动完后,艾草、蒋大妈、二牛、麻狗等人陆陆续续来邀请我到他们家过年。我们川中地区一般过了腊月二十三,接了灶神就开始请亲朋好友团年,今天你请,明天我请,情意浓烈,佳肴满席,酒肉飘香,热闹非凡。年味,中国的年味浓得不分你我,让所有人成了一家亲。

这段时间天天都有人请我过年,但是我都一一拒绝了。一是我要听党的话,管住自己的嘴,不乱吃乱喝;二是因为我这个人不太喜欢到别人家吃饭。对于艾草、蒋大妈、二牛麻狗的邀请我同样拒绝了。他们的这份情这份爱我领了,并深深地记在了我的灵魂深处,以此用我的真情实意膜拜他们,以此用我的行动回报他们。

我的这种美德不是天生的,而是来源于我那伟大的母亲的谆谆教导。小时候,我的母亲经常教导我要做一个有情感的人,要做一个懂情感的人,要做一个懂得感恩的人。母亲没有白教导我,我一点也没有让我的母亲失望,我的体内充满了对丹子山村的爱,丹子山村的一草一木我都爱,连地上的蚂蚁我都觉得亲切,连后坡上的"死男人"我都觉得亲切。我的住房后每到春天、夏天和秋天都会响起啪啪的声音,都会有嘀嘀咕咕的说话声,男人的说话声,村人们夜里也时常会看见两个男人在后山上走来走去。这些神秘而又怕人的事我不敢让童童知道,自从我把她送进城里读书后,我就搬回了村委会。星期天我接她回来,总是让她在外面玩得上眼皮打下眼皮了才把她带回房间。

这天,村民走完后,时间已经到中午十二点,我抓了两把米在电饭煲里煮上。自从我的胃对我提出严肃的警告后，我就觉悟起来了，我就开始爱惜自己的肉身。人这个东西有时的反应和觉醒比较缓慢，余刚天天叫我爱惜肉身，时时叫我爱惜肉身，我一句都听不进去，他急得大喊大叫，我还是半句都听不进。后来胃病折磨肉体时自己才慢慢懂得身体也是有性格有脾气的，你对它不好，你虐待它，它会翻脸不认人地反驳你、折磨你，让你什么也做不成，让你明白不珍惜它的严重后果。活了三十几年，我终于懂得了肉身的重要性，我不再吃垃圾食品。我买了一个小电饭煲，每日三餐都自己煮起吃，两把米、半碗菜就能吃得足够饱。我突然觉得生活并不复杂，其实很简单。

简单会给人带来无比的轻松和无比的快乐。

这是庄子的思想，这是庄子的英明。

吃了一段时间的米饭我才知道它的大好处，它既养人又养胃，自从我吃上它，我的胃病就渐渐地好了。

我这才明白碳水化合物原来是一种好东西。

午饭后，我到罗滔的鲜花基地去。地里有很多村民在剪花，地边有很多村民在扎花，罗滔忙得身子都快分成八块了。

我看着他满是汗水的脸说："忙吗？"

他一边往车上装花一边说："订花的人多得不得了。"

我没话找话说："每到春节你都会手忙脚乱？"

他粲然一笑说："我乐意天天都这么忙。"

我看看忙碌中的村民，又看看忙碌中的他，便觉得自己也应该帮着做点什么。于是我戴上手套，拿上剪子，准备与民同乐，罗滔急忙抢下我手里的剪子说："小妹，你哪里是做这种活路的人，别大材小用。来我给你找件事。"说着他从车里拖出一大包钱来放在我面前，然后把记工本放在我的手里说，"帮我发发工资。"说罢又把手机递给我说，"不要现金的，你就从网上转账给他们。"

现在的我有些傻眼了，账本上记了那么多人，记了那么多工时，我要一笔笔地去加。我从小就讨厌数学，我说："我看到你这满本的账头就晕，你还是让我帮你剪花或扎花吧。"

罗滔说："你帮张总发工资怎么不晕啊？姐啊，别见死不救，你就帮我这个忙吧。"

我说："我的亲哥，快叫你的夫人象牙红来发吧。"

罗滔笑笑说："我的女人是太太，太太是干什么的？太太是享受生活的，不是创造生活的。"

这又是一个虚荣心极强的男人，我冷笑一声说："你们这些有钱男人都把自己的女人扛在肩上，彰显你们的面子和能力，证明你们那遮天挡地的本事。

你们以为这样你们的女人就很快乐就很开心，但是你们错了，大错特错了。没有职业的女人是空虚的，是浮躁的，是没有安全感的。我觉得吧，人沾沾地气才有灵性才有灵魂。"

罗滔正想推翻我的言论，正想说我吃不着葡萄就说葡萄酸时，他的电话突然响了，是县城里的花店来催货。县城里的很多家花店都是在罗滔这里订的货，每到年关天天来抢货。

我见他忙得连说话的时间都没有，便不再说什么，翻出手机里的计算机，发挥出我的数学能力，把每个人的工钱算出来，一一发给了村民。

村民们拿着大把大把的百元大钞喜笑颜开。吕三娃子说要把他开了一年的手动挡车卖了，重新买一辆自动挡的大众牌轿车。

二牛说："米白说我们把大众轿车卖了，去买一辆越野来跑跑。"

麻狗说："你们换吧，我婆娘说我们不换，我们就开着我们那辆农用车。我婆娘说把钱存起来，将来送我们的儿子上大学和出国留学。"

蒋大妈和胖大妈说："我们过了春节就去海南和泰国耍一圈。"几个女人一听，也要求同路去。

村民们笑开了花，乐开了花，我却被一大包人民币弄花了眼，弄晕了头。但没关系，我的累算不了什么。我的使命就是让村民们富裕，我的使命就是让村民们幸福和快乐。

忙到三点过我才把村民的务工费发完，罗滔的鲜花也全部装上了车。

罗滔凑近我说："你妈怀你时鸽子也吃得不少啊。"

我哈哈大笑起来。

罗滔望着他那心爱的花海说："这段时间我淹没在这片花海中，天天都会被朵朵花儿弄得晕头转向。"

我说："是花儿醉你，还是人民币醉你啊？"

他笑道："两者，两者吧。"

我说："今天做视频没有？"

他说："岂有不做的。"

又说了几件事，我便与罗滔告辞。罗滔又要送我一大束玫瑰花，我摆着手说："我的亲哥，别再让我看着朵朵花儿凋谢的凄惨。你上次送我那束花凋谢后，让我伤感了很多天。"

罗滔笑笑说："那我就让这些花儿长在地里永不凋谢。"

我笑着潇洒地一挥手说："我到张总那里去了。"

罗滔醋意浓浓地笑道："唉，还是张总的白菜萝卜有口感。"

我不理他，转过身去就走了，让他愣在那儿吧。

张总正在地里指挥村民砍白菜扯萝卜，也忙得找不到东南西北。

我走近他问:"装了几车了?"

他不看我,对着一地的白菜萝卜说:"运走了四车白菜,三车萝卜,还准备装两车白菜一车萝卜。"

他看着白菜萝卜说话,我也看着白菜萝卜说话,我说:"真是满满的收获啊。"

张总擦着额头上的汗水看着我说:"我还没有罗滔的本事大呢,罗滔的鲜花多香啊。兰木,我提醒你别被花仙子醉倒了。"

我生气地问,"什么意思啊?"

张总说:"什么意思?你说什么意思?"

我十分气恼地说:"莫名其妙!简直有些莫名其妙!"

张总看着我质问道:"我问你,你为什么去帮他发工资?你是他的什么人?"

我说:"我昨天不是也帮你发了工资吗?"

张总说:"这能相提并论吗?我们是什么关系?我是你男人的朋友,你是我女人的朋友,我和他能一样吗?"

我说:"你们都是丹子山村经济开发的重要人物,在我心里眼里都是一样的。"

张总哼一声说:"一样,能一样吗?是一样吗?"

我明白他话里的意思,我想跟他解释,但我突然又觉得没有必要。他又不是我的男人,他有误会也罢,无误会也罢,关我屁事。

我一走出繁忙热闹的白菜萝卜地,就笑着给余刚打电话。说今天晚上我要凯旋,说明天在乡村振兴局交完资料,后天,也就是大年三十我就可以倒头睡大觉了。

余刚高兴地说:"一年到头了,也该轻松轻松几天。"

我说:"老公,你知道我最想干什么吗?"

余刚笑道:"最想睡懒觉呗。"

我笑笑说:"知我者老公也。"

第五十三章

我的苦和累余刚懂，时间也懂似的，很快就进入了第四个年头，也就是我即将完成乡村振兴任务，即将回单位回家。就在这时，张总突然对我说他要另谋高就，这让我的心里十分忐忑。我用四年时间浸润了丹子山村的厚土，将富裕的大树灌溉得枝繁叶茂，我希望这棵大树结出更多更大的硕果，让丹子山村的村民永远富裕，永远快乐，永远幸福。可是张总要跟我一起离开丹子山村，这让丹子山村的村民怎样想，怎样看我？都会认为我这个狗日的城里女子不地道，一切都是图应付，一切都是为了完成自己的工作任务，完全是一个过河就拆桥的可恶之人。

老天爷啊，我兰木没有这么自私，也没有这么肮脏。

为了证明我这颗纯洁的心灵，为了证明我这高尚的灵魂，我找张总谈话了。

这是十月份的一个下午，我有意识地约张总去视察产业，让他产生留恋。

我们围着丹子山村从下至上地看过去，雷竹恬静而又俊美地站在丹子山村的山垭上，以旺盛的精力孕育着竹笋，准备来年让村民大丰收。鲜花基地里的鲜花春心荡漾地狂笑着，香遍了丹子山村，灿烂了丹子山村。时令蔬菜蓬勃而又迅速地生长着，与雷竹和鲜花比速度比魅力似的。泥彩塑体验馆的生意火爆。视察完，我们就坐在山垭上的雷竹林里。二牛的狗一直跟着，我步行时它跟着我步行，我开车时它就跟着我的车跑，累得吐着舌头喘气，还坚持跟着我跑。现在见我坐下，它也蹲下，守护着我，像个痴情的恋人。

张总皱着眉头说："这狗怎么总是跟着你啊？"

我笑道："它有可能是我前世的情人。"

张总哈哈大笑："那这样的话，我下辈子也会变成一条狗啰。"

我听出了弦外之音，但我马上阻碍着事态的发展，把他拉回安全区，让他的思想情感回到他的女人身上，我说："你别变成一条狗，你最好变成汗毛永远依附在亚兰的身上。"

说完我笑了，他也笑了。我没等他笑完，也就是没让他想出其他话来，我就又说起工作上的事来了。我说："丹子山村有今天的发展，你功不可没。"

他说:"应该是你功不可没。"

我说:"你明后年的收成应该越来越好。"

我刻意说出他在丹子山村发展的潜力,但他的思想在另外一条跑道上,与我背道而驰。他说:"你别诱惑我,诱惑我也没有用。"

我说:"丹子山村的村民离不开你。"

他说:"别说得这么玄乎,地球离了谁都照样转动。"

我说:"说说你的理由。"

他说:"亚兰早就叫我撤离丹子山村,去她表哥手里拿工程来做。我主要考虑到你不好交差,所以我坚持到现在。我够哥们儿了,算得上仁至义尽。"

看来解铃还需系铃人,我站起身,走到一边给亚兰打电话。打了三遍她才接,而且声音冷得像块冰,把我心里的火焰都扑灭了。我的声音也由暖风变成了寒风,我说:"干吗这样?我没有借你谷子还你糠呀,我也没有抢占你的男人!"

"你还好意思!你还好意思说没有抢占我的男人!"我亲爱的朋友变成了一头母狮,变成了与我对立的人。她的声音具有极强的爆破功能,飞起的乱石击打着我的身,也击打着我的心。

我也是一个有脾气的人,哪里容得下她这样对我,我心里的怒气像火山喷发似的,一下就蹿了上来,我也变成了另一头母狮,声音也像大炮一样直朝她扫射,我说:"亚兰你莫名其妙!你简直莫名其妙!你真是莫名其妙!"

亚兰关闭炸雷,下起雨来,她一边哭着一边说:"兰木,你一点也不够意思,我支持你,你却伤害我……"

我说:"亚兰,你动动你的猪脑子好好想一想,我会抢你的男人吗?"

她说:"丹子山村的人谁不知道你和我男人双双外出,丹子山村的人谁不知道你夜寻野味,与我男人同床共枕。"

我说:"你就断定那男人是你的男人吗?"

她说:"不是他是谁?难道你还会看上山村野夫?"

我气得大叫道:"亚兰!亚兰!我白和你交往这么多年了!我兰木在你的心里眼里就是这样一个没有品位的女人吗?你一直不理我,这么久不理我,我还没有找你理论,你却一接上电话就错怪我!你这完全是在侮辱我的人格!挑战我的底线!"说罢,我猛然挂断了电话。她又打过来,我又猛然挂断。

我不想理她了。

这样的朋友,我有必要再和她说话吗?让她误会到底吧,让她气得五脏六腑碎裂,最好让她气得与她男人离婚。但是我的心没有这么硬,我不希望她用她的无聊与愚蠢把她的生活搞得七零八碎,我不希望她的两个孩子没有父亲,不希望。

我生了一阵气后，再次拨通了她的电话，我说："我没有那么多时间跟你扯闲条，至于说夜里与我同睡的男人是谁，你去问问我的男人余刚就知道了。"

说罢，我就猛然挂断了她的电话，把我宝贵的思想情感拉回到丹子山村。

我不再要那个气死我的朋友亚兰帮忙了，我动用我的智慧和能力，想再做一些努力。我回到张总的身边说："明年国家还会更加关注农村，还会出台一系列的开发项目。"

张总说："我亲爱的兰木，你别再费口舌了，我已经和亚兰的表哥联系好了，我把丹子山村的事处理完就去。"

"也就是说我走你也走？"

"是呀，应该是十二月底吧。"

"再干一两年不行吗？"

"不行。"

我又找出很多话很多理由说服他，但张总仍然坚持十二月底离开丹子山村，诚心要把骂名给我。

我失败了。

但这不能怪我，娘要嫁人我留不住，天要下雨我阻挡不了。

回到我的住地，时间大概是九点过。张总正与我道晚安时，我突然又看见我住房后的黑影了。我把这事告诉了张总，张总问："天天晚上都有吗？"

我说："冬天没有，三月到九月都有，几乎天天晚上都有，有时是一个，有时是两个，全村人都知道。"

张总说："你不怕吗？"

我说："开始怕，后来见对我没有什么伤害，我就不那么怕了，也许是麻木了，也许是习惯了，也许是见怪不怪了。"

张总注视着房后说："是两个人，是两个男人。你看他们在跑，他们像是在追打什么。"

我说："是鬼吗？村里人说这后坡上埋了几个死男人，说这几个死男人见我美丽，夜里就睡不着觉了。"

张总突然大笑起来，说："村民说得对，死男人夜里被你害得睡不着，我和罗滔也被你害得睡不着觉。"

我笑道："别人没眼光，难道你张总也没有眼光？"

张总说："群众的眼睛是雪亮的。"

我说："我都被太阳烤煳了，一点颜值都没有了，完全变成一个丑八怪了，你还说我美。"

张总说："你是孙悟空，炼丹炉拿你都没有办法，何况这么点太阳。兰木，你现在是百炼成钢！是女中豪杰！"

我说："你就别打趣我了，为了革命工作我都变成黑煤炭了，还长了一脸的斑斑。张总啊，我现在都不敢照镜子了，一照我死的心都有了。丹子山村变美了，我却变丑了。"

张总说："你是怕你的老公不要你，没关系，他不要你我要你。"

我说："你敢吗？"

他说："我觉得你比过去美了，过去你那是病态美，现在是健康美，健康美才是真正的美。我不是夸你，现在的你韵味十足，魅力十足，拉风得很。"

我说："你是什么眼光啊？看得这么走眼。"

张总说："情人眼里出西施嘛。"

我说："你花心呢，小心我告发你。"

张总说："你不能背叛我，我们不离不弃地干了这么好几年，我们是朋友，对吧？"

我笑道："我们是合作者，是哥们儿。"

我们正说笑着，山坡上突然响起叽叽咕咕的说话声。天哪，晃动着的黑影不再沉默，鬼开始说话了！我吓得缩着身子，不敢朝山坡上看。

张总说："别怕，世界上哪去找鬼，我不相信这个世界上有鬼。"

说着伸过手来准备拉我去看，手刚接触到我的肌肤，二牛的狗就叫着扑了过来，吓得张总一个趔趄坐在地上。我禁不住哈哈大笑起来，张总站起身要去追打那狗，那狗一个箭步就跑开了。等他一转身，那狗又跟了来，紧盯着他，护卫着我。张总不敢再来拉我的手，只是在前面带着路，我们从另一边悄悄地绕过去。

只听见一个黑影说："这条比上个月那条还大。"

另一个黑影说："我们把它打死，炖起叫仙女尝尝。"

"你别吓她，她不会吃的。"

这声音好熟，我听出来了，天天在我房后晃动的黑影原来是二牛和麻狗。

原来，这山上的蛇多，他们怕蛇爬到我的房间里来，所以每年三月到九月蛇下山的时候，他们就天天夜里来巡逻。这四年时间他们已经赶跑了很多条毒蛇，无声无息地保护着我。二牛为了更好地保护我，专门买了一条很有灵性的狗，训练成护卫我的大将。

我的心房被暖意所触摸，泪水禁不住涌了出来。多么可爱多么憨厚的村民啊，我只是做了我应该做的事，他们就这样爱我，就这样护卫我。我的热泪奔涌了出来，我紧握着二牛和麻狗的手久久说不出话来。

天上的月亮欢笑着鼓起掌来，绽放出满天的礼花，为我们这纯朴的情，为我们这厚重的爱点赞！

张总笑道："真是让人羡慕嫉妒恨啊，我下辈子也要变个美女。"

二牛笑着说："变美女还不行，你要像美女书记这样为我们办实事，让我们的包包鼓起来。"

麻狗附和道："对，你要像美女书记这样给我们解决实际困难，让我们有票子数，有女人睡，有车子开。"

张总笑道："算了，我不想那么累，我还是变成我这辈子的模样吧。"

说笑一阵后，张总走了，二牛和麻狗也走了，狗却卧在村委会坝子里。这狗越来越依恋我了，天天护卫着我，夜夜守护着我，狗通人性，这话一点不假。狗都这样懂情感，我作为一个人也更应该懂情感。

我和丹子山村已经建立了很深的情感，我不能让丹子山村的产业无人管。

夜深了，我却无法入睡。我必须尽快把张总即将离开丹子山村的事告诉徐书记，好早点物色接替的人。

徐书记一听张总即将离开丹子山村就紧张起来了，不顾夜深人静，马上骑上他的"马儿"来找我商议。正商议时，我的屋里传出男人的咳嗽声，徐书记愕然地抬起头来看着我，然后甩背走出去，蹲在村委会的坝子里连连抽着烟，他那满是沧桑的黑脸被烟雾熏烤着，显得更加苍老。

他觉得现在的年轻人实在叫人难以理解。

徐书记今夜目睹的事情又使他的心疼痛起来，他怎能不痛不疼呢？他哥哥的女婿在遂宁开了几家移动联盟店，钱是赚得不少，但是钱多不是好事。外孙女十五岁的时候，女婿突然提出离婚，与一个小他二十岁的女孩结了婚。如今离婚也不是什么新鲜事，张家的儿子离婚了，李家的女儿也离婚了，不丢人，不愁人，离了又结。但谁会想到给孩子造成的伤害呢？十五岁的孩子什么不懂，看着别的同学有爸有妈陪着，自己的爸爸有了别的女人，自己的妈妈另外成了家，自己孤儿似的跟着爷爷奶奶，爷爷奶奶对她再好也代替不了父爱和母爱。她常常觉得自己孤单、可怜，下课不出教室，放学就躲在屋里，不想与同学玩，不想与人见面，后来用刀割手腕，还爬到楼顶上去跳楼。徐书记的哥哥带外孙女儿去检查，诊断的结果是中度抑郁症。徐书记的哥哥把女婿大骂一顿，然后商量孩子的事，商量后只好停学。孩子本来是清华北大的苗子，现在患上这样的病，只好停学，让她不出事就是万幸。由此徐书记非常痛恨生活不检点的人，上次他发现我的问题，会上叫我注意影响，会下也叫我注意影响，不知道这次他又会使出什么高招来教训我。

我朝他走去，他站起身就走，我上前一步说："徐书记，产业接替的人还没有商议好呢。"

他不理我，想冲进黑夜再也不理我。就在这时，余刚走了出来，这简直是及时雨，我灵机一动，拉着我男人余刚的手介绍道："徐书记，这是我的老

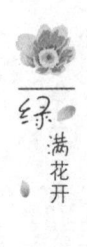

公余刚。"

徐书记"哦"一声，嘿嘿地笑了起来。

云雾一散，阳光一回来，我们就又议起产业接手人的事。我建议叫罗滔接手，徐书记同意，便给罗滔打电话。罗滔一口就拒绝了，说他只爱他的花儿朵朵。

这个难题把徐书记难住了，也把我难住了。我绞尽脑汁想了一阵，最后建议把山林叫回来。徐书记说："也只好这样了。"

这夜，我和徐书记在电话上与山林长谈了四个多小时。山林信心满满，长篇大论地谈了他的规划，第二天就返回丹子山村，成为丹子山村真正的主人，长久地带领丹子山村的村民在致富路上高歌前行。

时间在不停地向前，地球在不停地运转着，世间的一切都在有序地推进着。

丹子山村绿满花开，丹子山村的经济在不断发展，丹子山村的笑声还在持续，还在扩展，扩展开去与世界接轨！

二〇二二年修改定稿